COLLECTION FOLIO

Ernest Hemingway

Mort
dans
l'après-midi

*Traduit de l'anglais
par René Daumal*

Gallimard

Titre original :

DEATH IN THE AFTERNOON

© *Éditions Gallimard, 1938.*

I

La première fois que je suis allé à une course de taureaux, je m'attendais à être horrifié et peut-être à me trouver mal, à cause de ce qu'on m'avait raconté sur le sort des chevaux. Dans tout ce que j'avais lu sur les combats de l'arène, on insistait sur ce point. La plupart des gens qui en ont écrit ont condamné tout net les courses de taureaux comme une chose stupide et brutale; mais même ceux qui en ont parlé favorablement comme d'une démonstration d'adresse et d'un spectacle ont déploré l'emploi des chevaux, et ont présenté le tout sur un ton d'excuses. Le meurtre des chevaux dans l'arène passait pour indéfendable. A mon sens, d'un point de vue moral moderne, c'est-à-dire d'un point de vue chrétien, la course de taureaux est tout entière indéfendable; elle comporte certainement beaucoup de cruauté, toujours du danger, cherché ou imprévu, et toujours la mort. Je ne vais pas en tenter maintenant la défense; je veux seulement dire honnêtement tout ce que je crois être la vérité sur cette question. Pour cela, je dois être tout à fait franc, ou essayer de l'être. Ceux qui lisent ces mots pourront déclarer avec dégoût qu'ils sont écrits par quelqu'un qui n'a pas leur finesse de sensibilité, à eux lecteurs ; en pareil cas, tout ce que je puis répondre, c'est que c'est peut-être vrai. Mais pour porter un tel jugement d'une façon valable, il faut que le lecteur — ou la lectrice — ait vu les choses dont on parle et sache exactement quelles seraient ses réactions devant elles.

Je me souviens qu'un jour Gertrude Stein, à propos de courses de taureaux, me parlait de son admiration pour Joselito. Elle me montrait des photographies ; les unes de Joselito dans l'arène, d'autres d'elle-même et d'Alice Toklas assises aux premiers rangs, à la *barrera* de bois de l'arène de Valence, avec Joselito et son frère Gallo au-dessous. Je venais d'arriver du Proche-Orient. J'avais assisté à l'abandon de la ville de Smyrne par les Grecs ; je les avais vus briser les jambes de leurs bêtes de somme et de trait, les amener sur le quai et les pousser dans les eaux basses. Aussi me souviens-je avoir dit que je n'aimais pas les courses de taureaux, « à cause des pauvres chevaux ». Je m'essayais alors à écrire ; j'éprouvais que la plus grande difficulté (outre savoir exactement ce qu'on a ressenti en réalité, et non ce qu'on aurait dû ressentir, et qu'on a appris à ressentir) c'était de noter ce qui s'était réellement passé au moment même de l'événement, de préciser les faits réels qui avaient produit l'émotion éprouvée. Quand on écrit pour un journal, on raconte ce qui s'est passé, et, à l'aide d'un procédé ou d'un autre, on arrive à communiquer l'émotion au lecteur ; car l'actualité confère toujours une certaine émotion au récit d'un événement du jour. Mais la chose réelle, la succession mouvante de phénomènes qui a produit l'émotion, cette réalité qui serait aussi valable dans un an ou dans dix ou, avec de la chance et assez de pureté d'expression, pour toujours, j'en étais encore loin, et je m'acharnais à l'atteindre. Le seul endroit où l'on pût voir la vie et la mort, j'entends la mort violente, maintenant que les guerres étaient finies, c'était dans les arènes à taureaux, et je désirais beaucoup aller en Espagne, où je pourrais les observer. Je m'essayais au métier d'écrivain, en commençant par les choses les plus simples, et l'une des choses les plus simples de toutes et des plus fondamentales est la mort violente. Elle n'a rien des complications de la mort par maladie, ni de la mort dite naturelle, ni de la mort d'un ami ou de quelqu'un qu'on a aimé ou haï, mais c'est la mort tout de même, un des sujets sur lesquels un homme peut se permettre d'écrire. J'avais lu beaucoup de livres où l'auteur, lorsqu'il essayait d'en donner une idée, n'arrivait qu'à offrir une image brumeuse. C'était, je m'en suis convaincu, ou bien parce que l'auteur n'avait jamais vu le fait clairement, ou que, sur le moment même, il avait, physiquement ou mentalement, fermé les yeux, comme on peut faire si l'on voit un enfant, hors d'atteinte et de secours, sur le point d'être écrasé par un train. En pareil cas, je suis tout disposé à pardonner au témoin s'il a fermé les yeux. Très probablement, nous n'y perdons rien, car tout ce qu'il aurait pu nous rapporter, ç'aurait été le simple fait d'un enfant sur le point d'être écrasé par un train. Le fait même de l'écrasement aurait été le point mort du récit ; la seconde d'avant l'écrasement aurait peut-être été l'extrême limite de ce qu'il pouvait nous représenter. Mais dans le cas d'une exécution par un feu de salve, ou d'une pendaison, il n'en va pas de même ; et si l'on voulait fixer ces très simples faits d'une manière durable, comme, par exemple, Goya a essayé de le faire dans *Los Desastres de la guerra*, on ne pourrait y arriver si l'on avait fermé les yeux, si peu que ce fût. J'ai vu certains faits, certains faits très simples de ce genre, et j'ai pu m'en souvenir. Parfois j'y étais acteur ; d'autres fois, j'étais chargé d'en rédiger le récit sur-le-champ, et j'avais donc dû remarquer les détails nécessaires pour un compte rendu immédiat. Pourtant, je n'avais jamais été capable de les observer, comme un homme pourrait, par exemple, observer la mort de son père ou, si l'on veut, la pendaison d'un inconnu, sans être obligé d'en faire un compte rendu immédiat, pour la première édition d'un journal du soir.

Ainsi j'allai en Espagne pour voir les courses de taureaux et essayer d'écrire sur elles pour moi-même. Je pensais les trouver simples, barbares, cruelles, et ne pas les aimer. Mais j'espérais y voir une forme d'action bien définie, capable de me donner ce sentiment de vie et de mort qui était l'objet de mes efforts. Je trouvai bien la forme d'action définie ; mais les courses de taureaux m'apparurent si peu simples et me plurent tellement qu'il eût été beaucoup trop compliqué de m'y attaquer avec mon équipement littéraire d'alors. A part quatre esquisses très courtes, je fus incapable d'en rien écrire pour cinq ans — et j'aurais aimé pouvoir en attendre dix. Il est vrai que si j'avais attendu aussi longtemps, je n'aurais sans doute rien écrit du tout. En effet, lorsqu'on commence à s'instruire réellement sur un sujet, on a quelque répugnance à écrire tout de suite ; on voudrait plutôt continuer d'apprendre toujours. A aucun moment on ne se sent en mesure de dire : maintenant, je sais tout ce qu'il faut savoir sur mon sujet, écrivons donc ; à moins qu'on ne soit très infatué de soi, ce qui, j'en conviens, peut rendre compte de bien des livres. Certes, je ne dis pas aujourd'hui que j'en sais suffisamment. Chaque année, je vois qu'il y a toujours plus à apprendre. Mais je sais dès maintenant certaines choses qui peuvent être intéressantes à dire, et je resterai peut-être longtemps sans voir encore des courses de taureaux. Pourquoi donc n'écrirais-je pas dès à présent ce que j'en sais ? Et de plus, il ne serait peut-être pas mauvais d'avoir un livre en anglais sur les courses de taureaux. Un livre sérieux sur un sujet aussi peu moral peut avoir quelque valeur.

Pour moi, sur les questions de morale, je ne sais qu'une chose : est moral ce qui fait qu'on se sent bien, et immoral ce qui fait qu'on se sent mal. Jugées à ces critères moraux que je ne cherche pas à défendre, les courses de taureaux sont très morales pour moi ; en effet, durant ces courses je me sens très bien, j'ai le sentiment de vie et de mort, du mortel et de l'immortel, et, le spectacle terminé, je me sens très triste mais à merveille. Au reste, je ne me soucie pas des chevaux ; non pas par principe, mais de fait je ne m'en soucie pas. J'en fus très surpris, car je ne puis voir un cheval tomber dans la rue sans éprouver à ce spectacle le besoin impérieux d'aider l'animal. Bien des fois j'ai étendu des toiles à sac, défait des harnais et esquivé des sabots ferrés, et je le ferai encore si l'on continue à faire marcher des chevaux dans les rues des villes par temps mouillé et par verglas. Mais, dans les arènes, je ne ressens ni horreur ni dégoût d'aucune sorte à la vue de ce qui arrive aux chevaux. J'ai emmené bien des gens, tant hommes que femmes, à des courses de taureaux et j'ai vu leurs réactions à la mort et aux blessures des chevaux dans l'arène. Ces réactions sont tout à fait imprévisibles. Des femmes dont j'étais sûr qu'elles aimeraient les courses de taureaux, excepté les coups reçus par les chevaux, n'en ont été aucunement affectées ; autrement dit, un spectacle qu'elles désapprouvaient et qui, pensaient-elles, devait les horrifier et les dégoûter ne les dégoûtait ni ne les horrifiait le moins du monde. D'autres, hommes ou femmes, étaient tellement affectés qu'ils en étaient physiquement malades. J'entrerai plus tard dans le détail de quelques-unes de ces réactions. Qu'il me suffise de dire maintenant qu'il n'y avait pas entre ces gens un trait distinctif ou une ligne de démarcation qui permît de les diviser, selon des degrés de civilisation ou d'expérience, en deux groupes : ceux qui étaient affectés et ceux qui n'étaient pas affectés.

D'après l'observation, je pourrais dire qu'on peut diviser les gens en deux grands groupes ; ceux qui, pour parler un jargon philosophique, s'identifient avec les animaux, c'est-à-dire se mettent à leur place ; et ceux qui s'identifient avec des êtres humains. Je crois, d'après l'expérience et l'observation, que ceux qui s'identifient avec les animaux, c'est-à-dire les amis presque professionnels des chiens et autres bêtes, sont capables de plus grande cruauté envers des êtres humains que ceux qui ne s'identifient pas volontiers avec les animaux. Il semble qu'il y ait comme une scission fondamentale entre les gens sur cette base. Mais ceux qui ne s'identifient pas avec les animaux peuvent, sans aimer les animaux en général, être capables de grande affection pour un animal individuel, un chien, un chat ou un cheval par exemple. Mais ils baseront cette affection sur une qualité de cet animal, ou sur une association d'idées qu'il suggère, plutôt que sur le fait qu'étant un animal, il mérite d'être aimé. J'ai eu moi-même une profonde affection pour trois chats différents, quatre chiens, dont je me souvienne, et seulement deux chevaux ; je parle de chevaux que j'ai possédés, montés ou conduits. Quant aux chevaux que j'ai suivis des yeux dans les courses et sur lesquels j'ai parié, j'ai eu pour beaucoup d'eux une profonde admiration ; et presque même de l'affection lorsque j'avais parié sur eux. Je me souviens surtout de Man of War, Exterminator (je crois qu'à parler franc j'avais de l'affection pour lui), Épinard, Kzar, Heros XII, Master Bob, et un demi-sang, cheval de steeple-chase comme les deux derniers, nommé Uncas. J'avais une grande, grande admiration pour tous ces animaux-là, mais dans quelle mesure mon affection était due aux sommes misées, je n'en sais rien. Lorsque Uncas gagna un steeple classique à Auteuil en rapportant mieux que du dix pour un, avec mon argent sur son dos, je ressentis une profonde affection pour lui. J'aimais tellement cet animal qu'Évan Shipman et moi étions émus presque jusqu'aux larmes quand nous parlions de la noble bête ; et pourtant, si vous me demandiez ce qu'elle est devenue, je devrais répondre que je n'en sais rien [1]. Ce que je sais, c'est que je n'aime pas les chiens en tant que chiens, les chevaux en tant que chevaux ni les chats en tant que chats.

1. M. Shipman ayant lu ceci m'informe que Uncas, après avoir fait une chute, est maintenant employé pour l'attelage par M. Victor Emmanuel. Cette nouvelle ne m'émeut ni d'une façon ni d'une autre.

Pourquoi la mort du cheval dans l'arène n'émeut-elle pas (n'émeut-elle pas certaines personnes, j'entends), la question est compliquée ; mais la raison fondamentale est peut-être que la mort du cheval tend à être comique, tandis que celle du taureau est tragique. Dans la tragédie de la course de taureaux, le cheval est le personnage comique. Cela peut choquer, mais c'est vrai. Il suffit que les chevaux soient assez hauts sur pattes et assez solides pour que le picador, armé de la pique appelée *vara*, puisse accomplir sa mission ; à cette condition près, plus ils sont mauvais, mieux ils remplissent leur rôle comique. Vous penseriez être saisis d'horreur et de dégoût à la vue de ces parodies de chevaux et de leur sort. Mais il n'y a aucun moyen d'en être sûr, sauf si vous avez résolu de sentir ainsi, quelles que dussent être vos émotions réelles. Ils ont si peu l'air de chevaux ; à certains égards, ils ressemblent à des oiseaux, à tels de ces oiseaux maladroits comme les argales ou autres échassiers à becs énormes. Quand le taureau les soulève de la puissante attaque musculaire de son cou et de ses épaules, alors, avec leurs jambes pendantes, leurs gros sabots ballants, leur nuque affaissée, leur corps usé soulevé sur la corne, ils ne sont pas comiques ; mais je jure qu'ils ne sont pas tragiques. La tragédie est centrée tout entière sur le taureau et sur l'homme. Le sommet tragique de sa carrière, le cheval l'a atteint, hors de la scène publique, à une époque antérieure : lorsqu'il fut acheté par le fournisseur de chevaux pour être employé dans l'arène. La fin dans l'arène, par certains côtés, semble convenir assez bien à la structure de l'animal. Une fois les toiles étendues sur les corps des chevaux, les longues jambes, les longs cous, les têtes aux formes étranges et la toile faisant une sorte d'aile les font ressembler à des oiseaux plus que jamais. Ils ont un peu l'aspect que prend un pélican mort. Un pélican vivant est un oiseau intéressant, amusant et sympathique, bien que si vous le saisissez il vous donne des poux, mais un pélican mort a l'air très sot.

J'écris ceci, non pour présenter la défense des courses de taureaux, mais pour essayer d'en donner une image intégrale. Aussi dois-je admettre un certain nombre de choses sur lesquelles un apologiste glisserait, dans son plaidoyer, ou qu'il éviterait. Le comique de ces chevaux n'est pas dans le moment de leur mort ; la mort n'est pas comique ; elle donne une dignité temporaire aux caractères les plus grotesques, bien que cette dignité s'en aille une fois la mort venue. Le comique réside dans les étranges et burlesques accidents viscéraux qui surviennent. Il n'y a, certes, rien de comique, selon nos critères habituels, à voir un animal vidé de son contenu viscéral, mais si cet animal, au lieu de faire quelque chose de tragique, c'est-à-dire empreint de dignité, galope avec un air roide de vieille demoiselle autour d'une piste en traînant le contraire des nuées de la gloire derrière lui, c'est aussi comique lorsque ce qu'il traîne est réel que lorsque les Fratellini en donnent une parodie burlesque où les viscères sont représentés par des rouleaux de pansements, des saucisses et d'autres choses. Si l'un est comique, l'autre l'est ; l'humour vient du même principe. J'ai vu cela, les gens courant, le cheval se vidant, les éléments de sa dignité périssant l'un après l'autre à mesure que se dévidaient et traînaient ses valeurs les plus intimes, dans une parodie parfaite de tragédie. J'ai vu ces, appelons-les déboyautages, c'est le pire mot, à des moments où, en raison de leur à-propos, ils étaient très drôles. C'est là la sorte de choses que vous n'admettriez pas, mais c'est parce que de telles choses n'ont pas été admises que la course de taureaux n'a jamais été expliquée.

Ces accidents viscéraux, au moment où j'écris, ne font plus partie des courses de taureaux espagnoles. Sous le gouvernement de Primo de Rivera, en effet, on a décidé que les abdomens des chevaux devaient être protégés par une sorte de matelas piqué destiné, selon les termes du décret, « à éviter ces horribles spectacles qui répugnent tellement aux étrangers et aux touristes ». Ces matelas protecteurs évitent, en effet, de tels spectacles, et diminuent de beaucoup le nombre de chevaux tués dans les arènes ; mais ils n'ont nullement diminué la souffrance endurée par les cheveaux. Par contre, ils enlèvent au taureau beaucoup de sa bravoure, comme on verra dans un des chapitres suivants. Ils constituent le premier pas vers la suppression des courses de taureaux. La *corrida* est une institution espagnole. Elle existe, non pas pour les étrangers et les touristes, mais en dépit d'eux. Chaque modification qu'on y fait pour obtenir leur approbation, qu'on n'aura jamais, est un pas vers la suppression complète.

Si j'ai parlé plus haut des réactions d'une personne particulière devant les chevaux des corridas, ce n'est pas par désir de parler de moi-même et de mes propres réactions ; ce n'est pas parce qu'elles sont miennes que je les tiendrais pour importantes et que je m'y complairais. Mais c'était pour établir le fait que ces réactions étaient instantanées et inattendues. Je ne suis pas devenu indifférent au destin des chevaux par cet endurcissement qui fait qu'à force de voir une chose à maintes reprises on cesse d'en être ému. Il ne s'agit pas de cette immunité émotive que confère la familiarité. Les sentiments que j'ai pour les chevaux, en général, je les ai éprouvés dès la première course de taureaux que je vis. On pourrait objecter que j'étais endurci par l'observation de la guerre, ou par le journalisme ; mais cela n'expliquerait pas que d'autres, qui n'avaient jamais vu la guerre ni, à proprement parler, aucune sorte d'horreur physique, et qui n'avaient même jamais travaillé pour, par exemple, un journal du matin, aient eu exactement les mêmes réactions.

Dans la corrida, à mon avis, la tragédie est si bien ordonnée et si fortement disciplinée par le rituel qu'un spectateur capable d'en sentir l'unité ne peut pas en séparer la tragi-comédie secondaire du cheval, ni en recevoir un choc émotif particulier. S'il saisit le sens et le but de tout le spectacle, même sans rien y connaître, s'il sent seulement que cette action qu'il ne comprend pas va son cours, l'épisode des chevaux n'est rien qu'un incident. Mais s'il n'a aucun sentiment de l'unité tragique, alors, naturellement, son émotivité réagira vivement à l'incident le plus pittoresque.

Et, naturellement, si c'est un esprit humanitaire ou animalitaire (quel mot!), il n'aura aucun sentiment de la tragédie ; il n'aura qu'une réaction d'ordre humanitaire ou animalitaire, et c'est le cheval qui est le plus évidemment maltraité. Si le spectateur s'identifie sincèrement avec les animaux, il souffrira terriblement, plus peut-être que le cheval. Tout homme qui a été blessé sait, en effet, que la douleur d'une blessure ne commence qu'environ une demi-heure après qu'on l'a reçue. D'autre part, il n'y a pas de rapport proportionnel entre la douleur et l'horrible aspect d'une blessure. La douleur d'une blessure abdominale ne vient pas sur le moment, mais plus tard, sous l'effet des gaz et de la péritonite commençante. Au contraire, une entorse ou une fracture provoque une souffrance immédiate et terrible. Mais cela, on ne le sait pas ; ou du moins, la personne qui s'identifie à l'animal l'ignore ; elle souffrira sincèrement et terriblement, et ne verra que cet aspect de la course de taureaux ; tandis qu'en voyant un cheval se donner une entorse dans un steeple-chase, elle n'en souffrira pas du tout et trouvera que c'est simplement regrettable.

L'*aficionado*, ou fervent des corridas, possède, peut-on dire en gros, ce sens de la tragédie et du rituel du combat grâce auquel les aspects secondaires du spectacle n'ont d'importance que relativement à l'ensemble. Ce sens, on l'a ou on ne l'a pas, de même que, sans vouloir pousser trop loin la comparaison, on a ou on n'a pas l'oreille musicale. Pour un auditeur dénué d'oreille musicale, la principale impression qu'il recevra d'un concert symphonique sera peut-être produite par la gesticulation des joueurs de contrebasse, exactement comme le spectacle d'une course de taureaux peut ne retenir dans sa mémoire que le jeu évidemment grotesque d'un *picador*. Les gestes d'un joueur de contrebasse sont grotesques, et les sons qu'il produit, entendus séparément, sont bien souvent privés de sens. Si l'auditeur est venu au concert avec le même esprit humanitaire qu'il pourrait apporter aux courses de taureaux, il y trouvera sans doute un champ aussi vaste pour ses bonnes œuvres ; il pourra songer à améliorer les salaires et les conditions de vie des joueurs de contrebasse d'orchestres symphoniques, de même qu'il aurait voulu faire quelque chose pour les pauvres chevaux. Mais, si c'est un homme cultivé et qui sait que les orchestres symphoniques sont bons dans l'ensemble et qu'il faut les accepter intégralement, il n'aura probablement aucune réaction, sauf plaisir et approbation. Il ne considère pas la contrebasse comme séparée de l'ensemble de l'orchestre, ni qu'elle est jouée par un être humain.

Dans tous les arts, le plaisir croît avec la connaissance que l'on a d'eux. Mais dès la première course de taureaux qu'il verra, chacun saura s'il les aimera ou non, pourvu qu'il y soit allé libre d'esprit et prêt à sentir uniquement ce qu'il sent réellement, et non ce qu'il aurait pensé devoir sentir. Il se peut qu'il ne les goûte pas du tout (que la corrida soit bonne ou mauvaise) ; et aucune raison n'aura de sens devant la conviction que les courses de taureaux sont moralement mauvaises. C'est de la même façon que des gens refusent de boire du vin, qui pourraient pourtant y prendre plaisir, parce qu'ils ne croient pas qu'il soit bien de le faire.

La comparaison avec le vin n'est pas aussi forcée qu'il pourrait sembler. Le vin est une des choses les plus civilisées du monde, et l'un des produits de la nature qui aient été portés au plus haut degré de perfection. Parmi tous les plaisirs purement sensoriels qu'on peut acheter, ceux que fournit le vin, plaisirs de goûter et plaisirs d'apprécier, occupent peut-être l'échelle la plus vaste. La connaissance des vins et l'éducation du palais peuvent être une source de grandes joies pendant une vie entière. Le palais, en s'éduquant, apprécie de mieux en mieux, et le plaisir de goûter et d'estimer le vin ne cesse de croître, même si les reins faiblissent, si le gros orteil devient douloureux, si les jointures des doigts s'ankylosent, jusqu'au moment où, votre amour du vin étant à son sommet, on vous l'interdit définitivement. L'œil, de même, n'est d'abord qu'un bon et sain instrument ; puis, même s'il perd de sa force, s'affaiblit et s'use à la suite d'excès, il devient capable de transmettre au cerveau des jouissances toujours plus grandes, grâce aux connaissances ou à l'habileté à voir qu'il a acquises. Nos corps à tous s'usent d'une façon ou d'une autre jusqu'à ce que nous mourions. Je préférerais avoir un palais qui me donnât le plaisir de jouir complètement d'un château-margaux ou d'un haut brion, même si les excès dus à mon apprentissage m'avaient doté d'un foie m'interdisant le richebourg, le corton ou le chambertin, plutôt que d'avoir les intestins de tôle ondulée de mon jeune âge, alors que tous les vins rouges m'étaient amers, sauf le porto, et que boire consistait à entonner une quantité suffisante de n'importe quoi pour se sentir sans soucis. Le point important, bien entendu, est d'éviter d'être forcé de renoncer complètement au vin, comme, en ce qui concerne l'œil, d'éviter de devenir aveugle. Mais il semble qu'il y ait une grande part de chance en tout cela, et nul ne peut éviter la mort par de simples efforts, ni savoir ce que peut supporter, à l'usage, une partie de son corps, avant d'en avoir fait l'épreuve.

Voilà qui semble s'écarter des courses de taureaux. Mais je voulais fixer ce point : en perfectionnant ses connaissances et son éducation sensorielle, on peut tirer du vin une source indéfinie de jouissances ; de même le plaisir qu'un homme prend aux courses de taureaux peut devenir une de ses plus grandes passions mineures ; et pourtant, une personne qui boit, non pas qui goûte ou savoure, mais qui *boit* du vin pour la première fois, même si elle ne se soucie pas ou n'est pas capable de goûter, saura si elle en aime l'effet ou non et si cela est bon ou non pour elle. En matière de vins, la plupart des gens, au début, préfèrent les crus doux : sauternes, graves, barsac, et les vins mousseux, comme le champagne, pas trop sec et le bourgogne mousseux, à cause de leur côté pittoresque ; plus tard, ils les échangeraient tous contre un vin léger, mais plein et moelleux, des grands crus de Médoc, même présenté dans une bouteille ordinaire, sans étiquette, poussière ni toiles d'araignée, et n'ayant d'autre pittoresque que son honnête délicatesse, la légèreté de son corps sur la langue, frais à la bouche et chaud quand il est bu. De même pour les courses de taureaux. Au début, c'est le pittoresque du *paseo*, la couleur, la mise en scène, les *faroles* et les *molinetes*, le toréador qui met sa main sur le mufle du taureau ou lui caresssse les cornes, ce sont toutes ces choses inutiles et romantiques que le spectateur aime. Il est bien aise de voir les chevaux protégés, si cela doit lui épargner des visions désagréables, et il applaudit à toutes les réformes de ce genre. Mais lorsque enfin, à force d'expérience, il a appris à apprécier les valeurs véritables, ce qu'il recherche, c'est l'honnêteté et l'émotion vraie, sans truquages ; c'est, toujours, la pureté classique dans l'exécution des diverses *suertes*. Comme pour les vins, le goût change ; l'amateur de corridas ne veut plus de douceries ; il préfère voir les chevaux sans matelas protecteurs, il préfère voir toutes les blessures et la mise à mort, plutôt que de voir les chevaux souffrir à cause d'un équipement destiné à leur permettre de souffrir tout en épargnant leur souffrance au spectateur. Mais, de même que pour le vin, vous saurez au premier essai, d'après l'effet produit, si vous aimerez ou non la chose en elle-même. La corrida présente des formes assez nombreuses pour plaire à tous les goûts ; si vous ne l'aimez pas, si vous n'aimez aucun de ses aspects, ou si, indifférent aux détails, vous n'en goûtez pas l'ensemble, alors ce n'est pas pour vous. Bien sûr, pour ceux qui aiment les courses de taureaux, ce serait bien agréable si ceux qui ne les aiment pas ne se sentaient obligés de partir en guerre contre elles ou de donner de l'argent pour leur suppression, parce qu'elles les choquent ou ne leur plaisent pas ; mais c'est trop à attendre, et tout ce qui pourrait soulever la passion en faveur des corridas soulèverait sûrement autant de passion contre elles.

Il y a beaucoup de chances pour que la première course de taureaux à laquelle on assiste ne soit pas, artistiquement, une des meilleures. Pour que cela arrive, il faudrait en effet qu'il y eût de bons toreros et de bons taureaux. Des toreros artistes, avec de pauvres taureaux, ne font pas des combats intéressants ; le torero habile, capable d'accomplir avec le taureau des exploits extraordinaires propres à produire le plus intense degré d'émotion chez le spectateur, n'essaiera pas de les faire avec un taureau sur lequel il ne peut pas compter au moment de la charge. Si donc les taureaux sont mauvais, c'est-à-dire méchants plutôt que braves, hésitants dans leurs charges, réservés et imprévisibles dans leurs attaques, il est préférable qu'ils soient combattus par des toreros connaissant leur métier à fond, consciencieux, et possédant des années d'expérience plutôt qu'une habileté artistique. De tels toreros donneront un spectacle parfait avec un animal difficile ; à cause du danger supplémentaire présenté par l'animal, de l'adresse et du courage dont ils doivent user pour surmonter ce danger, préparer la mise à mort et tuer avec quelque dignité, une telle corrida est alors intéressante, même pour quelqu'un qui n'en a jamais vu auparavant. Mais il peut arriver qu'un tel torero, adroit, expérimenté, courageux et compétent, mais n'ayant ni génie ni grande inspiration, reçoive dans l'arène un taureau vraiment brave, un qui charge en ligne droite, qui répond à tous les défis, qui devient plus brave sous la riposte, et qui a cette qualité technique que les Espagnols appellent « noblesse ». Si le torero n'a que du courage et un savoir-faire ordinaire pour préparer une mise à mort et tuer les taureaux ; s'il n'a rien de ce jeu magique du poignet ni de ce sens esthétique qui, étant donné un taureau chargeant en ligne droite, a produit l'art sculptural de la moderne course de taureaux — alors il échoue complètement, il donne un spectacle sans éclat, honnête et sa cote commerciale de torero descend encore un peu ; tandis que dans la foule, des hommes qui gagnent, peut-être, moins de mille pesetas par an, diront, et le penseront vraiment : « J'aurais donné cent pesetas pour voir Cagancho avec ce taureau-là. » Cagancho est un gitan, sujet à des accès de couardise, tout à fait dépourvu d'honnêteté, qui viole toutes les règles de conduite, écrites et non écrites, du matador. Mais, en présence d'un taureau en qui il a confiance (et il a très rarement confiance en un taureau), il peut accomplir toutes les prouesses habituelles des toreros d'une façon qu'on n'a jamais vue auparavant. On le voit parfois, absolument droit et ferme sur ses pieds, planté comme un arbre, avec l'arrogance et la grâce des gitans, près desquelles toute autre arrogance ou grâce semble une imitation ; alors, déployant toute grande la cape, avec le mouvement du foc d'un yacht, il la fait passer devant le mufle du taureau ; et son geste est si lent que l'art du torero (que sa seule impermanence empêche d'être un des arts majeurs) devient, dans l'arrogante lenteur de ses *veronicas*, pour les quelques minutes qu'elles durent, une œuvre permanente. Voilà la pire sorte de style fleuri ; mais je dois essayer de rendre le sentiment d'une telle vision ; et, pour quelqu'un qui n'a pas vu, un simple exposé de la méthode ne pourrait communiquer ce sentiment. Si le lecteur a vu des courses de taureaux, il peut passer sur les fioritures de ce genre et lire les récits des faits qui sont beaucoup plus difficiles à isoler et à exposer. Le fait est que le gitan Cagancho arrive parfois, grâce à ses merveilleux poignets, à exécuter les mouvements usuels du combat de taureaux avec une telle lenteur qu'ils deviennent, relativement à la vieille tauromachie, ce qu'est le cinéma ralenti au cinéma ordinaire. C'est comme si, au cours d'un « saut de l'ange », qui n'est, sur le moment, qu'une brusque détente, bien qu'il semble être, sur les photographies, une longue glissade, un plongeur pouvait contrôler sa vitesse et transformer sa chute en une longue glissade, semblable aux plongeons et aux sauts que nous faisons parfois dans les rêves. D'autres toreros qui ont ou qui ont eu cette habileté du poignet sont Juan Belmonte et, à l'occasion, avec la cape, Enrique Torres et Félix Rodriguez.

Le spectateur qui va à une course de taureaux pour la première fois ne peut s'attendre à voir la combinaison du taureau idéal et du torero idéal pour ce taureau ; cela n'arrive pas plus de vingt fois dans toute l'Espagne en une saison, et il n'aurait aucun profit à voir cela pour commencer. Son œil serait confondu par tout ce qu'il y a à voir, son regard n'arriverait pas à tout embrasser, et un spectacle qu'il ne reverrait peut-être jamais de sa vie ne signifierait pas plus pour lui qu'un spectacle ordinaire. S'il y a quelque chance pour qu'il soit apte à goûter les courses de taureaux, le mieux pour lui est de voir d'abord une corrida moyenne, deux taureaux braves sur six, les quatre autres quelconques pour donner du relief aux exploits des deux excellents ; trois toreros, qui ne soient pas trop richement payés, en sorte que tout ce qu'ils pourront faire d'extraordinaire paraisse difficile plutôt qu'aisé ; qu'il ne soit pas assis trop près de la piste, de sorte qu'il puisse voir tout le spectacle, sans avoir à rompre continuellement son attention entre le taureau et le cheval, l'homme et le taureau, le taureau et l'homme, ce qui arriverait s'il était trop près ; et qu'enfin ce soit une journée chaude et ensoleillée. Le soleil est très important. Théorie, pratique et mise en scène de la course de taureaux ont été construites sur la supposition de la présence du soleil, et lorsqu'il ne brille pas, un tiers de la corrida manque. L'Espagnol dit : « *El sol es el mejor torero.* » Le soleil est le meilleur torero, et, sans soleil, le meilleur torero est incomplet. Il est comme un homme sans ombre.

II

La course de taureaux n'est pas un sport au sens anglo-saxon du mot, c'est-à-dire que ce n'est pas un combat égal ou un essai de combat égal entre un taureau et un homme. C'est plutôt une tragédie ; la tragédie de la mort du taureau, qui est jouée, plus ou moins bien, par le taureau et l'homme qui y participent, et où il y a danger pour l'homme mais mort certaine pour l'animal. Le danger couru par l'homme peut être accru à volonté par le torero dans la mesure où il travaille près des cornes du taureau. Les règles de la course de taureaux à pied dans une enceinte fermée, formulées par des années d'expérience, permettent à l'homme qui les connaît et qui les suit d'accomplir avec un taureau certaines actions sans être atteint par ses cornes ; en se tenant dans ces règles, le torero peut diminuer à sa guise sa distance des cornes ; et, ce faisant, il doit compter de plus en plus sur ses réflexes et son appréciation de la distance pour esquiver les pointes aiguës. Ce danger que l'homme crée volontairement peut se changer en certitude d'être atteint et frappé par le taureau si l'homme, par ignorance, lenteur, manque de vivacité, folie aveugle ou étourdissement momentané, viole l'une de ces règles fondamentales d'exécution des différentes suertes. Tout ce que l'homme fait dans l'arène est appelé *suerte*. C'est le terme le plus commode à employer, car il est court. Il signifie « sort », « action », etc., mais ces mots ont, dans notre langue, des sens trop vagues, qui pourraient entraîner des confusions.

Les gens qui voient leur première corrida disent : « Mais comme les taureaux sont stupides! Ils courent toujours après la cape, et jamais après l'homme. »

Si le taureau court seulement après la percale rouge de la cape ou la serge écarlate de la *muleta*, c'est que l'homme l'y oblige et qu'il manie l'étoffe de façon que l'œil du taureau soit attiré par elle plutôt que par l'homme. Aussi, un bon commencement pour le spectateur qui veut voir réellement les courses de taureaux serait d'aller aux *novilladas* ou courses d'apprentissage. Là, les taureaux ne se contentent pas toujours de courir après l'étoffe, car alors les toreros sont en train d'apprendre sous vos yeux les règles du combat ; ils ne se rappellent pas toujours, ou ne connaissent pas, la place correcte à prendre sur le terrain, ou la façon de maintenir le taureau sous l'attirance de l'étoffe trompeuse, en le détournant de l'homme. C'est une chose de savoir les règles en théorie, et une autre de s'en souvenir quand on en a besoin, face à un animal qui cherche à vous tuer. Le spectateur qui veut voir des coups de corne et des hommes blessés plutôt que juger de la manière dont les taureaux sont dominés devrait aller à une novillada avant de voir une *corrida de toros* ou course de taureaux régulière. Il serait bon, en tous les cas, qu'il aille voir pour commencer une novillada s'il veut se renseigner sur la technique, puisque l'art d'utiliser les connaissances, que nous appelons de ce nom décrié, n'est jamais aussi visible que dans ses imperfections. Dans une novillada, le spectateur peut voir les fautes commises par les toreros, et les châtiments que ces fautes entraînent. Il apprendra aussi à apprécier l'état d'entraînement ou le manque d'entraînement des hommes, et l'effet que ces conditions ont sur leur courage.

Une fois, à Madrid, je me souviens que nous étions allés à une novillada au milieu de l'été, par un dimanche très chaud où tous ceux qui en avaient les moyens avaient quitté la cité pour les plages du nord ou pour les montagnes. La course ne devait pas commencer avant six heures du soir. On devait voir six taureaux Tovar tués par trois aspirants-matadors qui ont tous depuis échoué dans leur profession. Nous nous assîmes au premier rang derrière la barrière de bois. Lorsque le premier taureau arriva, il était clair que Domingo Hernandorena, un petit Basque aux chevilles épaisses, sans grâce, au visage pâle, l'air nerveux et mal nourri, vêtu d'un costume de location, s'il devait tuer ce taureau, ou bien se rendrait ridicule ou serait blessé. Hernandorena ne pouvait maîtriser la nervosité de ses pieds. Il aurait voulu se tenir calme et amuser le taureau avec de lents mouvements de ses bras et de la cape, mais lorsqu'il essaya de se tenir immobile quand le taureau chargea, ses pieds se mirent à sauter d'une façon désordonnée, en détentes courtes et nerveuses. Ses pieds, de toute évidence, échappaient à son contrôle personnel, et son effort pour avoir l'air sculptural, tandis que ses pieds se démenaient pour l'emmener hors de danger, était très drôle pour l'assistance. C'était drôle pour eux, parce que beaucoup d'entre eux savaient que c'est ainsi que leurs propres pieds se comporteraient s'ils voyaient les deux cornes s'avancer vers eux. Et, comme il arrive toujours, il leur était désagréable de voir dans l'arène, gagnant de l'argent, un homme qui avait les mêmes défauts physiques qui les écartaient, eux spectateurs, d'un métier réputé aussi lucratif. Quand vint le tour des deux autres matadors, ils montrèrent un très joli jeu de cape et, après eux, Hernandorena, avec son tremblement nerveux, paraissait encore pire. Il ne s'était pas trouvé dans l'arène avec un taureau depuis plus d'une année, et il était tout à fait incapable de maîtriser ses nerfs. Quand les *banderillas* furent placées, et que le moment vint pour lui d'aller, avec l'étoffe rouge et l'épée, préparer et exécuter la mise à mort, la foule, qui avait applaudi ironiquement chacun de ses mouvements de nervosité, s'apprêta à voir arriver quelque chose de très drôle. D'en haut, tandis qu'il prenait la muleta et l'épée et se rinçait la bouche avec de l'eau, je pouvais voir frémir les muscles de ses joues. Le taureau, campé contre la barrière, l'épiait. Hernandorena ne pouvait compter que ses jambes le porteraient tranquillement vers le taureau. Il savait qu'il n'y avait qu'une façon de faire qui lui permettrait de rester à une place fixe de l'arène. Il courut vers le taureau et à dix mètres devant lui il se laissa tomber à genoux sur le sable. En cette position, il était sauvé du ridicule. Il déploya l'étoffe rouge sur son épée, et se mit à avancer par petits bonds, sur les genoux, vers le taureau. Le taureau observait l'homme et le triangle d'étoffe rouge, les oreilles pointées, les yeux fixes. Hernandorena vint, sur ses genoux, un mètre plus près et agita l'étoffe. La queue du taureau se dressa, sa tête se baissa. Il chargea, et, quand il atteignit Hernandorena, l'homme agenouillé fut enlevé d'un bloc, balancé en l'air comme un paquet, les jambes alors dans toutes les directions, puis retomba à terre. Le taureau le chercha du regard, aperçut une cape largement déployée agitée par un autre torero et fonça sur elle ; Hernandorena se leva, avec du sable sur son visage blanc, et chercha après son épée et l'étoffe. Quand il se mit debout, je vis, dans la soie lourde et le gris maculé de ses culottes de location, une ouverture nette et profonde par où l'on voyait le fémur à nu depuis la hanche et presque jusqu'au genou. Il le vit aussi, parut très surpris et y porta la main, tandis que les gens sautaient par-dessus la barrière et couraient vers lui pour l'emmener à l'infirmerie. L'erreur de technique qu'il avait commise avait été de ne pas tenir l'étoffe rouge de la muleta entre lui et le taureau jusqu'au moment de la charge ; alors, au « moment de juridiction », comme on l'appelle, quand la tête baissée du taureau aurait atteint la muleta, il se serait rejeté en arrière, en élevant l'étoffe et la déployant avec la baguette et l'épée, assez loin en avant, de sorte que le taureau, suivant l'étoffe, aurait épargné son corps. C'était une simple erreur de technique.

Cette nuit-là, au café, je n'entendis pas un seul mot de sympathie à son adresse. C'était un ignorant, un empoté, et il n'avait plus d'entraînement. Pourquoi avait-il insisté pour être un torero ? Pourquoi s'était-il mis sur les genoux ? Parce que c'était un poltron, disaient-ils. Les genoux sont pour les poltrons. On n'avait aucune sympathie naturelle pour sa nervosité insurmontable, puisqu'il était payé pour montrer ses talents en public. On aurait préféré le voir éventré que fuyant le taureau. Être blessé, c'était honorable ; ils auraient sympathisé avec lui s'il avait été pris dans un de ses sursauts de retraite ; car, tout en s'en moquant, ils le savaient, cette irrépressible nervosité venait du manque d'entraînement, et ils auraient préféré cela plutôt que de le voir se mettre à genoux. En effet, le plus difficile, quand on a peur du taureau, c'est de maîtriser ses pieds et de laisser le taureau venir ; et tous les efforts qu'il faisait pour maîtriser ses pieds étaient honorables, même si l'on en ricanait parce qu'ils paraissaient ridicules. Mais il s'était mis sur les genoux, sans même connaître la technique du combat dans cette position (cette technique que possède Marcial Lalanda, le plus scientifique des toreros vivants, et qui seule rend cette position honorable), en faisant cela, Hernandorena a avoué sa nervosité. Ce n'était pas de montrer sa nervosité qui était honteux, c'était de l'admettre. Lorsque, sans avoir la technique, et par là même admettant son incapacité à maîtriser ses pieds, le matador se mit à genoux devant le taureau, la foule n'avait pas plus de sympathie pour lui que pour un suicidé.

Pour moi, qui ne suis pas torero et que les suicides intéressent beaucoup, le problème qui se posait était celui de la description correcte du fait. Pendant la nuit, je m'efforçai de me rappeler une chose que ma mémoire n'arrivait pas à ressaisir, et qui était pourtant ce que j'avais réellement vu de l'événement ; et, à force de tourner autour, je trouvai. Quand le torero s'était relevé, le visage blême et sale et la soie de ses culottes ouverte de la ceinture au genou, ce que j'avais vu, c'était la saleté des culottes de location, la saleté du caleçon déchiré, et la propreté du fémur, blanc, intolérablement blanc — c'est cela que j'avais vu et c'était cela l'important.

Dans les novilladas, outre l'apprentissage de la technique et les conséquences d'une technique insuffisante, vous pouvez aussi avoir l'occasion d'étudier comment on s'y prend avec des taureaux défectueux. En effet, les taureaux qu'un défaut apparent empêche d'utiliser dans les courses régulières sont mis à mort dans les corridas d'entraînement. Presque tous les taureaux manifestent au cours du combat des défauts que le torero doit corriger. Mais dans les novilladas, ces défauts, défauts de vision, par exemple, sont souvent apparents dès le début, en sorte qu'on peut clairement voir la façon de les corriger, ou ce qu'il advient si on ne les corrige pas.

La course de taureaux régulière est une tragédie, et non un sport ; le taureau est certain d'être tué. Si le matador ne peut le tuer dans les quinze minutes accordées pour la mise à mort et ses préparatifs, on fait sortir le taureau vivant de l'arène, encadré de bœufs, pour déshonorer le matador ; mais, aux termes de la loi, il doit être abattu dans les *corrales*. Il n'y a pas une chance sur cent pour que le *matador de toros*, ou torero officiellement investi, soit tué, à moins qu'il ne soit inexpert, ignorant, mal entraîné ou trop vieux et trop lourd sur ses pieds. Mais le matador, s'il connaît son métier, peut accroître le danger mortel qu'il court exactement autant qu'il veut. Il doit, cependant, accroître ce danger *en se tenant dans les règles prévues pour sa protection.*

En d'autres mots, il est à son honneur de faire ce qu'il sait faire de la façon la plus dangereuse, mais toujours géométriquement possible. Il se discrédite s'il court au danger par ignorance, par négligence des règles fondamentales, par manque de vivacité physique ou mentale, ou par folie aveugle.

Le matador doit dominer le taureau par son savoir et son art. C'est dans la mesure où il y parvient avec grâce qu'il sera beau à regarder. La force lui est de peu d'utilité, excepté au moment précis de tuer. Un jour quelqu'un demanda à Rafael Gomez, «El Gallo », frère de José Gomez « Gallito », et dernier membre vivant de la grande famille de toreros gitans de ce nom, qui approchait de la cinquantaine, quels exercices physiques il faisait pour conserver la force nécessaire à son art.

— La force? dit Gallo. Qu'ai-je besoin de force? Le taureau pèse une demi-tonne. Devrais-je faire des exercices pour lutter de force avec lui? Non, c'est à lui d'avoir la force.

Si l'on permettait aux taureaux d'accroître leur savoir comme fait le torero, et si les taureaux qui n'ont pas été tués dans les quinze minutes accordées, au lieu d'être abattus ensuite dans les corrales, étaient autorisés à combattre de nouveau, ils tueraient tous les toreros, du moins si ceux-ci continuaient à les combattre selon les règles. La course de taureaux est construite sur cette base fondamentale que c'est la première rencontre entre l'animal sauvage et un homme non monté. C'est la première condition de la corrida moderne, que le taureau n'ait jamais été dans l'arène auparavant. Dans les anciens jours, on laissait combattre des taureaux qui avaient déjà connu l'arène, et tant d'hommes étaient tués dans les courses que, le 20 novembre 1567, le pape Pie V publia un édit excommuniant tous les princes chrétiens qui permettraient les courses de taureaux dans leur pays, et refusant les funérailles chrétiennes à toute personne tuée dans l'arène. L'Église ne consentit à tolérer les courses de taureaux (qui persistèrent solidement en Espagne, en dépit de l'édit papal) que lorsqu'il fut convenu que chaque taureau n'apparaîtrait qu'une fois dans l'arène.

Vous pouvez donc penser que la course de taureaux deviendrait une véritable chasse, plutôt qu'un simple spectacle de tragédie, si l'on permettait aux taureaux qui furent dans l'arène d'y paraître de nouveau. J'ai vu de ces courses, telles qu'on les pratique, contre toutes les lois, dans des villes de province. C'est dans une arène improvisée en bloquant les entrées d'une place publique avec des charrettes empilées, que se courent ces irrégulières *capeas* ou corridas de place publique, où l'on emploie des taureaux ayant déjà servi. Les aspirants toreros sans appuis financiers font leurs premières armes dans les capeas. C'est un sport, un sport très sauvage et primitif et, en grande partie, un vrai sport d'amateurs.

Je crains cependant qu'à cause du danger de mort qu'il implique, il n'ait jamais grand succès parmi les amateurs de sports d'Amérique et d'Angleterre. Dans nos jeux sportifs, ce n'est pas la mort qui nous fascine, la mort toute proche et qu'il faut éviter. Nous sommes fascinés par la victoire, et c'est la défaite, au lieu de la mort, que nous cherchons à éviter. C'est d'un symbolisme bien joli, mais il faut plus de *cojones* pour être de la partie dans un sport où la mort est un partenaire. Dans les capeas, le taureau est rarement tué. Voilà qui plaira aux amateurs de sports qui sont amis des bêtes. La ville est d'ordinaire trop pauvre pour pouvoir se payer la mise à mort d'un taureau, et aucun des aspirants toreros n'a assez d'argent pour s'acheter une épée; autrement, il n'aurait pas choisi les capeas pour faire son apprentissage. Cela pourrait fournir une occasion à notre amateur de sport, s'il est riche; il n'aurait qu'à payer pour le taureau et s'acheter pour lui-même une épée.

Cependant, à cause du mécanisme mental de l'animal, le taureau qui a déjà servi ne donne pas un spectacle brillant. Après une ou deux charges, il reste immobile et ne consent plus à charger que s'il est certain d'atteindre l'homme ou le jeune garçon qui l'excite avec une cape. Lorsqu'il y a foule, et que le taureau charge dedans, il fonce sur un homme et le poursuit, en dépit de tous les tours, détours et contorsions qu'il doit faire, jusqu'à ce qu'il l'atteigne et le lance en l'air. Si l'on a emboulé les pointes des cornes du taureau, cette chasse et ces voltiges sont très drôles à voir, pendant un certain temps. Personne ne va affronter le taureau s'il n'en a pas envie ; mais, bien entendu, il y en a beaucoup qui, sans en avoir grande envie, y vont pour montrer leur courage. C'est très exaltant pour ceux qui sont en bas, sur la place ; et c'est un signe distinctif de tout véritable sport d'amateur, qu'il procure plus de joie à l'acteur qu'au spectateur (dès qu'il commence à procurer assez de joie au spectateur pour qu'on puisse avec profit lui imposer un droit d'entrée, le sport contient le germe du professionnalisme) ; la moindre preuve de sang-froid ou de maîtrise de soi entraîne alors des applaudissements immédiats. Mais si les cornes du taureau sont nues et acérées, c'est un spectacle inquiétant. Hommes et jeunes garçons s'essaient sur le taureau à manier la cape, en se servant de sacs, de blouses et de vieilles capes, exactement comme lorsqu'on lui a emboulé les cornes. La seule différence est que lorsque le taureau les attrape et les lance en l'air, ils s'exposent à ne se dégager de ses cornes qu'avec des blessures devant lesquelles tous les chirurgiens de l'endroit se trouveront désarmés. Un taureau qui était un grand favori dans les capeas de la province de Valence a tué seize hommes et jeunes garçons et en a grièvement blessé plus de soixante, au cours d'une carrière de cinq ans. Les gens qui prennent part à ces capeas sont parfois des aspirants à la profession de torero, qui viennent y acquérir sans frais leur expérience du taureau. Mais le plus souvent ce sont des amateurs, qui viennent purement pour le sport, pour l'exaltation immédiate, qui est grande, ou pour le plaisir rétrospectif d'avoir montré leur mépris de la mort, par un jour torride, sur la grand-place même de leur ville. Beaucoup y vont par vanité, espérant qu'ils seront braves. Beaucoup s'aperçoivent qu'ils ne sont pas braves du tout ; mais, au moins, ils y sont allés. Il n'y a absolument rien à gagner pour eux, si ce n'est la satisfaction intime d'avoir été dans l'arène avec un taureau ; une telle expérience, quiconque l'a faite s'en souviendra toujours. C'est une étrange sensation de voir un animal s'avancer vers vous avec le but bien déterminé de vous tuer, de voir ses yeux ouverts qui vous regardent, et l'approche des cornes baissées avec lesquelles il veut vous tuer. Cette sensation est si forte qu'il y aura toujours des hommes qui voudront aller dans les capeas pour l'orgueil d'en faire l'expérience et pour le plaisir d'avoir essayé quelque manœuvre particulière avec un vrai taureau — bien que, sur le moment, le plaisir puisse n'être pas très grand. Parfois le taureau est tué, soit que la ville ait assez d'argent pour se le permettre, ou que la populace perde tout contrôle, chacun alors s'affairant aussitôt sur lui avec couteaux, poignards, couteaux de boucher et pierres ; l'un, parfois, entre ses cornes, ballotté de haut en bas, un autre voltigeant dans l'espace, et plusieurs, en tout cas, cramponnés à sa queue ; c'est un fourmillement de couperets, masses et poinçons qui lui entrent dans le corps, le frappent ou le déchiquettent jusqu'à ce qu'il fléchisse et s'abatte. Toute mise à mort d'amateur ou de groupe est un spectacle très barbare, répugnant, bien qu'enivrant, et très éloigné du rituel de la course de taureaux régulière.

Le taureau qui avait fait les seize morts et les soixante blessés fut tué d'une manière très curieuse. Un de ceux qu'il avait tués était un jeune gitan d'environ quatorze ans. Le frère et la sœur du jeune garçon se mirent à suivre le taureau dans ses déplacements, espérant avoir peut-être une occasion de l'assassiner tandis qu'il serait enfermé dans sa cage après une capea. C'était difficile, car le taureau, étant estimé comme un combattant de haute valeur, était l'objet de soins attentifs. Ils le suivirent ainsi pendant deux ans, sans rien tenter, se contentant d'aller partout où l'on menait le taureau. Lorsqu'une fois de plus les capeas furent abolies — elles n'ont cessé d'être abolies et ré-abolies par ordre du gouvernement — le propriétaire du taureau décida de l'envoyer à l'abattoir de Valence, car, aussi bien, le taureau prenait de l'âge. Les deux gitans étaient à l'abattoir, et le jeune homme demanda la permission, puisque le taureau avait tué son frère, de tuer lui-même le taureau. On la lui accorda, et il commença par lui crever les yeux tandis que le taureau était dans sa cage ; il cracha soigneusement dans les orbites, puis le tua en lui incisant la moelle épinière entre les vertèbres du cou avec un poignard, ce qui lui donna quelque difficulté ; il demanda alors la permission de couper les testicules du taureau ; on la lui accorda, et lui et sa sœur firent un petit feu sur le bord de la rue poussiéreuse devant l'abattoir ; ils firent rôtir les deux glandes sur des baguettes et, quand elles furent à point, ils les mangèrent. Ils tournèrent alors le dos à l'abattoir et s'en allèrent le long de la route, hors de la ville.

III

La course de taureaux normale, la corrida de toros moderne, comprend ordinairement la mise à mort de six taureaux par trois hommes différents. Chaque homme tue deux taureaux. La loi exige que les taureaux soient âgés de quatre à cinq ans, sans défauts physiques, et bien armés de cornes acérées. Ils sont inspectés avant le combat par un vétérinaire municipal. Le vétérinaire est chargé d'éliminer les taureaux n'ayant pas l'âge, insuffisamment armés, présentant des défectuosités des yeux ou des cornes, des maladies apparentes ou des défauts visibles du corps, comme la claudication.

Les hommes appelés à les tuer sont nommés *matadors* et l'on détermine par le sort lesquels d'entre les six taureaux ils devront mettre à mort. Chaque matador, ou tueur, a une *cuadrilla*, ou équipe de cinq ou six hommes payés par lui et travaillant sous ses ordres. Trois d'entre eux l'assistent à pied, manient la cape et, sur ses ordres, placent les banderillas, tiges de bois de trois pieds de long avec une pointe en forme de harpon ; on les appelle *peones* ou *banderilleros*. Les deux autres, qui sont montés sur des chevaux lorsqu'ils paraissent dans l'arène, sont appelés *picadores*.

Personne en Espagne ne porte le nom de toréador. Ce mot désuet s'appliquait aux membres de la noblesse qui, dans les jours où il n'y avait pas encore de professionnels des courses de taureaux, s'amusaient à tuer des taureaux qu'ils combattaient à cheval. Tout homme qui combat les taureaux pour de l'argent, comme *matador*, *banderillero* ou *picador*, est appelé *torero*. Un homme qui les tue avec une javeline, monté sur un pur-sang spécialement dressé, est nommé *rejoneador* ou *caballero en plaza*. L'expression « course de taureaux » traduit le nom espagnol de corrida de toros. L'arène à taureaux s'appelle *plaza de toros*.

Dans la matinée qui précède la corrida, les représentants de chaque matador, en général ses banderilleros les plus anciens ou ceux en qui il a le plus confiance, se rencontrent aux corrales de la plaza de toros où sont enfermés les taureaux pour la course de l'après-midi. Ils examinent les taureaux, comparent leurs tailles, leurs poids, leurs hauteurs, la longueur, l'ampleur et l'acuité de leurs cornes, et la condition de leurs pelages. Cette dernière observation peut donner de bonnes indications sur leur condition physique et leur bravoure probable. Il n'y a aucun signe certain de la bravoure, mais il y a de nombreux indices de la couardise probable. Les banderilleros de confiance questionnent le gardien ou *vaquero*, qui a voyagé depuis la ferme avec les taureaux et qui, tant qu'il en a charge, est appelé le *mayoral*; ils l'interrogent sur les qualités et la conduite probable de chaque animal. Les taureaux doivent être répartis deux par deux en trois lots, par consentement unanime des représentants assemblés. Tous leurs efforts visent à avoir dans chaque lot un bon taureau et un mauvais taureau, bon et mauvais, il s'entend, du point de vue du torero.

Un bon taureau, pour le torero, n'est pas trop gros, pas trop fort, pas trop encorné, pas trop haut à l'encolure, mais surtout il a bonne vue, réagit bien à la couleur et au mouvement, est brave et franc à charger. Un mauvais taureau, pour le torero, c'est un taureau trop gros, trop vieux, trop puissant ou trop largement encorné; mais surtout, un mauvais taureau est celui qui ne réagit pas à la couleur ou au mouvement, qui manque de courage ou de combativité soutenue, de sorte que le torero ne peut dire s'il chargera, ni quand ni comment. Les représentants sont habituellement de petits hommes en casquettes, pas encore rasés, aux accents très variés, mais tous avec la même dureté dans l'œil. Ils argumentent et discutent. Ils disent que le numéro 20 a plus de cornes que le 42, mais que le 42 pèse deux *arrobas* (vingt-trois kilos.) de plus que le 16.

Le 46 est aussi grand qu'une cathédrale. L'un des toreros l'apppelle, et il lève la tête de sa mangeoire. Le 18 est rouan de pelage, et il pourrait bien être aussi poltron qu'un bœuf. Les lots sont composés après bien dès discussions et les numéros de chaque paire de taureaux, ceux qui sont imprimés au fer rouge sur leurs flancs, sont écrits sur trois feuilles de papier à cigarettes. On roule les papiers en boules et on les jette dans une casquette. Le taureau rouan suspect de poltronnerie a été couplé avec une bête de poids moyen, noire, aux cornes pas trop longues et au pelage lustré. Le 46, celui à taille de cathédrale, est apparié avec le 16 qui, étant tout juste assez gros pour être admis par les vétérinaires, sans caractères saillants, est l'idéal du « demi-taureau » (qui a l'aspect d'un taureau mais ne possède ni son plein développement musculaire ni l'art de se servir de ses cornes) que tous les représentants ont espéré obtenir pour leur matador. Le numéro 20, celui aux vastes cornes pointues comme des aiguilles, fait pendant au 42, qui est le plus petit après le 16. L'homme qui tient la casquette la secoue et chaque représentant y plonge une main brune, et tire une des boulettes de papier à cigarettes. Ils les déroulent, lisent, jettent peut-être un dernier regard aux deux taureaux donnés par le sort, s'en vont retrouver leur matador à l'hôtel et lui disent ce qu'il aura à tuer.

Le matador décide dans quel ordre il préfère prendre ses taureaux. Il peut prendre le plus mauvais d'abord, dans l'espoir de se réhabiliter avec le second au cas où il se serait mal tiré d'affaire avec le premier. Ou, s'il est le troisième à entrer en scène, il peut prendre le meilleur d'abord, en calculant que, tuant le sixième taureau, il commencera peut-être à faire sombre, le public se disposera à partir, et que, si le taureau se révèle difficile, on lui pardonnera d'essayer d'en finir et de la manière la plus facile.

Les matadors tuent leurs taureaux chacun à leur tour, par ordre d'ancienneté, celle-ci comptant à partir de leur présentation comme matador de toros à la plaza de Madrid. Si un matador est blessé et ne peut revenir de l'infirmerie, c'était autrefois le plus ancien des matadors restants qui mettait à mort les deux taureaux. Aujourd'hui, on les partage entre les deux matadors restants.

La course de taureaux commence généralement à cinq heures ou cinq heures et demie de l'après-midi. A midi et demie a lieu l'*apartado* ; c'est-à-dire qu'on fait sortir les taureaux des corrales, avec l'aide de bœufs, et qu'au moyen de portes battantes, de couloirs et de trappes, on les sépare et les enferme dans leurs cellules individuelles ou *chiqueros*. C'est là qu'ils doivent demeurer et se reposer jusqu'au moment qui leur est assigné de sortir dans l'arène dans l'ordre qui a été fixé. Les taureaux ne sont pas privés de nourriture et d'eau avant le combat, comme on peut lire dans divers guides de l'Espagne, ni tenus dans une cellule obscure pendant plusieurs jours. On ne les met dans la demi-obscurité des chiqueros pas plus de quatre heures avant que la course ne commence. On ne leur donne plus à manger dès qu'ils ont quitté le corral, pas plus qu'on ne donnerait à manger à un boxeur juste avant un combat ; et si on les place dans ces petites cellules faiblement éclairées, c'est pour pouvoir les faire venir rapidement dans l'arène, les reposer et les tenir tranquilles avant le combat.

En général, seuls les matadors, leurs amis et représentants, le personnel de l'arène, les autorités et quelques rares spectateurs assistent à l'apartado. C'est ordinairement là pour la première fois que le matador voit les taureaux qu'il devra tuer dans l'après-midi. Dans la plupart des endroits, on réduit le nombre des spectateurs en mettant le prix des billets à cinq pesetas. La direction de l'arène ne tient pas à avoir beaucoup de monde lorsqu'on sort les taureaux, de crainte que les bêtes n'aient leur attention attirée par les spectateurs qui veulent de l'action et essaient d'exciter les taureaux, ce qui peut les amener à charger contre les portes, contre les murs, ou les uns contre les autres. S'ils se mettent à charger dans les corrales, ils courent le risque d'endommager leurs cornes ou de se frapper les uns les autres, et la direction aurait alors à les remplacer, à raison de quelque deux cents dollars pièce. Beaucoup de spectateurs et de passionnés des corridas sont convaincus qu'ils peuvent parler aux taureaux aussi bien ou mieux que les toreros. Protégés par la haute barrière ou le mur du corral, ils essaient d'attirer l'œil de l'animal, et ils poussent le guttural « heuh! — heuh! — heuh! » que gardiens et toreros emploient pour éveiller l'attention du taureau. Si le taureau, du fond de sa cellule, lève sa tête puissante, aux amples cornes qui semblent solides comme du bois, lisses et aiguës, et si la saillie musculaire de sa nuque et de ses épaules, lourde et large au repos, se soulève en crête gonflée sur le lustre sombre de son pelage, si ses naseaux s'élargissent et qu'il lève et secoue ses cornes en regardant vers le spectateur, alors l'amateur de conversation avec les taureaux a eu un succès. Si le taureau chargeait réellement, enfonçant ses cornes dans le bois ou donnant de la tête vers l'interlocuteur, ce serait un triomphe. Pour limiter le nombre des succès et éviter les triomphes, la direction met les billets à cinq pesetas, supposant qu'une personne capable de payer cinq pesetas pour voir sortir les taureaux aura trop de dignité pour essayer de parler aux taureaux avant les courses.

Mais ils n'ont aucun moyen d'en être tout à fait sûrs, et à certains endroits du pays, où l'on n'a des taureaux qu'une fois par an, vous verrez des hommes venir à l'apartado, qui paient cinq pesetas uniquement pour avoir une meilleure occasion d'exercer leurs talents de conversation avec les taureaux. Mais en général les cinq pesetas réduisent le nombre des interlocuteurs non pris de boisson, et les taureaux ne prêtent guère attention à un homme ivre. J'ai souvent vu des hommes ivres pousser des cris à l'adresse des taureaux, et je n'ai jamais vu les taureaux y prêter aucune attention. Cette atmosphère de dignité à cinq pesetas, dans une ville comme Pampelune, où un homme peut s'enivrer deux fois et faire un repas au marché aux chevaux pour cinq pesetas, donne un lustre presque religieux à l'apartado. Là, nul ne dépense cinq pesetas pour voir la sortie des taureaux, s'il n'est très riche et très respectable. Mais l'atmosphère de l'apartado peut être très différente en d'autres endroits. Je ne l'ai jamais vue tout à fait identique dans deux villes différentes. Après l'apartado, tout le monde va au café.

La course de taureaux elle-même a lieu sur une piste circulaire couverte de sable, entourée d'une barrière de bois rouge d'un peu plus de quatre pieds de haut. Cette palissade rouge est nommée *bàrrera*. Un étroit passage circulaire la sépare du premier rang de sièges de l'amphithéâtre. Ce passage étroit s'appelle *callejón*. C'est là que se tiennent les porteurs d'épées, avec leurs cruches d'eau, éponges, piles de muletas repliées, et lourds fourreaux d'épées en cuir, les aides, les vendeurs de bière fraîche et de boissons gazeuses, de fruits glacés enfermés dans des filets qui flottent dans les baquets galvanisés pleins d'eau et de glace, de pâtisseries posées sur des vans, d'amandes salées et de cacahuètes. C'est là aussi que se trouvent la police, les toreros qui ne sont pas dans l'arène pour le moment, plusieurs policiers en civils prêts à arrêter les amateurs qui sauteraient dans l'arène, les pho-

tographes, et, sur des sièges protégés par des abris
de planches, les médecins, les charpentiers qui
réparent la barrera si elle est brisée, et les délégués
du gouvernement. Dans quelques arènes, les pho-
tographes sont autorisés à circuler dans le callejon ;
dans les autres, ils doivent opérer de leurs sièges.

Les sièges sont à découvert, excepté ceux des
loges ou *palcos* et de la première galerie ou *grada*.
De la galerie, les sièges descendent en rangs circu-
laires jusqu'au bord de la piste. Ces rangs de places
numérotées sont appelées *tendidos*. Les deux rangs
avancés, ceux qui sont le plus près de l'arène, se
nomment *barreras* et *contrabarreras*. Les places du
troisième rang sont appelées *delanteras de tendidos*,
ou premier rang des tendidos. Pour le numérotage,
l'amphithéâtre est partagé en sections comme un
gâteau ; ces sections sont numérotées tendidos
1, 2, 3 et ainsi de suite jusqu'à 11 ou 12 selon la
dimension de l'arène.

Si vous allez à une corrida pour la première fois,
la meilleure place, pour vous, dépend de votre
tempérament. D'une loge ou du premier rang de
la galerie, les détails de sons, d'odeurs, et ces détails
visibles qui contribuent à la perception du danger
sont perdus ou réduits au minimum, mais on voit
mieux la course en tant que spectacle et, si la corrida
est bonne, il y a beaucoup de chances pour qu'ainsi
on la goûte davantage. Si c'est une mauvaise corrida,
c'est-à-dire un spectacle non artistique, vous vous
trouverez d'autant mieux que vous serez plus près,
car alors, n'ayant pas à juger de l'ensemble, vous

pourrez vous documenter, voir tous les détails, les pourquoi et les comment. Loges et galeries sont pour les gens qui ne veulent pas voir les choses de trop près de crainte d'en être trop impressionnés, pour ceux qui veulent voir la course de taureaux comme un spectacle ou une parade, et pour les experts qui peuvent voir les détails même à cette distance, et qui veulent être assez haut placés pour voir tout ce qui se passe en n'importe quelle partie de l'arène, et pouvoir juger de l'ensemble.

La barrera sera la meilleure place si vous voulez voir et entendre ce qui se passe, et être assez près du taureau pour avoir le point de vue du torero. De la barrera, l'action est si proche et si détaillée qu'une corrida qui eût été soporifique, vue des loges ou du balcon, y est toujours intéressante. C'est de la barrera qu'on voit le danger et qu'on apprend à l'apprécier. Et l'on y a une vue sans osbstacle sur l'arène. Les seuls autres sièges, en dehors des premiers rangs de la galerie et des loges, d'où vous ne verrez personne entre vous et l'arène, sont les *sobrepuertas*. Ce sont les sièges établis sur les passages par lesquels on pénètre dans les diverses sections de l'amphithéâtre. Ils se trouvent à peu près à mi-hauteur des flancs de la cuvette ; de là, on a une bonne vue de l'arène et une bonne perspective, sans être aussi loin que dans les loges ou à la galerie. Ces places coûtent environ deux fois moins que les barreras ou le premier rang de la galerie ou des loges, et elles sont excellentes.

Les murs ouest du bâtiment jettent de l'ombre ;

les sièges qui sont à l'ombre quand la course commence s'appellent sièges de l'ombre (*sombra*). Les sièges qui sont au soleil quand le combat commence mais qui viendront dans l'ombre à mesure que l'après-midi s'avance sonts dits de *sol y sombra*. Les prix des places varient selon qu'elles sont plus ou moins recherchées, et qu'elles sont ou non à l'ombre. Les moins chères sont celles qui se trouvent tout en haut, du côté en plein soleil, et qui à aucun moment n'ont d'ombre. Ce sont les *andanadas del sol* ; par un jour chaud, juste sous le toit, la température peut y atteindre des degrés incroyables dans une ville comme Valence où il arrive qu'il y ait 40 °C à l'ombre ; mais, par un jour nuageux ou froid, et si on les choisit bien, ce sont encore de bonnes places.

Pour votre première course de taureaux, si vous êtes seul, sans personne pour vous instruire, installez-vous dans une *delantera de grada* ou une sobrepuerta. Si vous ne pouvez vous procurer ces sièges, vous pouvez toujours prendre une place dans une loge. Ce sont les places les plus chères et les plus éloignées de l'arène, mais on y a une bonne vue panoramique du combat. Si vous êtes avec quelqu'un de réellement versé dans les courses de taureaux, si vous voulez apprendre et comprendre, et si les détails ne vous répugnent pas, les meilleurs sièges sont d'abord la barrera, en second lieu la contrabarrera, et enfin les sobrepuertas.

Si vous êtes une femme, que vous désiriez voir une corrida mais craignez d'en être péniblement affectée, ne vous asseyez pas plus près que la galerie, la première fois. Il se peut que vous goûtiez la course d'une place d'où vous la verrez comme un spectacle, tandis que peut-être elle ne vous plairait pas du tout si vous étiez assise tellement près que la vue des détails puisse détruire l'effet de l'ensemble. Si vous avez beaucoup d'argent, que vous vouliez non pas voir mais avoir vu une course de taureaux, et si vous avez décidé, que vous aimiez cela ou non, de partir après le premier taureau, louez une barrera : ainsi, quand vous quitterez votre place, quelqu'un qui n'a jamais eu assez d'argent pour s'asseoir aux barreras pourra se ruer sur votre siège et s'en emparer, vous laissant partir avec vos idées préconçues.

C'est ainsi qu'on en usait à Saint-Sébastien. Diverses combines dans la revente des tickets, et la confiance de la direction dans l'affluence de riches curieux venant de Biarritz et de la côte basque, élevaient le prix des barreras, lorsque vous les achetiez, jusqu'à cent pesetas la place ou davantage. Avec cette somme, un homme pouvait vivre une semaine dans une pension pour toreros de Madrid, aller au Prado quatre fois dans la semaine, louer de bonnes places au soleil pour deux corridas, acheter les journaux, boire de la bière et manger des crevettes au Pasaje Alvarez, Calle de Victoria, et garder encore quelque chose pour faire cirer ses souliers. Mais en prenant n'importe quel siège des rangs inférieurs des barreras à Saint-Sébastien, on pouvait être sûr d'avoir un siège à cent pesetas à occuper lorsque les citoyens se croyant moralement obligés de partir après le premier taureau se lèveraient pour faire leur sortie, avec leurs airs bien nourris, leurs mines macabres, faces de porcelaines, tannés sur les plages, flanelleux, en panamas et souliers de sport. Je les ai vus souvent partir alors que les femmes qui étaient avec eux voulaient rester. Ils pouvaient aller à la corrida, mais ils devaient se retrouver au Casino après avoir vu le premier taureau tué. S'ils ne s'en allaient pas, s'ils y prenaient plaisir, cela paraissait inconvenant de leur part. Peut-être avaient-ils des mœurs spéciales. Ils ne faisaient jamais rien d'inconvenant, il est vrai. Ils s'en allaient toujours. Ce fut ainsi jusqu'à ce que les courses de taureaux devinssent respectables. En 1931, je n'en ai pas vu un seul s'en aller et il semble bien que maintenant les jours des barreras gratuites à Saint-Sébastien soient finis.

IV

La course de taureaux qu'il serait mieux de voir en premier lieu serait une novillada, et le meilleur endroit pour voir une novillada est Madrid. Les novilladas commencent habituellement vers le milieu de mars ; il y en a une chaque dimanche et, d'ordinaire, une chaque jeudi jusqu'à Pâques, où les grandes corridas commencent. Après Pâques commence, à Madrid, la première série de courses de la saison. On s'abonne pour sept corridas, et les meilleures places sont toujours retenues d'avance pour toute l'année. Les meilleurs sièges sont ceux des barreras qui se trouvent au milieu de la partie ombragée, là où les toreros posent leurs capes sur la barrière de bois rouge. C'est là qu'ils se tiennent lorsqu'ils ne sont pas dans l'arène. C'est vers cet endroit qu'ils attirent le taureau avec la muleta. C'est là qu'ils viennent s'éponger après la mise à mort. Une place à cet endroit équivaut, pour l'œil et l'oreille, à ce qu'est un siège à l'angle d'un ring de boxe, ou une place près des buts ou au bord du terrain pendant un match de base-ball ou de football.

Vous ne pourrez pas vous procurer ces places pendant le premier ni le deuxième *abono*, ou période d'abonnement, à Madrid, mais vous pouvez les avoir pour les novilladas qui viennent avant, entre et après les séries de corridas de la saison, les dimanches et, ordinairement, les jeudis. Quand vous louez une place aux barreras, demandez où sont posées les capes : « *Adonde se ponen los capotes ?* » et réclamez alors un siège aussi voisin d'elles que possible. Dans les provinces, il se peut que le vendeur de billets vous mente et vous donne la plus mauvaise place qu'il ait, mais il peut aussi, voyant que vous êtes étranger, que vous semblez vouloir une bonne place et savoir ce que c'est, vous donner la meilleure qu'il ait. C'est en Galicie qu'on m'a menti le plus ; la bonne foi s'y trouve d'ailleurs difficilement, en quelque sorte de commerce que ce soit. C'est à Madrid et à Valence qu'on m'a le mieux traité. Dans la plupart des villes espagnoles, vous trouverez l'institution de l'abonnement (*abono*) et la *re-venta*. La re-venta est pratiquée par des agents de location qui achètent tous ou presque tous les billets non souscrits, et les revendent avec une majoration de vingt pour cent sur leur valeur nominale. Les arènes les favorisent quelquefois, car, bien qu'ils achètent les billets à un tarif réduit, ils en assurent en tout cas la vente. Si les billets ne sont pas tous vendus, c'est le revendeur qui supporte le gros de la perte, et non l'arène — quoique l'arène arrive ordinairement à avoir de grosses pertes d'une façon ou d'une autre. A moins que vous n'habitiez la ville même, il arrivera rarement que vous soyez là au moment où s'ouvre l'abono, ou abonnement pour une course ou série de courses ; en outre, dans tous les cas, les anciens locataires des sièges ont le droit de renouveler leur abonnement avant toute location nouvelle ; ces abonnements se contractent deux ou trois semaines avant les corridas, à des guichets parfois difficiles à trouver et ouverts seulement, par exemple, de quatre heures à cinq heures de l'après-midi ; pour toutes ces raisons, il y a beaucoup de chances pour que vous soyez obligé de louer vos places à la reventa.

Si vous êtes dans la ville et avez résolu d'aller à la course de taureaux, louez vos places dès que vous êtes décidé. Avant qu'une corrida n'ait lieu, il n'y aura probablement aucun avertissement dans les journaux de Madrid, sauf une petite annonce classée sous ce titre : *Plaza de toros de Madrid* dans la colonne des *espectáculos*. Les journaux espagnols, excepté en province, ne parlent pas d'avance des courses de taureaux. Mais dans toutes les parties de l'Espagne, elles sont annoncées par de grandes affiches en couleurs qui indiquent le nombre de taureaux à mettre à mort, les noms des hommes qui les tueront, l'éleveur qui les fournit, les cuadrillas, et le lieu et l'heure de la course. On y trouve aussi habituellement les tarifs des diverses places. A ces prix, il faut s'attendre à avoir une commission de vingt pour cent à ajouter, si l'on achète les billets à la re-venta.

Si vous voulez voir une course de taureaux en Espagne, il y en aura une, à Madrid, d'un genre ou d'un autre, chaque dimanche depuis le milieu de mars jusqu'au milieu de novembre, si le temps le permet. Pendant l'hiver, il y a rarement des corridas en Espagne, sauf de tout à fait occasionnelles à Barcelone et parfois à Malaga ou à Valence. La première corrida régulière de l'année a lieu à Castellon de la Plana, vers la fin de février ou le début de mars, pour la *fiesta* de la Magdalena, et la dernière de l'année est d'ordinaire à Valence, Gérone ou Ondara dans la première moitié de novembre ; mais si le temps est mauvais, ces courses de novembre n'ont pas lieu. A Mexico, il y aura des corridas chaque dimanche depuis octobre et probablement jusqu'en avril ; il y aura des novilladas au printemps et en été. Dans les autres parties du Mexique, les dates des courses de taureaux varient. Ces dates varient aussi en Espagne pour les villes autres que Madrid ; mais en général, sauf à Barcelone où les corridas se font presque aussi régulièrement qu'à Madrid, les dates coïncident avec les fêtes religieuses nationales et les époques des foires locales ou *ferias* qui commencent ordinairement avec la fête patronale de la ville. Les dates des courses de taureaux varient de même en Amérique du Sud et en Amérique centrale. Il est facile, plus facile que vous ne pouvez croire, de manquer une occasion de voir des courses de taureaux au cours d'un voyage de deux ou trois semaines en Espagne ; mais chacun pourra voir une corrida s'il veut se trouver dans une ville d'Espagne à l'une des dates fixées pour les ferias, sous réserve de la pluie. Après la première corrida, on saura si l'on veut en voir davantage.

En dehors des novilladas et des deux saisons d'abonnements de Madrid, le meilleur endroit pour voir une série de corridas au début du printemps est à Séville, pendant la feria, où se tiennent des courses pendant au moins quatre jours consécutifs. Cette feria commence après Pâques. Si vous êtes pour Pâques à Séville, demandez à n'importe qui quand commence la feria ; vous pouvez aussi trouver les dates sur les grandes affiches annonçant les corridas. Si vous êtes à Madrid avant Pâques, allez dans un des cafés autour de la Puerta del Sol, ou au premier café à droite sur la plaza de Canalejas lorsqu'on descend la Calle de San Jeronimo de la Puerta del Sol vers le Prado ; vous y trouverez, sur le mur, une affiche annonçant la feria de Séville. Dans ce même café, vous trouverez toujours, l'été, des affiches ou des cartes annonçant les ferias de Pampelune, Valence, Bilbao, Salamanque, Valladolid, Cuenca, Malaga, Murcie et bien d'autres.

Le dimanche de Pâques il y a toujours des courses de taureaux à Madrid, Séville, Barcelone, Murcie, Saragosse, et des novilladas à Grenade, Bilbao, Valladolid et bien d'autres endroits. Il y a aussi une course de taureaux à Madrid le lundi de Pâques. Le 29 avril de chaque année, il y a une corrida et une foire à Jerez de la Frontera. Cet endroit vaut grandement une visite, même les taureaux mis à part ; et c'est la patrie de la cerise, avec tout ce qu'on en distille. On vous guidera à travers les caves de Jerez, et vous pourrez goûter toute une gamme de vins et d'eaux-de-vie, mais il vaut mieux faire cela un autre jour que celui où vous avez décidé d'aller à la corrida. Il y aura deux courses à Bilbao dans les trois premiers jours de mai, les dates pouvant varier selon qu'un de ces jours tombe ou non un dimanche. Voilà de belles courses à voir si vous êtes pour Pâques à Biarritz ou à Saint-Jean-de-Luz. De tous les points de la côte basque, il y a une belle route qui mène à Bilbao. Bilbao est une cité minière riche et laide, où il peut faire aussi chaud qu'à Saint-Louis (Saint-Louis, Missouri, ou Saint-Louis du Sénégal) ; on y aime les taureaux mais on n'y aime pas les toreros. S'il arrive qu'un torero soit en faveur à Bilbao, on achète pour lui des taureaux de plus en plus gros, jusqu'à ce qu'il éprouve avec eux un désastre, moral ou physique. Alors l'enthousiaste de Bilbao dit : « Voyez, ils sont tous les mêmes : tous des poltrons, tous des imposteurs. Donnez-leur des taureaux assez gros et on le verra bien. » Si vous voulez voir quels gros taureaux on arrive à produire, ce qu'ils peuvent porter de cornes sur leurs têtes, comment ils peuvent regarder par-dessus la barrera, à vous faire penser que vous allez les recevoir dans les jambes, si vous voulez voir combien une foule peut être brutale et à quel point des toreros peuvent être terrorisés, allez à Bilbao. En mai, ils n'ont pas d'aussi gros taureaux que pendant leur saison des sept corridas à gros taureaux, qui commence avec la foire à la mi-août, mais en mai il ne fera pas aussi chaud à Bilbao qu'en août. Si vous ne vous souciez pas de la chaleur, de la chaleur réellement lourde, humide, des mines de plomb et de zinc, et que vous vouliez voir des taureaux énormes, impressionnants à voir, c'est à la feria d'août à Bilbao qu'il faut aller. Il n'y a qu'une autre feria en mai ; c'est à Cordoue, où l'on donne alors plus de deux corridas, à des dates variables ; mais, le 16, il y a toujours une course de taureaux à Talavera de la Reina ; le 20, une à Ronda, et le 30, une à Aranjuez.

Il y a deux façons d'aller par route de Madrid à Séville. L'une passe par Aranjuez, Valdepeñas et Cordoue, et s'appelle la Grande Route d'Andalousie ; l'autre passe par Talavera de la Reina, Trujillo et Merida et s'appelle la route de l'Estramadure. Si vous êtes à Madrid en mai et que vous rouliez vers le sud par la route de l'Estramadure, vous pouvez voir la corrida du 16 à Talavera de la Reina. La route est belle, unie, commode ; Talavera est un bon endroit en temps de foire, et les taureaux, presque toujours fournis par une ferme d'élevage local, celle de la veuve Ortega, sont modérément gros, batailleurs, difficiles et dangereux. C'est là que José Gomez y Ortega, dit Gallito ou Joselito, qui fut probablement le plus grand torero qui vécût jamais, fut tué le 16 mai 1920. Les taureaux de la veuve Ortega sont fameux à cause de cet accident, et comme ils ne donnent pas de combats brillants, qu'ils sont gros et dangereux, ils sont ordinairement mis à mort, désormais, par les déshérités de la profession.

Aranjuez n'est qu'à quarante-sept kilomètres de Madrid, sur une route unie comme un billard. C'est une oasis de hauts arbres, de riches jardins, avec une rivière rapide coulant par les plaines brunes et les collines. On y trouve des avenues d'arbres comme dans les arrière-plans des toiles de Velasquez. Le 30 mai, vous pouvez y faire une excursion en voiture, si vous avez de l'argent, ou vous procurer un billet de chemin de fer aller et retour à tarif spécial, ou y aller par autocar, si vous n'êtes pas riche. (Vous trouverez un autocar spécial partant de la Calle Vitoria, en face du passage Alvarez) ; venant du soleil torride de la campagne nue et déserte, soudain vous verrez, sous l'ombre des arbres, des filles aux bras bruns, avec des corbeilles de fraises fraîches alignées sur le sol uni, nu et frais, des fraises que vous ne pourriez prendre entre le pouce et l'index, humides et fraîches, empilées sur des feuilles vertes dans les corbeilles d'osier. Les filles et les vieilles femmes les vendent, en même temps que des bottes d'asperges merveilleuses, chaque tige aussi grosse que votre pouce, à la foule qui débarque du train spécial de Madrid et de Tolède, et aux gens qui arrivent dans la ville en automobiles ou aux voyageurs des autocars. On peut manger à des boutiques où l'on sert de la viande grillée et du poulet rôti sur un feu de charbon de bois, et boire tout ce qu'on peut avoir de vins de Valdepeñas pour cinq pesetas. Vous pourrez vous étendre à l'ombre ou vous promener pour voir les paysages jusqu'à l'heure des courses de taureaux. Vous trouverez les paysages à voir dans le Baedeker. L'arène est au bout d'une rue torride, large et poussiéreuse qui, de la fraîcheur forestière de la ville, mène vers la chaleur ; les estropiés de métier, les professionnels de l'horreur et de la pitié qui suivent les foires de l'Espagne, bordent cette route, agitent des moignons, exposent des plaies, brandissent des monstruosités, et tendent leurs casquettes entre les dents quand il ne leur reste rien d'autre pour les tenir, de sorte que vous faites votre chemin poussiéreux entre deux haies d'horreurs jusqu'à l'arène. La ville est Velasquez jusqu'à la fin des arbres, et Goya, tout d'un coup, jusqu'à l'arène. L'arène elle-même date d'avant Goya. C'est une charmante construction dans le style de la vieille arène de Ronda ; on peut, assis aux barreras, y boire du vin et manger des fraises à l'ombre, le dos tourné à la piste de sable, en regardant les loges s'emplir, et les filles de Tolède et de tout le voisinage castillan qui arrivent, drapent leurs châles au-devant des loges, s'assoient, avec grands remous d'éventails, sourient et parlent avec la charmante et consciente confusion des beautés amatrices sous des regards inspecteurs. Cet examen des filles est une partie importante de la corrida pour le spectateur. Si vous avez la vue basse, vous pouvez emporter une paire de jumelles de théâtre ou de campagne. On les prend pour un compliment supplémentaire. Il est préférable de ne pas négliger une seule loge. L'emploi d'une bonne paire de jumelles donne un avantage. Elles feront s'évanouir à vos yeux quelques-unes des plus grandes et des plus bouleversantes beautés qui seront entrées dans les nuages blancs de leurs mantilles à dentelles, hautes en peignes et en couleurs, et avec des châles merveilleux, qui à la lorgnette laisseront paraître les dents aurifiées et le hâle enfariné de quelqu'une que vous avez peut-être vue ailleurs la nuit précédente, et qui assiste à la course pour faire de la réclame à la maison ; mais dans une loge que vous n'auriez peut-être pas remarquée sans jumelles, vous pourrez voir une admirable fille. Il est très facile pour qui voyage en Espagne, voyant les visages gras et enfarinés des danseuses flamenca et les vigoureuses dames des bordels, d'écrire que tout ce qu'on raconte sur la beauté des femmes espagnoles est non-sens. La prostitution n'est pas un métier de grand rapport en Espagne, et les putains espagnoles travaillent trop dur pour soigner leur apparence. Ne cherchez pas de belles femmes sur la scène, dans les bordels ni dans les cabarets à *canto hondo*. Cherchez-les le soir, au moment du paseo, alors qu'assis sur une chaise dans un café ou dans la rue, vous pouvez voir pendant une heure marcher près de vous toutes les filles de la ville, et les voir passer non pas une, mais maintes fois, allant jusqu'en haut de la rue, tournant et revenant, trois ou quatre de front ; ou bien cherchez-les dans les loges, d'une lorgnette attentive, quand vous êtes à l'arène. Il n'est pas poli de braquer ses jumelles sur quelqu'une qui n'est pas dans une loge, non plus qu'il n'est poli de s'en servir de l'arène même, dans les arènes où les admirateurs de jolies filles sont autorisés à rester sur la piste pour y circuler avant la course et s'y réunir devant certaines beautés. Se servir de jumelles lorsqu'on se tient sur le sable de la piste est la marque d'un curieux, d'un voyeur au pire sens du mot ; c'est-à-dire qui aime à voir plutôt qu'à faire. Mais diriger ses jumelles d'une barrera sur les loges est légitime ; c'est un compliment, un moyen de communication et presque une introduction. Il n'est pas de meilleure introduction préliminaire qu'une sincère et acceptable admiration, et, pour envoyer son admiration à une certaine distance et discerner la réponse, il n'est pas de meilleur moyen qu'une paire de jumelles de courses de belle apparence. Même si vous ne regardez jamais les femmes, les jumelles sont utiles pour observer la mise à mort du dernier taureau, s'il commence à faire sombre et que le taureau soit tué à l'autre bout de l'arène.

Aranjuez serait un excellent endroit pour y

voir votre première corrida. Ce serait un bon endroit si vous veniez pour ne voir seulement qu'une course de taureaux, beaucoup mieux que Madrid, car la corrida y possède toute la couleur et le pittoresque que vous demandez lorsque vous êtes encore au stade où l'on apprécie en spectateur. Plus tard, ce que vous demanderez à une course de taureaux, bons taureaux et bons matadors étant donnés, ce sera un bon public, et un bon public n'est pas le public d'une fiesta à corrida unique, où tout le monde boit et se donne du bon temps, et où les femmes viennent costumées, pas plus que le public ivre, dansant, courant devant les taureaux de Pampelune, ou les adorateurs de toreros de Valence avec leur patriotisme local. Un bon public est celui de Madrid, non pas celui des courses de bienfaisance, avec décor compliqué, grand spectacle et prix élevés, mais le public sérieux des abonos, qui connaît les courses, les taureaux et les toreros, qui discerne le bon du mauvais, le chiqué de la sincérité, et pour qui le torero doit donner absolument son maximum. Le pittoresque convient lorsqu'on est jeune ; ou si l'on a un peu bu, de sorte que tout a l'air d'arriver vraiment ; ou si l'on n'est jamais sorti de l'enfance; ou si l'on a avec soi une femme qui n'a jamais vu cela ; ou une fois par saison ; ou si on l'aime. Mais si vous voulez réellement vous instruire sur les courses de taureaux, ou si vous êtes arrivé à vous en éprendre, tôt ou tard vous devrez venir à Madrid.

Il y a une ville qui serait mieux qu'Aranjuez pour y voir votre première course de taureaux si vous ne veniez que pour en voir une seule, et c'est Ronda. C'est là qu'il vous faudrait aller si jamais vous alliez en Espagne pour une lune de miel ou pour une fugue. La ville entière, aussi loin que vous puissiez voir en toutes directions, n'est qu'un arrière-fond romantique, et il y a là un hôtel qui est si confortable, si bien tenu, où l'on mange si bien, avec d'ordinaire une fraîche brise nocturne que, avec l'arrière-fond romantique et le confort moderne, si votre lune de miel ou votre escapade ne réussit pas à Ronda, vous feriez aussi bien de partir pour Paris et de commencer l'un et l'autre à vous faire des amis personnels. Ronda possède tout ce qu'on peut désirer pour un séjour de cette sorte ; la mise en scène romantique, que vous pouvez voir, si c'est nécessaire, sans quitter l'hôtel, de jolies promenades, un bon vin, les produits de la mer, un bel hôtel, pratiquement rien d'autre à faire, deux peintres résidant au pays qui vous vendront des aquarelles propres à vous faire de charmants souvenirs de ces moments ; et réellement, en dépit de tout cela, c'est un bel endroit. Ronda est bâtie sur un plateau, dans un cirque de montagnes ; le plateau est coupé par une gorge qui sépare les deux villes et il finit par une falaise abrupte qui surplombe la rivière et domine la plaine où l'on voit la poussière soulevée par les équipages de mulets le long de la route. Les gens qui fondèrent Ronda après l'expulsion des Maures venaient de Cordoue et du nord de l'Andalousie ; la corrida et la foire qui commencent le 20 mai commémorent la conquête de la ville par Ferdinand et Isabelle. Ronda fut un des berceaux du combat de taureaux modernes. Ce fut le lieu de naissance de Pedro Romero, un des premiers et des plus grands toreros professionnels et, en notre temps, de Niño de la Palma, qui débuta remarquablement, mais qui, après sa première grave blessure, développa une poltronnerie que seule égalait son habileté à éviter de courir des risques dans l'arène. L'arène de Ronda fut construite vers la fin du XVIIIe siècle et elle est en bois. Elle s'élève au bors de la falaise et, après la corrida, une fois les taureaux dépouillés et leur chair envoyée dans des charrettes pour la vente, on traîne les chevaux morts jusqu'au bord de la falaise, et les choucas qui ont tourné tout le jour sur la ville, haut dans le ciel au-dessus de l'arène, fondent sur la nourriture qui gît pour eux sur les rochers en bas de la ville.

Il y a une seule autre feria avec série de courses de taureaux qui puisse se trouver en mai, bien que la date en soit mobile et qu'elle puisse ne se produire qu'en juin ; c'est celle de Cordoue. Cordoue a une bonne feria de campagne, et le mois de mai est la meilleure époque pour visiter cette cité, à cause de la chaleur qui vient en été. Les trois villes les plus chaudes d'Espagne, quand la chaleur est réellement venue, sont Bilbao, Cordoue et Séville. Quand je dis « les plus chaudes » j'entends par là plus que de simples degrés de température ; je veux parler de la chaleur lourde et sans air des nuits où l'on ne peut dormir, des nuits où il fait plus chaud que le jour, et sans fraîcheur à espérer nulle part, une chaleur sénégalaise, telle qu'il fait trop chaud pour s'asseoir dans un café sauf aux premières heures du matin, trop chaud pour faire quoi que ce soit après le déjeuner, sinon s'étendre sur le lit dans la chambre obscurcie par le rideau tiré par-dessus le balcon, et attendre l'heure de la course de taureaux.

A Valence, la température est parfois plus élevée, et la chaleur y est en fait plus grande lorsque le vent souffle d'Afrique, mais là, vous pouvez toujours prendre un autobus ou le tramway pour le port du Grao, à la nuit, et nager à la plage publique ; ou, s'il fait trop chaud pour nager, vous laisser flotter sans plus d'effort qu'il n'est nécessaire, étendu dans l'eau à peine fraîche, en regardant les lumières et les ombres des bateaux et les rangées de baraques-restaurants et de cabines de baigneurs. A Valence, vous pouvez aussi, au plus fort de la chaleur, manger sur la plage pour une ou deux pesetas, à l'un de ces pavillons-restaurants où l'on vous sert de la bière et des crevettes avec une *paella* de riz, de tomates, de piments doux, de safran et d'excellents produits marins : mollusques, langoustes, petits poissons, petites anguilles, tout cela cuit ensemble et servi en montagne couleur de safran. Avec cela vous pouvez avoir une bouteille de vin du pays, le tout pour deux pesetas. Des enfants passent, jambes nues, sur la plage, le pavillon a un toit de chaume, le sable est frais sous vos pieds, et la mer est devant vos yeux, avec les pêcheurs assis dans la fraîcheur du soir dans leurs barques sombres gréées en felouques, que vous verriez, si vous veniez nager le lendemain matin, tirées sur la plage par six couples de bœufs. Trois de ces pavillons-restaurants de la plage portent le nom de Granero, le plus grand torero que Valence ait jamais produit, et qui fut tué dans l'arène à Madrid en 1922. Manuel Granero, après avoir fait quatre-vingt-quatorze courses l'année précédente, mourut ne laissant rien que des dettes, le demi-million de pesetas qu'il avait gagné ayant été entièrement dépensé en publicité, propagande, subsides aux journalistes, et pris par des parasites. Il avait vingt ans quand il fut tué par un taureau de Veragua qui le souleva de terre une fois, puis le projeta contre le pied de la barrera de bois et ne le laissa pas que la corne n'ait brisé le crâne comme vous briseriez un pot de fleurs. C'était un garçon de bonne apparence, qui avait étudié le violon jusqu'à quatorze ans, la tauromachie jusqu'à dix-sept, et qui combattit des taureaux jusqu'à vingt ans. On l'adorait réellement à Valence et il fut tué avant même qu'on ait eu le temps de revenir des sentiments qu'on avait pour lui. Maintenant, il y a une pâtisserie qui porte son nom, et trois pavillons Granero rivaux en différents points de la plage. Le torero qui lui succéda dans l'adoration des gens de Valence s'appelait Chaves ; il avait des cheveux bien vaselinés, une grosse figure, un double menton et un gros ventre qu'il bombait dans la direction du taureau aussitôt que les cornes étaient passées, pour donner une impression de grand danger. Les habitants de Valence, qui sont des adorateurs de toreros, de toreros de Valence, plutôt que de vrais amateurs de courses de taureaux, étaient fous de Chaves à une certaine époque. Outre sa bedaine et son grand air d'arrogance, il avait une gigantesque croupe qu'il faisait sortir quand il rentrait le ventre, et tout ce qu'il faisait, il le faisait avec grand style. Nous avons eu à l'observer pendant toute une feria. Nous l'avons vu dans cinq corridas, si je me souviens bien, et voir Chaves une fois est suffisant pour quiconque n'est pas son voisin. Mais, à la dernière course, tandis qu'il s'apprêtait, devant un gros taureau Miura, à lui planter son épée quelque part, n'importe où dans le cou, le Miura allongea ce cou juste assez pour attraper Chaves sous l'aisselle, et il resta un instant suspendu, puis il fit le moulin à vent avec son gros ventre autour de la corne. Il fallut longtemps pour guérir tout ce qui était déchiré ou détruit dans le muscle de son bras, et il est maintenant si prudent qu'il ne bombe même plus son ventre vers le taureau quand la corne a passé. On est revenu de lui maintenant à Valence, où l'on a deux nouveaux toreros pour idoles. Je l'ai revu une seule fois il y a un an ; il n'avait pas l'air aussi bien en point qu'autrefois et, campé à l'ombre, il commença à suer dès qu'il vit le taureau sortir. Mais il a une consolation. Dans sa ville natale d'El Grao, le port de Valence, où l'on est aussi revenu de lui, on a donné son nom à un bâtiment public. C'est un monument de tôle au coin de la rue où tourne le tramway qui va à la plage. En Amérique, c'est ce qu'on appellerait une « comfort station » et sur sa paroi circulaire de tôle est écrit à la peinture blanche : *El Urinario Chaves*.

V

L'ennui, lorsqu'on va en Espagne au printemps pour voir des courses de taureaux, c'est la pluie. Il arrive qu'il pleuve partout où vous alliez, surtout en mai et juin, et c'est pourquoi je préfère les mois d'été. Il pleut alors quelquefois aussi, mais jamais encore je n'ai vu neiger en Espagne en juillet ou en août, bien qu'il ait neigé en août 1919 dans certaines stations estivales des montagnes d'Aragon, et qu'à Madrid il ait neigé une fois le 15 mai ; il faisait si froid qu'on a reculé les courses de taureaux. Je me souviens être descendu cette année-là en Espagne, pensant trouver un beau printemps tout au long et, dans le train, toute la journée nous roulâmes à travers une campagne aussi nue et froide qu'une lande en novembre. J'avais peine à reconnaître en ce pays celui que j'avais vu l'été ; lorsque je descendis du train dans la nuit à Madrid, la neige tourbillonnait devant la gare. N'ayant pas de pardessus, j'étais resté dans ma chambre, écrivant au lit, ou dans le plus proche café à boire du café et du Domecq. Il fit trop froid pour sortir pendant trois jours, et alors vint l'aimable temps printanier. Madrid est une cité montagnarde, avec un climat montagnard. Elle a ce haut ciel sans nuages de l'Espagne, qui fait paraître sentimental le ciel italien, et son air donne une joie active à respirer. Chaleur et froid y viennent et s'en vont vite. J'ai observé, par une nuit de juillet où je ne pouvais dormir, les mendiants allumant des journaux dans la rue et se pelotonnant autour du feu pour se tenir chaud. Deux nuits plus tard, il faisait trop chaud pour dormir, jusqu'à la fraîcheur qui vient juste avant l'aube.

Les Madrilènes aiment leur climat et sont fiers de ces changements. Quelle autre grande ville vous donnerait une telle variété ? Quand on vous demande au café comment vous avez dormi, et que vous dites qu'avec cette chaleur du diable vous n'avez pu dormir qu'au matin, on vous répond que c'est en effet le moment pour dormir. Il y a toujours cette fraîcheur juste avant l'aurore, à l'heure où un homme doit aller se coucher. Quelle que puisse être la chaleur de la nuit, vous avez toujours ce moment. C'est réellement un très bon climat si les changements ne vous dérangent pas. Par les nuits torrides, vous pouvez aller à la Bombilla vous asseoir, boire du cidre et danser, et il fait toujours frais lorsque vous vous arrêtez de danser là, sous les feuillages des longues avenues d'arbres, embrumées des vapeurs qui montent de la petite rivière. Par les nuits froides, vous pouvez boire de l'eau-de-vie de cerises et aller au lit. Aller se coucher à la nuit, à Madrid, vous fait remarquer comme un personnage de mœurs un peu spéciales. Pendant longtemps, vos amis en seront un peu mal à l'aise. Personne à Madrid ne va se coucher avant d'avoir tué la nuit. On prend rendez-vous avec un ami, en général, pour après minuit au café. Dans aucune autre des villes où j'ai vécu, excepté Constantinople pendant l'occupation alliée, on va moins volontiers au lit pour des raisons de sommeil. On peut l'expliquer par cette théorie qu'on reste éveillé jusqu'au moment de cette fraîcheur qui vient juste avant l'aube, mais telle ne pouvait en être la raison à Constantinople, car nous employions toujours ce moment de fraîcheur pour faire une petite excursion le long du Bosphore où nous regardions le soleil se lever. Voir le lever du soleil est une très belle chose. Dans ma jeunesse, à la pêche ou a la chasse, ou pendant la guerre, on le voyait assez ordinairement ; après la guerre, je ne me souviens pas de l'avoir vu jusqu'au temps de Constantinople. Là, c'était une tradition d'aller le voir se lever. Dans un certain sens, il semble que cela prouvait quelque chose, si après avoir fait quoi que ce fût, vous alliez jusque sur les rives du Bosphore voir le soleil se lever. Cela mettait une touche finale de grand air sur tout ce qu'on avait fait. Mais à ne plus voir de telles choses pendant quelque temps, on les oublie. A Kansas City, pendant le congrès républicain de 1928, j'étais parti en auto pour la maison de campagne de mes cousins à une heure que je pensais beaucoup trop tardive, quand je remarquai la lueur d'un feu formidable. C'était tout à fait comme la nuit où les abattoirs avaient brûlé, et tout en me rendant compte que je n'y pouvais pas grand-chose, je sentis que je devais y aller. Je dirigeai ma voiture vers le feu. Quand j'arrivai au sommet de la côte suivante je vis ce que c'était. C'était le lever du soleil.

Le moment idéal pour visiter l'Espagne et voir des courses de taureaux, et l'époque où il y a le plus de courses de taureaux à voir, c'est au mois de septembre. Le seul inconvénient de ce mois, c'est que les courses de taureaux n'y sont pas aussi bonnes. Les taureaux sont en pleine forme en mai et juin ; encore bien en juillet et aux premiers jours d'août, mais en septembre les pâturages sont déjà pas mal grillés par la chaleur, les taureaux languissent et perdent de leur bonne condition, à moins qu'on ne les ait nourris de grains qui les rendent gras, luisants, brillants et très violents pour quelques minutes, mais aussi impropres au combat qu'un boxeur qui s'est nourri seulement de pommes de terre et de bière. De plus, en septembre, les toreros combattent presque chaque jour, et ils ont tant de contrats, avec la perspective de gagner tellement d'argent en peu de temps, s'ils ne sont pas blessés, qu'ils assument le minimum de risques. Cela n'est pas toujours vrai, et s'il existe une rivalité entre deux toreros, il arrive que chacun déploie tout ce qu'il peut de lui-même ; mais bien souvent les courses sont gâtées par de médiocres taureaux en mauvais état, et par des toreros qui sont blessés et qui sont revenus trop vite, encore en mauvaise condition physique, pour ne pas perdre leurs engagements, ou par d'autres qui se trouvent épuisés après une saison trop chargée. Septembre peut être un mois splendide, s'il y a de nouveaux toreros qui viennent juste de prendre l'*alternativa* et qui, dans leur première saison, donnent le plus possible d'eux-mêmes, pour se faire un nom et obtenir des contrats pour l'année suivante. Si vous le désirez, et que vous ayez une voiture assez rapide, vous pouvez voir chaque jour en septembre une course de taureaux en quelque endroit de l'Espagne. Je vous garantis que vous serez épuisé rien qu'à y aller, sans avoir à y combattre, et alors vous aurez quelque idée de la tension physique qu'un torero doit supporter vers la fin de la saison, à se déplacer à travers le pays d'un lieu à un autre.

Bien entendu, il n'y a pas de loi qui les oblige à combattre si souvent. Ils combattent pour de l'argent, et s'ils se trouvent fatigués, à bout, et incapables de donner leur plein rendement en voulant remplir de si nombreux engagements, cela n'est de rien au spectateur qui paie pour les voir. Mais quand vous-mêmes vous faites les mêmes voyages, descendant aux mêmes hôtels, regardant les courses avec les yeux du torero plutôt qu'avec ceux du spectateur qui paie un bon prix pour le voir peut-être une seule fois dans l'année, il est difficile de ne pas se placer au point de vue du torero en face de ses engagements. D'aucun point de vue, il est vrai, le torero n'a le droit de signer un contrat qui signifie qu'il doit partir en auto sitôt la course finie, capes et muletas pliées dans des paniers arrimés sur les coffres à bagages, fourreaux d'épées et valises empilés à l'avant, et toute la cuadrilla étroitement entassée dans la vaste voiture, un énorme phare à l'avant — partir ainsi pour peut-être cinq cents milles, rouler toute la nuit, rouler encore dans la poussière et la chaleur du jour suivant, arriver dans la ville où ils doivent combattre l'après-midi, avec toute juste le temps de se laver de leur poussière, prendre un bain et se raser avant de s'habiller pour la corrida. Sur l'arène, le torero peut être fatigué et avoir l'air vidé, et vous le comprenez parce que vous savez quel voyage il vient de faire, ayant fait vous-même un voyage analogue ; et vous savez qu'après une bonne nuit de repos, il sera différent le lendemain ; mais le spectateur qui a payé son argent pour le voir ce jour-ci seulement ne pardonne pas, qu'il comprenne ou non. Il appelle cela cupidité bestiale ; et si le torero ne peut tirer parti d'un beau taureau, ni lui faire rendre tout ce dont il est capable, le spectateur a l'impression d'avoir été fraudé — et il l'a été.

Il y a une autre raison pour vous de voir votre première et dernière course de taureaux à Madrid ; c'est que les courses de printemps ne se trouvent pas pendant la saison des ferias, et que les toreros sont alors au mieux de leur forme ; ils tâchent d'avoir des triomphes qui leur rapporteront des contrats pour les diverses ferias et (à moins qu'ils n'aient été l'hiver précédent au Mexique, d'où ils reviennent fatigués et souvent vidés par une double saison, et avec les défauts acquis à travailler avec les taureaux mexicains, plus petits et moins difficiles) ils doivent se trouver en pleine forme. Madrid, en tout cas, est un étrange endroit. Je ne crois pas que quelqu'un puisse l'aimer quand il y va pour la première fois. Madrid ne présente rien de l'aspect qu'on attend de l'Espagne. Elle est plutôt moderne que pittoresque : pas de chapeaux de Cordoue, excepté sur la tête de faux Espagnols, pas de castagnettes, et rien du charlatanisme répugnant des caveaux de gitans de Grenade, par exemple. Il n'y a pas dans la ville un seul endroit de couleur locale pour les touristes. Pourtant, quand on la connaît, c'est la plus espagnole de toutes les villes, la plus agréable à habiter, les gens les plus sympathiques, et d'un bout à l'autre de l'année le meilleur climat. Les autres grandes villes sont toutes très typiques de leurs provinces ; elles sont andalouse, catalane, basque, aragonaise, ou de telle autre province. C'est à Madrid seulement qu'on trouve l'essence. L'essence, quand c'est bien de l'essence, peut être contenue dans une bouteille de verre ordinaire, et l'on n'a aucun besoin d'étiquettes fantaisistes ; ainsi, à Madrid, on n'a aucun besoin de costumes nationaux. Ils peuvent élever n'importe quelle sorte de construction, même si le bâtiment lui-même semble de Buenos Aires, quand on le voit contre ce ciel, on sait que c'est Madrid. Si même Madrid n'avait que son Prado, cela vaudrait la peine d'y aller passer un mois chaque printemps, si l'on a assez d'argent pour passer un mois dans une capitale européenne. Mais lorsqu'on peut avoir en même temps le Prado et la saison de corridas, avec l'Escurial à deux heures à peine au nord et Tolède au sud, une belle route pour Avila et une belle route pour Ségovie, qui n'est pas loin de La Granja, on se sent vraiment une grande peine à savoir, toute question d'immortalité à part, qu'il faudra mourir et ne plus la revoir.

Le Prado est tout à fait caractéristique de Madrid. Du dehors, il a l'air aussi peu pittoresque qu'un lycée américain. Les tableaux sont arrangés si simplement, si faciles à voir, si bien éclairés et, à la seule exception du Velasquez aux petites dames d'honneur, avec si peu de souci de faire ressortir les chefs-d'œuvre par une mise en scène théâtrale, que le touriste, cherchant dans le guide rouge ou bleu quelles sont les toiles fameuses à voir, se sent vaguement désappointé. Les couleurs se sont si merveilleusement conservées dans l'air sec de la montagne, et les tableaux sont si simplement accrochés et si bien visibles, que le touriste se sent fraudé. J'ai observé ces visiteurs déconcertés. Comment! ce ne peuvent être de grands tableaux, les couleurs sont trop fraîches, et on les voit trop aisément. Ces toiles sont accrochées comme chez un marchand de tableaux moderne, où on les présente de la façon la plus avantageuse et le plus visiblement, dans le but de les vendre. « Ça ne peut pas être honnête, pense le touriste. Il doit y avoir un truc quelque part. » Ils en ont au contraire pour leur argent dans les musées italiens, où ils ne peuvent arriver à trouver tel tableau qu'ils cherchent ou, s'ils le trouvent, ne peuvent le voir convenablement. De cette façon, ils ont le sentiment qu'ils voient le grand art. Le grand art doit avoir de grands cadres, et un fond de peluche rouge ou un mauvais éclairage. C'est comme si, n'ayant connu de certaines choses qu'en lisant la littérature pornographique, le touriste était mis en présence d'une femme séduisante, entièrement dévêtue, sans draperies, voiles, ni secours de conversation, avec seulement le lit le plus simple. Il aurait sans doute besoin d'un livre pour l'aider, ou au moins de quelques accessoires ou de suggestions. C'est peut-être une des raisons pour lesquelles il y a tellement de livres sur l'Espagne. Pour une personne qui aime l'Espagne, il y en a une douzaine qui préfèrent des livres sur l'Espagne. La France se vend mieux que les livres sur la France.

Les livres les plus longs sur l'Espagne sont habituellement écrits par des Allemands, qui l'ont visitée intensément une fois, et n'y sont jamais revenus. Je serais tenté de dire que c'est sans doute un bon système, si l'on doit écrire des livres sur l'Espagne, de les écrire aussi rapidement que possible après une première visite ; car, à faire plusieurs visites, on n'arrive qu'à rendre confuse la première impression et plus difficiles à tirer les conclusions. En outre, les livres écrits après une seule visite sont plus sûrs de ce qu'ils affirment et en seront plus populaires. Des livres comme ceux de Richard Ford n'ont jamais eu la popularité du mysticisme de chevet d'un livre tel que *Virgin Spain*. L'auteur de cet ouvrage a publié jadis, dans une petite revue morte aujourd'hui qui s'appelait *S4N*, un article expliquant comment il écrivit son œuvre. L'historien des lettres désireux d'expliquer certains phénomènes de notre littérature peut le consulter dans la collection de cette revue. L'exemplaire que je possède est à Paris, sinon je pourrais le citer en entier, mais l'essentiel de cet article est que cet écrivain était couché nu dans son lit, la nuit que Dieu lui dicta ce qu'il devait écrire, et qu' « il était en contact extatique avec la profondeur immobile du Tout ». Il était, de par la grâce de Dieu « *en tout instant et en tout lieu* ». C'est lui qui souligne, ou peut-être est-ce Dieu. Il ne le dit pas dans l'article. Quand Dieu lui eut fait cette révélation, il l'écrivit. Le résultat fut ce mysticisme inévitable chez un homme qui écrit une langue si mal qu'il ne peut rien exprimer clairement ni sans les complications du jargon pseudo-scientifique qui existe dans le style de l'époque. Dieu lui dicta plusieurs choses étonnantes sur l'Espagne, pendant le court séjour préparatoire qu'il y fit pour mettre par écrit l'âme de la contrée, mais c'est souvent du non-sens. Le tout constitue ce que j'appelle, pour faire une entrée tardive dans le domaine pseudo-scientifique, littérature en érection. On sait (ou l'on ne sait pas, comme vous préférerez), qu'en raison de tel ou tel état congestif, les arbres par exemple paraissent différents à un homme qui est dans cet état maléfique et à un homme qui ne l'est pas. Tous les objets paraissent différents. Ils sont légèrement plus grands, plus mystérieux et vaguement troubles. Essayez vous-même. De nos jours s'est formée, ou s'était formée en Amérique, une école d'écrivains qui (cette analyse est du vieux docteur Hemingstein, le grand psychiatre) cherchaient, semblait-il, en cultivant ces états congestifs, à donner à tous les objets une apparence mystique, grâce à la légère distorsion de la vision que provoque une turgescence insatisfaite. Cette école semble en voie de disparaître aujourd'hui, ou a disparu, et elle fut en son temps une expérience intéressante de mécanique psychologique, pleine de jolies images phalliques traitées dans le goût des cartes postales sentimentales, mais elle aurait eu plus d'importance si seulement la vision de ces écrivains avait été un peu plus intéressante et développée, en même temps que, disons, moins congestionnée.

Je me demande de quoi aurait eu l'air un livre comme *Virgin Spain* s'il avait été écrit après usage de quelques bons coups de ce spécifique souverain qui éclaircit la vision d'un homme. Peut-être le fut-il. Il se peut que nous autres, pseudo-scientifiques, nous nous trompions du tout au tout. Mais pour l'intime investigation des yeux viennois dardés de dessous les sourcils broussailleux du vieux docteur Hemingstein, ce maître analyste, il semble bien que si le cerveau avait été suffisamment clarifié par quelques bons coups du remède en question, il n'y aurait peut-être pas eu de livre du tout.

Ceci aussi pour mémoire. Lorsqu'un homme écrit avec assez de clarté, chacun peut voir s'il truque. S'il use de détours fallacieux pour éviter une affirmation nette, ce qui est très différent de violer les prétendues règles de syntaxe ou de grammaire pour produire un effet impossible à obtenir d'aucune façon, il faut plus longtemps pour découvrir la fraude de cet écrivain, et les autres écrivains soumis à la même nécessité feront son éloge pour se défendre eux-mêmes. Le vrai mysticisme ne doit pas être confondu avec une incompétence à écrire qui cherche à donner un air de mystère là où il n'y a pas de mystère mais seulement, en fait, la nécessité de camoufler un manque de connaissance ou l'inaptitude à s'exprimer clairement. Mysticisme implique mystère, et il y a beaucoup de mystères ; mais l'incompétence n'en est pas un ; non plus que les exagérations journalistiques ne se transforment en littérature par l'introduction d'un faux ton épique. N'oubliez pas cela non plus : tous les mauvais écrivains sont amoureux du ton épique.

VI

Si vous allez pour la première fois à une corrida à Madrid, vous pourrez descendre dans l'arène et vous y promener avant la course[1]. Les portes qui mènent aux corrales et au *patio de caballos* sont ouvertes et, dans la cour intérieure, vous verrez les chevaux alignés contre le mur, et les picadors arrivant de la ville sur des chevaux que les *monos*, ou garçons de l'arène, avaient auparavant montés pour les conduire de l'arène jusqu'aux logements en ville des picadors ; ainsi le picador, habillé de sa chemise blanche, avec l'étroite cravate noire, la tunique de brocart, la vaste ceinture, le chapeau à fond rond et pompon sur le côté, et les culottes en peau de daim épaisse recouvrant sur la jambe droite l'armure en tôle d'acier, peut chevaucher par les rues et, en plein trafic, tout le

---

[1]. On ne peut plus désormais se promener sur l'arène, par ordre du gouvernement. Mais vous pourrez visiter le *patio de caballos* et autres dépendances.

long de la *carreta* d'Aragon, jusqu'à l'arène ; le mono parfois monté en croupe, parfois sur un autre cheval qu'il a emmené ; ces quelques cavaliers isolés dans le flot des voitures, charrettes, taxis et autos servent à annoncer les courses, à fatiguer les chevaux montés, et évitent au matador d'avoir à réserver une place pour le picador dans son coche ou son auto. Pour aller à l'arène, la meilleure manière est de prendre un des omnibus à chevaux qui partent de la Puerta del Sol. Vous pouvez vous asseoir à l'impériale et voir les autres gens allant à la corrida, et si vous observez la foule des véhicules, vous verrez passer une automobile bondée de toreros en costumes. Tout ce que vous verrez, ce sera leurs têtes coiffées de chapeaux plats à fond noir, leurs épaules couvertes de brocart d'or ou d'argent, et leurs visages. Si, dans une seule auto, il y a plusieurs hommes en tuniques d'argent ou sombres, et un seulement vêtu d'or, qui garde un visage calme tandis que les autres peuvent rire, fumer et plaisanter, c'est le matador, et les autres sont sa cuadrilla. Le trajet jusqu'à l'arène est la plus pénible partie du jour pour le matador. Le matin, le combat est encore une chose bien lointaine. Après déjeuner, c'est encore une chose lointaine et ensuite, avant que l'auto ne soit prête ou que la voiture arrive, il y a la préoccupation de l'habillement. Mais une fois dans l'auto ou la voiture, le combat est très proche et il ne peut rien y faire tant que dure ce voyage en paquet serré jusqu'à l'arène. S'ils sont tellement serrés, c'est que la partie supérieure d'une tunique de torero est lourde et épaisse aux épaules et que le matador et ses banderilleros, maintenant qu'ils roulent en auto, s'entassent étroitement les uns sur les autres lorsqu'ils sont habillés de leurs vêtements de combat. Il y en a quelques-uns qui sourient et reconnaissent des amis au cours du trajet, mais presque tous gardent un air impassible et détaché. Le matador, à vivre chaque jour avec la mort, devient très détaché ; la mesure de son détachement, bien entendu, est la mesure de son imagination ; pendant toute la journée de la course, et pendant toute la fin de la saison, il y a un je ne sais quoi de détaché dans leurs esprits, que l'on peut presque voir. Ce qu'il y a là-dedans, c'est la mort, et l'on ne peut avoir affaire à elle chaque jour, ni savoir chaque jour qu'il y a une chance pour qu'elle arrive sur vous, sans que cela laisse une marque très apparente. Cette marque, la mort l'imprime sur chacun. Banderilleros et picadors sont différents. Le danger qu'ils courent est relatif. Ce sont des subordonnés ; leur responsabilité est limitée ; et ils ne tuent pas. Ils n'ont pas à supporter une grande tension nerveuse avant le combat. Pourtant, en général, si vous voulez voir un tableau de l'appréhension, regardez un picador, d'ordinaire gai et sans souci, quand il revient des corrales, ou du tirage des taureaux, et qu'il a vu que ceux-ci étaient vraiment très gros et très forts. Si je savais dessiner, je tracerais le tableau d'une table de café pendant une feria, avec les banderilleros assis à lire les journaux avant de déjeuner, un cireur de bottes à l'œuvre, un garçon affairé quelque part et deux picadors revenant des arènes ; l'un, homme corpulent au visage brun et aux sourcils noirs, sans doute très gai et joyeux plaisant, l'autre aux cheveux gris, net, le nez en bec d'aigle, la veste bien ajustée, l'un et l'autre semblant les incarnations mêmes de la mélancolie et de la neurasthénie.

— ¿ *Qué tal?* demande l'un des banderilleros.
— *Son grandes*, dit le picador.
— ¿ *Grandes?*
— ¡ *Muy grandes!*

Il n'y a rien de plus à dire. Les banderilleros savent tout ce qui se passe dans l'esprit du picador. Le matador est peut-être capable d'assassiner le gros taureau, s'il rentre son orgueil et met son honneur de côté, aussi facilement que n'importe quel petit taureau. Les veines de son cou sont à la même place et aussi faciles à atteindre avec la pointe de l'épée. Il n'y a pas grand risque d'accident pour un banderillero si le taureau est gros. Mais le picador ne peut rien faire pour aider son destin. Avec des taureaux qui ont dépassé un certain âge et un certain poids, quand ils arrivent sur le cheval, cela veut dire que le cheval est projeté en l'air, et il se peut qu'il redescende avec le picador sous lui ; peut-être le picador sera-t-il jeté sur la barrière et empalé sous son cheval ; ou, s'il se penche vaillamment en avant, portant le poids du corps sur sa vara et qu'il essaie de punir le taureau pendant la rencontre, cela signifie qu'il tombera entre le taureau et le cheval quand le cheval s'éloignera, et qu'il restera étendu là, sous l'œil du taureau et la menace de sa corne, jusqu'à ce que le matador puisse éloigner le taureau. Si le taureau est réellement gros, chaque fois qu'il frappe le cheval le picador tombera ; il le sait, et son appréhension lorsqu'« ils sont gros » est plus grande que celle que le matador, sauf s'il est poltron, pourrait jamais ressentir. Il y a toujours quelque chose à faire pour le matador, s'il garde son sang-froid. Il peut suer sang et eau, mais il y a toujours une façon particulière de combattre un taureau, si difficile soit-il. Le picador est sans recours. Tout ce qu'il peut faire, c'est invoquer la fraude habituelle de l'acheteur de chevaux qui a accepté une monture en dessous de la taille régulière, et réclamer un bon et solide cheval, assez haut pour n'être pas atteint du premier coup par le taureau, tâcher de l'enferrer une bonne fois, et espérer que le pire n'arrivera pas.

Au moment où vous voyez les matadors debout à l'ouverture du patio de caballos, leur plus mauvais moment d'appréhension est passé. La foule qui les entoure a effacé la solitude du trajet effectué en compagnie de gens qui les connaissent trop bien, et la foule les rétablit dans leurs personnages. Presque tous les toreros sont braves. Quelques-uns ne le sont pas. Cela paraît impossible, et il semble qu'un homme sans bravoure n'aurait jamais voulu entrer dans l'arène avec un taureau, mais dans certains cas spéciaux, l'habileté naturelle et un précoce entraînement commencé avec des veaux inoffensifs ont fait des toreros d'hommes sans courage naturel. Il n'y en a guère que trois, dont j'examinerai les cas plus tard, et ils sont parmi les phénomènes les plus intéressants de l'arène ; mais le torero habituel est un homme très brave, le degré le plus commun de bravoure étant la faculté d'ignorer momentanément les conséquences possibles de ce qu'on fait. Une forme plus évoluée de la bravoure, qui accompagne une exaltation joyeuse, est la faculté de ne pas évoquer, même pour les envoyer au diable, les conséquences possibles ; non seulement de les ignorer, mais de les mépriser. Presque tous les toreros sont braves, et pourtant presque tous les toreros ont peur, à un moment donné, *avant* le combat.

La foule commence à se raréfier dans le patio de caballos, les toreros s'alignent, les trois matadors de front, leurs banderilleros et picadors derrière eux. La foule quitte l'arène, la laissant vide. Vous allez à votre place et, si vous êtes aux barreras, vous achetez un coussin au vendeur qui passe en dessous de vous, vous vous asseyez dessus, et, les genoux serrés contre le bois, vous portez votre regard à travers l'arène jusqu'à l'entrée du patio que vous venez de quitter, et où se tiennent les trois matadors, avec le soleil qui brille sur l'or de leurs habits ; les autres toreros, à pied et montés, sont massés derrière eux. Puis vous voyez les gens, autour de vous, qui lèvent leurs regards vers une loge. C'est le président qui entre. Il s'installe et agite un mouchoir. S'il est à l'heure, c'est une explosion d'applaudissements ; s'il est en retard, c'est une tempête de sifflets et de huées. Une trompette sonne, et, du patio, deux hommes montés, en costume du temps de Philippe II, s'avancent à travers la piste de sable.

Ce sont les alguazils ou commissaires à cheval, et c'est par eux que sont transmis tous les ordres du président, qui représente les pouvoirs constitués. Ils traversent l'arène au galop, tirent leurs chapeaux, s'inclinent bas devant le président, et étant censés avoir reçu son autorisation, retournent au galop à leur place. La musique commence, et, de l'ouverture donnant sur la cour des chevaux, vient la procession des toreros, le paseo ou parade. Les matadors, au nombre de trois s'il y a six taureaux, de quatre s'il y en a huit, marchent de front ; leurs capes de parade sont roulées et drapées autour de leurs bras gauches, leurs bras droits se balancent, ils marchent d'un long pas déhanché, bras ballants, mentons en l'air, les yeux sur la loge du président. En files par un derrière les matadors viennent les cuadrillas, banderilleros et picadors, par ordre d'ancienneté. Ils arrivent ainsi, foulant le sable, en colonne par trois ou par quatre. Quand les matadors arrivent en face de la loge du président, ils s'inclinent profondément, et tirent leurs chapeaux ou *monteras* ; la révérence est sérieuse ou de pure forme, selon leur temps de service ou leur degré de cynisme. Au début de leur carrière, ils sont tous aussi dévotement ritualistes que des enfants de chœur servant à une grand-messe, et certains le demeurent toujours. Les autres deviennent aussi cyniques que des propriétaires de boîtes de nuit. Les dévots se font tuer plus fréquemment. Les cyniques sont les meilleurs compagnons. Mais les meilleurs de tous sont les cyniques lorsqu'ils sont encore dévots ; ou, après, quand, ayant été dévots, puis cyniques, ils redeviennent dévots par cynisme. Juan Belmonte est un exemple de ce dernier stade.

Après s'être inclinés devant le président, ils remettent leurs chapeaux, les enfonçant bien soigneusement, et vont à la barrera. La procession se rompt lorsque, tous ayant salué, les matadors enlèvent leurs lourdes capes de parade, brochées d'or et enrichies de bijoux, et les font porter ou les passent à des amis ou admirateurs pour qu'ils les déploient au-devant de la palissade protégeant la première rangée de sièges ; ou, parfois, ils les font remettre par un porte-épée à quelqu'un, ordinairement un chanteur, une danseuse, un charlatan en vogue, un aviateur, un acteur de cinéma, un politicien, ou quelque autre notoriété du jour qu'ils ont remarquée dans une loge. Des matadors très jeunes ou très cyniques font porter leurs capes aux impresarios venus d'autres villes qui peuvent se trouver à Madrid, ou aux critiques des corridas. Les meilleurs d'entre eux les font porter à leurs amis. C'est mieux pour vous qu'on ne vous en envoie pas. C'est un compliment agréable si le matador est dans un de ses bons jours et se comporte bien, mais s'il fait mal c'est une grosse responsabilité. Il arrive que le torero, par malchance, mauvais taureau, accident qui lui fait perdre confiance, ou nervosité consécutive à un retour dans l'arène en mauvais état physique après un coup de corne, se discrédite et finalement soulève une telle indignation dans le public qu'il peut être forcé de se mettre sous la protection de la police pour sortir de l'arène, tête basse, sous un bombardement de coussins de cuir ; en ce cas, la marque évidente de faveur que vous avez reçue de lui peut vous rendre circonspect lorsque le porte-épée viendra, se frayant un chemin prudent autour des coussins qui tombent, pour réclamer la cape. Ou peut-être, prévoyant le désastre, le porte-épée sera venu chercher la cape avant le dernier taureau, de sorte que vous pouvez voir la cape, si fièrement reçue, étroitement roulée autour des épaules disgracieuses de l'homme qui l'emporte en courant à travers l'arène, sous l'averse des coussins, tandis que la police charge quelques-uns des plus violents spectateurs qui poursuivent votre matador. Les banderilleros donnent aussi leurs capes à des amis pour qu'ils les étalent ; mais l'aspect de ces capes n'est royal qu'à une certaine distance, elles sont souvent minces, usagées et doublées de cette étoffe rayée qui semble former la doublure des vestes dans le monde entier ; et comme les banderilleros ne prennent pas au sérieux cette faveur qu'ils accordent, l'honneur est de pure forme. Tandis que les capes de parade sont déployées par les spectateurs, on prend aux barreras les capes de combat ; les garçons de service de l'arène égalisent le sable dont la surface a été remuée par la procession des picadors montés, par les mulets harnachés qui servent à enlever les taureaux et chevaux tués, et par les sabots des chevaux des alguazils. Pendant ce temps, les deux matadors qui ne tuent pas le premier taureau (nous supposons que c'est une corrida à six taureaux) se retirent avec leurs cuadrillas dans le callejón, ou étroit passage entre la palissade rouge de la barrera et les premiers sièges. Le matador dont le taureau va sortir choisit l'une des capes de combat de lourde percale. La cape est habituellement rose en dehors et jaune en dedans, avec un col vaste et raide ; elle est si ample et si longue que, si le matador la mettait sur ses épaules, le bas lui tomberait aux genoux ou juste en dessous, et qu'il pourrait s'en envelopper complètement. Le matador qui va tuer se place derrière l'un des petits abris de planches construits sur la piste et contre la barrera, assez larges pour deux hommes debout et juste assez étroits pour qu'on puisse s'esquiver derrière ; les alguazils dirigent leurs montures jusqu'au-dessous de la loge du président, pour demander la clef de la porte rouge du toril où le taureau attend. Le président la jette, et l'alguazil essaie de l'attraper dans son chapeau à plumes. S'il y arrive, la foule applaudit. S'il manque, on siffle. Mais on ne prend ni l'un ni l'autre au sérieux. Si la clef n'est pas attrapée au vol, un serviteur la ramasse et la tend à l'alguazil, qui traverse l'arène au galop et la passe à l'homme debout près de la porte du toril et prêt à l'ouvrir, revient au galop, salue le président, et sort au galop tandis que les garçons aplanissent le sable où se sont imprimées les traces du cheval. Cela fait, il n'y a plus personne dans l'arène que le matador derrière son petit abri ou *burladero*, et deux banderilleros, un de chaque côté de l'arène, collés à la palissade. Tout est très calme, et chacun regarde la porte de bois rouge. Le président donne un signal avec son mouchoir, la trompette sonne, et le vieil homme très sérieux, à la vaste chevelure blanche, qu'on appelle Gabriel, vêtu d'une espèce de costume de torero burlesque (il lui a été offert par souscription publique) ouvre le verrou, tire la lourde porte du toril, et se rejette vite en arrière, laissant voir le passage bas qui se montre quand la porte s'est ouverte.

VII

A ce moment, il est nécessaire que vous voyiez une course de taureaux. Si j'allais vous en décrire une, ce ne serait pas celle que vous êtes appelé à voir, car toreros et taureaux sont tous différents; et si je me mettais à en expliquer toutes les variétés possibles au cours de mon récit, le chapitre serait interminable. On consulte deux sortes de guides : ceux qu'on lit avant et ceux qu'il faut lire après. Ceux qu'il faut lire après avoir eu l'expérience des faits risqueraient d'être en partie incompréhensibles pour qui les lirait avant, si ces faits ont, en eux-mêmes, assez d'importance. Tels des livres sur le ski en montagne, sur l'acte sexuel, sur la chasse au gibier à plumes ou sur tout autre sujet qu'il est impossible de faire vivre sur le papier, ou du moins dont il est impossible de vouloir donner plus d'une version à la fois. Ce sont toujours, en effet, choses d'expérience personnelle. Dans un livre de cette sorte, un moment viendra où il faudra dire : n'allez pas plus loin avant d'avoir fait du ski, eu des rapports sexuels, tiré cailles ou coqs de bruyère ou assisté aux courses de taureaux. Alors seulement vous saurez de quoi l'on parle. Aussi, dès maintenant, nous admettons que vous avez vu les courses de taureaux.

— Vous êtes allé aux courses de taureaux? Comment était-ce?

— C'était répugnant. Je ne pouvais pas supporter ça.

— Très bien, on vous accordera un acquittement honorable, mais pas de remboursement.

— Et vous, est-ce que cela vous a plu?

— C'était terrible.

— Qu'entendez-vous par terrible?

— Terrible, c'est tout. C'était terrible, affreux, horrible.

— Bon. Vous aurez aussi un acquittement honorable.

— Et à vous, quelle impression cela vous a-t-il fait?

— Simplement un ennui mortel.

— Très bien, fichez-moi le camp d'ici.

— Est-ce que personne n'a aimé les courses de taureaux. Est-ce que personne n'a aimé les courses de taureaux du tout?

Pas de réponse.

— Avez-vous aimé ça, monsieur?

— Non.

— Avez-vous aimé ça, madame?

— Décidément non!

UNE VIEILLE DAME, *au fond de la salle*. — Que dit-il? Que demande ce jeune homme?

quelqu'un, *auprès d'elle.* — Il demande si personne n'a aimé les courses de taureaux.

la vieille dame : Oh, je pensais qu'il demandait si quelqu'un de nous voulait être torero.

— Les courses de taureaux vous ont-elles plu, madame?

la vieille dame : Elles m'ont plu beaucoup.

— Qu'est-ce qui vous a plu?

la vieille dame : J'aimais voir les taureaux assaillir les chevaux.

— Pourquoi aimiez-vous cela?

la vieille dame : Il y avait là-dedans je ne sais quoi de tellement intime.

— Madame, vous êtes une mystique. Vous n'êtes pas parmi des amis, ici. Allons au café Fornos où nous pourrons discuter de ces sujets à loisir.

la vieille dame : Où vous voudrez, monsieur, pourvu que ce soit propre et sain.

— Madame, il n'y a pas d'endroit plus salubre dans la Péninsule.

la vieille dame : Y verrons-nous des toreros?

— Madame, l'endroit en est plein.

la vieille dame : Alors, allons-nous-en.

Fornos est un café fréquenté seulement par des gens liés aux courses de taureaux et par des grues. Dans la fumée, la bousculade des garçons et le bruit des verres, on peut y trouver l'intimité bruyante d'un grand café. Nous pourrons y discuter des courses, si vous voulez, et la vieille dame pourra rester assise à regarder les toreros. Il y a des toreros à toutes les tables et pour tous les goûts, et tous les autres clients du café vivent des toreros d'une façon ou d'une autre. Un requin a rarement plus de quatre remoras ou « poissons-pilotes » collés à son corps ou nageant de compagnie avec lui, mais un torero, dès qu'il gagne quelque argent, en a des douzaines. La vieille dame n'a pas envie de discuter des courses de taureaux. Elles lui ont plu ; mais en ce moment elle regarde les toreros, et elle ne discute jamais de choses qui lui ont plu, même avec ses amis les plus intimes. Mais nous, nous en parlerons, parce qu'il y avait un certain nombre de choses, dites-vous, que vous n'avez pas comprises.

Quand le taureau sortit dans l'arène, avez-vous remarqué que l'un des banderilleros s'est mis à courir en travers de son chemin en traînant une cape, et que le taureau suivait la cape en la menaçant d'une de ses cornes ? On le fait toujours courir de cette façon, au début, pour voir quelle est sa corne favorite. Le matador, debout derrière son abri, épie le taureau dans sa course après la cape traînante ; il remarque s'il suit les zigzags de la cape en lui présentant son côté gauche ou son côté droit, ou l'un et l'autre, ce qui indique s'il regarde avec les deux yeux et avec quelle corne il préfère frapper. Il note aussi s'il court droit ou s'il a une tendance à obliquer brusquement vers l'homme lorsqu'il charge. Un homme est sorti, tenant la cape à deux mains, après qu'on eut fait courir le taureau ; il le provoqua en face, se tenant immobile tandis que le taureau chargeait, et, de ses bras agitant lentement la cape juste devant les cornes du taureau, il fit passer les cornes du taureau tout près de son corps avec un mouvement lent de la cape, il semblait le tenir sous son contrôle dans les plis de la cape, le forçant à passer à côté de son corps chaque fois qu'il s'était retourné pour charger ; il fit cela cinq fois et termina avec un mouvement tourbillonnant de la cape qui lui fit tourner le dos au taureau. Alors, coupant brusquement la charge du taureau, il l'immobilisa à l'endroit voulu. Cet homme était le matador ; les passes lentes qu'il a faites sont appelées *veronicas* et la demi-passe de la fin *media-veronica*. Ces passes étaient destinées à montrer l'adresse et l'art du matador à se servir de la cape, sa domination sur le taureau, et aussi à immobiliser le taureau à un certain endroit avant l'entrée des chevaux. On les appelle *veronicas*, du nom de sainte Véronique qui essuya le visage de Notre-Seigneur avec un linge ; on les nomme ainsi parce que la sainte est toujours représentée tenant le linge par deux coins, d'un geste semblable à celui du torero tenant la cape au début de la veronica. La media-veronica qui arrête le taureau à la fin de la passe est un *recorte*. Un recorte est toute passe effectuée avec la cape qui, en forçant le taureau à tourner plus court que sa propre longueur, l'arrête brusquement ou l'empêche de charger, en brisant son

élan et en le faisant tourner sur lui-même.
Les banderilleros ne doivent jamais manier la cape à deux mains à la première sortie du taureau. Et la maniant d'une seule main, ils la laissent traîner, et lorsque, au bout de chaque course, ils tourneront, le taureau tournera aisément, et non pas brusquement et court. Il fera ainsi parce que la courbe décrite par la longue cape lui donne une indication sur le virage à prendre et lui permet de se guider. En tenant la cape à deux mains, le banderillero peut, d'un geste brusque, l'éloigner du taureau, et, d'un claquement sec l'arrachant à sa vue, l'arrêter net, et le faire tourner si court qu'il se rompt la colonne vertébrale, se tord les jambes ; son élan est coupé, non qu'il soit à bout de forces, mais parce qu'il boite, et ainsi il devient inapte au combat pour le reste de la course. Seul le matador doit manier la cape à deux mains, pendant la première partie du combat. A strictement parler, les banderilleros, qu'on appelle aussi peones, ne doivent jamais manier la cape à deux mains, excepté pour faire quitter au taureau une position qu'il a prise et qu'il refuse de quitter. Mais de la façon dont la course de taureaux s'est développée, ou a déchu, avec l'accent portant de plus en plus sur la manière dont sont exécutées les différentes passes, plutôt que sur leur effet, les banderilleros font aujourd'hui une grande partie du travail préparatoire à la mise à mort, qui était à l'origine accompli par le matador ; et les matadors qui manquent de moyens

ou de science, dont le seul mérite est leur beauté plastique ou leur talent artistique, lorsque leurs taureaux offrent la moindre difficulté, les font préparer, mettre à bout de forces, mater, et tout sauf tuer, par la cape adroite et meurtrière d'un banderillero expérimenté.

Il peut paraître insensé de parler de tuer presque un animal tel qu'un taureau de combat avec une cape. Bien entendu, on ne pourrait le tuer, mais on peut vraiment endommager la colonne vertébrale, tordre les jambes et rendre l'animal boiteux, et, en abusant de sa bravoure, le forcer à des charges inutiles, répétées, et toujours férocement arrêtées ; ainsi on peut le fatiguer, le rendre boiteux, et le priver de toute sa vitesse et d'une grande partie de ses forces naturelles. Nous parlons bien de tuer une truite avec une canne à pêche. C'est l'effort fait par la truite qui la tue. Un congre amené près du bord du bateau est en possession de toute sa force et de toute son énergie. Un tarpon, une truite ou un saumon se tuera souvent lui-même en luttant contre votre ligne si vous le tenez assez longtemps.

C'est pour cette raison qu'il a été interdit aux banderilleros de manier la cape à deux mains. C'est le matador qui, en principe, devait exécuter tous les préparatifs de la mise à mort et la mise à mort même. Les picadors devaient ralentir le taureau, modifier son allure et abaisser le port de sa tête. Les banderilleros devaient le faire courir au début, placer les banderillas rapidement et en telles positions qu'elles corrigent toutes ses tendances à dévier; ils ne devaient jamais rien faire qui détruise la vigueur du taureau, afin qu'il puisse arriver intact aux mains du matador, qui, avec la muleta, corrige ses tendances à obliquer d'un côté ou d'un autre, le met dans la position voulue pour la mise à mort et le tue de face, lui faisant baisser la tête avec la serge rouge de la muleta et lui enfonçant l'épée par en haut au sommet de l'angle compris entre les deux omoplates.

A mesure du développement et de la déchéance de la corrida, on a mis l'accent de moins en moins sur la forme de la mise à mort, qui était tout jadis, et de plus en plus sur le travail de la cape, la pose des banderillas et le travail de la muleta. La cape, les banderillas et la muleta sont devenues des fins en elles-mêmes, au lieu de rester des moyens en vue d'une fin, et la course de taureaux y a perdu et gagné à la fois.

Dans les temps anciens, les taureaux étaient d'ordinaire plus gros qu'ils ne sont maintenant; ils étaient plus fiers, moins incertains, plus lourds et plus âgés. On ne les avait pas réduits par l'élevage à une taille inférieure pour plaire aux toreros, et on les faisait combattre à un âge de quatre ans et demi à cinq ans au lieu de trois et demi à quatre et demi. Les matadors avaient souvent fait de six à douze ans d'apprentissage comme banderilleros et comme novilleros avant de devenir des matadors attitrés. C'étaient des hommes mûrs, ils connaissaient les taureaux à fond, et affrontaient des taureaux qui étaient au plus haut point de leur force physique, de leur énergie, de leur science de l'usage de leurs cornes, et arrivés au point où ils présentaient le plus de difficulté et de danger. Tout le but de la course de taureaux était le coup d'épée final, la rencontre même entre l'homme et l'animal, ce que les Espagnols appellent le « moment de vérité », et tous les actes du combat étaient destinés à préparer le taureau pour cette mise à mort. Avec de tels taureaux, il n'était pas nécessaire, pour provoquer l'émotion, que l'homme fît délibérément passer le taureau, à l'aide de la cape, aussi près de lui que possible. La cape servait à faire courir les taureaux, à protéger les picadors, et les passes qu'on exécutait avec elle étaient émouvantes, pour notre façon de juger moderne, à cause de la taille, de la vigueur, du poids et de la fierté de l'animal, et du danger que courait le matador en les exécutant, plutôt que par la forme ou la lenteur de leur exécution. Qu'un homme manœuvrât un tel taureau, rien que cela était émouvant ; qu'un homme fût dans l'arène avec un tel animal et le dominât, c'est cela qui provoquait l'émotion ; et non pas, comme à présent, qu'il cherchât délibérément à faire passer les pointes des cornes aussi mathématiquement près de son corps que possible sans bouger les pieds. C'est la décadence du taureau moderne. C'est un art décadent à tous égards, et, comme la plupart des floraisons de décadence, il atteint son plein épanouissement à son point de plus grande dégénérescence, qui est celui d'à présent.

Il serait impossible de combattre jour après jour des taureaux réellement taureaux, énormes, forts, fiers, et rapides, sachant se servir de leurs cornes et assez âgés pour avoir atteint leur plein développement, avec la technique qui s'est développée, en commençant avec Juan Belmonte, dans la course de taureaux moderne. Ce serait trop dangereux. Belmonte a inventé la technique. Étant un génie, il a pu briser les règles du combat de taureaux ; il a pu toréer (c'est le seul verbe pour désigner toutes les actions accomplies par un homme avec le taureau) comme on croyait jusqu'alors impossible de taurer. Une fois qu'il l'eut fait, tous les toreros durent le suivre, ou essayer de le suivre, car il n'y a pas de retour en arrière possible quand il s'agit de sensations nouvelles. Joselito, qui était fort(Belmonte était faible), sain (Belmonte était maladif), qui avait un corps d'athlète, une grâce de gitan et une connaissance des taureaux, tant intuitive qu'acquise, qu'aucun torero n'a jamais surpassée ; Joselito, pour qui toute chose, en fait de taureaux, était facile, qui vivait pour les taureaux, et qui semblait avoir été formé et élevé sur le modèle idéal d'un grand torero, dut apprendre la manière de travailler de Belmonte. Joselito, l'héritier de tous les grands toreros, et probablement le plus grand torero qui ait jamais vécu, apprit à toréer comme avait fait Belmonte. Belmonte travaillait de cette façon à cause de sa stature insuffisante, de son manque de vigueur, à cause de la faiblesse de ses jambes. Il n'accepta aucune des règles admises sans avoir éprouvé si l'on pouvait les violer ; c'était un génie et un grand artiste. La façon dont Belmonte travaillait n'était ni le fruit d'un héritage, ni d'une évolution ; c'était une révélation. Joselito en fit l'apprentissage, et, pendant les années de leur compétition, alors que chacun d'eux faisait environ une centaine de corridas dans l'année, il disait : « On dit que lui, Belmonte, travaille plus près du taureau. Cela semble, mais ce n'est pas vrai. En réalité, je travaille plus près. Mais c'est plus naturel, de sorte que cela ne semble pas si près. »

En tout cas, le style décadent, impossible, presque dépravé, de Belmonte se greffa et se développa sur le génie intuitif et vigoureux de Joselito, et, au cours de sa compétition avec Juan Belmonte, la course de taureaux connut pour sept ans un âge d'or, bien qu'elle fût engagée dans un procès de destruction.

L'élevage d'aujourd'hui diminue la taille des taureaux ; il diminue la longueur des cornes ; il cherche à leur donner la douceur aussi bien que la sauvagerie dans la charge, parce que Joselito et Belmonte pouvaient faire un travail plus fin avec ces taureaux plus petits et plus faciles. Ils pouvaient faire d'assez fin travail avec n'importe quel taureau qui sortait du toril ; ils ne se trouvaient au dépourvu avec aucun d'eux, mais avec les taureaux plus petits et plus faciles ils étaient certains d'accomplir les exploits merveilleux que le public voulait voir. Les gros taureaux étaient faciles pour Joselito, mais ils étaient difficiles pour Belmonte. Tous les taureaux étaient faciles pour Joselito, et c'était à lui de se créer ses propres difficultés. La compétition se termina lorsque Joselito fut tué dans l'arène le 16 mai 1920. Belmonte continua encore un an, puis se retira [1], et la course de taureaux demeura avec la nouvelle méthode décadente, la technique presque impossible, les taureaux rapetissés, et avec, comme toreros, seulement les mauvais : les rudes et grossiers d'une part, qui n'avaient pas pu apprendre la nouvelle méthode et qui par conséquent ne plaisaient plus ; et d'autre part une moisson de nouveaux toreros, décadents, tristes et quelque peu maladifs, qui avaient la méthode mais non la connaissance des taureaux, qui n'avaient pas d'apprentissage, ni rien du mâle courage, des facultés ou du génie de Joselito, rien non plus de la beauté maladive et mystérieuse de Belmonte.

LA VIEILLE DAME : Je ne vois rien de décadent ou de dégénéré dans le spectacle que nous avons observé aujourd'hui.

— Moi non plus, aujourd'hui, madame, car les matadors étaient Nicanor Villalta, le courageux

---

[1]. Juan Belmonte a reparu fréquemment depuis dans l'arène, dans le Midi de la France et en Espagne, notamment en septembre 1935 à San Sebastian. (*N. D. T.*)

poteau télégraphique d'Aragon; Luis Fuentes Bejarano, le valeureux et excellent ouvrier, orgueil de l'Union du Travail, et Diego Mazquiaran Fortuna, le brave garçon boucher de Bilbao.

LA VIEILLE DAME : Ils m'ont tous paru des gaillards des plus valeureux et virils. En quel sens, monsieur, parlez-vous de décadence?

— Madame, ce sont des gaillards des plus virils, bien que la voix de Villalta soit parfois un rien trop haut, et la décadence dont je parle ne s'applique pas à eux, mais à la déchéance d'un art complet, due à l'excessif épanouissement de certains de ses aspects.

LA VIEILLE DAME : Monsieur, vous n'êtes pas facile à comprendre.

— Je vous expliquerai plus tard, madame, mais en effet, décadence est un mot difficile à employer, car il est devenu, ou guère plus, un terme abusif appliqué par les critiques à tout ce qu'ils ne comprennent pas encore ou qui leur semble s'écarter de leurs concepts moraux.

LA VIEILLE DAME : Je l'ai toujours compris comme signifiant qu'il y avait quelque chose de dégénéré, comme dans les cours.

— Madame, tous nos mots, à force d'être employés à la légère, ont perdu leur tranchant, mais vos idées à vous sont des plus solides.

LA VIEILLE DAME : S'il vous plaît, monsieur, je n'aime pas toute cette discussion de mots. Ne sommes-nous pas ici pour nous instruire sur les taureaux et ceux qui les combattent?

— Si c'est votre désir ; mais mettez votre écrivain à parler de mots, et il continuera jusqu'à ce que vous en soyez excédée et ayez envie qu'il montre plus d'adresse à les employer et fasse moins de sermons sur leurs significations.

LA VIEILLE DAME : Ne pouvez-vous cesser maintenant, monsieur ?

— Avez-vous jamais entendu parler du défunt Raymond Radiguet ?

LA VIEILLE DAME : Je ne pourrais l'affirmer.

— C'était un jeune écrivain français qui sut faire sa carrière non seulement avec sa plume mais aussi avec son... « crayon », si vous me suivez bien, madame.

LA VIEILLE DAME : C'est-à-dire qu'il... ?

— Non pas exactement cela, mais quelque chose de ce genre.

LA VIEILLE DAME : Voulez-vous dire qu'il... ?

— Précisément. Durant sa vie, Radiguet était souvent excédé de la société précieuse, enthousiaste et querelleuse de son protecteur littéraire, Jean Cocteau, et il allait passer ses nuits dans un hôtel près du jardin du Luxembourg, avec l'une de ses deux sœurs qui travaillaient alors comme modèles dans le quartier. Son protecteur en était fort scandalisé, et dénonçait cela comme une décadence, disant, amèrement, mais non sans vanité, de Radiguet : « Bébé est vicieux, il aime les femmes. » Aussi voyez-vous, madame, nous devons faire bien attention quand nous dégoisons sur une « décadence », puisque ce terme ne peut pas avoir le même sens pour tous ceux qui le lisent.

LA VIEILLE DAME : Il m'a choqué dès l'abord.

— Alors, revenons-en aux taureaux.

LA VIEILLE DAME : Avec plaisir, monsieur. Mais qu'est-il arrivé finalement à ce Radiguet?

— Il a attrapé la fièvre typhoïde en nageant dans la Seine, et il en est mort.

LA VIEILLE DAME : Pauvre garçon!

— Pauvre garçon, en effet.

VIII

Ces années qui suivirent la mort de Joselito et la retraite de Belmonte furent les plus mauvaises que la tauromachie ait traversées. L'arène avait été dominée par ces deux figures qui, dans leur art propre, et sans oublier, bien entendu, que c'est un art impermanent, donc mineur, furent comparables à Velasquez et à Goya, ou, en littérature, à Cervantes et à Lope de Vega, bien que je n'aie jamais aimé beaucoup Lope, mais il a la réputation requise pour ma comparaison ; et quand ils furent partis, ce fut comme si, dans la littérature anglaise, Shakespeare était mort soudain, que Marlowe se fût retiré et que le champ eût été laissé à Ronald Firbank, qui écrivit fort bien de ce dont il écrivit, mais qui était, disons-le, un spécialiste. Manuel Granero, de Valence, était le seul torero en qui l'*aficion* avait grande confiance. C'était un de ces trois garçons qui, ayant argent et protections, était entré dans la carrière de torero par les meilleurs moyens d'éducation mécanique, en s'entraînant avec des veaux dans les fermes à taureaux autour de Salamanque. Granero n'avait pas de sang de torero dans les veines, et son entourage immédiat avait voulu qu'il fût violoniste, mais il avait un oncle ambitieux et un talent naturel pour le combat de taureaux, secondé par un grand courage ; c'était le meilleur des trois. Les deux autres étaient Manuel Jimenez, dit Chicuelo, et Juan Luis de la Rosa. Étant enfants, ils étaient tous trois des toreros en miniature, parfaitement entraînés, tous trois avaient de purs styles belmontistes, une grande beauté d'exécution dans tout ce qu'ils faisaient, et on les appelait tous les trois des phénomènes. Granero était le plus solide, le plus vigoureux et le plus brave ; il fut tué à Madrid deux ans après la mort de Joselito, le 7 mai 1922.

Chicuelo était le fils d'un matador de ce nom qui était mort, quelques années avant, de tuberculose. Il fut élevé, entraîné, lancé et soutenu comme matador par son oncle, Zocato, qui avait été un banderillero de la vieille école, et qui était un bon homme d'affaires et un franc buveur. Chicuelo était court, avec une mauvaise graisse, sans menton, il avait un teint maladif, des mains chétives, et de longs cils comme une fille. Entraîné à Séville, puis dans les fermes de la région de Salamanque, c'était une aussi parfaite miniature de torero qu'on puisse en fabriquer, et c'était un torero à peu près aussi authentique, réellement, qu'une petite statuette de porcelaine. Joselito et Granero morts, Belmonte retiré, l'arène avait lui. Elle avait aussi Juan Luis de La Rosa, qui était Chicuelo à tous égards, sauf l'oncle et la façon dont il était bâti dans l'ensemble. Quelqu'un, qui n'était pas un parent, avait avancé l'argent nécessaire à son éducation, et c'était un autre parfait produit de manufacture. L'arène eut en même temps Marcial Lalanda, qui connaissait les taureaux pour avoir grandi parmi eux — il était fils du surintendant de la ferme d'élevage du duc de Veragua, et on l'annonça comme le successeur de Joselito. Tout ce qu'il avait en ce temps-là pour répondre à ce titre, c'était sa connaissance des taureaux, et une certaine façon de marcher lorsqu'il provoquait les taureaux pour la pose des banderillas. Je l'ai vu souvent dans ces jours-là ; c'était toujours un torero scientifique, mais il n'était pas fort et il était nonchalant. Il semblait ne prendre aucun plaisir à combattre les taureaux, n'en tirer aucune émotion ni orgueil, et qu'une peur qu'il maîtrisait très bien le déprimait pourtant. C'était un torero triste et apathique, bien qu'il fût techniquement habile, et tout à fait intelligent ; et, pour une fois où il était bon dans l'arène, il était médiocre et inintéressant une douzaine de fois. Lui, Chicuelo et La Rosa combattaient comme s'ils y étaient condamnés plutôt que par libre choix. Je crois qu'aucun d'eux ne pouvait oublier complètement la mort de Joselito et de Granero. Marcial était dans l'arène quand Granero fut tué, et on l'avait injustement accusé de n'avoir fait aucun effort pour détourner à temps le taureau de lui. Il en gardait beaucoup d'amertume.

Il y eut alors aussi, dans le monde des corridas, deux frères, les Anllos, venant d'Aragon. L'un, l'aîné, Ricardo, — l'un et l'autre étaient appelés Nacional — était de taille moyenne et de tournure épaisse, monument de probité, de courage, de style sans distinction mais classique, et de malchance. Le second, Juan, appelé Nacional II, était haut, avec des lèvres minces et des yeux obliques. Il était disgracieux, anguleux, très brave, et avait un style de combat aussi laid qu'on puisse voir.

Il y eut Victoriano Roger, ou Valencia II, fils d'un banderillero. Né à Madrid, il fut entraîné par son père, et il avait aussi un frère plus âgé qui, comme matador, fut un désastre. Ce garçon, du même cru que Chicuelo et compagnie, portait magnifiquement la cape, était arrogant, querelleur, et brave comme le taureau lui-même à Madrid, mais partout ailleurs, il se laissait dominer par ses nerfs, et il avait le sentiment que dans ces désastres provinciaux son honneur restait sauf, pourvu qu'il triomphât à Madrid. Cette limitation à Madrid de l'honneur personnel est la marque des toreros qui vivent de leur profession, mais ne la dominent jamais.

Puis Julian Saiz, ou Saleri II, torero très complet et splendide banderillero, à qui il arriva de concurrencer Joselito pour une saison, mais qui était devenu ensuite l'incarnation de la prudence et de la sécurité avant tout ; Diego Mazquiaran, ou Fortuna, brave, stupide, fut un grand tueur, mais de la vieille école, et Luis Freg, un Mexicain, court, brun, avec une chevelure d'Indien, allant sur la quarantaine, lourd sur ses pieds, les muscles de ses jambes noueux comme un vieux chêne, et portant les cicatrices des punitions reçues des taureaux pour sa lenteur, sa gaucherie, et son invariable courage dans le coup d'épée ; et quelques autres vétérans encore, et bon nombre de ratages encore, c'est à peu près tout ce qui restait quand les deux grands furent partis.

Freg, Fortuna et l'aîné des Nacional ne plaisaient pas, car la nouvelle manière de combattre avait rendu leurs styles vieux jeu, et ils ne trouvaient plus les gros taureaux qui, avec un homme brave et compétent dans l'arène, donnaient tout ce qui était requis pour une course de taureaux. Chicuelo fut merveilleux jusqu'au moment où il fut touché pour la première fois par un taureau. Depuis, poltron à l'extrême si le taureau offrait la moindre difficulté, il se montra bon environ deux fois par an, ne donnant tout son répertoire que lorsqu'il trouvait un taureau sans aucune mauvaise idée, et qui venait régulièrement passer à côté sans jamais dévier, comme s'il eût été monté sur rails. Entre les magnifiques prouesses qu'il accomplissait avec le taureau mécaniquement parfait qu'il attendait pendant toute la saison, et, occasionnellement, le travail nerveux, excellent et scientifique qu'il lui arrivait de faire avec un taureau difficile, venaient quelques-unes des plus tristes exhibitions de couardise éhontée qu'il eût été possible de voir. La Rosa fut blessé une fois, effrayé pour toujours, et disparut rapidement de la circulation. Il avait un grand talent de torero, mais il avait un talent encore plus grand en une autre matière ; il combat encore en Amérique et, en combinant ses deux talents, il vit très bien.

Valencia II commençait chaque saison aussi brave qu'un coq de combat, travaillait plus près des taureaux chaque fois qu'il paraissait à Madrid, jusqu'au moment où le taureau n'avait plus qu'à avancer un tout petit peu la corne pour l'atteindre, le cogner, et l'envoyer à l'hôpital ; et quand il était rétabli, son courage était parti jusqu'à la saison suivante.

Il y en eut encore quelques autres. L'un s'appelait Gitanillo ; en dépit de son nom il n'était pas gitan ; il avait seulement travaillé comme palefrenier pour une famille de gitans dans sa jeunesse ; il était petit, arrogant, et réellement brave, à Madrid au moins. Dans les provinces, comme tous les toreros de seconde zone, il s'en remettait à sa réputation de Madrid. Il était de cette sorte qui est capable de tout sauf de manger le taureau tout cru. Il était dépourvu d'adresse en tout, et il s'en remettait à des trucs tels que, lorsque le taureau était fatigué ou qu'il s'arrêtait pour un moment, tourner dos à l'animal à un pied, ou environ, devant les cornes, puis s'agenouiller en souriant à la foule. Il était gravement blessé presque à chaque saison, et finit par se remettre d'une terrible blessure de corne qui lui avait transpercé la poitrine, détruit une bonne partie du poumon et de la plèvre, et qui le laissa infirme pour la vie.

Un médecin de Soria frappa Juan Anllo, Nacional II, sur la tête avec une bouteille, dans une discussion pendant une course de taureaux où Nacional II, comme spectateur, prenait la défense de la façon d'agir du torero qui était dans l'arène aux prises avec un animal difficile. La police arrêta le torero mais non son agresseur, et Nacional II resta en prison toute la nuit, avec la poussière rouge de Soria sur ses vêtements et ses cheveux, mourant d'une fracture du crâne et avec un caillot de sang au cerveau, tandis que les gens de la prison le traitaient comme un ivrogne, essayant divers expédients pour le sortir de son inconscience. Il n'en sortit jamais. L'arène fut ainsi privée d'un des hommes réellement braves qui furent matadors pendant cette période de décadence.

Une année auparavant, un autre était mort, un qui semblait devoir être un des plus grands de tous. C'était Manuel Garcia, Maera. Il avait été, jeune garçon, avec Juan Belmonte au *barrio* de Triana à Séville. Belmonte, qui travaillait comme journalier, n'avait personne pour le protéger, l'envoyer à une école de toreros et lui fournir l'argent nécessaire pour apprendre la pratique du combat en s'entraînant avec les veaux, et il voulait s'entraîner à manier la cape. Lui et Maera, et parfois Varelito, un autre garçon de l'endroit, traversaient la rivière à la nage, leurs capes et une lanterne posées sur une planche ; ruisselants et nus, ils escaladaient la palissade du corral où l'on gardait les taureaux de combat à Tablada, pour tirer de son sommeil un des grands taureaux de combat en pleine force. Tandis que Maera tenait la lanterne, Belmonte faisait des passes de cape avec le taureau. Quand Belmonte devint un matador, Maera, grand, brun, étroit de hanches, les yeux caves, la joue bleu-noir même après être rasé de près, arrogant, sournois et sombre l'accompagna comme banderillero. Il fut un grand banderillero, et, au cours des années où il fut avec Belmonte, combattant de quatre-vingt-dix à cent fois en une saison, travaillant avec toutes sortes de taureaux, il finit par connaître les taureaux mieux que personne, même que Joselito. Belmonte ne plaçait jamais les banderillas, car il ne pouvait courir. Joselito plaçait presque toujours les banderillas sur les taureaux qu'il tuait, et, dans leur compétition, Belmonte employait Maera comme un antidote à Joselito. Maera savait *banderiller* aussi bien que Joselito, et Belmonte le faisait toujours habiller des costumes les moins séants et les plus ridicules que pût porter un torero, pour qu'il parût davantage peon, pour rabaisser sa personnalité, et donner l'impression que lui, Belmonte, avait un banderillero, un simple peon, qui, comme banderillero, pouvait se mesurer avec le grand matador Joselito. Dans la dernière année de la carrière de Belmonte, Maera lui demanda une augmentation de salaire. Il gagnait deux cent cinquante pesetas par corrida et il en réclamait trois cents. Belmonte, bien qu'il se fît alors dix mille pesetas par course, refusa cette augmentation. « Très bien, je serai alors matador, et je vous le ferai bien voir », dit Maera. « Tu seras ridicule », lui dit Belmonte. « Non, dit Maera, c'est vous qui serez ridicule quand je ne serai plus-là. »

Tout d'abord, Maera eut, comme matador, à surmonter beaucoup des fautes et des manières d'un peon, des fautes telles que l'excès de mouvement (un matador ne doit jamais courir), et de plus il n'avait, à la cape, aucun style. Avec la muleta, il était capable et scientifique, mais imparfait ; il tuait avec des ruses, mais convenablement. Mais il avait une connaissance achevée des taureaux, et sa valeur au combat était si absolue et si solidement inhérente à lui, que tout lui devenait facile dès qu'il avait compris ; et il comprenait tout. Aussi en était-il très fier. C'était l'homme le plus fier que j'aie jamais vu.

En deux ans, il corrigea toutes ses fautes dans l'usage de la cape, et parvint à manier magnifiquement la muleta ; il était toujours l'un des plus fins, des plus émouvants et des plus accomplis de ceux qui aient jamais cloué une paire de banderillas ; et il devint l'un des meilleurs et des plus satisfaisants matadors que j'aie jamais observés. Il était si brave qu'il couvrait de honte tous ces stylistes qui ne l'étaient pas, et la course de taureaux était pour lui une chose si importante et si merveilleuse que, dans sa dernière année, sa présence dans l'arène enlevait cet art tout entier aux habitudes de « moindre-effort », de « s'enrichir-vite », d' « attendre-le-taureau-mécanique » où il était tombé, et, tant qu'il était dans l'arène, la corrida retrouvait dignité et passion. Si Maera était dans la plaza, c'était une bonne course, au moins pour deux taureaux, et souvent pour les quatre autres, dans la mesure où il intervenait. Quand les taureaux ne venaient pas à lui, il ne faisait pas remarquer le fait à la foule pour demander son indulgence et sa sympathie ; il allait aux taureaux, arrogant, dominateur, sans regarder au danger. Il provoquait toujours l'émotion et finalement, comme il s'appliquait sans cesse à améliorer son style, c'était un artiste. Mais pendant toute la dernière année où il combattit, on pouvait voir qu'il allait mourir. Il était guetté par la phtisie galopante, et il s'attendait à mourir avant que l'année ne fût terminée. Durant ce temps, il était très occupé. Il avait été gravement blessé deux fois, mais il n'y prêtait aucune attention. Je l'ai vu combattre un dimanche avec, à l'aisselle, une blessure de cinq pouces qu'il avait reçue le jeudi. J'ai vu la blessure, je l'ai vu panser avant et après le combat ; il n'y prêtait aucune attention. Cela fait souffrir comme peut faire souffrir, après deux jours, une plaie avec déchirures causées par une corne fendillée, mais il ne prêtait aucune attention à la douleur. Il faisait comme si elle n'existait pas. Il n'avait nulle complaisance pour elle, et n'évitait pas de lever le bras ; il l'ignorait. Il était bien au-delà de la douleur. Je n'ai jamais vu un homme à qui le temps parût si court, que lui dans cette saison-là.

Quand je le vis la fois suivante, il avait reçu un coup de corne dans le cou à Barcelone. La blessure était fermée de huit agrafes, et il combattait le cou bandé, le lendemain même. Son cou était raide, et il était furieux. Il était furieux de cette raideur contre laquelle il ne pouvait rien, et d'être obligé de porter un pansement qui se voyait au-dessus de son col.

Un jeune matador qui doit observer toute étiquette, et commander le respect qu'il n'arrive pas toujours à inspirer ne mange jamais avec sa cuadrilla. Il mange à part, pour maintenir le fossé creusé entre maître et serviteur, et qu'il ne pourrait conserver s'il se mêlait à ceux qui travaillent pour lui. Maera mangeait toujours avec la cuadrilla ; ils mangeaient tous à une seule table, ils voyageaient tous ensemble et, parfois, lors de ferias populeuses, ils habitaient tous dans la même chambre ; et tous le respectaient comme je n'ai jamais vu un matador respecté par sa cuadrilla.

Ses poignets lui donnaient du souci. Ce sont les parties du corps de la plus vitale importance pour un bon torero. De même que l'index d'un bon tireur est sensible et éduqué à percevoir les plus menus degrés de pression qui l'approchent ou l'éloignent du moment où le coup part, de même en est-il, pour un torero, de ses poignets lorsqu'il en possède le contrôle qui lui permet toute délicatesse dans l'art de la cape et de la muleta. Tout le travail de sculpture qu'il accomplit avec la muleta, il le fait avec le poignet, et c'est avec le poignet qu'il enfonce les banderillas, et avec le poignet, roide cette fois, ganté de chamois, alourdi par le plomb du pommeau de l'épée tenu dans la paume, qu'il tue. Un jour, Maera, mettant à mort, poussa l'épée comme le taureau chargeait et, pesant de tout son poids, l'épaule en avant, il heurta la pointe de son épée contre l'une des vertèbres, dans l'ouverture formée par l'écartement des omoplates. Il poussait et le taureau poussait, l'épée se plia presque en deux puis sauta en l'air. En se pliant, elle lui disloqua le poignet. Il ramassa l'épée de la main gauche, l'apporta jusqu'à la barrera, et tira de la main gauche une nouvelle épée de l'étui de cuir que son porte-épée lui présentait.

— Et le poignet ? demanda le porte-épée.
— Au diable le poignet ! dit Maera.

Il se dirigea vers le taureau, l'entreprit en deux passes de muleta, la mettant devant son mufle humide, et la retirant vite dès que le sabot du taureau se levait pour la suivre, et il se trouva alors dans la position convenable pour la mise à mort ; tenant épée et muleta à la fois dans la main gauche, il éleva l'épée pour la placer dans sa main droite, se « profila » et enfonça. De nouveau, il heurta l'os, insista, et l'épée plia, sauta en l'air, et tomba. Cette fois il n'alla pas chercher une nouvelle épée. Il ramassa l'épée de la main droite et, comme il la levait, je pouvais voir son visage suant de douleur. Il assigna le taureau à la position voulue avec l'étoffe rouge, se mit de profil, visa le long de la lame et enfonça. Il y alla comme s'il voulait transpercer un mur de pierre, tout son poids, toute sa hauteur et tout lui-même portés sur l'épée, qui heurta l'os, plia moins cette fois parce que son poignet réagit plus vite, se courba et tomba. Il releva l'épée de la main droite, le poignet refusa de la porter, et la lâcha. Il leva son poignet et l'appliqua violemment contre son poing gauche fermé, puis ramassa l'épée de la main gauche, la plaça dans sa droite, et tandis qu'il la maintenait on pouvait voir la sueur couler sur son visage. Le deuxième matador essaya de le faire aller à l'infirmerie, mais il se rebiffa et les envoya tous au diable.

— Laissez-moi seul, dit-il, et allez vous pendre!

Il y alla deux fois encore, et les deux fois il heurta l'os. Il aurait pu alors, sans danger ni souffrance, à n'importe quel moment, faire entrer l'épée dans le cou du taureau, la laisser s'enfoncer dans le poumon ou couper la jugulaire et le tuer sans aucune peine. Mais son honneur réclamait qu'il le tuât de tout en haut, entre les épaules, donnant son coup comme un homme doit faire, par-dessus les cornes, en suivant l'épée avec son corps. Et la sixième fois qu'il y alla de cette façon, l'épée y alla aussi. Il se dégagea, la corne frôlant de près son ventre tandis qu'il se haussait pour passer au-dessus, puis il se dressa de toute sa hauteur, les yeux caves, le visage mouillé de sueur, les chevaux tombant sur le front, regardant le taureau qui chancelait, perdait pied et roulait à terre. Il arracha l'épée avec la main *droite*, pour la punir, je suppose, mais la fit ensuite passer dans sa main gauche, et, la portant la pointe en bas, il marcha jusqu'à la barrera. Sa rage était complètement partie. Son poignet droit était enflé au double de sa grosseur. Il pensait à quelque chose d'autre. Il ne voulait pas aller à l'infirmerie pour se faire panser.

Quelqu'un l'interrogea sur son poignet. Il le leva et le regarda en ricanant.

— Allez donc à l'infirmerie! dit un des banderilleros. Allez vous reposer.

Maera le regarda. Il ne pensait pas du tout à son poignet. Il pensait au taureau.

— Il était bâti en ciment, dit-il. Diable de taureau, bâti en ciment.

Toujours est-il qu'il mourut cet hiver-là à Séville avec un tuyau dans chaque poumon, enlevé par une pneumonie qui vint achever la tuberculose. Dans son délire, il roulait sous le lit et se battait avec la mort sous le lit, mourant aussi difficilement qu'un homme peut mourir. Je pense que toute cette année-là, il avait espéré mourir dans l'arène, mais il ne voulait pas tricher en cherchant après elle. Vous l'auriez aimé, madame. *Era muy hombre.*

LA VIEILLE DAME : Pourquoi Belmonte ne voulait-il pas le payer davantage quand il le lui demanda?

— C'est en Espagne une chose bien étrange, madame. De toutes les affaires d'argent que je connaisse, je n'en ai jamais vu de plus sales que les courses de taureaux. Le rang d'un homme est fixé par la somme qu'il reçoit pour combattre. Mais, en Espagne, un homme a le sentiment que moins il paie ses subordonnés, plus il est homme; et, de même, plus il arrive à réduire ses subordonnés à une condition proche de l'esclavage, puis il se sent homme. Cela est particulièrement vrai des matadors venus des couches les plus basses du peuple. Ils sont affables, généreux, courtois et très estimés de tous ceux qui ont une position supérieure à la leur, et avaricieux avec ceux qui travaillent pour eux.

LA VIEILLE DAME : Est-ce que c'est vrai pour tous ?

— Non, et, à vrai dire, entouré de parasites adulateurs, un matador est peut-être excusable de montrer quelque froideur ou de chercher à protéger ses gains. Mais je dis qu'en général il n'y a pas d'homme plus ladre envers ses inférieurs que votre matador.

LA VIEILLE DAME : Et votre ami Maera, alors, était-il ladre ?

— Non. Il était généreux, enjoué, fier, mordant, mal embouché et grand buveur. Il n'allait jamais se coller aux intellectuels, ni épouser le magot. Il aimait tuer les taureaux et vivait avec passion et joie, bien que dans les derniers six mois de sa vie il fût bien amer. Il se savait tuberculeux et ne prenait aucun soin de lui-même. N'ayant aucune peur de la mort, il préférait brûler jusqu'au bout, non par bravade, mais par choix. Il dirigeait l'entraînement de son frère cadet et croyait qu'il ferait un grand matador. Le frère cadet, malade lui aussi de la poitrine, tourna à la couardise. Ce fut une grande déception pour nous tous.

IX

Bien entendu, s'il vous arrivait d'aller à une course de taureaux et de ne voir aucun matador du type décadent, toute cette explication de la décadence de la corrida serait inutile. Mais si à votre première corrida vous devez trouver, au lieu du matador tel que vous pensiez qu'il devait avoir l'air, un petit homme gras, au visage mou, aux longs cils, avec une grande délicatesse de poignet, montrant de l'adresse en même temps que de l'horreur devant les taureaux, cela exige quelque explication. C'est cet air qu'a aujourd'hui Chicuelo, dix ans après avoir fait sa première apparition comme phénomène. Il a encore des engagements, parce que les gens sont toujours dans l'espoir que son taureau parfait, le taureau qu'il attend, sortira du toril et qu'il déroulera son répertoire magnifique, pur, plus parfait même que celui de Belmonte, de passes bien enchaînées. Vous pouvez le voir vingt fois en une saison sans jamais le voir une seule fois donner un spectacle complet, mais quand il est bien, il est merveilleux.

Parmi les autres qui dominèrent, par leurs noms et par les espoirs qu'ils éveillèrent, mais sans jamais de triomphes durables, la période qui vint immédiatement après Joselito et Belmonte, Marcial Lalanda est devenu un torero magistral, ne décevant pas, habile, savant et sincère. Il peut entreprendre n'importe quel taureau, et il peut faire avec tous un travail savant et sincère. Il est confiant et sûr de lui. Ses neuf années de service l'ont mûri, et lui ont donné confiance et joie au travail, bien loin de faire naître la peur en lui. Comme torero complet et scientifique, c'est le meilleur qu'il y ait en Espagne.

Valencia II est le même qu'il était au début, avec son habileté et ses limites, excepté qu'il est devenu gras et prudent, et une blessure mal recousue au coin d'un œil lui a déformé le visage, de sorte qu'il a perdu son panache. Il fait de très beau travail à la cape, connaît quelques trucs à la muleta, mais ce ne sont que des trucs, et, dans l'ensemble, il ne s'en sert que pour se défendre. Il donne tout ce dont il est capable à Madrid, lorsqu'il en a le nerf, et dans les provinces il est aussi cynique que possible. Il est presque fini comme matador.

Il y a deux matadors dont je n'ai rien dit parce qu'ils ne font pas partie de la décadence des courses de taureaux, mais sont plutôt des cas individuels. Ils auraient été les mêmes à toute époque. Ce sont

Nicanor Villalta et Niño de La Palma. Mais d'abord
je dois expliquer pourquoi il doit y avoir tant de
discussions de cas individuels. Les individus sont
intéressants, madame, mais ils ne sont pas tout.
C'est que, dans le cas qui nous occupe, la décadence
des courses de taureaux en a fait une question individuelle. Quelqu'un vous raconte qu'il a vu une
course de taureaux. Vous demandez qui étaient les
matadors. S'il se rappelle les noms, vous savez
exactement quelle sorte de corrida il a pu voir.
Car, aujourd'hui, certains matadors sont seulement
capables de certaines choses. Ils se sont spécialisés
tout comme des médecins. Dans le temps, vous
alliez voir un médecin, et il remettait d'aplomb, ou
essayait de remettre d'aplomb, ce qui était dérangé
en vous. Ainsi, dans le temps, vous alliez à une
course de taureaux, et les matadors étaient des
matadors ; ils avaient fait un réel apprentissage,
ils connaissaient leur art, ils déployaient, avec la
cape, la muleta et les banderillas, autant d'adresse
que leur savoir et leur courage leur permettaient,
et ils tuaient les taureaux. Il n'est d'aucune utilité
de décrire le stade de spécialisation que les médecins ont atteint, ni de parler des aspects les plus
repoussants ou ridicules de cet état de choses, car
tôt ou tard chacun doit avoir affaire à eux ; mais
une personne qui va aux courses de taureaux ne
sait pas que cette maladie de la spécialisation s'est
répandue jusque dans les corridas, en sorte qu'il y a
des matadors qui ne sont bons qu'à la cape et sans
valeur en tout autre chose. Il se peut alors que les

spectateurs n'observent pas de très près le travail de la cape, qui est toute nouveauté et étrangeté à leurs yeux, et ils penseront que le reste du spectacle donné par ce matador particulier est représentatif de la corrida ; et ils jugeront là-dessus la course de taureaux, alors qu'en réalité c'est la plus triste parodie de la manière dont on doit combattre les taureaux.

Ce que l'arène réclame aujourd'hui, c'est un torero complet qui soit en même temps un artiste, pour la sauver des spécialistes, des toreros qui ne savent faire qu'une chose, et qui la font excellemment, mais qui ont besoin d'un taureau spécial, presque fait sur mesure, pour donner la plus haute mesure de leur art ou, parfois, pour être simplement capables de montrer qu'ils ont un art. Ce qu'elle réclame, c'est un dieu qui chasse les demi-dieux. Mais attendre le messie est une longue affaire, et l'on rencontre bien des imposteurs. Il n'y a pas mention dans la Bible du nombre de faux messies qui vinrent avant Notre-Seigneur, mais l'histoire des dix dernières années des courses de taureaux en fournirait un nombre peu différent.

C'est parce qu'il peut vous arriver de voir quelques-uns de ces faux messies à l'œuvre qu'il est important que vous en sachiez quelque chose. Vous ne savez pas si vous avez vu une corrida ou non tant que vous ne savez pas si les taureaux étaient réellement taureaux et les matadors réellement toreros.

Par exemple, vous pourriez voir Nicanor Villalta.

Si vous l'avez vu à Madrid, vous pourriez penser qu'il était splendide, et vous auriez vu quelque chose de très beau, parce qu'à Madrid il garde les pieds joints lorsqu'il manie la cape et la muleta, et ainsi il échappe au ridicule, et qu'à Madrid il tue toujours très vaillamment. Villalta est un cas étrange. Il a un cou trois fois aussi long que la moyenne des hommes. Il a six pieds de haut, et ces six pieds sont surtout en jambes et en cou.

On ne saurait comparer son cou avec celui d'une girafe, parce que le cou de la girafe a l'air naturel. Le cou de Villalta semble comme si on venait de l'étirer devant vos yeux. Il semble s'allonger comme du caoutchouc, mais il ne revient jamais à sa dimension première. Ce serait merveilleux si cela arrivait. Or, un homme doué d'un tel cou, s'il garde les pieds joints, a l'air à peu près normal ; si, les pieds joints, il renverse le torse en arrière et incline ce cou vers le taureau, il produit un certain effet qui, sans être artistique, n'est pas complètement grotesque. Mais dès qu'il écarte ses jambes et ses longs bras l'un de l'autre, rien ne peut le sauver d'être ridicule à l'extrême. Une nuit, à Saint-Sébastien, comme nous marchions le long de la Concha, Villalta parlait de son cou, dans son espèce de dialecte de bébé aragonais, le maudissait, et il nous raconta comment il devait concentrer là-dessus son attention, et ne jamais l'oublier, pour ne pas être grotesque. Il inventa une sorte de manière gyroscopique d'employer la muleta, et de faire sans naturel les passes dites *naturals*. Les pieds étroitement joints, sa gigantesque muleta (complètement déployée elle eût été assez vaste pour faire le drap d'un lit d'hôtel respectable) dans la main droite étendue sur l'épée, il tourne lentement avec le taureau. Nul ne fait passer le taureau plus près, nul ne travaille plus près du taureau, et nul ne sait tourner comme lui, le maître, il sait tourner. Avec la cape, il est mauvais, il va beaucoup trop vite et d'une façon trop saccadée ; lorsqu'il tue, il y va tout droit et suit bien l'épée avec son corps, mais souvent, au lieu d'abaisser la main gauche pour que le taureau la suive et découvre l'endroit vital entre les deux épaules, il aveugle le taureau dans les plis rouges de sa muleta, comptant sur sa hauteur pour passer par-dessus la corne et enfoncer l'épée comme il faut. Parfois, cependant, il tue d'une façon tout à fait correcte et selon les règles. Dans les derniers temps, son coup d'épée est devenu presque classique et très sûr. Tout ce qu'il fait, il le fait bravement, et tout ce qu'il fait, il le fait à sa manière, de sorte que si vous voyez Nicanor Villalta, ce n'est pas non plus de la corrida. Mais il faut l'avoir vu une fois à Madrid, où il se déploie tout entier, et s'il a un taureau qui lui permette de tenir les pieds joints, ce qui n'arrive qu'une fois sur six, vous verrez quelque chose de très étrange, très émouvant, et (grâce à Dieu, excepté pour le grand courage employé) tout à fait unique.

Si vous voyez Niño de La Palma, il y a bien des chances que vous voyiez la couardise sous sa forme la moins séduisante, avec sa croupe grasse, son crâne dénudé par l'emploi des cosmétiques, son allure de sénilité précoce. De tous les jeunes toreros qui s'élevèrent dans les dix ans qui suivirent la première retraite de Belmonte, c'est lui qui suscita le plus de faux espoirs et provoqua la plus grande déception. Il commença à combattre les taureaux à Malaga, et il fit seulement vingt et un combats dans l'arène au lieu des huit à dix ans d'apprentissage des toreros d'autrefois, avant de devenir un matador avec toutes ses plumes. Il y eut deux grands toreros qui devinrent des matadors achevés alors qu'ils n'avaient que seize ans : Costillares et Joselito, et parce qu'ils semblaient avoir sauté par-dessus tout apprentissage et avoir trouvé une route royale pour apprendre, bien des jeunes garçons reçurent à leur suite une élévation prématurée et désastreuse. Niño de La Palma en fut un bel échantillon. Les seuls cas où ces carrières précoces fussent justifiées étaient lorsque de jeunes garçons avaient fait des années de corridas d'enfants et venaient de familles de toreros, de sorte qu'ils pouvaient acquérir très tôt, sous l'entraînement et les conseils paternels ou fraternels, ce qui leur manquait d'expérience. Même alors, cela ne pouvait réussir que s'ils étaient des super-génies. Je dis super-génies parce que chaque matador est un génie. On ne peut apprendre à être un matador achevé pas plus qu'on ne peut apprendre à être un joueur de base-ball de grande classe, un chanteur d'opéra ou un bon boxeur professionnel. On peut apprendre à jouer au base-ball, à boxer ou à chanter, mais, sauf si vous avez quelque génie, vous n'arriverez pas à gagner votre vie en jouant au base-ball, en boxant ou en chantant à l'Opéra. Dans les courses de taureaux, ce génie, qui doit exister d'abord, doit en outre se compléter par le courage physique à affronter la blessure, et la mort possible après que la blessure est devenue réalité ; et, lorsqu'on en a fait la première expérience, ce courage doit persister. Cayetano Ordoñez, dit Niño de La Palma, fut promu matador au printemps, après quelques belles prouesses comme *novillero* à Séville, Malaga et quelques moindres réussites à Madrid ; il semblait, dans sa première saison, être le messie venu pour sauver la course de taureaux, si elle devait l'être jamais.

J'ai essayé jadis, dans un livre, de donner une description de son apparence et de deux de ses combats. J'étais là le jour de sa première présentation comme matador, à Madrid, et je le vis la même année à Valence, dans une compétition avec Juan Belmonte sorti de sa retraite accomplir deux *faenas* qui étaient si belles et si étonnantes que je puis aujourd'hui me les rappeler passe par passe. C'était, avec la cape, la sincérité même et la pureté de style ; et il ne tuait pas mal, sans être pourtant, sauf quand il avait la chance, un grand tueur. Il a plusieurs fois tué *recibiendo*, c'est-à-dire en recevant le taureau sur l'épée à la vieille manière, et, avec la muleta, il était magnifique. Gregorio Corrochano, le critique des corridas de l'*A. B. C.*, le journal influent de Madrid, dit de lui : « *Es de Ronda y se llama Cayetano.* » Il est de Ronda, le berceau de la corrida, et on l'appelle Cayetano, nom d'un grand torero, car c'est le prénom de Cayetano Sanz, le plus grand styliste d'autrefois. La phrase fit le tour de l'Espagne. Traduite librement, elle aurait, en tout ce qu'elle implique, le même sens que si l'on disait, bien des années après nous, qu'un jeune et déjà grand joueur de golf est venu encore une fois d'Atlanta, et que son nom est Bobby Jones. Gayetano Ordoñez avait l'allure d'un torero, il agissait en torero et pendant une saison ce fut un torero. Je l'ai vu dans la plupart de ses combats, et dans tous ses meilleurs. A la fin de la saison, il reçut un sévère et douloureux coup de corne dans la cuisse, tout près de l'artère fémorale.

Ce fut sa fin. L'année suivante, il avait plus d'engagements qu'aucun autre matador de profession, à cause de sa splendide première année, et ses actes dans l'arène furent une série de désastres. Il pouvait à peine regarder un taureau. Sa terreur, lorsqu'il lui fallait aller tuer, était pénible à voir, et il passa toute la saison à assassiner des taureaux de la façon qui offrait le moins de danger pour lui, courant par le travers de leur ligne de charge, leur poussant l'épée dans le cou, la leur plantant dans les poumons, n'importe où il pouvait les atteindre sans avoir à avancer son corps entre les cornes. Ce fut la saison la plus honteuse qu'aucun matador eût jamais eue jusqu'à cette année-là. Ce qui était arrivé, c'est que le coup de corne, sa première vraie blessure, lui avait enlevé toute sa vaillance. Il ne la retrouva jamais. Il avait trop d'imagination. Plusieurs fois, dans les années suivantes, il put se ressaisir assez pour donner de bons spectacles à Madrid, de façon à pouvoir, grâce à la publicité qu'il en retirait, obtenir encore des contrats. Les journaux de Madrid sont distribués et lus par toute l'Espagne, et le triomphe d'un torero dans la capitale est lu dans toute la Péninsule. tandis qu'un triomphe dans les provinces ne va pas plus loin que le voisinage immédiat, et l'on n'en tient pas compte à Madrid, parce que les managers annoncent toujours, par téléphone ou télégrammes, les triomphes de leurs toreros, de quelque endroit des provinces où ils aient paru, même s'il est arrivé que le torero fût presque lynché par les spectateurs indignés. Mais ces exploits forcés étaient les actes de bravoure d'un poltron.

Les actes de bravoure d'un poltron ont beaucoup de valeur pour les romans psychologiques, et ont toujours une extrême valeur pour l'homme qui les accomplit, mais ils ne sont d'aucune valeur pour le public qui, saison après saison, paie pour voir un torero. Ils ne font que donner au torero un semblant de valeur qu'il n'a pas. Parfois ce torero va à l'église en costume de corrida, pour prier avant le combat ; suant des aisselles, il prie que le taureau *embiste*, c'est-à-dire charge franchement et suive bien l'étoffe; « O! Sainte Vierge, puissiez-vous me donner un taureau qui embiste bien ; Sainte Vierge, donnez-moi ce taureau ; Sainte Vierge, faites que je rencontre ce taureau à Madrid aujourd'hui, par un jour sans vent » ; et il promet une offrande de valeur ou un pèlerinage, priant qu'il ait la chance, malade de peur, et, cet après-midi-là, le taureau désiré sortira peut-être ; le visage tendu par son effort pour maintenir l'apparence d'une bravoure qui lui manque, parfois simulant presque avec succès la légèreté de cœur d'une grande faena, le torero peureux, par un effort raide et sans naturel sur ses nerfs, arrivera peut-être, étouffant son imagination, à donner un spectacle splendide et brillant. Un seul de cette sorte par an, à Madrid et au printemps, lui assure assez de contrats pour rester en circulation, mais ces réussites sont réellement sans importance. Si vous en voyez une, vous avez de la chance, mais vous pouvez aller voir ce matador vingt fois dans l'année et n'en jamais voir une autre.

Pour juger de tout cela, il faut être au point de vue soit du torero, soit du spectateur. C'est la question de la mort qui crée toute la confusion. La course de taureaux est le seul art où l'artiste est en danger de mort et où la beauté du spectacle dépend de l'honneur du combattant. En Espagne, l'honneur est une chose très réelle. Appelé *pundonor*, il signifie honneur, probité, courage, respect de soi-même et orgueil, en un seul mot. L'orgueil est la caractéristique la plus forte de la race et c'est une question de pundonor de ne pas montrer de poltronnerie. Dès qu'on en a montré, vraiment montré et sans erreur possible, l'honneur est parti, et dès lors le torero pourra donner des spectacles de pur cynisme, dosant son effort, ne se créant du danger que s'il a financièrement besoin d'affermir sa position et d'obtenir des contrats. On n'attend pas d'un torero qu'il soit bon, mais seulement qu'il fasse de son mieux. On lui pardonne un mauvais travail si le taureau est très difficile, on sait qu'il a ses mauvais jours, mais on lui demande de faire le mieux qu'il peut avec le taureau qu'on lui donne. Mais une fois son honneur parti, on ne peut pas être sûr qu'il fera de son mieux, ni qu'il fera rien du tout, sinon remplir sa tâche strictement technique en tuant son taureau de la façon la moins dangereuse, la plus triste et la moins honnête qu'il pourra. Ayant perdu son honneur, il continue à vivre de contrat en contrat, haïssant le public devant qui il combat, se disant à lui-même qu'ils n'ont aucun droit de le huer et bafouer, lui qui affronte la mort pendant qu'ils sont assis confortablement et en sûreté sur leurs sièges, se disant à lui-même qu'il peut toujours faire de grand travail s'il le veut, et ils peuvent encore attendre, avant qu'il ne veuille. Alors, en l'espace d'un an, il s'aperçoit qu'il ne peut plus faire de bon travail même quand il a un bon taureau et qu'il a fait un grand effort pour se dominer, et l'année suivante est ordinairement pour lui celle de la retraite. Car un Espagnol doit toujours conserver quelque sorte d'honneur, et dès le jour où il n'a plus cette espèce de foi, qu'il pourrait encore faire bien si seulement il en avait besoin pour sa subsistance, alors il se retire, et il se fait honneur à lui-même de cette décision. Cette question d'honneur n'est pas une fantaisie que j'essaie de vous servir, à la manière dont les écrivains qui traitent de la Péninsule émettent leurs théories sur son peuple. Je jure que c'est vrai. L'honneur, pour un Espagnol, aussi malhonnête soit-il, est une chose aussi réelle que l'eau, le vin ou l'huile d'olive. Il y a un honneur chez les pickpockets et un honneur chez les putains. Les modèles simplement diffèrent.

L'honneur chez le torero est aussi nécessaire à une corrida que de bons taureaux. Or, il y a une demi-douzaine de toreros, quelques-uns d'entre eux du plus grand talent, qui n'en possèdent que le strict minimum ; ce fait est dû à l'exploitation précoce du torero, et au cynisme qui en est la conséquence, ou parfois à la poltronnerie chronique causée par des blessures, et qu'il faut se garder de confondre avec la perte temporaire de contrôle nerveux qui peut toujours suivre un coup de corne. Aussi pourrez-vous voir de mauvaises courses de taureaux, indépendamment de celles que peuvent donner des toreros novices ou mal entraînés.

— Et maintenant, qu'est-ce qui vous intrigue, madame ? Que voulez-vous qu'on vous explique ?

LA VIEILLE DAME : J'ai remarqué que lorsqu'un des chevaux fut frappé par le taureau, il en est sorti de la sciure de bois. Quelle explication pouvez-vous en donner, jeune homme ?

— Madame, cette sciure avait été placée dans le corps du cheval par un bienveillant vétérinaire, pour remplir le vide créé par la perte de certains organes.

LA VIEILLE DAME : Merci, monsieur. Vous me faites tout comprendre. Mais, sûrement, on ne pourrait pas constamment remplacer ces organes avec de la sciure ?

— Madame, c'est seulement une mesure temporaire, et que personne ne peut trouver tout à fait satisfaisante.

LA VIEILLE DAME : Et pourtant, je trouve que c'est très proprement fait, si du moins la sciure est pure et fine.

— Madame, jamais plus fine, plus pure sciure de bois n'a rembourré un cheval que celle qu'on emploie dans l'arène de Madrid.

LA VIEILLE DAME : Je suis très heureuse de l'apprendre. Dites-moi, qui est ce monsieur, qui fume un cigare, et qu'est-ce que c'est qu'il est en train de manger ?

— Madame, c'est Dominguin, le grand organisateur de courses, ex-matador et manager de Domingo Ortega, et il mange des crevettes.

LA VIEILLE DAME : Commandons-en, si ce n'est pas trop difficile, et mangeons-en aussi. Il a un visage agréable.

— Oui, c'est vrai, mais ne lui prêtez pas d'argent. Les crevettes ici sont des meilleures, bien qu'elles soient plus grosses en face, et là on les appelle *langostinos*. Garçon, trois portions de *gambas*.

LA VIEILLE DAME : Comment les appelez-vous, monsieur ?

— Gambas.

LA VIEILLE DAME : Ce mot veut dire membre en italien, si je ne me trompe pas.

L'AUTEUR : Il y a un restaurant italien pas loin d'ici, si vous voulez y dîner.

LA VIEILLE DAME : Est-ce que les toreros y fréquentent ?

L'AUTEUR : Jamais, madame. Il est plein de politiciens, qui deviennent hommes d'État à vue d'œil.

LA VIEILLE DAME : Alors, dînons ailleurs. Où mangent les matadors ?

L'AUTEUR : Ils mangent dans des pensions modestes.

LA VIEILLE DAME : En connaissez-vous une ?

L'AUTEUR : Oui, certes.

LA VIEILLE DAME : J'aimerais les connaître mieux.

L'AUTEUR : Les pensions modestes ?

LA VIEILLE DAME : Non, monsieur, les toreros.

L'AUTEUR : Madame, beaucoup d'entre eux sont affligés de maladies.

LA VIEILLE DAME : Parlez-moi de leurs maladies, que je puisse en juger pour moi-même. Ont-ils les oreillons ?

L'AUTEUR : Non pas, madame, les oreillons ne font que peu de victimes parmi eux.

LA VIEILLE DAME : J'ai eu les oreillons, aussi je ne crains pas de les attraper. Et quant à ces autres maladies, sont-elles rares et étranges comme leurs costumes ?

L'AUTEUR : Non, elles sont des plus communes. Nous en discuterons plus tard.

LA VIEILLE DAME : Mais dites-moi maintenant, avant de partir, est-ce que Maera était le plus brave torero que vous avez connu ?

L'AUTEUR : Oui, madame, parce que de tous les braves par nature, il était le plus intelligent. Il est plus facile d'être stupide et naturellement brave que d'être extrêmement intelligent et en même temps tout à fait brave. Nul ne nierait que Marcial Lalanda fût brave, mais sa bravoure est toute d'intelligence et acquise. Ignacio Sanchez Mejias, qui épousa la sœur de Joselito et qui était un excellent banderillero, mais d'un style lourd, était très brave, mais il appliquait sa bravoure comme avec une truelle. C'était comme s'il eût été constamment en train de vous montrer quelle quantité de poils il avait sur la poitrine, ou comment il était bâti dans ses parties les plus secrètes. Ce n'est pas là l'office de la bravoure dans la course de taureaux. Elle doit être une qualité dont la présence permet au torero toutes les actions qu'il a choisi d'entreprendre, sans être entravé par l'appréhension. Ce n'est pas pour qu'on assomme le public avec.

LA VIEILLE DAME : Je n'en ai jamais encore été assommée.

L'AUTEUR : Madame, vous en serez bien assommée si vous voyez jamais Sanchez Mejias.

LA VIEILLE DAME : Quand pourrai-je le voir?

L'AUTEUR : Il est maintenant en retraite, mais s'il perdait sa fortune, vous le verriez combattre de nouveau.

LA VIEILLE DAME : Vous n'avez pas l'air de l'aimer beaucoup.

L'AUTEUR : Tout en respectant sa bravoure, son adresse et son insolence, je ne l'aime pas comme matador, ni comme banderillero, ni comme homme. Je lui consacre donc peu de place dans ce livre.

LA VIEILLE DAME : N'est-ce pas un parti pris?

L'AUTEUR : Madame, vous rencontrerez rarement un homme qui ait plus de partis pris, ni qui ait, à ce qu'il prétend, l'esprit plus ouvert. Mais n'est-ce pas parce qu'une partie de notre esprit, celle avec laquelle nous agissons, acquiert des partis pris par l'expérience, tandis que nous gardons une autre partie tout à fait ouverte, pour observer et juger?

LA VIEILLE DAME : Monsieur, je ne sais pas.

L'AUTEUR : Madame, moi non plus, et il est bien possible que nous disions des insanités.

LA VIEILLE DAME : Voilà un mot bizarre, et que je n'ai jamais entendu dans ma jeunesse.

L'AUTEUR : Madame, nous appliquons ce terme aujourd'hui pour décrire le manque de profondeur dans une conversation abstraite, ou, aussi bien, toute tendance super-métaphysique dans le discours.

LA VIEILLE DAME : Je dois apprendre à employer ces mots correctement.

X

Il y a trois actes dans chaque combat avec un taureau, et on les appelle en espagnol *los tres tercios de la lidia*, les trois tiers du combat. Le premier acte, où le taureau charge les picadors, est la *suerte de varas*, ou épreuve des piques. Le mot *suerte* est très important en espagnol. Il signifie, d'après le dictionnaire : *Suerte*, fm., chance, hasard, lot, fortune, bonne fortune, événement fortuit ; état, condition, destin, condamnation, destinée, sort ; genre, espèce, manière, mode, façon, manœuvre habile ; truc, tour de force ou d'adresse, jonglerie et pièce de terrain délimitée par des bornes. Aussi la traduction par épreuve ou manœuvre est-elle tout à fait arbitraire, comme doit l'être toute traduction de l'espagnol.

La manœuvre des picadors dans l'arène et le travail des matadors qui ont charge de les prolonger avec leurs capes quand ils sont démontés constituent le premier acte du combat de taureaux. Quand le président donne le signal de la fin de cet acte et que la trompette retentit, les picadors quittent l'arène et le deuxième acte commence. Il n'y a plus de chevaux dans l'arène après le premier acte, sauf les chevaux morts recouverts de bâches. L'acte premier est l'acte des capes, des piques et des chevaux. C'est à ce moment que le taureau a le plus l'occasion de montrer sa bravoure ou sa couardise.

L'acte deux est celui des banderillas. Ce sont des paires de baguettes d'environ deux pieds de long, soixante-dix centimètres pour être exact, avec, à une extrémité, une pointe d'acier en forme de harpon de quatre centimètres de long. On doit les placer, deux par deux, dans le muscle saillant de la nuque du taureau, tandis qu'il charge l'homme qui les tient. Elles sont destinées à achever de ralentir la course du taureau, et à régulariser le port de sa tête, opérations que les picadors ont commencées ; de sorte que son attaque sera plus lente, mais plus sûre et mieux dirigée. On pose en général quatre paires de banderillas. Si elles sont placées par les banderillos ou peones, elles doivent être placées, avant toute autre considération, vite et dans la position correcte. Si le matador les place lui-même, il peut se permettre une préparation, qui est ordinairement accompagnée de musique. C'est la partie la plus pittoresque de la course de taureaux, et celle que la plupart des spectateurs préfèrent quand ils voient des courses pour la première fois. La mission du banderillero n'est pas seulement de forcer le taureau à fatiguer les muscles de son cou et à porter la tête plus basse, mais aussi, en plaçant les banderillas d'un côté ou de l'autre, de corriger toute tendance du taureau à dévier de ce côté. L'acte tout entier des banderillas ne doit pas prendre plus de cinq minutes. S'il se prolonge, le taureau devient déréglé, et le combat perd la cadence qu'il doit conserver ; et si c'est un taureau incertain et dangereux, il a trop d'occasions de voir et de charger tout à son aise des hommes désarmés, et ainsi il développe une tendance à chercher l'homme, le « paquet » comme l'appellent les Espagnols, derrière l'étoffe lorsque le matador sort pour le dernier acte avec l'épée et la muleta.

Le président fait passer à l'acte suivant après que trois, ou quatre paires au plus de banderillas ont été placées ; la troisième et dernière partie, c'est la mort. Ce troisième acte se compose de trois parties. D'abord le *brindis* ; le matador salue le président, et lui dédie, ou à une autre personne, la mort du taureau ; ensuite, vient le travail du matador à la muleta. C'est une étoffe de serge écarlate, enroulée sur un bâton qui a une pointe aiguë à un bout, et une poignée à l'autre. La pointe passe sous l'étoffe, qui est attachée à l'autre extrémité par une vis à pression, de sorte qu'elle pend en plis sur toute la longueur du bâton. *Muleta* signifie littéralement béquille, mais dans le langage des courses de taureaux, le mot s'applique au bâton drapé de serge écarlate avec lequel le matador doit maîtriser le taureau, le préparer pour la mise à mort, et qu'au dernier moment il tient de la main gauche pour faire baisser la tête au taureau et la lui tenir baissée tandis qu'il tue l'animal d'un coup d'épée haut placé entre les omoplates.

Tels sont les trois actes de la tragédie ; c'est le premier, celui des chevaux, qui indique ce que seront les autres, et qui, en fait, rend possible la suite. C'est au premier acte que le taureau sort en pleine possession de toutes ses facultés, confiant, rapide, batailleur et conquérant. Toutes ses victoires sont au premier acte. A la fin du premier acte, il a, en apparence, gagné. Il a nettoyé l'arène des hommes montés et il est seul. Au deuxième acte, il est complètement bafoué par un homme non armé, et très cruellement puni par les banderilleros, de sorte que sa confiance et sa rage aveugle grandissent, et qu'il concentre sa haine sur un objet individuel. Au troisième acte, il n'a en face de lui qu'un homme qui doit, tout seul, le maîtriser avec un morceau d'étoffe placé sur un bâton, et le tuer de face, en passant par-dessus la corne droite pour le mettre à mort d'un coup d'épée entre les omoplates.

Quand je vis des courses de taureaux pour la première fois, la seule partie que je n'aimais pas était celle des banderillas. Il semblait qu'elles faisaient un si grand et cruel changement chez le taureau. Il devenait un tout différent animal lorsque les banderillas étaient posées, et je regrettais la perte de la sauvage liberté qu'il avait apportée avec lui dans l'arène, et qui atteint sa plus haute expression lorsqu'il affronte les picadors. Quand les banderillas sont posées, c'en est fait de lui. C'est la sentence. Le premier acte est le procès, le deuxième acte est la sentence, et le troisième l'exécution. Mais ensuite, quand j'ai appris combien plus dangereux devient le taureau lorsqu'il passe à la défensive, comment, lorsque les banderillas l'ont rendu plus circonspect et que l'élan de ses jambes a été coupé, il commence à calculer ses coups de cornes, de même qu'un chasseur préfère viser un seul oiseau dans une volée plutôt que de tirer dans le tas et de les manquer tous ; et enfin, lorsque j'eus appris tout ce qu'on pouvait faire de lui grâce à ses propriétés artistiques, quand il a été convenablement ralenti tout en conservant sa bravoure et sa vigueur, je lui gardai pour toujours mon admiration, mais sans ressentir pour lui plus de sympathie que pour la toile qui porte la peinture, ou le marbre que travaille le sculpteur, ou que la poudre sèche de la neige où le skieur creuse ses sillons.

Je ne connais pas de sculpture moderne, excepté celle de Brancusi, qui égale en valeur sculpturale la course de taureaux moderne. Mais ici, c'est un art impermanent, comme sont le chant et la danse, un de ceux que Léonard conseillait aux hommes d'éviter ; un tel art, lorsque l'exécutant est disparu, n'existe plus que dans la mémoire de ceux qui l'ont vu, et il meurt avec eux. A regarder des photographies ou à lire des descriptions qu'on en a gardées, ou à essayer trop souvent de s'en souvenir, on ne peut que le tuer dans la mémoire individuelle. Si l'art des courses de taureaux était permanent, il pourrait être un des arts majeurs, mais il ne l'est pas, et il périt avec l'exécutant ; tandis qu'un art majeur ne peut même pas être jugé avant que l'insignifiante pourriture physique de l'auteur, quel qu'il soit, ne soit bien ensevelie. C'est un art lié à la mort, et la mort le balaie. Mais, dites-vous, il ne se perd jamais vraiment, parce que, dans tous les arts, tous les progrès et toutes les découvertes qui sont logiques sont repris par quelqu'un des successeurs ; en sorte que rien, en réalité, n'est perdu, sauf l'homme lui-même. Oui, et si à la mort d'un peintre toutes ses toiles devaient disparaître avec lui, il serait très réconfortant de savoir que ses découvertes, celles d'un Cézanne, par exemple, ne seront pas perdues mais seront utilisées par tous ses imitateurs — mais du diable si elles le seront!

Supposez que les toiles du peintre disparaissent avec lui, et que les livres d'un écrivain soient automatiquement détruits à sa mort, et n'existent plus que dans la mémoire de ceux qui les ont lus. C'est ce qui arrive dans la course de taureaux. L'art, la méthode, les perfectionnements, les découvertes restent ; mais l'individu qui par son action les a faits, qui était la pierre de touche, l'original, disparaît; et, jusqu'à ce qu'un autre invidu aussi grand ne vienne, tout cela, à force d'être imité, et en l'absence de l'original, se déforme, s'allonge, se rétrécit, s'affaiblit et perd toute relation avec l'original. Tout art est fait exclusivement par l'individu. L'individu, c'est tout ce que l'homme possède, et toutes les écoles servent seulement à ranger leurs disciples au nombre des ratés. L'individu, le grand artiste, lorsqu'il vient, emploie tout ce qu'on a découvert ou su dans le domaine de son art jusqu'à lui ; il est capable d'accepter ou de rejeter en un temps si court qu'il semble que sa connaissance soit née avec lui, alors qu'il ne fait que prendre instantanément ce qu'il faudrait à un homme ordinaire toute une vie pour prendre ; alors, le grand artiste va au-delà de ce qui a été fait ou connu, et fait son œuvre propre. Mais un long temps s'écoule parfois entre ces grandes individualités, et ceux qui ont connu les grands artistes d'autrefois reconnaissent rarement les nouveaux quand ils viennent. Ils veulent que ce soit comme autrefois, comme ils s'en souviennent. Mais les autres, les contemporains, reconnaissent les grands individus nouveaux à leur aptitude à connaître si vite, et, finalement, ceux qui vivent avec le souvenir des anciens les reconnaissent aussi. Ils sont excusables de ne pas les reconnaître tout de suite, parce que, dans la période d'attente, ils ont vu tellement de fausses grandeurs qu'ils deviennent prudents au point de ne plus en croire leurs sentiments, mais seulement leur mémoire. La mémoire, bien entendu, n'est jamais vraie.

Une fois qu'on a un grand torero, on peut le

perdre surtout par maladie ; beaucoup plus facilement que par mort violente. Des deux seuls grands qu'il y eut depuis la retraite de Belmonte, ni l'un ni l'autre n'a fait une carrière complète. La tuberculose a pris l'un et la syphilis a ruiné l'autre. Ce sont les deux maladies professionnelles du matador. Il commence la corrida sous le soleil brûlant, si brûlant que des gens même peu fortunés paient volontiers leur billet trois fois plus cher pour pouvoir être assis à l'ombre. Il porte une lourde tunique brochée d'or qui, au soleil, le fait suer comme un boxeur qui s'entraîne au saut à la corde. Le matador sort de cette chaleur, couvert de cette transpiration, sans pouvoir espérer une douche ou une friction à l'alcool pour fermer les pores, et tandis que le soleil descend et que l'ombre de l'amphithéâtre s'étend sur le sable, il doit rester debout, relativement inactif, mais toujours prêt à courir à l'aide, pendant que ses compagnons tuent leurs derniers taureaux. Souvent, à la fin de l'été et au début de l'automne, sur les hauts plateaux d'Espagne, il fait assez froid pour qu'on ait besoin d'un pardessus à l'issue d'une course de taureaux, dans une ville où il fait tellement chaud au soleil, au commencement de la course, que vous risqueriez une congestion si vous étiez tête nue. L'Espagne est un pays de montagnes, et une bonne partie en est africaine ; en automne et à la fin de l'été, quand le soleil est parti, le froid vient rapidement, mortel pour quiconque y demeure, mouillé de sueur et sans pouvoir même s'essuyer. Un boxeur prend toutes les précautions possibles pour éviter de prendre froid quand il est en sueur, mais un torero ne peut en prendre aucune. Cela suffirait à rendre compte du nombre d'entre eux qui contractent la tuberculose, même sans parler de la fatigue des voyages de nuit, de la poussière et des combats quotidiens pendant la saison des ferias d'août à septembre.

La syphilis, c'est une autre chose. Boxeurs, toreros et militaires attrapent la syphilis pour les mêmes raisons qui leur font choisir ces professions. En boxe, la plupart des changements soudains de la « forme », la majorité des cas de ce qu'on appelle *punch drunkenness* ou « marcher sur les talons » sont des produits de la syphilis. On ne peut citer les noms dans un livre, car ce serait diffamatoire, mais quiconque est dans le métier vous en citera une douzaine de cas récents. Ce sont toujours des cas récents. La syphilis était la maladie des Croisés au Moyen Age. On suppose qu'elle a été apportée par eux en Europe, et c'est une maladie propre à tous les gens dont la vie est dominée par une indifférence à l'égard des conséquences. C'est un accident professionnel auquel doivent s'attendre tous ceux qui mènent une vie sexuelle irrégulière et qui, par leurs habitudes d'esprit, préfèrent courir leurs risques que d'employer des prophylactiques, et c'est une fin ou plutôt une phase de vie à laquelle doivent s'attendre tous les fornicateurs qui poursuivent leurs carrières assez loin. Il y a quelques années, j'ai eu l'occasion d'observer les progrès dans la débauche de quelques citoyens qui, au collège, avaient été de grands champions de la morale mais qui, une fois sortis dans le monde, y avaient découvert les joies de l'immoralité qu'ils ne s'étaient jamais permises dans leur studieuse jeunesse ; et, en se livrant à ces joies, ils semblaient croire qu'ils avaient découvert, sinon même inventé, l'acte sexuel. Ils croyaient que c'était cela, cette grande nouveauté qu'ils venaient de découvrir, et ils se mélangeaient à qui mieux mieux jusqu'à leur première rencontre avec la maladie, qu'ils croyaient aussi, alors, avoir découverte et inventée. Sûrement, personne ne pouvait avoir jamais connu une chose aussi terrible, personne n'avait pu en faire l'expérience, ou bien on n'aurait pas permis que cela existât ; et les voici redevenus, pour quelque temps, prêcheurs et pratiquants de la plus grande pureté ou, au moins, ils limitaient leurs activités à un cercle social plus restreint. La mode, dans leur vie morale, a subi bien des changements et beaucoup d'entre eux, qui semblaient d'abord destinés à être professeurs dans d'aristocratiques écoles du dimanche, sont maintenant nos plus notoires aventuriers. Comme les toreros qui perdent leur valeur à leur premier coup de corne, ils n'ont réellement aucune vocation d'aventuriers, mais on les voit se juger eux-mêmes si on les observe ou si on les écoute pendant leur découverte de ce que Guy de Maupassant classait parmi les maladies de l'adolescence et, soit dit en passant, pour justifier son droit à parler ainsi, dont il mourut. On dit : « Il plaisante des cicatrices qui n'a jamais eu une blessure. » Mais il plaisante très bien sur les cicatrices, celui qui en est couvert, ou du moins on sut le faire jadis, tandis qu'aujourd'hui nos beaux esprits plaisanteront plus volontiers de ce qui arrive à un autre, et au moment où quelque chose les atteint eux-mêmes, ils se mettent à crier : « Mais vous ne comprenez pas. Ceci est vraiment sérieux ! » et ils deviennent de grands moralistes, ou abandonnent tout par un moyen aussi vulgaire que le suicide. Probablement, les maladies vénériennes doivent exister comme les taureaux doivent avoir des cornes, pour conserver à toutes choses les proportions correctes, sans quoi le nombre des Casanovas et des matadors serait si grand qu'il n'y aurait pratiquement personne en dehors d'eux. Mais je donnerais beaucoup pour que cette maladie fût éliminée d'Espagne, à cause de ce qu'elle arrive à faire à un grand matador. Il est vrai que si nous ne la trouvions pas en Espagne, on pourrait l'acquérir en d'autres endroits, ou bien les hommes partiraient pour une croisade et nous la rapporteraient de quelque part.

On ne peut demander à un matador qui a triomphé dans l'après-midi grâce aux risques qu'il a courus, de ne pas en courir d'autres pendant la nuit, et « *mas cornadas dan las mujeres* ». Trois choses retiennent les jeunes gens d'avoir des contacts sexuels : la croyance religieuse, la timidité et la crainte des maladies vénériennes. Cette dernière est la base la plus commune de l'appel fait par l'Y. M. C. A. et autres institutions pour la pureté des mœurs. Contre ces influences, il y a chez le torero la tradition qui exige qu'il ait de nombreuses aventures, puis ses penchants, le fait que les femmes courent toujours après lui, les unes pour lui-même, les autres pour son argent et beaucoup pour les deux, et enfin son mépris des maladies vénériennes comme de tout danger. « Mais, dit la vieille dame, est-ce que beaucoup de toreros contractent ces maladies ? »

— Madame, ils les contractent comme tous les hommes qui vont avec des femmes en pensant seulement aux femmes et non à leur santé future.

LA VIEILLE DAME : Mais pourquoi ne font-ils pas attention à leur santé ?

— Madame, c'est difficile. Vraiment, c'est une pensée qui ne passe pas par la tête d'un homme qui est tout à son plaisir. Même si la femme est une prostituée, si c'est une bonne prostituée, l'homme sentira quelque chose pour elle sur le moment, et parfois après.

LA VIEILLE DAME : Et ces maladies, alors, viennent-elles toutes des professionnelles ?

— Non, madame, elles viennent souvent des amis ou des amies des amis, ou de n'importe qui avec qui on peut coucher, ici ou là, ou n'importe où.

LA VIEILLE DAME : Ce doit être dangereux, alors, d'être un homme.

— Ce l'est en effet, madame, et bien peu en réchappent. C'est un dur chemin, et la tombe est au bout.

LA VIEILLE DAME : Est-ce que ce ne serait pas mieux si ces hommes se mariaient tous et ne couchaient qu'avec leurs femmes ?

— Pour le bien de leur âme, oui, et pour celui de leur corps aussi. Mais beaucoup seraient finis comme toreros s'ils se mariaient et s'ils aimaient réellement leurs femmes.

LA VIEILLE DAME : Et quant à leurs femmes ?

— De leurs femmes, qui peut parler qui n'a pas été l'épouse d'un torero ? Si le mari n'a pas de contrats, il ne gagne pas assez d'argent pour vivre. Mais à chaque contrat il risque la mort ; aucun homme ne peut entrer dans l'arène et dire qu'il en sortira vivant. Il n'est pas à l'égard d'une épouse comme un militaire, car votre militaire gagne sa vie même quand il n'y a pas la guerre ; ni comme votre marin, qui part pour longtemps, mais son bateau le protège ; ni comme votre boxeur qui n'affronte pas la mort. Être la femme d'un torero ne peut se comparer à être la femme d'aucun autre homme et, si j'avais une fille, je ne lui souhaiterais pas ce sort.

LA VIEILLE DAME : Avez-vous une fille, monsieur ?

— Non, madame.

LA VIEILLE DAME : Alors, au moins, nous n'avons pas à être inquiets pour elle. Mais j'aurais souhaité que les toreros n'attrapassent point ses maladies.

— Ah, madame, vous ne trouverez pas un homme qui soit un homme qui ne porte pas quelque marque d'infortunes passées. Il aura eu une blessure par-ci, une fracture par-là, ou telle ou telle maladie, mais enfin un homme passe à travers bien des choses et je connais un champion de golf qui ne « mettait » jamais si bien que lorsqu'il avait la gonorrhée.

LA VIEILLE DAME : N'avez-vous donc pas de remèdes ?

— Madame, il n'y a de remède pour rien dans la vie. La mort est un remède souverain à toutes les infortunes et nous ferions mieux de laisser maintenant tous ces discours et d'aller à table. Peut-être que durant notre vie présente les savants arriveront à supprimer ces vieilles maladies, et nous pourrons voir alors la fin de toute moralité. Mais en attendant j'aimerais mieux dîner de cochon de lait chez Botin, plutôt que rester ici à parler des mésaventures arrivées à mes amis.

LA VIEILLE DAME : Allons donc dîner. Demain, vous pourrez nous en dire davantage sur les courses de taureaux.

XI

Le taureau de combat est au taureau domestique ce que le loup est au chien. Un taureau domestique peut avoir mauvais caractère et être hargneux comme un chien peut être méchant et dangereux, mais il n'aura jamais la vitesse, la vigueur des muscles et des nerfs, ni la structure particulière du taureau de combat, pas plus que le chien ne peut avoir les nerfs du loup, ni son astuce ni une gueule aussi vaste. Les taureaux destinés à l'arène sont des animaux sauvages. Ils viennent d'une race qui descend en droite ligne des taureaux sauvages qui erraient jadis sur la Péninsule ; on les élève dans des fermes dont les prairies couvrent des milliers d'acres, et ils y vivent comme en complète liberté. Leurs contacts avec les hommes sont réduits au strict minimum.

Les caractéristiques physiques du taureau de combat sont la peau épaisse et trés résistante, au pelage luisant, la tête petite mais au front large ; la solidité des cornes et leur forme recourbée vers l'avant ; le cou épais et court, avec une haute bosse de muscles qui se dresse quand le taureau est irrité ; de larges épaules, la corne des pieds très courte, la queue longue et effilée. La femelle du taureau de combat n'est pas aussi lourdement bâtie que le mâle ; elle a la tête plus petite, les cornes plus courtes et moins grosses, le cou plus long, un fanon moins prononcé sous le mufle, elle n'est pas aussi large de poitrail et n'a pas de pis visible. J'ai vu souvent ces vaches dans l'arène, aux courses d'amateurs de Pampelune, charger comme des taureaux, renverser les amateurs sur leur passage et, invariablement, les visiteurs étrangers les appelaient des bœufs, car elles ne montraient aucun signe distinctif de la vache et ne laissaient rien paraître de leur féminité. C'est en voyant la femelle du taureau de combat qu'on saisit le plus clairement la différence entre l'animal sauvage et l'animal domestique.

Une des affirmations qu'on entend le plus souvent faire à propos de tauromachie, c'est qu'une vache serait beaucoup plus dangereuse, lorsqu'elle charge, qu'un taureau, parce que le taureau ferme les yeux tandis qu'une vache les garde ouverts. Je ne sais qui a lancé cette croyance, mais il n'y a pas là un grain de vérité. Les femelles qu'on emploie dans les courses d'amateur, presque invariablement, se ruent sur l'homme plutôt que sur la cape, le prennent par le travers au lieu de charger droit, et souvent elles s'en prennent spécialement à un homme ou à un jeune garçon et le poursuivent à travers une foule de cinq cents personnes ; mais ce n'est pas qu'il y ait chez la femelle une intelligence innée supérieure, comme pourrait le supposer Virginia Woolf ; c'est parce que les génisses ne devant jamais paraître dans des courses normales, rien ne s'oppose à ce qu'elles soient complètement éduquées à toutes les phases du combat, et c'est pourquoi elles sont exclusivement employées par les toreros pour leur entraînement à la cape et à la muleta. Que ce soit un jeune taureau ou une génisse, si on l'emploie plusieurs fois à des exercices de cape ou de muleta, il apprend tout, s'en souvient et, si c'est un taureau, il devient par conséquent inutilisable pour une corrida régulière, où tout est bâti sur ce principe que c'est la première rencontre du taureau avec un homme non monté. Si le taureau n'est pas familiarisé avec la cape ni la muleta et qu'il charge droit, l'homme peut créer le danger lui-même en travaillant aussi près que possible du trajet du taureau ; c'est ainsi qu'il sera capable d'essayer une grande variété de passes, les choisissant lui-même et les arrangeant en successions destinées à produire l'émotion recherchée, plutôt que d'être forcé de les employer comme mesures défensives. Si le taureau s'est déjà battu, il ira constamment vers l'homme par manœuvres obliques, il piquera dans l'étoffe avec ses cornes pour trouver l'homme, et il créera tout le danger lui-même, forçant constamment l'homme à la retraite et à la défensive, et rendant impossible toute passe nette ou tout combat brillant.

La course de taureaux s'est développée et organisée de telle façon que le taureau a juste le temps, entrant dans l'arène sans aucune expérience des hommes à pied, d'apprendre à déjouer tous leurs artifices et ainsi il présente le summum de danger au moment de la mise à mort. Le taureau apprend si rapidement dans l'arène que si la course traîne, si elle est mal conduite, ou si elle est prolongée de dix minutes, il devient presque impossible de le tuer par les moyens prescrits dans les règles du spectacle. C'est pour cette raison que les toreros pratiquent et s'entraînent toujours avec des génisses qui, après quelques séances, deviennent si instruites, disent les toreros, qu'elles peuvent parler grec et latin. Après cette éducation on les lâche dans l'arène pour les amateurs, parfois les cornes nues, parfois avec les pointes garnies d'une boule de cuir ; elles arrivent aussi rapides et aussi agiles que des daims, pour s'exercer avec les capistes amateurs et les aspirants-toreros de toutes sortes, dans les capeas ; pour renverser, déchirer, percer, poursuivre et inspirer terreur à ces amateurs jusqu'au moment où, quand les *vacas* sont fatiguées, on fait entrer dans l'arène des bœufs qui les emmèneront dans les corrales où elles se reposeront jusqu'à leur prochaine sortie. Les vaches de combat ou, *vaquillas*, semblent aimer ces sorties. On ne les aiguillonne pas, on ne leur met rien sur les épaules, on ne les irrite pas pour les faire charger et elles semblent aimer charger et cogner autant qu'un coq de combat aime se battre. Bien entendu, elles ne reçoivent aucun châtiment, tandis que la bravoure du taureau se juge à la manière dont il se comporte sous le châtiment.

Le maniement des taureaux de combat est rendu possible grâce à l'instinct grégaire qui permet de conduire des taureaux par groupes de six ou plus, tandis qu'un seul taureau, détaché du troupeau, chargerait immédiatement et sans arrêt n'importe quoi, homme, cheval, tout objet mouvant, véhicule ou autre, jusqu'à ce qu'il soit tué ; et l'emploi de bœufs spécialement dressés, ou *cabestros*, permet d'attirer les taureaux pour les parquer, de même que les éléphants sauvages sont capturés et parqués par des éléphants qui ont été domptés. C'est, parmi tous les à-côtés de la course de taureaux, un des plus intéressants que de voir le travail des bœufs, lorsqu'ils procèdent au chargement des taureaux pour le transport, les séparant, les guidant dans les passages qui mènent aux cages, et dans toutes les nombreuses opérations relatives à l'élevage, au transport et au déchargement des taureaux de combat.

Autrefois, avant qu'on ne les transportât en cages par chemin de fer ou parfois, depuis qu'on a construit de bonnes routes en Espagne, par camions (manière excellente et bien moins fatigante), les taureaux étaient conduits le long des routes de l'Espagne, les taureaux de combat entourés par des bœufs, et l'ensemble du troupeau surveillé par des bouviers à cheval, portant leur lances protectrices très semblables à celles qu'emploient les picadors ; ils soulevaient un nuage de poussière sur leur passage, et les habitants des villages couraient chez eux, fermaient et verrouillaient leurs portes et regardaient par les fenêtres les dos larges et poudreux, les grandes cornes, les yeux vifs et les mufles humides, les cous portant grelots des cabestros et les tuniques courtes, les chapeaux gris, vastes et hauts, des gardiens, allant par les rues. Quand ils sont ensemble, marchant en troupeau, ils sont calmes, parce que le sentiment du nombre leur donne confiance et que l'instinct grégaire leur fait suivre le conducteur. On conduit encore les taureaux de cette manière dans les provinces éloignées des voies ferrées et l'on voit quelquefois l'un d'eux *desmandar*, c'est-à-dire s'écarter du troupeau. Une année que nous étions en Espagne, la chose arriva devant la dernière maison d'un petit village de la région de Valence. Le taureau trébucha et tomba sur les genoux et les autres l'avaient déjà dépassé lorsqu'il se remit sur ses pieds. La première chose qu'il vit fut une porte ouverte où se tenait un homme. Il fonça aussitôt, souleva l'homme qui gênait son passage et le jeta en arrière par-dessus sa tête. Dans la maison, il ne vit personne et continua son chemin tout droit. Dans la chambre à coucher une femme était assise dans un fauteuil. Elle était vieille et n'avait rien entendu. Le taureau démolit le fauteuil et tua la vieille femme.

L'homme qui avait été projeté de la porte rentra avec une carabine pour protéger sa femme qui gisait déjà dans le coin de la chambre où le taureau l'avait lancée. Il tira presque à bout portant sur le taureau, mais ne fit que lui érafler l'épaule. Le taureau fonça sur l'homme, le tua, vit un miroir, se rua dessus, chargea et mit en pièces une grande armoire ancienne, puis sortit dans la rue. Il fit un bout de chemin sur la route, rencontra un cheval et une charrette, fonça, tua le cheval et renversa la charrette. Le conducteur était resté dedans. Les gardiens du troupeau, pendant ce temps, revenaient sur la route, le galop de leurs chevaux soulevant beaucoup de poussière. Ils firent avancer deux bœufs qui rattrapèrent le taureau ; et, dès qu'il eut un bœuf de chaque côté de lui, sa crête musculaire s'affaissa, il baissa la tête et, trottant entre les deux cabestros, il regagna le troupeau.

On a vu en Espagne des taureaux charger une automobile, ou même arrêter un train, en se mettant sur la voie et refusant de reculer ou de quitter la voie tant que le train était arrêté ; et lorsque enfin, avec de grands coups de sifflet, le train se mettait en marche, il chargeait aveuglément la locomotive. Un taureau de combat vraiment brave n'a peur de rien au monde et, dans diverses villes d'Espagne, on a vu dans des spectacles spéciaux et barbares, un taureau charger inlassablement un éléphant ; des taureaux ont tué des lions et des tigres, qu'ils chargeaient aussi allègrement qu'ils y seraient allés avec des picadors. Un vrai taureau de combat n'a peur de rien et, pour moi, c'est le plus bel animal à voir en action ou au repos. Partant en même temps qu'un cheval, un taureau de combat le battrait à la course sur vingt mètres, alors que le cheval le battrait sur quarante mètres. Le taureau peut tourner sur place presque aussi bien qu'un chat, il peut virer beaucoup plus vite qu'un poney de polo, et, à quatre ans, il a assez de force dans les muscles du cou et des épaules pour soulever un cheval et son cavalier et les jeter par-dessus son dos. Bien souvent, j'ai vu un taureau attaquer les planches d'un pouce d'épaisseur de la barrera avec ses cornes, ou plutôt sa corne, car il emploie l'une ou l'autre, et mettre les planches en pièces ; et il y a, au musée de l'arène de Valence, un lourd étrier de fer qu'un taureau de la ferme de Don Esteban Hernandez perfora d'un coup de corne jusqu'à une profondeur de quatre pouces. On conserve cet étrier non parce qu'il est unique du fait d'avoir été transpercé par la corne, mais parce qu'en cette occasion le picador, miraculeusement, ne fut pas blessé par le coup de corne.

Il y a un livre, aujourd'hui épuisé en Espagne, appelé *Toros célèbres*, qui contient les chroniques (dans l'ordre alphabétique des noms donnés par les éleveurs) des manières de mourir et des exploits de taureaux célèbres, en quelque trois cent vingt-deux pages. Au hasard, vous y trouverez Hechicero ou le Sorcier, de la ferme de Concha et Sierra, un taureau gris, qui, à Cadix en 1844, envoya à l'hôpital tous les picadors et tous les matadors de la corrida, au minimum sept hommes, et non sans avoir tué sept chevaux. Vibora, ou la Vipère, de la ferme de Don José Bueno, un taureau noir qui, à Vista Alegre le 9 août 1908, sitôt entré dans l'arène, sauta la barrera et frappa le charpentier de l'arène, Luis Gonzales, lui faisant une énorme blessure à la cuisse droite. Le matador chargé de tuer Vibora fut incapable de le faire et le taureau fut renvoyé aux corrales. Un tel événement n'est pas des plus mémorables, excepté, peut-être, pour le charpentier, et si Vibora figure dans le livre, c'est probablement pour ce que son acte avait d'intempestif et à cause de l'impression récente qu'il avait faite sur des acheteurs possibles du livre, plutôt que pour quelque motif d'intérêt durable. Il n'est pas fait mention de ce que le matador nommé Jaqueta, qui n'apparaît dans l'histoire qu'en cette occasion, avait fait avant d'être déclaré incapable de tuer Vibora et le taureau peut bien avoir été mémorable pour une raison plus importante que le fait, peu exceptionnel, d'avoir encorné le charpentier. J'ai vu moi-même deux charpentiers recevoir des coups de corne et je n'ai jamais écrit une ligne là-dessus.

Le taureau Zaragoza, élevé par la ferme Lesireas, tandis qu'on l'amenait à l'arène à Moetia, Portugal, le 2 octobre 1898, s'échappa de sa cage et poursuivit et blessa de nombreuses personnes. Un gamin qu'il poursuivait entra en courant dans l'Hôtel de Ville ; le taureau courut après lui, et gravit l'escalier jusqu'au premier étage où, d'après le livre, il causa de grands dégâts. C'est probable, en effet.

Comisario, de la ferme de Don Victoriano Ripamilan, un taureau rouge avec les yeux d'une caille et de larges cornes, était le troisième taureau à combattre le 14 avril 1895, à Barcelone. Il sauta la barrera, pénétra dans les premiers rangs et, fonçant à travers les spectateurs, dit le livre, il produisit le désordre et les dégâts qu'on imagine. Le garde civil Isidro Silva lui plongea son sabre dans le corps, et le caporal des gardes civils, Ubaldo Vigueres, tira sur lui avec sa carabine, la balle traversa les muscles du cou du taureau et alla se loger dans le côté gauche de la poitrine d'un garçon d'arène, Juan Recasens, qui mourut sur-le-champ. On finit par prendre Comisario au lasso et on le tua à coups de poignard.

Aucun de ces incidents n'appartient au royaume de la pure tauromachie, excepté le premier, non plus que le cas de Huron, un taureau de l'élevage de Don Antonio Lopez Plata, qui se battit contre un tigre du Bengale le 24 juillet 1904, sur la Plaza de San Sebastian. Ils combattaient dans une cage d'acier et le taureau harcelait le tigre, mais dans une de ses charges il brisa la cage, et les deux animaux sortirent dans l'arène au milieu des spectateurs. La police, voulant achever le tigre mourant et le taureau bien vivant encore, tira plusieurs salves qui « causèrent de graves blessures à de nombreux spectateurs ». De l'histoire de ces diverses rencontres entre des taureaux et d'autres animaux, je dois conclure que c'étaient des spectacles à éviter, ou au moins à regarder d'une des loges les plus hautes.

Le taureau Official, de la ferme des frères Arribas, combattu à Cadix le 5 octobre 1884, atteignit et frappa de ses cornes un banderillero, sauta la barrera et frappa le picador Chato à trois reprises, frappa un garde civil, brisa une jambe et trois côtes à un garde municipal et le bras à un veilleur de nuit. Ç'aurait été un animal idéal à lâcher lorsque la police matraque les manifestants devant l'Hôtel de Ville. S'il n'avait pas été tué, il aurait peut-être produit une souche de taureaux ayant la police en haine, et qui aurait rendu à la foule l'avantage qu'elle a perdu dans les combats de rue depuis la disparition des pavages de pierre. Un pavé, à courte distance, est plus efficace qu'une matraque ou qu'un sabre. La disparition des empierrements et des pavés a fait plus pour éviter les renversements du pouvoir que mitrailleuses, bombes lacrymogènes et pistolets automatiques. Car, lorsque le gouvernement ne veut pas tuer ses citoyens mais les matraquer, les assommer et les contraindre à la soumission à coups de plat de sabre, il n'y a pas de raison pour que ce gouvernement soit renversé. Tout gouvernement qui emploie les mitrailleuses, ne serait-ce qu'une fois, contre ses citoyens, tombera automatiquement. On maintient les régimes avec la matraque et le plat de sabre, non avec les mitrailleuses et les baïonnettes, et tant qu'il y eut des pavés, il n'y avait jamais de populace désarmée à matraquer.

Le type de taureau dont se souviendraient les aficionados des courses de taureaux plutôt que les amateurs de combats avec la police est Hechicero, qui accomplit ses exploits dans l'arène, contre des toreros exercés et affrontant le châtiment. Il y a la même différence, ici, qu'entre les combats de la rue d'ordinaire plus passionnants, plus funestes et plus utiles, mais dont nous ne parlons pas, et un championnat de boxe. N'importe quel taureau peut, en s'échappant, tuer un grand nombre de gens et faire des dégâts considérables, mais lorsque dans sa confusion et son excitation, le taureau fonce dans l'assistance, les gens qui sont sur son passage courent beaucoup moins de danger qu'un torero au moment de la mise à mort, car le taureau, alors, charge aveuglément dans la foule et ne dirige pas ses coups de corne. Un taureau qui saute la barrera, sauf s'il le fait en poursuivant l'homme, n'est pas un taureau brave. C'est un taureau poltron qui essaie simplement de s'échapper de l'arène. Le taureau réellement brave accueille le combat, accepte chaque invitation à se battre ; il combat, non parce qu'il est acculé, mais parce qu'il le veut, et cette bravoure se mesure et peut seulement être mesurée par le nombre de fois que, librement et volontairement, sans trépignements, menaces ni grands airs, il accepte le combat avec le picador, et par l'insistance qu'il montre, sous le fer, lorsque la pointe d'acier de la pique est enfoncée dans les muscles de son cou ou de ses épaules, à continuer sa charge après avoir commencé à recevoir réellement le châtiment, jusqu'à ce que l'homme et le cheval soient renversés. Un taureau brave, c'est celui qui, sans aucune hésitation et approximativement au même endroit de l'arène, chargera quatre fois les picadors, sans prêter attention au châtiment qu'il reçoit et chaque fois chargeant avec l'acier dans son corps, jusqu'à ce qu'il ait renversé cavalier et monture.

C'est seulement par sa conduite sous la pique que l'on peut juger et apprécier la bravoure d'un taureau ; et la bravoure du taureau c'est la racine fondamentale de toute la tauromachie espagnole. La bravoure d'un taureau vraiment brave est quelque chose de non terrestre et d'incroyable. Cette bravoure n'est pas simplement méchanceté, mauvais caractère ou courage d'un animal pris de panique et muni de cornes. Le taureau est un animal de combat et là où les qualités combatives de la race sont restées pures et toute poltronnerie éliminée par l'élevage, il devient souvent, lorsqu'il ne combat pas, le plus tranquille et le plus paisible au repos de tous les animaux. Ce ne sont pas les taureaux qui sont les plus difficiles à manier qui font les meilleurs combats. Les meilleurs de tous les taureaux de combat ont une qualité, appelée noblesse par les Espagnols, qui est la chose la plus extraordinaire dans ce domaine. Le taureau est un animal sauvage dont le plus grand plaisir est le combat ; il acceptera le combat qu'on lui offre sous n'importe quelle forme et relèvera tout ce qu'il croit être un défi. Pourtant, les meilleurs mêmes de tous les taureaux de combat reconnaissent souvent et savent qui est le mayoral ou gardien qui a charge d'eux à l'élevage et durant leur voyage jusqu'à l'arène, et ils le laissent même souvent les frapper et les tapoter. J'ai vu un taureau qui, dans les corrales, laissait le gardien lui taper sur le nez, l'étriller comme un cheval, et même monter sur son dos ; il entra dans l'arène sans aucune irritation ou excitation préliminaires, chargea les picadors inlassablement, tua cinq chevaux, fit tout son possible pour tuer banderilleros et matador, et se montra, dans l'arène, méchant comme un cobra et brave comme une lionne.

Bien entendu, tous les taureaux ne sont pas nobles ; pour un avec qui le mayoral peut faire amitié, il y en a cinquante qui chargeront, même lorsqu'il leur apporte à manger, s'ils voient quelque mouvement qui leur donne à penser qu'il est en train de les provoquer. Tous les taureaux ne sont pas non plus braves. Quand ils ont deux ans, l'éleveur éprouve leur bravoure en les mettant en face d'un picador à cheval, soit dans un corral fermé, soit en pré ouvert. L'année d'avant, on les avait marqués au fer rouge, et pour cela des hommes à cheval les avaient jetés à terre en les culbutant au moyen de longues perches emboulées ; et lorsque à deux ans on les met à l'épreuve des lances à pointes d'acier des picadors, ils ont déjà leurs numéros et leurs noms, et l'éleveur prend note des manifestations de bravoure données par chacun. Ceux qui ne sont pas braves, si l'éleveur est scrupuleux, sont marqués pour la boucherie. Les autres sont consignés dans le livre selon la bravoure qu'ils ont montrée, de sorte que lorsqu'il fait un envoi de six taureaux à une arène pour une corrida, l'éleveur peut doser les qualités comme il le désire.

Le marquage se fait comme dans les fermes d'élevage de bétail de l'ouest américain, sauf les précautions nécessaires pour séparer les veaux de leurs mères, la nécessité de ne pas endommager leurs cornes ni leurs yeux, et les complications du marquage. Les fers sont chauffés sur un grand feu ; ils comportent la marque de l'éleveur, qui est ordinairement une combinaison de lettres ou un emblème, et dix fers portant les numéros 0, 1, 2, 3, 4, 5, 6, 7, 8, 9. Les fers ont un manche de bois, et les extrémités qui sont dans le feu sont portées au rouge. Les veaux sont dans un corral, le feu et les fers dans un autre ; les deux communiquent par une porte battante et, lorsque la porte est ouverte, les vaqueros les conduisent, un par un, au corral de marquage où ils sont couchés à terre et maintenus. Il faut de quatre à cinq hommes pour tenir un futur taureau de combat encore veau, et ils doivent prendre soin de ne pas endommager les cornes naissantes, car un veau dont les cornes sont endommagées ne sera jamais accepté pour une course de taureaux régulière ; l'éleveur devra alors le vendre pour une novillada ou une corrida irrégulière, et il perdra au moins deux tiers de sa valeur probable. Ils doivent aussi faire très attention à leurs yeux, car une simple paille dans l'œil peut produire un défaut de vision qui rendra le taureau impropre à l'arène. Pour le marquage, un homme tient la tête, les autres les pattes, le corps et la queue. La tête du veau est d'ordinaire placée sur un sac de paille pour la protéger autant que possible, les pattes sont liées ensemble et la queue ramenée en avant entre les pattes. La marque principale est placée sur la cuisse postérieure droite, et les numéros sur le flanc. On dénombre les veaux mâles et femelles. Une fois les marques apposées, on fend ou rogne les oreilles à la marque de la ferme, et l'on coupe les poils de l'extrémité de la queue des mâles, de sorte qu'ils poussent ensuite longs et soyeux. Alors le veau est relâché, il se relève furieux, il charge tout ce qu'il voit, n'importe quoi, et finalement il sort par la porte ouverte du corral de marquage. Le *herradero* du jour du marquage est la plus bruyante, la plus poussiéreuse et la plus désordonnée de toutes les opérations qui sont liées à la tauromachie. Quand un Espagnol veut décrire l'extrême confusion d'une mauvaise course, il la compare à un herradero.

Quant à l'épreuve de la bravoure, qui a lieu

dans un corral clos, c'est la plus tranquille de ces opérations. On éprouve les taureaux quand ils ont deux ans. A un an ils sont trop jeunes et ne seraient pas assez forts pour la supporter, et à trois ans ils sont trop puissants, trop dangereux et s'en souviendraient trop bien. Si on les éprouve dans un corral clos, celui-ci peut être carré ou rond, et il est muni de burladeros ou abris de planches derrière lesquels se tiennent quelques hommes avec des capes. Ce sont des toreros professionnels, ou des amateurs qu'on a invités à l'épreuve, en leur promettant de leur donner une occasion de s'exercer avec des génisses, et ils prennent les veaux à tour de rôle pour s'essayer.

Le corral tout entier a d'ordinaire environ trente mètres de large, c'est-à-dire la moitié d'une grande arène ; les taureaux de deux ans sont dans un corral adjacent et ils sont admis un par un dans le corral d'épreuve. Lorsqu'ils entrent, un picador qui porte le chapeau de cuir et la courte tunique d'un gardien de taureaux, les attend, tenant une longue pique d'environ douze pieds, avec une pointe d'acier triangulaire légèrement plus courte que celle qu'on emploie dans le combat réel. Il place son cheval le dos tourné à la porte par où le jeune taureau est entré, et il attend tranquillement. Personne dans le corral ne dit un mot et le picador ne fait rien pour exciter le taureau, car le plus important de l'épreuve est de constater si le taureau charge volontiers sans être harcelé ni importuné d'aucune manière.

Quand le jeune taureau charge, chacun note son style ; s'il charge d'assez loin sans piétiner le sol d'abord ou sans mugissement préalable ; lorsqu'il arrive sur le cheval, s'il laisse bien les pattes en arrière et frappe de toute sa force, continuant à pousser pour atteindre l'homme et l'animal tandis que l'acier entre dans son muscle, utilisant toute la force des jambes de derrière et de la chute des reins ; ou s'il porte ses pieds en avant et ne frappe qu'avec son cou, pour essayer de se libérer de la pique, tournant brusquement et abandonnant la charge lorsqu'il est puni. S'il ne charge pas du tout, et si le propriétaire est scrupuleux, il est désigné pour la castration et la boucherie. S'il reçoit cette condamnation, le propriétaire crie alors « *Buey* », bœuf, au lieu qu'il dit « *Toro* » lorsque l'animal est accepté pour l'arène.

Si le taureau renverse sous son choc le cheval et l'homme et, parfois même à deux ans, ils sont capables de le faire, les toreros doivent l'éloigner avec leurs capes, mais ordinairement on ne permet pas aux taureaux de voir de capes du tout. Quand ils ont chargé le picador une fois, ou au plus deux fois, si l'on n'a pu juger leur style et leur bravoure probable à la première charge, on ouvre la porte du pâturage et on les laisse aller en liberté. La façon dont ils accueillent cette liberté, avidement ou à contrecœur, en se ruant en avant ou en se retournant à la porte pour regarder en arrière, désirant combattre encore, fournit d'utiles indications sur la manière dont ils agiront dans l'arène.

La plupart des éleveurs répugnent à faire charger les taureaux plus d'une fois. Ils ont l'impression qu'un taureau a, inscrit sur lui, un nombre déterminé de défis à accepter. S'il en relève deux ou trois dans l'épreuve, c'est autant de moins qu'il acceptera dans l'arène ; aussi ils préfèrent se fier au lignage des taureaux et font la véritable épreuve avec les taureaux destinés au haras et avec les génisses. Ils croient que les rejetons d'un taureau exceptionnel et de femelles vraiment braves sont tous de bons taureaux et admettent comme *toro* tout taureau de deux ans parfait de cornes et de corps, sans faire aucune épreuve de leur bravoure.

Les vaches destinées à la reproduction ont parfois licence de charger le picador qui les éprouve jusqu'à douze ou quinze fois, et les toreros, avec des passes de cape et de muleta, éprouvent leurs qualités de charge et leur aptitude à suivre l'étoffe. Il est de la plus haute importance que les vaches soient d'une grande bravoure, et qu'elles suivent bien l'étoffe, car ce sont des qualités qu'elles transmettent à leurs rejetons. Elles doivent être vigoureuses, bien bâties et têtues. D'autre part, si elles ont des défauts de cornes, ce n'est pas important car, en général, ils ne sont pas transmissibles. Mais une tendance à des cornes plus courtes peut se transmettre, et les éleveurs qui tâchent de rendre leurs produits agréables aux toreros, de sorte que ceux-ci choisiront les taureaux de cet éleveur chaque fois qu'ils auront l'occasion de spécifier dans leurs contrats les taureaux qu'ils veulent combattre, essaient souvent de diminuer la longueur des cornes par une sélection attentive ; ils s'efforcent de maintenir la longueur de corne au minimum autorisé par le délégué du gouvernement et d'obtenir des cornes aux pointes basses, qui passeront sous le genou de l'homme au moment où la tête du taureau s'abaisse pour charger, plutôt qu'une corne haute qui passerait plus haut et plus dangereusement près du corps de l'homme quand il s'avance pour tuer.

Les taureaux destinés à la reproduction sont éprouvés avec la plus grande rigueur. Si, après avoir servi à la reproduction pendant quelques années, ils sont envoyés à l'arène, vous pourrez toujours les reconnaître. Ils semblent tout savoir sur les picadors. Ils chargeront souvent bravement, mais seront capables de faire sauter la pique des mains de l'homme avec leurs cornes, et j'en ai vu un, ignorant pique et cheval, se dresser, accrocher l'homme et le jeter à bas de la selle. S'ils ont été aussi mis à l'épreuve avec la cape et la muleta, ils deviennent souvent absolument intuables, et un torero qui a signé un contrat pour tuer deux « taureaux neufs » est parfaitement dans son droit s'il refuse de tels taureaux, ou s'il tue ces animaux instruits de toute façon qui lui sera possible. D'après la loi, tout taureau qui a paru dans l'arène doit être tué immédiatement après, pour éviter qu'on n'emploie les taureaux plus d'une fois. Mais cette loi est souvent violée dans les provinces, et elle est toujours violée dans les capeas ou courses d'amateurs, qui ont été pendant longtemps interdites par la loi. Un taureau reproducteur qui a été éprouvé à fond n'a pas l'habileté de ces criminels, mais on voit qu'il s'est déjà battu, et tout spectateur intelligent peut voir la différence au premier coup d'œil. Dans l'épreuve des taureaux, il est important de ne pas confondre la force du jeune taureau avec sa bravoure. Un taureau peut être assez vigoureux pour, en chargeant, si la pique a glissé, jeter à bas cavalier et monture et donner un joli spectacle, tandis que si la pique avait été tenue ferme, il serait peut-être resté tranquille sous la punition, aurait refusé d'insister et à la fin aurait tourné la tête. On fait l'épreuve des taureaux dans des corrales en Castille, dans la région de Salamanque, en Navarre, en Estramadure, mais en Andalousie on fait en général l'épreuve en champ ouvert.

Ceux qui préconisent l'épreuve en champ ouvert disent que la vraie bravoure d'un taureau ne peut se montrer que de cette manière, car dans le corral il se sent acculé, et tout animal acculé se battra. En champ ouvert, par contre, on galope après les taureaux jusqu'à ce qu'ils se retournent, on les culbute avec de longues perches portées par les cavaliers, ou on les excite de quelque autre façon avant qu'ils ne chargent le picador ; tandis que dans le corral on les laisse absolument seuls et on ne les harcèle d'aucune façon ; de sorte que les deux manières ont des avantages à peu près égaux ;

l'épreuve en champ ouvert, avec toute une troupe d'invités à cheval, est plus pittoresque et la méthode du corral donne une approximation plus exacte des conditions réelles de l'arène.

Pour qui aime les courses de taureaux, toutes les opérations de l'élevage des taureaux sont d'une grande fascination et, au cours des épreuves, on mange bien, on boit bien, on se fait des camarades, on se fait des plaisanteries, on voit du mauvais travail de cape d'amateur fait par l'aristocratie, et souvent d'excellent travail de cape d'amateur fait par des cireurs de bottes en visite qui aspirent à être matadors, et l'on passe de longues journées avec l'odeur de l'air frais automnal, de la poussière, du cuir et des chevaux étrillés, avec les grands taureaux, pas tellement loin, qui paraissent énormes dans les champs, calmes, lourds, et dominant le paysage de leur air de confiance.

On élève des taureaux de combat dans les provinces de Navarre, Burgos, Palencia, Logroño, Saragosse, Valladolid, Zamora, Ségovie, Salamanque, Madrid, Tolède, Albacete, l'Estramadure et l'Andalousie, mais les principales régions sont l'Andalousie, la Castille et Salamanque. Les plus gros taureaux et la meilleure race viennent de l'Andalousie et de la Castille, et ceux qui sont le plus près d'être faits sur mesure pour les toreros viennent de Salamanque. La Navarre élève encore beaucoup de taureaux, mais leur forme, leur type et leur bravoure ont beaucoup dégénéré dans les vingt dernières années.

Tous les taureaux braves peuvent être grossièrement divisés en deux classes : ceux qui sont faits, élevés et créés pour les toreros et ceux qui sont élevés pour le plaisir de leurs éleveurs. Salamanque est à l'un de ces extrêmes, et l'Andalousie à l'autre.

Mais, direz-vous, il y a bien peu de conversation dans ce livre. Pourquoi n'y a-t-il pas plus de dialogue ? Ce que nous voulons, quand nous lisons un livre de ce citoyen, ce sont des gens qui parlent ; c'est tout ce qu'il sait faire, et maintenant il ne le fait pas. Le bonhomme n'est pas philosophe, ni savant, c'est un zoologue sans compétence, il boit trop, il ne sait pas mettre la ponctuation où il faut, et maintenant voilà qu'il s'est arrêté d'écrire des dialogues. Il faudrait bien y mettre le holà. Il a la folie des taureaux.

— Citoyen, vous avez peut-être raison. Faisons un petit dialogue.

— Que demandez-vous, madame ? Y a-t-il quelque chose que vous voudriez savoir au sujet des taureaux ?

— Oui, monsieur.

— Qu'est-ce que vous voudriez savoir ? Je répondrai absolument à tout.

— C'est une chose difficile à demander, monsieur.

— Ne vous troublez pas pour cela ; parlez-moi franchement ; comme vous feriez à votre médecin ou à une autre femme. N'ayez pas peur de demander ce que vous voudriez réellement savoir.

— Monsieur, je voudrais être renseignée sur leur vie amoureuse.

— Madame, vous êtes venue juste à la bonne adresse.

— Alors, dites-moi, monsieur.

— Oui, madame. C'est un sujet qui en vaut un autre. Il réunit la popularité, un grain de sensualité, un monde d'informations utiles et il conduit de lui-même au dialogue. Madame, leurs vies sentimentales sont palpitantes.

— Je ne m'attendais pas à moins, monsieur, mais ne pouvez-vous pas nous donner quelques statistiques ?

— Rien de plus facile. Les petits veaux naissent dans les mois d'hiver.

— Ce n'était pas tant des petits veaux que nous voulions entendre parler.

— Mais soyez patiente, madame. Toutes ces choses-là mènent finalement aux petits veaux ; il faut donc les prendre en commençant par eux, n'est-ce pas ? Les petits veaux naissent donc durant les trois mois d'hiver et, si vous comptez à reculons neuf mois sur vos doigts — comme toute personne mariée, je suppose, l'a fait bien des fois mais dans l'autre sens — vous trouverez que si les veaux sont nés en décembre, janvier et février, les taureaux ont dû être mis avec les vaches en avril, mai et juin et, en fait, c'est ce qui arrive le plus ordinairement. Dans une bonne ferme, il y a de deux cents à quatre cents vaches et pour cinquante vaches un taureau. La ferme habituelle a deux cents vaches et quatre taureaux reproducteurs. Ces taureaux ont de trois à cinq ans et plus. Quand un taureau est mis pour la première fois avec les vaches, personne ne sait comment il agira, bien que s'il y avait là un bookmaker il vous parierait que le taureau montrera de l'enthousiasme pour ses compagnes. Mais parfois le taureau ne veut rien savoir d'elles, ni elles de lui, et ils se battent sauvagement avec leurs cornes, faisant un tintamarre de cornes entrechoquées qu'on peut entendre d'un bout à l'autre du champ. Parfois, un tel taureau changera d'attitude en faveur d'une des vaches, mais c'est rare. D'autres fois, les taureaux se mettent à pâturer tranquillement avec les vaches, mais ils les quitteront pour retourner avec les autres taureaux qui, étant destinés à l'arène, n'ont jamais licence, en aucun cas, d'aller avec les vaches. Mais le résultat ordinaire est celui sur lequel le bookmaker voulait parier, et un seul taureau peut alors suffire à plus de cinquante vaches, mais s'il y en avait trop il finirait par se fatiguer et devenir impuissant. C'est cela le genre de faits que vous vouliez savoir, ou est-ce que je parle trop crûment?

— Nul n'oserait prétendre, monsieur, que vous présentez les faits autrement qu'avec la franchise et la rectitude qui conviennent à un chrétien, et nous trouvons cela très instructif.

— J'en suis enchanté et je vais vous raconter un fait curieux. Le taureau, comme espèce animale, est polygame, mais de temps en temps on trouve un individu monogame. Parfois, un taureau. dans le champ d'élevage, s'intéressera tellement à l'une des cinquante vaches avec lesquelles il est, qu'il ne fera aucun cas des autres ; il ne veut connaître qu'elle et elle refuse de le quitter et reste à ses côtés dans le pâturage. Quand cela arrive, on retire la vache du troupeau, et si le taureau ne retourne pas alors à la polygamie, on l'envoie avec les autres taureaux qui sont destinés à l'arène.

— Je trouve cette histoire triste, monsieur.

— Madame, toutes les histoires, continuées assez loin, se terminent par la mort, et aucun conteur d'histoires vraies ne vous épargnerait cela. En particulier, toutes les histoires de monogamie finissent par la mort, et tel homme qui, monogame, a souvent une vie des plus heureuses, meurt de la façon la plus solitaire. Il n'y a pas d'hommes plus seul dans la mort, excepté le suicidé, que l'homme qui a vécu de nombreuses années avec une bonne épouse, et qui lui survit. Si deux êtres s'aiment, cela ne peut pas avoir une fin heureuse.

— Monsieur, je ne sais pas ce que vous entendez par amour. Ce mot ne sonne pas très franc dans votre bouche.

— Madame, c'est un vieux mot, chacun le prend pour nouveau et finit par l'user lui-même. C'est un mot qu'on remplit de signification comme on gonfle une vessie d'air, et le sens s'en échappe aussi vite. On peut le crever comme on crève une vessie, le rapiécer et le gonfler de nouveau, et si vous n'avez pas éprouvé ce qu'il représente, il n'existe pas pour vous. Tout le monde en parle, mais tous ceux qui l'ont éprouvé en portent la marque, et je ne voudrais pas en parler davantage, car de toutes choses c'est celle dont il est le plus ridicule de parler, et les imbéciles seuls l'éprouvent bien des fois. J'aimerais mieux avoir la petite vérole que de tomber amoureux d'une autre femme, puisque j'aime celle que j'ai.

— Qu'est-ce que cela a à voir avec les taureaux, monsieur ?

— Rien, madame, rien du tout, c'est seulement de la conversation, afin que vous en ayez pour votre argent.

— Je trouve le sujet intéressant. Comment sont marqués les gens qui ont eu ce que vous dites ou est-ce que c'est seulement une façon de parler ?

— Tous ceux qui l'ont réellement éprouvé, une fois que c'est parti, portent une marque de mort. Je le dis en tant que naturaliste, non pour être romantique.

— Cela ne m'amuse pas.

— Et ce n'est pas fait pour cela non plus, madame, mais seulement afin de vous en donner pour votre argent.

— Mais souvent vous m'amusez beaucoup.

— Madame, avec un peu de chance, j'arriverai encore à vous amuser.

XII

Nul ne peut dire, en voyant un taureau de combat dans les corrales, si ce taureau sera brave dans l'arène, bien que, en général, plus le taureau est tranquille, moins il semble nerveux, plus il est calme, et plus il y a de chances pour qu'il se révèle brave. La raison en est que plus il est brave, généralement, plus il a confiance en soi, et moins il cherche à en imposer. Tous les prétendus signes de danger que donne un taureau, comme de piétiner le sol, de menacer de ses cornes ou de mugir sont des formes de bluff. Ce sont des avertissements qu'il donne pour que le combat puisse être évité si possible. Le taureau vraiment brave ne donne pas d'avertissement avant de charger, sinon qu'il fixe son œil sur son ennemi, que la crête musculaire de son cou se soulève, qu'il secoue une oreille et, au moment où il fonce, lève la queue. Un taureau parfaitement brave, s'il est tout à fait en forme, n'ouvrira jamais la gueule, ne laissera même jamais sortir sa langue, pendant tout le cours du combat, et, au moment final, avec l'épée dans le corps, il viendra vers l'homme tant que ses jambes le supporteront, la gueule énergiquement fermée pour ne pas perdre de sang.

Ce qui rend un taureau brave, c'est d'abord le sang guerrier de la race, qu'on ne peut conserver pur que par les épreuves minutieuses des *tientas*, et ensuite son propre état de santé et sa « forme ». Santé et forme ne pourraient remplacer un élevage scrupuleux, mais leur manque ruinerait la bravoure naturelle et héritée de l'animal, rendrait son corps incapable d'y répondre, ou bien ferait que sa bravoure se consumerait comme un feu de paille, ne jetant qu'une seule flamme et laissant alors le taureau vide et creux. Santé et forme sont déterminées, en admettant qu'il n'y ait pas eu de maladies dans la ferme, par la pâture et l'eau.

Ce sont les différences de pâture et d'eau dans les diverses régions d'Espagne, causées par les différences de climat, la composition du sol, les distances que les bêtes de chaque souche doivent parcourir pour trouver l'eau, qui font des types de taureaux entièrement différents. L'Espagne est plutôt un continent qu'un pays à l'égard des climats, car le climat et la végétation du Nord, de la Navarre, par exemple, n'ont rien de commun avec celui de Valence ou de l'Andalousie, et aucun des trois, sauf certaines parties de la Navarre, ne ressemble en rien à celui du haut plateau de Castille. Aussi les taureaux élevés en Navarre, en

Andalousie et à Salamanque diffèrent grandement, et non qu'ils viennent de souches différentes. Les taureaux navarrais sont presque une race différente, plus petits et d'ordinaire d'une couleur rougeâtre, mais lorsque des éleveurs de Navarre ont pris des taureaux reproducteurs et des vaches de fermes andalouses et ont essayé de les transplanter en Navarre, ils ont invariablement acquis les vices des taureaux du nord, nervosité, manque de netteté dans l'attaque, et manque de vraie bravoure, et ils ont perdu leur caractère originel sans rien gagner de la rapidité, du courage, et de la vitesse de daim qui caractérisaient les vieilles souches de Navarre. Les taureaux de Navarre sont en passe de dégénérer à cause des croisements avec la souche navarraise originelle, du départ de leurs meilleures vaches, vendues en France il y a un certain nombre d'années pour être employées dans les courses landaises, forme française de fête du taureau, à cause enfin de l'inaptitude des souches andalouses et castillanes à conserver leur type et leur bravoure dans les pâturages du nord, bien qu'on ait fait beaucoup d'expériences coûteuses pour développer une souche navarraise nouvelle et brave. Les meilleurs taureaux de combat viennent d'Andalousie, Colmenar, Salamanque et, exceptionnellement, du Portugal. Les taureaux les plus typiques sont ceux d'Andalousie. Les souches andalouses ont été transportées à Salamanque et perverties par un élevage qui cherche à diminuer leur taille et leur longueur de corne pour plaire aux toreros. Salamanque est une province idéale pour l'élevage des taureaux. Les pâtures et les eaux sont bonnes, et les taureaux qui viennent de là sont vendus à moins de quatre ans et souvent, pour les faire paraître plus grands et plus vieux, on les nourrit pendant quelque temps de grain, ce qui, en recouvrant le muscle de graisse, leur donne une fausse grosseur et une fausse santé, et fait qu'ils se fatiguent vite et ont le souffle court. Beaucoup de taureaux de Salamanque, si on les fait combattre à quatre ans et demi ou cinq ans, alors donc qu'ils ont leur taille naturelle et n'ont pas besoin d'être gonflés au grain pour atteindre le poids exigé par le gouvernement, avec un an de plus de pâturage et par conséquent une maturité plus complète, seraient les taureaux de combat idéals, sauf une tendance qu'ils ont à perdre leur franchise et leur bravoure quand ils ont passé leur quatrième année. De temps en temps, vous verrez à Madrid une corrida de tels taureaux ; mais, grâce à la publicité que leur fait un si splendide lot de taureaux, et avec l'aide et la connivence des toreros, les mêmes éleveurs qui ont envoyé une corrida aussi idéale à la capitale vendront dans les provinces, en une saison, quinze ou vingt autres corridas, composées de taureaux en dessous de l'âge minimum, bourrés de grains pour les faire paraître gros, offrant le minimum de danger à cause de leur manque d'expérience dans l'usage de leurs cornes, et qui, en privant le spectacle de ce qui lui donne son sens, le vrai taureau de combat, contribuent de toute façon à favoriser la décadence de la course de taureaux.

Car le troisième facteur qui fait un taureau, après la race et la condition physique, c'est l'âge. L'un de ces trois facteurs manquant, on ne peut avoir un taureau de combat tout à fait complet. Un taureau n'est pas adulte avant d'avoir dépassé quatre ans. Il est vrai qu'après trois ans il paraît adulte, mais il ne l'est pas. La maturité apporte la vigueur, la résistance, mais, par-dessus tout, le savoir. Le savoir d'un taureau consiste principalement en sa mémoire des expériences, car il n'oublie rien, en la connaissance qu'il a de ses cornes et en son aptitude à s'en servir. C'est la corne qui fait la course de taureaux, et le taureau idéal est celui dont la mémoire est aussi vierge que possible de toute expérience du combat, de sorte que tout ce qu'il doit apprendre il l'apprendra dans l'arène même ; dominé si le torero le travaille comme il faut, et dominant le torero si celui-ci se montre incapable ou poltron ; et, pour présenter le danger le plus réel, et mettre à l'épreuve l'habileté du torero à manier un taureau convenablement, il doit savoir se servir de ses cornes. A quatre ans, un taureau possède ce savoir ; il l'a acquis en se battant dans le champ d'élevage, seule manière pour lui de l'acquérir. Voir deux taureaux se battre est un spectacle magnifique. Ils se servent de leurs cornes comme des escrimeurs de leurs armes. Ils frappent, parent, font des feintes, bloquent, et ont une justesse de coup qui est stupéfiante. Quand tous les deux savent se servir de leurs cornes, le combat se termine ordinairement comme il arrive d'un combat entre deux boxeurs réellement habiles, tous les coups dangereux ayant été parés, sans effusion de sang et avec un respect mutuel. Ils n'ont pas besoin de s'entre-tuer pour décider du combat. Le taureau qui perd est le premier qui abandonne et reconnaît la supériorité de l'autre. J'en ai vu se battre sans répit pour de petits motifs que je n'arrivais pas à déterminer ; ils arrivaient tête contre tête, faisaient des feintes avec la corne favorite, leurs cornes s'entrechoquaient avec fracas, ils paraient les coups et ripostaient, puis, tout à coup, l'un des taureaux tournait sur lui-même et s'en allait au galop. Une fois, pourtant, dans les corrales, après une de ces luttes où l'un des taureaux était parti, avouant sa défaite, l'autre le suivit et le chargea, planta sa corne dans le flanc du taureau vaincu et l'envoya à terre. Avant que le taureau tombé n'ait pu se remettre sur ses pieds, l'autre était sur lui, et, à grands coups de nuque et de tête, il le tailladait de ses cornes sans répit. Le taureau vaincu parvint une fois à se remettre sur pied, tourna sur lui-même, pour faire face, mais dès le premier échange de coups il reçut la corne dans l'œil, puis s'abattit sous une nouvelle charge. Son adversaire le tua sans l'avoir laissé se remettre sur ses pieds. Avant la corrida, deux jours plus tard, ce même taureau en tua un autre dans les corrales, mais lorsqu'il arriva dans l'arène il fut une des meilleures bêtes que j'aie jamais vues, tant pour les toreros que pour le public. Il avait acquis comme il se doit sa science du coup de corne. Il n'était pas vicieux dans l'emploi de ses cornes, mais simplement il savait s'en servir ; le matador, Félix Rodriguez, le domina, fit un travail splendide à la cape et à la muleta, et fit une mise à mort parfaite.

Il arrive qu'un taureau de trois ans sache se servir de ses cornes, mais c'est exceptionnel. Il n'a pas assez d'expérience. Les taureaux de plus de cinq ans savent trop bien se servir de leurs armes. Ils ont tellement d'expérience et d'adresse de corne, que la nécessité d'en triompher et de se tenir sur ses gardes rend presque impossible au torero de faire quoi que ce soit de brillant. Ces taureaux donnent des combats intéressants, mais il faut alors une connaissance approfondie de la tauromachie pour apprécier le travail du matador. Presque chaque taureau a une corne qu'il préfère employer plutôt que l'autre, et c'est cette corne qu'on appelle la corne maîtresse. Souvent, ils sont presque droitiers ou gauchers des cornes, de même que les gens sont droitiers ou gauchers des mains, mais il n'y a pas chez eux de préférence analogue pour la droite. L'une peut aussi bien que l'autre être la maîtresse. On peut voir quelle corne est la maîtresse lorsque les banderilleros font courir le taureau avec la cape, au début du combat, mais on peut souvent le dire aussi d'une autre façon.

Le taureau, sur le point de charger ou s'il est en colère, secoue une de ses oreilles, et parfois les deux. L'oreille qu'il agite est d'ordinaire du même côté que la corne qu'il emploie de préférence.

Les taureaux varient beaucoup dans la façon dont ils se servent de leurs cornes ; certains sont appelés assassins à cause de la manière dont ils attaquent les picadors ; ils ne porteront pas un seul coup avant d'être sûrs d'être à la bonne distance ; alors, lorsqu'ils sont tout près, ils plongent a corne dans la partie vulnérable du cheval, avecl la sûreté d'un coup de poignard. Ce sont en général des taureaux qui ont une fois, à l'élevage, attaqué un gardien ou tué un cheval, et ils se rappellent comment cela se fait. Au lieu de charger d'une certaine distance et d'essayer de renverser le cheval et l'homme, ils s'efforcent seulement d'atteindre le picador par en dessous, d'une façon ou d'une autre ; souvent ils frappent de leurs cornes la hampe de la lance, de façon à la détourner et à pouvoir placer leur coup de corne. Pour cette raison, le nombre de chevaux tués par un taureau ne peut pas être une indication de sa bravoure ni de sa force, car un taureau à la corne mortelle tuera les chevaux là où un taureau plus brave et plus fort se contentera peut-être de renverser cheval et cavalier, et dans sa violence, se souciera à peine de viser avec sa corne.

Un taureau qui a donné un coup de corne à un homme a beaucoup plus de confiance pour recommencer. Un grand nombre des matadors qui ont été blessés et tués dans l'arène avaient été d'abord frappés et jetés à terre par le taureau qui, à la fin, les a tués. Bien entendu, ces répétitions de coups de corne au cours du même combat sont souvent dues à ce que l'homme a été étourdi ou privé de son agilité ou de son sens de la distance par le premier choc, mais c'est vrai aussi qu'un taureau qui a attrapé l'homme derrière son étoffe, ou lorsqu'il vient de poser une paire de banderillas, répétera le processus par lequel il l'a atteint. Il donnera un brusque coup de tête au moment où il passe près de l'homme en suivant la cape ou la muleta, ou bien il s'arrêtera net au milieu de sa charge, ou quittera brusquement l'étoffe pour diriger sa corne vers l'homme, essaiera, enfin, de recommencer la manœuvre par laquelle l'homme avait été atteint la première fois. Il y a même certaines souches de taureaux chez qui l'aptitude à apprendre rapidement dans l'arène est extrêmement développée. Ces taureaux-là, il faut les combattre et les tuer aussi rapidement que possible, en s'exposant au minimum de risque, car ils apprennent plus vite que le combat normalement ne progresse, et deviennent exagérément difficiles à travailler et à mettre à mort.

Des taureaux de cette sorte, on en trouve dans la vieille souche de taureaux de combat élevés par les fils de Don Eduardo Miura de Séville, bien que les fils de cet éleveur de taureaux des plus scrupuleux aient essayé de rendre leurs taureaux moins dangereux et plus acceptables pour les toreros, en les croisant avec des bêtes de la souche de Vista Hermosa, la plus noble, la plus brave et la plus candide de toutes les souches, et aient réussi à produire des taureaux qui ont la taille imposante, les cornes et toutes les autres apparences des anciens et mortels Miuras, sans en avoir l'intelligence féroce et rapide qui les faisait maudire de tous les toreros. Il y a une souche de taureaux qui a la race, le sang, la stature, la force et la fierté des anciens Miuras, et qui sont élevés au Portugal par Don José Palha, et si jamais vous voyez une course de taureaux pour laquelle ils sont annoncés, vous verrez ce que peuvent être des taureaux à leur plus haut degré de sauvagerie, de puissance et de danger. On dit que les prairies de Palha où pâturent les taureaux adultes sont à douze kilomètres de l'eau, ce dont je ne me porte pas garant, et que les taureaux développent leur grande vigueur, leur souffle et leur résistance parce qu'ils ont si loin à courir pour chercher l'eau. C'est un cousin de Palha qui me l'a dit, mais je ne l'ai jamais contrôlé.

De même que certaines souches de taureaux de combat seront particulièrement stupides et braves et d'autres intelligentes et braves, d'autres auront différentes caractéristiques qui sont tout à fait individuelles, et qui, pourtant, persisteront dans la plupart des taureaux de cette souche. Les taureaux qu'élevait et possédait jadis le duc de Veragua en sont des exemples. Ils étaient, au commencement de ce siècle et pendant bien des années après, parmi les plus braves, les plus forts, les plus rapides et les plus beaux de tous les taureaux de la Péninsule. Mais ce qui, vingt ans plus tôt, n'était que des tendances secondaires, finit par devenir les caractères dominants de toute la souche. Lorsqu'ils étaient des taureaux presque parfaits, une de leurs premières caractéristiques était une grande rapidité de course pendant le premier tiers du combat, qui laissait le taureau quelque peu essoufflé et inerte à la fin. Une autre caractéristique était qu'une fois qu'un Veragua avait atteint et frappé un homme ou un cheval, il ne le laissait pas mais l'attaquait sans répit, comme s'il eût voulu détruire entièrement sa victime ; mais ils étaient très braves, chargeant volontiers, et suivaient bien la cape et la muleta. En vingt ans, il ne restait presque plus rien des bonnes qualités originelles, excepté la rapidité des premières charges, tandis que la tendance du taureau à devenir lourd et pesant à mesure que le combat avançait s'était tellement exagérée qu'un taureau Veragua était presque mort debout après le premier contact avec les picadors. La tendance à s'acharner sur une victime persistait, grandement, exagérée, mais la vitesse, l'énergie et la bravoure étaient réduites au minimum. C'est de cette façon que de grandes souches de taureaux peuvent perdre de leur valeur de combat, en dépit des soins scrupuleux de l'éleveur. Celui-ci essaiera des croisements avec d'autres souches, seul remède, et parfois ils auront du succès et il y aura une nouvelle souche de bons taureaux, mais le plus souvent ils feront dégénérer la race encore plus vite et lui feront perdre tout ce qu'elle avait de bonnes caractéristiques.

Un éleveur de taureaux sans scrupules peut acheter des taureaux de bonne souche, et, en profitant de leur réputation de bonne présentation et de bravoure, tout en vendant lui-même comme taureau tout ce qui a des cornes et n'est pas une vache, il finira par détruire le bon renom de la race et ramasser une certaine quantité d'argent en peu d'années. Il ne détruira pas la valeur de la race tant que le sang restera bon et que les taureaux auront la pâture et l'eau qui leur conviennent. Un éleveur consciencieux peut prendre les mêmes taureaux et, en les éprouvant soigneusement et en ne vendant pour les courses que ceux qui montrent de la bravoure, il rétablira la race en peu de temps. Mais lorsque le sang qui a fait la réputation d'une race s'appauvrit, et que les défauts qui n'étaient que des caractéristiques secondaires deviennent dominants, alors la race, à l'exception d'un bon taureau produit de temps en temps, est finie, à moins qu'elle ne soit revivifiée par un croisement heureux et risqué. J'ai vu les derniers des bons taureaux, la rapide déchéance et la fin de la race de Veragua, et c'était triste à regarder. Le duc actuel a fini par les vendre, et les nouveaux propriétaires essaient de revivifier la souche.

Les taureaux de demi-race, ou taureaux qui ont un peu de sang de taureaux de combat, et qu'on appelle *moruchos* en espagnol, sont souvent très braves lorsqu'ils sont encore des veaux, montrant alors les meilleurs caractères de la race de combat, mais quand ils atteignent l'âge adulte ils perdent toute bravoure et tout style et deviennent tout à fait impropres à l'arène. Cette chute de la bravoure et du style avec la maturité complète est caractéristique de tous les taureaux en qui la race de combat est mêlée de sang ordinaire, et c'est la principale difficulté que rencontrent les éleveurs de Salamanque. Là, ce n'est pas le résultat d'un mélange de races, mais c'est plutôt une caractéristique vraisemblablement inhérente aux taureaux élevés et nourris dans cette région. Il en résulte que si l'éleveur de Salamanque veut que ses taureaux sortent avec leur maximum de bravoure, il doit les vendre jeunes. Ces taureaux non encore mûrs ont fait plus de mal à la tauromachie, à tous égards, que presque toute autre influence.

Les principales souches d'où viennent la plupart des meilleurs types de taureaux d'aujourd'hui, directement ou à travers des croisements divers, sont celles de Vasquez, Cabrera, Vista Hermosa, Saavedra, Lesaca et Ibarra.

Les éleveurs qui fournissent les meilleurs taureaux aujourd'hui sont les fils de Pablo Romero, de Séville, le Conde de Santa Coloma, de Madrid, Conde de La Corte, de Badajoz, Doña Concepción de La Concha y Sierra, de Séville, fille de la fameuse veuve de Concha y Sierra ; Doña Carmen de Federico, de Madrid, propriétaire actuelle de la race Murube ; les fils de Don Eduardo Miura, de Séville, Marqués de Villamarta, de Séville ; Don Argimiro Perez Tabernero, Don Graciliano Perez Tabernero et Don Antonio Perez Tabernero, tous de Salamanque ; Don Francisco Sanchez, de Coquilla, dans la province de Salamanque, Don Florentino Sotomayor, de Cordoue, Don José Pereira Palha, de Villafranca de Xira, Portugal, la veuve de Don Félix Gomez, de Colmenar Viejo, Doña Enriqueta de La Cova, de Séville, Don Felix Moreno Ardanuy, de Séville, Marqués de Albayda, de Madrid, et Don Julián Fernández Martínez, de Colmenar Viejo, qui possède la vieille race de Don Vicente Martínez.

— Il n'y a pas un mot de conversation dans ce chapitre, madame, et pourtant nous sommes arrivés au bout. J'en suis désolé.
— Pas plus désolé que moi, monsieur.
— Qu'est-ce que vous voudriez ? Encore des vérités premières sur les passions de la race ? Une diatribe contre les maladies vénériennes ? Quelques brillantes pensées sur la mort et la dissolution ? Ou aimeriez-vous entendre l'aventure arrivée à l'auteur avec un porc-épic pendant ses premières années, qu'il a passées dans les comtés d'Emmett et de Charlevoix, dans l'État de Michigan ?
— Je vous en prie, monsieur, assez sur les animaux pour aujourd'hui.
— Que diriez-vous d'une de ces homélies sur la

vie et la mort qu'il est si agréable à un auteur d'écrire ?

— Je ne peux vraiment pas dire que j'aie envie de cela non plus. N'avez-vous rien d'un genre que je n'aie jamais lu, amusant et pourtant instructif ? Je ne me sens pas dans mon meilleur état aujourd'hui.

— Madame, j'ai juste ce qu'il vous faut. Ce n'est pas à propos d'animaux sauvages ni de taureaux. C'est écrit dans le style populaire, et cela vise à être le *Snow Bound* de Whittier de notre temps ; et, à la fin, c'est vraiment plein de conversation.

— S'il y a du dialogue, je voudrais bien le lire.

— Lisez donc. Cela s'appelle :

HISTOIRE NATURELLE DE LA MORT

LA VIEILLE DAME : Je n'aime pas le titre.

L'AUTEUR : Je n'ai pas dit qu'il vous plairait. Il se peut fort bien que vous n'en aimiez rien du tout. Mais voici :

Histoire naturelle de la mort.

Il m'a toujours semblé qu'on a oublié la guerre en tant que champ d'observations pour le naturaliste. Nous avons de charmantes et sérieuses études de la flore et de la faune de Patagonie par W. H. Hudson ; le Révérend Gilbert White a écrit des choses du plus haut intérêt sur la Huppe, à propos de ses visites occassionnelles, et nullement communes, à Selborne, et l'évêque Stanley nous a donné une *Histoire familière des Oiseaux*, de grande valeur quoique populaire. Ne pouvons-nous essayer de fournir au lecteur quelques faits scientifiques et intéressants concernant la mort ? Je l'espère.

Lorsque l'inlassable voyageur Mungo Park, à une certaine période de sa carrière, se trouvait défaillant dans l'immensité sauvage d'un désert africain, nu et seul, considérant ses jours comme comptés, et qu'il ne lui semblait rester rien d'autre à faire que se coucher à terre et mourir, un petit brin de mousse d'une extraordinaire beauté frappa son regard. « Bien que la plante tout entière, dit-il, ne fût pas plus grande que l'un de mes doigts, je ne pouvais contempler sans admiration la délicate structure de ses racines, de ses feuilles et des ses capsules. L'Être qui planta, arrosa et porta à cette perfection, dans cette obscure partie du monde, une chose qui paraît de si peu d'importance, peut-Il regarder avec indifférence le sort et les souffrances de créatures formées à Son image ? Sûrement non. De telles réflexions n'auraient pu me permettre de désespérer ; je me levai et, sans égard à la faim ni à la fatigue, j'allai de l'avant, assuré que le repos était tout proche ; et je ne fus pas déçu. »

Si l'on est enclin à admirer et à adorer ainsi, comme dit l'évêque Stanley, est-ce qu'aucune branche de l'Histoire naturelle pourrait être étudiée sans renforcer cette foi, cet amour et cette espérance dont nous aussi, chacun de nous, avons besoin dans notre voyage à travers l'étendue sauvage de la vie ? Voyons donc quelle inspiration nous pouvons tirer des morts.

A la guerre, les morts sont, en général, des mâles de l'espèce humaine ; cela n'est d'ailleurs pas vrai pour les animaux, et j'ai vu fréquemment des juments mortes parmi les chevaux. Un aspect intéressant de la guerre, d'autre part, c'est que c'est là seulement que les naturalistes ont une occasion d'observer la mort des mulets. En vingt ans d'observations dans la vie civile, je n'ai jamais vu de mulets morts, et j'avais commencé à concevoir des doutes sur la mortalité de ces animaux. En de rares occasions, j'avais vu ce qui me semblait être des mulets morts, mais en approchant plus près, il se révélait que c'étaient des créatures vivantes, qui paraissaient mortes à cause de leur état de parfait repos. Mais à la guerre ces animaux succombent d'une façon très analogue à celle des chevaux les plus ordinaires et les moins endurcis.

LA VIEILLE DAME : J'ai cru que vous disiez que ce n'était pas à propos d'animaux ?

L'AUTEUR : Ce ne sera pas pour longtemps. Un peu de patience, si vous pouvez. C'est très difficile d'écrire de cette façon.

La plupart des mulets que j'ai vus morts gisaient le long de routes de montagnes ou au pied de pentes raides où on les avait poussés pour déblayer la route de leurs corps encombrants. Ce spectacle semblait assez à sa place dans les montagnes, où l'on était accoutumé à leur présence, et ils y paraissaient moins incongrus qu'ils ne l'étaient, plus tard, à Smyrne, lorsque les Grecs brisaient les jambes de toutes leurs bêtes de somme et les faisaient tomber du quai dans les eaux basses pour les noyer. Tous ces mulets et chevaux aux jambes brisées, qui se noyaient dans les eaux basses, réclamaient un Goya pour les peindre. Il est vrai que, pour parler littéralement, on ne peut guère dire qu'ils réclamaient un Goya, car il n'y a eu qu'un Goya, mort depuis longtemps, et il est extrêmement douteux que ces animaux, eussent-ils été capables de réclamer quelque chose, eussent réclamé une représentation picturale de leur situation, mais, plus vraisemblablement, s'ils avaient possédé le langage articulé, ils auraient réclamé quelqu'un qui pût adoucir leur sort.

LA VIEILLE DAME : Vous avez déjà parlé de ces mulets.

L'AUTEUR : Je le sais, et j'en suis désolé. Mais ne m'interrompez pas. Je n'en parlerai plus. Je le promets.

En ce qui concerne le sexe des morts, c'est un fait qu'on s'est tellement accoutumé à ne voir, comme morts, que des hommes, que la vue d'une femme morte est tout à fait choquante. La première fois que j'ai vu une inversion du sexe habituel des morts, c'était après l'explosion d'une fabrique de munitions qui était établie dans la banlieue de Milan, en Italie. Nous nous rendîmes sur la scène

du désastre, en camions par des routes ombragées
de peupliers, bordées de fossés contenant une vie
animale abondante et menue que je ne pouvais
observer clairement à cause des grands nuages de
poussière soulevés par les camions. Arrivés à l'endroit où avait été l'usine de munitions, quelques-
uns d'entre nous furent envoyés en patrouille auprès des grandes réserves de munitions qui, pour
quelque raison, n'avaient pas explosé, tandis que
d'autres étaient chargés d'éteindre le feu qui s'était
mis à l'herbe d'un champ adjacent ; cette tâche
accomplie, on nous ordonna d'explorer les entourages immédiats et les champs voisins, pour rechercher les corps. Nous en trouvâmes un bon nombre,
que nous transportâmes à une morgue improvisée,
et, je dois l'admettre franchement, ce fut un choc
de voir que ces cadavres étaient des femmes et non
des hommes. En ce temps-là, les femmes n'avaient
pas encore commencé à porter les cheveux courts,
comme elles firent ensuite pendant plusieurs années
en Europe et en Amérique, et la chose la plus troublante, peut-être parce que c'était la plus insolite,
c'était la présence, et — encore plus troublante —
de temps en temps l'absence de cette longue chevelure. Je me souviens qu'après avoir bien cherché les
cadavres complets, on ramassa les fragments. On en
recueillit beaucoup dans l'épaisse haie de fils barbelés qui entourait l'emplacement de l'usine ; il en
subsistait encore des parties, où nous recueillîmes
beaucoup de ces morceaux détachés, qui n'illustraient que trop bien la formidable énergie des

puissants explosifs. Nous trouvâmes aussi beaucoup de fragments à une distance considérable dans les champs, leur propre poids les ayant entraînés plus loin. A notre retour à Milan, je me rappelle qu'un ou deux d'entre nous, discutant de l'événement, s'accordaient à reconnaître que l'atmosphère d'irréalité du fait, et l'absence de blessés, avaient fait beaucoup pour enlever à ce désastre de son horreur, qui aurait pu être beaucoup plus grande. De plus, la soudaineté de l'événement, et le fait qu'en conséquence les morts étaient aussi peu désagréables que possible à transporter et à manier, en faisait quelque chose de très éloigné de l'expérience habituelle du champ de bataille. Le trajet agréable, bien que poussiéreux, à travers la magnifique campagne lombarde, avait été aussi une compensation au désagrément de la tâche ; à notre retour, en échangeant nos impressions, nous convînmes tous que c'était vraiment une chance que le feu, qui avait pris juste avant notre arrivée, ait pu être maîtrisé aussi vite, et avant d'avoir atteint aucun des dépôts, apparemment énormes, de munitions intactes. Nous convînmes aussi que le ramassage de fragments avait été une chose extraordinaire ; c'était tellement étonnant de voir que le corps humain pouvait éclater en morceaux qui se séparaient non pas selon des lignes anatomiques, mais aussi capricieusement qu'un obus à haute puissance explosive se fragmente lorsqu'il éclate.

LA VIEILLE DAME : Ce n'est guère amusant.

L'AUTEUR : Arrêtez de lire, alors. Personne ne vous force à lire. Mais, je vous en prie, ne m'interrompez pas.

Un naturaliste, pour arriver à une observation plus serrée, peut limiter ses investigations à une période définie, et je prendrai d'abord celle qui suivit l'offensive autrichienne de juin 1918 en Italie ; c'est une de celles où les morts se présentaient en plus grandes quantités. Après une retraite forcée, on avait fait une avance pour reprendre le terrain perdu, de sorte qu'après la bataille les positions étaient les mêmes qu'avant, sauf la présence des morts. Jusqu'à ce qu'on les enterre, les morts, chaque jour, changent plus ou moins d'aspect. La couleur passe, dans les races caucasiennes, du blanc au jaune, jaune vert et noir. Laissée assez longtemps à la chaleur, la chair finit par ressembler au goudron, surtout aux endroits où elle a été ouverte ou déchiquetée, et elle a très visiblement l'iridescence du goudron. Les morts deviennent plus gros de jour en jour, jusqu'à devenir parfois trop gros pour leurs uniformes, qu'ils remplissent au point qu'ils semblent gonflés à éclater. Les membres, séparément, peuvent augmenter de volume à un point incroyable, et les visages se gonflent globulaires et tendus comme des ballons. La chose surprenante, après cette corpulence croissante, c'est la quantité de papier qui est éparpillée autour du mort. Leur dernière position tant qu'il n'est pas question de funérailles, dépend de l'emplacement des poches de l'uniforme. Dans l'armée autrichienne, les poches étaient derrière le pantalon, et les morts, après peu de temps, se trouvaient tous par conséquent à plat ventre, les deux poches de derrière retournées, et, éparpillés autour d'eux dans l'herbe, tous les papiers que ces poches avaient contenus. La chaleur, les mouches, les positions instructives des corps dans l'herbe, et cette quantité de papiers éparpillés, ce sont les impressions qu'on retient. L'odeur d'un champ de bataille par temps chaud, on ne peut se la rappeler. On peut se souvenir qu'il y avait une telle odeur, mais rien ne pourra jamais l'évoquer en vous. Ce n'est pas comme l'odeur d'un régiment, qui peut surgir soudain en vous quand vous êtes dans le tramway, et vous regardez et vous voyez l'homme qui vous l'a apportée. Mais l'autre odeur est partie aussi complètement que lorsqu'on a été amoureux ; on se souvient de ce qui est arrivé, mais la sensation même, on ne peut se la rappeler.

LA VIEILLE DAME : J'aime toujours quand vous écrivez sur l'amour.

L'AUTEUR : Merci, madame.

On se demande ce que le persévérant voyageur Mungo Park aurait pu voir sur un champ de bataille, par temps chaud, pour lui rendre confiance. Il y avait toujours des coquelicots dans les blés à la fin de juin et en juillet, les mûriers étaient en plein feuillage, et l'on pouvait voir les vagues de chaleur s'élever des canons des fusils quand le soleil les frappait à travers l'écran des feuilles ; la terre était devenue d'un jaune brillant au bord des trous creusés par les obus à gaz-moutarde, et la maison en ruine du type courant est plus belle à voir que celle qui n'a jamais été bombardée, mais peu de voyageurs auraient goûté à pleins poumons l'air de ce début d'été, ou conçu des pensées du genre de celles de Mungo Park sur ceux qui ont été formés à « Son » image.

La première remarque qu'on faisait sur les morts, c'était que, frappés assez grièvement, ils étaient morts comme des animaux. Les uns très vite, d'une petite blessure que vous n'auriez pas crue capable de tuer un lapin. Ils mouraient de petites blessures comme meurent les lapins, parfois pour deux ou trois minuscules éclats qui semblaient à peine pouvoir percer la peau. D'autres mouraient comme des chats ; le crâne ouvert et un morceau de fer dans le cerveau, ils restaient étendus vivants pendant deux jours, comme les chats qui se traînent dans la caisse à charbon avec une balle dans la cervelle et ne mourront pas tant que vous ne leur aurez pas coupé la tête. Peut-être que les chats alors ne meurent pas, on dit qu'ils ont neuf vies, je n'en sais rien, mais la plupart des hommes meurent comme des animaux, non comme des hommes. Je n'avais jamais vu ce qu'on appelle une mort naturelle ; aussi, j'en accusais la guerre, et, comme le persévérant voyageur Mungo Park, je savais qu'il y avait quelque chose d'autre, ce toujours absent « autre chose », et alors j'en vis une.

La seule mort naturelle que j'aie jamais vue (en dehors des morts par perte de sang, qui ne sont pas si terribles), fut une mort par la grippe espagnole. On est noyé dans le mucus, étouffé. Aussi, maintenant, je voudrais voir un de ces soi-disant « Humanistes » mourir parce qu'un persévérant voyageur comme Mungo Park ou moi continue à vivre et vivra peut-être pour voir de près la mort des membres de cette secte littéraire et regarder les nobles sorties qu'ils feront. Dans mes méditations de naturaliste, il m'est venu à l'esprit que, si la décence est une excellente chose, il faut que quelques-uns soient indécents pour que la race soit perpétuée, car la position prescrite pour la procréation est indécente, éminemment indécente ; il me vint donc à l'esprit que c'est peut-être cela que sont ou étaient, ces gens-là : les enfants d'une décente cohabitation.

Il est peut-être légitime de s'occuper de ces soi-disant personnalités dans une histoire naturelle de la mort, bien que cette désignation puisse ne rien signifier à l'époque où ce livre paraît ; mais c'est peu honnête envers les autres morts, qui ne sont pas morts dans une jeunesse de choix, qui n'ont pas possédé de revues, dont beaucoup, sans aucun doute, n'ont même jamais lu une revue, et qu'on a vus, par la chaleur, avec un demi-litre d'asticots au travail là où avaient été leurs bouches. Il ne faisait pas toujours chaud, pour les morts, la plupart du temps c'était la pluie qui les lavait, et qui, lorsqu'ils étaient enterrés, amollissait la terre et parfois alors continuait jusqu'à ce que la terre fût réduite en boue, puis les lavait de cette terre, et il fallait les enterrer de nouveau. Ou bien, en hiver, dans les montagnes, il fallait les enfouir dans la neige, et quand la neige fondait au printemps, quelque autre devait les enterrer. Ils avaient de magnifiques cimetières dans les montagnes, la guerre en montagnes est la plus belle de toutes les guerres, et dans l'un deux, à un endroit nommé Pocol, on a enterré un général qui avait été tué d'une balle dans la tête dans la tranchée. C'est là que se trompent les écrivains qui publient des livres intitulés *Les Généraux meurent dans leur lit* ; car ce général est mort dans une tranchée pleine de neige, haut dans les montagnes, coiffé d'un chapeau d'alpin à plume d'aigle, avec un trou au front où vous n'auriez pu mettre votre petit doigt et un trou dans le dos où vous auriez pu mettre votre poing, si vous avez un petit poing et que vous ayez envie de l'y mettre, et beaucoup de sang sur la neige. C'était un diablement bon général, et c'en était un aussi que le général Von Behr qui commandait les troupes de l'Alpenkorps bavarois à la bataille de Caporetto, et qui fut tué dans son auto d'état-major par l'arrière-garde italienne, alors qu'il entrait dans Udine à la tête de ses troupes, et tous ces livres-là devraient avoir pour titre : *Les Généraux meurent ordinairement dans leurs lits*, si nous voulons être tant soit peu exacts en ces sortes de matières.

LA VIEILLE DAME : Quand l'histoire commence-t-elle ?

L'AUTEUR : Maintenant, madame, tout de suite. Vous l'aurez bientôt.

Dans les montagnes, il arrivait aussi que la neige tombât sur les morts à l'extérieur des ambulances, du côté qui était protégé des obus par la montagne. On les portait dans une cave qui avait été creusée dans le flanc de la montagne avant que la terre ne fût gelée. C'est dans cette cave qu'un homme gisait, la tête brisée comme un pot de fleurs peut être brisé, bien que tout fût retenu ensemble par les membranes et par un pansement adroitement appliqué, maintenant trempé et durci, avec un éclat d'acier qui avait mis le trouble dans son cerveau ; il resta ainsi une journée, une nuit, et une journée. Les brancardiers demandèrent aux médecins d'y aller et d'y jeter un coup d'œil. Ils le voyaient chaque fois qu'ils faisaient une sortie, et même s'ils ne le regardaient pas, ils l'entendaient respirer. Les yeux du médecin étaient rouges et leurs paupières enflées, presque fermées par les gaz lacrymogènes. Il alla voir l'homme deux fois ; une fois en plein jour, une autre fois avec une lampe électrique. Cela aussi aurait fait une belle gravure pour Goya, j'entends la visite avec la lanterne. Après l'avoir regardé la seconde fois, le médecin pensa que les brancardiers avaient raison lorsqu'ils disaient que le soldat était encore vivant.

— Qu'est-ce que vous voulez que j'y fasse ? demanda-t-il.

Ils n'avaient rien à proposer. Mais après un moment ils demandèrent la permission de le sortir de la cave et de le mettre avec les grands blessés.

— Non, non, non ! dit le médecin qui était occupé. Qu'est-ce qu'il y a? Vous avez peur de lui?

— Nous n'aimons pas l'entendre là-dedans avec les morts.

— Ne l'écoutez pas. Si vous le sortez de là, vous serez obligés de l'y ramener aussitôt.

— Ça ne nous ferait rien, mon capitaine.

— Non, dit le médecin. Non. Je dis : non, vous n'entendez pas?

— Pourquoi ne lui donnez-vous pas une forte dose de morphine? demanda un officier d'artillerie qui attendait qu'on lui panse une blessure au bras.

— Est-ce que vous pensez que c'est le seul usage que j'aie à faire de la morphine? Voudriez-vous que j'opère sans morphine? Vous avez un revolver, allez lui tirer une balle vous-même.

— Il a déjà reçu une balle, dit l'officier. Si quelques-uns de vous autres, médecins, vous en aviez reçu autant, vous seriez un peu autres.

— Merci beaucoup, dit le médecin, agitant des pinces dans l'air. Merci mille fois. Et ces yeux-là?
— Il les montrait avec les pinces. — Qu'est-ce que ça vous dirait?

— Gaz lacrymogènes. Nous, on appelle ça de la veine si c'est seulement des gaz lacrymogènes.

— Parce que vous quittez les lignes, dit le médecin. Parce que vous accourez ici avec vos gaz lacrymogènes pour vous faire évacuer. Vous vous frottez les yeux avec des oignons.

— Vous êtes hors de vous. Je ne fais pas attention à vos insultes. Vous êtes fou.

Les ambulanciers entrèrent.

— Mon capitaine... dit l'un d'eux.

— Fichez-moi le camp! dit le médecin.

Ils sortirent.

— J'enverrai une balle à ce pauvre type, dit l'officier d'artillerie. Je suis un être humain. Je ne le laisserai pas souffrir.

— Tuez-le, alors, dit le médecin, tuez-le. Prenez cette responsabilité. Je ferai un rapport. Un blessé tué par un lieutenant d'artillerie dans un poste de secours. Tuez-le. Allez-y, tuez-le!

— Vous n'êtes pas un être humain.

— Mon affaire est d'avoir soin des blessés, non de les tuer. Ça, c'est pour les messieurs de l'artillerie.

— Pourquoi ne vous occupez-vous pas de lui, alors?

— Je l'ai fait. J'ai fait tout ce qu'on pouvait faire.

— Pourquoi ne le faites-vous pas descendre par le téléférique?

— Qui êtes-vous pour me poser des questions? Êtes-vous mon officier supérieur? Avez-vous le commandement de ce poste d'ambulance? Ayez l'obligeance de répondre.

Le lieutenant d'artillerie ne dit rien. Les autres, dans la salle, étaient tous des soldats, et il n'y avait pas d'autres officiers présents.

— Répondez-moi, dit le médecin, prenant une aiguille avec ses pinces. Donnez-moi une réponse.

— Allez au diable, dit l'officier d'artillerie.

— Ah! dit le médecin, ainsi, vous dites ça. Très bien. Très bien. Nous verrons.

Le lieutenant d'artillerie se leva et marcha vers lui.

— Allez au diable, dit-il, allez au diable. Au diable votre mère. Au diable votre sœur...

Le médecin lui jeta le bol plein de teinture d'iode au visage. Le lieutenant s'avança vers lui, aveuglé, cherchant son revolver à tâtons. Le médecin s'élança rapidement derrière lui, lui fit un croc-en-jambe et, tandis qu'il tombait à terre, lui donna plusieurs coups de pied, puis ramassa le revolver avec ses gants de caoutchouc. Le lieutenant s'assit par terre, portant sa main valide à ses yeux.

— Je vous tuerai, dit-il. Je vous tuerai aussitôt que je verrai clair!

— Je suis le chef, dit le médecin. Tout est pardonné dès l'instant que vous savez que je suis le chef. Vous ne pouvez me tuer, parce que j'ai votre revolver. Sergent! Adjudant! Adjudant!

— L'adjudant est au téléférique, dit le sergent.

— Lavez les yeux de cet officier avec de l'alcool et de l'eau. Il y a de la teinture d'iode dedans. Apportez-moi le bassin pour laver mes mains. Je m'occuperai de cet officier aussitôt.

— Vous ne me toucherez pas!

— Tenez-le bien. Il a un peu de délire.

Un des brancardiers entra.

— Mon capitaine?

— Qu'est-ce que vous voulez?

— L'homme du dépôt de cadavres...

— Fichez le camp!

— ... Est mort, mon capitaine. Je pensais que vous seriez content de l'apprendre.

— Vous voyez, mon pauvre lieutenant. Nous nous disputons pour rien. En temps de guerre, se disputer pour rien!

— Allez au diable, dit le lieutenant d'artillerie. (Il n'y voyait toujours pas.) — Vous m'avez aveuglé.

— Ce n'est rien, dit le médecin. Vos yeux seront tout à fait bien. Ce n'est rien. Une dispute à propos de rien.

— Aaah! Aaah! Aaah! hurla soudain le lieutenant. Vous m'avez rendu aveugle! Vous m'avez rendu aveugle!

— Tenez-le bien, dit le médecin. Il souffre beaucoup. Tenez-le bien.

LA VIEILLE DAME : Est-ce tout? Je croyais que vous aviez dit que c'était comme le *Snow Bound* de John Greenleaf Whittier.

— Madame, je me suis encore trompé. Nous visons tellement haut, que nous manquons la cible.

LA VIEILLE DAME : Vous savez, je vous aime de moins en moins, plus je vous connais.

— Madame, c'est toujours une faute de connaître un auteur.

XIII

Toute la tauromachie est fondée sur la bravoure du taureau, sa simplicité et son manque d'expérience. Il y a des façons de combattre les taureaux peureux, les taureaux expérimentés et les taureaux intelligents, mais le principe de la course de taureaux, la course de taureaux idéale, suppose chez le taureau la bravoure et une cervelle vierge de tout souvenir de travail antérieur dans l'arène. Un taureau poltron est difficile à combattre parce qu'il refusera de charger les picadors plus d'une fois s'il reçoit la moindre punition; ainsi sa vitesse n'est pas ralentie par les châtiments qu'il aurait dû recevoir et l'effort qu'il aurait dû fournir en réponse, et par conséquent le plan régulier du combat ne peut-être suivi, puisque le taureau arrive intact et en pleine possession de sa vitesse au dernier tiers du combat, où il devrait arriver avec une allure ralentie. Personne ne peut savoir à coup sûr à quel moment un taureau poltron chargera. Il fuira l'homme plus souvent qu'il n'ira vers lui, mais on ne peut pas compter toujours là-dessus, et tout travail brillant sera impossible, à moins que le matador n'ait la science et le courage suffisants pour s'approcher du taureau assez près pour lui inspirer confiance, travailler sur ses instincts contre ses penchants, puis, ayant réussi à le faire charger plusieurs fois, le dominer et l'hypnotiser presque avec la muleta.

Le taureau poltron bouleverse l'ordre du combat, parce qu'il viole la règle des trois stades qu'un taureau doit traverser au cours de la rencontre entre le taureau et l'homme ; ces trois stades qui ont déterminé l'ordre de la corrida. Chaque acte de la course de taureaux est, à l'égard d'un des stades où se trouve le taureau, à la fois un résultat et un remède ; et plus l'animal est près de son état normal, moins son état est exagéré, plus la course sera brillante.

Les trois phases par lesquelles passe le taureau sont appelées en espagnol *levantado*, *parado* et *aplomado*. On l'appelle levantado, ou hautain, lorsqu'il vient de sortir, porte la tête haute, charge sans fixer attentivement aucun objet, et, d'une façon générale, essaie de nettoyer l'arène de ses ennemis. C'est à ce moment que le taureau est le moins dangereux pour le torero ; celui-ci peut alors tenter avec la cape des passes telles que de se mettre à deux genoux sur le sol, en provoquant le taureau avec la cape largement déployée de la main gauche ; puis, quand le taureau arrive sur la cape et baisse la tête pour frapper, le torero, balançant la cape de la main gauche, la fait passer vers la droite, sans changer la position de la main droite, de sorte que le taureau, qui aurait passé à la gauche de l'homme agenouillé, suit le mouvement tournant de la cape et va passer à droite. Cette passe s'appelle *cambio de rodillas*, et elle serait impossible à tenter, ou ce serait un suicide, lorsque le taureau, à cause des punitions reçues et de la précision de ses attaques qui croît à mesure qu'il perd ses illusions sur sa puissance, est passé du levantado au parado.

Quand le taureau est parado, il est ralenti et « apaisé ». A ce moment, il ne fonce plus librement et sauvagement dans la direction générale de tout ce qui remue ou le trouble ; il est désillusionné sur son pouvoir de détruire ou de chasser de l'arène tout ce qui semble le défier et, son ardeur initiale calmée, il reconnaît son ennemi, ou voit que c'est un leurre que lui présente son ennemi au lieu de son corps, et il charge là-dessus, avec le but et la ferme intention de tuer et détruire. Mais maintenant il vise soigneusement, et brusque le départ de ses charges. Le changement est comparable à la différence qu'il y a entre une charge de cavalerie, où toute la confiance est placée sur le choc, l'impétuosité et la direction générale du choc, l'effet individuel étant laissé au hasard, et une action défensive d'infanterie, où chaque individu fera feu, par exemple, sur un objectif particulier. C'est quand le taureau est parado, ou ralenti, et est encore en possession de sa vigueur et de ses intentions, que le torero peut faire avec lui le travail le plus brillant. Un torero peut alors entreprendre et réussir des suertes, une suerte étant ici toute action entreprise délibérément par l'homme, par opposition à celles auxquelles il est forcé pour sa défense ou par accident ; il peut les accomplir avec un taureau ralenti, alors qu'elles seraient impossibles avec un taureau encore levantado ; car un taureau qui n'a pas été modéré par les punitions ne prêtera pas l'attention nécessaire, étant encore en pleine possession de toute sa force et de toute sa confiance, ou bien il ne portera ni son intérêt ni des attaques soutenues aux manœuvres du torero. Il y a la même différence entre une partie de cartes avec quelqu'un qui, n'accordant aucune importance au jeu et n'ayant aucune somme en jeu, ne fait aucune attention aux règles et rend le jeu impossible, et avec un partenaire qui a appris les règles, parce qu'il y a été forcé et parce qu'il perdait, et qui, maintenant que sa fortune et sa vie sont en jeu, attache une grande importance au jeu et aux règles, en voyant qu'elles lui sont imposées, et fait de son mieux avec le plus grand sérieux. C'est au torero de contraindre le taureau à jouer et d'imposer les règles. Le taureau n'a aucun désir de jouer, mais seulement de tuer.

L'aplomado est le troisième et dernier stade que traverse le taureau. Lorsqu'il est aplomado, il est devenu lourd, il est comme du plomb ; il a d'ordinaire perdu son souffle, et, tandis que sa force est encore intacte, sa vitesse a disparu. Il ne porte plus la tête haute ; il chargera s'il est provoqué ; mais celui qui le défie doit être de plus en plus près. Car, en cet état, le taureau ne veut pas charger s'il n'est pas sûr de son objectif, puisqu'il a été évidemment battu, à ses propres yeux aussi bien qu'à ceux du spectateur, en tout ce qu'il a entrepris jusqu'alors ; mais il est toujours éminemment dangereux.

C'est lorsqu'il est aplomado que le taureau est d'ordinaire tué ; particulièrement dans la course de taureaux moderne. Son degré d'épuisement, d'alourdissement et de fatigue dépend de la qualité de charges qu'il a faites et de punitions qu'il a reçues des picadors, du nombre de fois qu'il a suivi les capes, de la mesure dans laquelle sa vigueur a été amoindrie par les banderillas et de l'effet qu'à eu sur lui le travail du matador à la muleta.

Ces différentes phases ont eu pour but pratique de régulariser le port de sa tête, de diminuer sa rapidité et de corriger toute tendance qu'il pouvait avoir à frapper obliquement, d'un côté ou d'un autre. Si elles ont été dirigées convenablement, le taureau arrive au stade final du combat avec les grands muscles de son cou fatigués en sorte qu'il ne porte la tête ni trop haut ni trop bas, sa vitesse réduite à moins de la moitié de ce qu'elle était au début du combat, son attention fixée sur l'objet qu'on lui présente ; et on lui a corrigé toute tendance à frapper obliquement, d'un côté ou de l'autre, mais spécialement de la corne droite.

Tels sont les trois états principaux par lesquels passe le taureau au cours du combat; ils marquent le progrès naturel de sa fatigue, si cette fatigue a été provoquée comme il convient. Si le taureau n'a pas été combattu convenablement, il peut arriver, au moment de la mise à mort, incertain, la tête vacillante, impossible à fixer à un endroit, purement sur la défensive ; son esprit combatif, qui est si nécessaire à une bonne course de taureaux, a été inutilement gaspillé. Il n'a pas le désir de charger, et il est tout à fait impropre à fournir au torero l'occasion d'un combat brillant. Le taureau peut être ruiné au cours du combat par un picador qui lui a enfoncé la pointe de sa pique dans une omoplate, ou qui l'a placée trop en arrière, au milieu de l'épine dorsale, au lieu de la mettre dans les muscles du cou, et ainsi l'estropiant ou endommageant son épine dorsale ; il peut être ruiné par un banderillero qui plante des banderillas dans une blessure faite par le picador, les enfonçant si profondément que les hampes restent dressées toutes droites ; au lieu qu'elles devraient pendre sur les flancs du taureau si, comme il se doit. les pointes étaient seulement prises sous la peau ; enfin il peut être perdu pour toute possibilité de beau travail par la manière dont les banderilleros le manient avec les capes. En le faisant tourner et retourner sur lui-même, ils peuvent lui tordre la colonne vertébrale ; les tendons et muscles des jambes se fatiguent ; parfois le sac du scrotum se prend entre les jambes de derrière, et ainsi ils peuvent détruire sa force et beaucoup de sa bravoure ; ils le ruinent par des volte-face rapides au lieu de le fatiguer honnêtement par ses propres efforts en le faisant charger droit. Mais si le taureau est combattu convenablement, il traversera les trois stades, modifiés selon sa force et son tempérament individuel, et arrivera ralenti mais intact au dernier tiers du combat, et alors c'est au matador lui-même de lui faire user ses forces jusqu'au degré voulu, avec la muleta, avant de le tuer.

La première raison pour laquelle le taureau doit être ralenti, c'est pour qu'il puisse permettre un jeu convenable de la muleta, l'homme calculant et contrôlant les passes et accroissant leur danger de son propre vouloir, c'est-à-dire prenant l'offensive lui-même plutôt que de se laisser simplement forcer à se défendre contre le taureau ; et la seconde, c'est pour qu'il puisse être tué comme il faut avec l'épée. La seule façon dont ce ralentissement peut être produit d'une manière normale, sans la perte de bravoure ni les dommages dans la musculature du taureau, que causent les tromperies continuelles et saccadées de la cape, c'est de lui faire charger les chevaux ; alors, il s'épuise lui-même par ses efforts pour attaquer un objet qu'il lui est possible d'atteindre, ce qui lui donne le sentiment que sa bravoure est récompensée et non qu'il est perpétuellement trompé. Un taureau qui a chargé les chevaux avec succès et qui a tué ou blessé un ou plusieurs de ses adversaires continue, pendant le reste du combat, à croire que ses charges peuvent aboutir, et que s'il continue à charger, il mettra encore sa corne dans quelque chose. Avec un tel taureau, le torero peut déployer toutes ses possibilités artistiques, comme un organiste peut jouer sur un orgue dont la soufflerie marche à sa convenance. L'orgue et, disons, la sirène à vapeur, si le symbolisme devient trop délicat, sont, je crois, les seuls instruments de musique où le musicien utilise une force déjà présente ; il lâche cette force dans les directions choisies par lui, au lieu de la faire varier lui-même pour l'appliquer à produire des sons musicaux. Aussi l'orgue et la sirène à vapeur sont les seuls instruments de musique dont les exécutants peuvent être comparés au matador. Un taureau qui ne charge pas est comme un orgue dont la soufflerie ne marche pas, ou comme une sirène sans vapeur, et le jeu que peut fournir le torero avec un tel taureau est comparable seulement, pour le brillant et la lucidité, à celui que donnerait un organiste qui aurait à faire marcher lui-même la soufflerie, ou à un homme chargé de mettre en marche une sirène à vapeur, et qui devrait en même temps chauffer sa chaudière.

Outre les stades normaux, physiques et mentaux, que traverse le taureau dans l'arène, chaque taureau particulier change d'état mental tout au long du combat. Le phénomène le plus commun, et pour moi le plus intéressant, qui se passe dans la cervelle du taureau, est le développement des *querencias*. Une querencia est un endroit de l'arène où le taureau est naturellement porté à aller ; un lieu de prédilection. Cela, c'est une querencia naturelle, et celles-là sont bien connues et déterminées ; mais une querencia accidentelle est plus que cela. C'est un endroit qui se détermine au cours du combat, et où le taureau élit domicile. Ordinairement, il n'apparaît pas du premier coup, mais se précise dans sa cervelle à mesure que le combat progresse. A cet endroit, il se sent comme s'il avait le dos au mur, et lorsqu'il est dans sa querencia, il est incomparablement plus dangereux et presque impossible à tuer. Si un torero va pour tuer un taureau dans sa querencia, au lieu de l'en déloger, il est presque sûr du coup de corne. La raison en est que le taureau, quand il est dans sa querencia, est complètement sur la défensive ; son coup de corne est une riposte plutôt qu'une attaque ; il répond plutôt qu'il ne prend les devants et, la vitesse de son œil et de son corps étant la même, la riposte vaincra l'attaque, puisque, voyant l'attaque venir, il la pare ou la vainc sur le coup. Celui qui attaque doit se découvrir, et la contre-attaque est sûre d'aboutir si elle est aussi rapide que l'attaque puisqu'elle trouve l'adversaire découvert, tandis que l'attaque doit essayer en plus de le faire se découvrir. Dans la boxe, Gene Tunney fut un exemple de contre-attaqueur ; les boxeurs qui ont duré le plus longtemps et qui ont reçu le moins de corrections étaient tous aussi des contre-attaqueurs. Le taureau, lorsqu'il est en querencia, riposte avec sa corne au coup d'épée quand il le voit venir, comme le boxeur riposte à une attaque, et bien des hommes ont payé de leur vie, ou de graves blessures, pour n'avoir pas délogé le taureau de sa querencia avant d'aller le tuer.

Les querencias naturelles à tous les taureaux sont la porte du passage par où ils sont entrés dans l'arène, et, d'autre part, la barrera. La première parce qu'elle leur est familière ; et la seconde parce qu'elle leur fournit quelque chose à quoi s'adosser, de sorte qu'ils s'y sentent à l'abri d'une attaque par derrière. Ce sont les querencias connues, et le torero les utilise de nombreuses façons. Il sait qu'un taureau, à la conclusion d'une passe ou d'une série de passes, aura probablement une tendance à gagner la querencia naturelle et, ce faisant, prêtera une faible ou nulle attention à ce qui se trouvera sur son passage. Un torero peut donc alors placer une passe bien préparée et très sculpturale au moment où le taureau passe près de lui en allant vers son refuge. De telles passes peuvent être très brillantes ; l'homme, fermement campé, les pieds joints, semblant n'accorder aucune importance à la charge du taureau, laisse le taureau se ruer de toute sa masse vers lui sans faire le plus léger mouvement de retraite, les cornes passant quelquefois à une fraction de pouce seulement de sa poitrine ; mais pour les personnes qui connaissent la tauromachie, ces passes n'ont d'autre valeur que de tours d'adresse. Elles semblent dangereuses mais ne le sont pas, car le taureau est réellement préoccupé de gagner sa querencia, et l'homme s'est contenté de se mettre sur son chemin. C'est le taureau qui détermine la direction, la vitesse et le but ; aussi, pour le véritable amateur de courses de taureaux, c'est sans valeur, car dans la véritable course de taureaux, et non la corrida de cirque, c'est l'homme qui doit forcer le taureau à charger comme il veut qu'il fasse ; il doit lui faire décrire des courbes plutôt que des lignes droites, il doit être maître de sa direction, et non pas simplement profiter des charges du taureau, lorsqu'il passe près de lui, pour faire des poses. Les Espagnols disent : « *Torear es parar, templar y mandar.* » C'est-à-dire que dans la vraie course de taureaux le matador doit rester calme, doit régler la vitesse du taureau par le mouvement de ses poignets et de ses bras qui tiennent l'étoffe, et doit maîtriser et diriger la course du taureau. Toute autre manière de combattre, comme de faire des passes sculpturales sur le trajet naturel du taureau, aussi brillamment que ce soit, est à côté de la vraie course de taureaux, car c'est alors l'animal qui dirige, et non l'homme.

Les querencias accidentelles d'un taureau, qui lui viennent à la cervelle pendant la course, peuvent être, et sont le plus souvent, les endroits où il a remporté quelque succès ; tué un cheval, par exemple. C'est la querencia la plus commune d'un taureau brave ; mais une autre, très fréquente aussi par une journée chaude, est tout endroit de l'arène où le sable a été mouillé et rafraîchi, souvent à la bouche de la conduite d'eau souterraine où l'on fixe un tuyau d'arrosage, pendant l'entracte, pour abattre la poussière de l'arène, et où le taureau sent le sable frais sous ses pieds. Le taureau peut aussi prendre sa querencia à un endroit où un cheval a été tué dans un combat précédent, et où il flaire le sang ; un endroit où il a renversé un torero, ou n'importe quel point de l'arène, sans aucune raison apparente ; simplement parce qu'il s'y sent chez lui. On peut voir l'idée de la querencia s'établir dans sa cervelle au cours du combat. Il ira d'abord là pour essayer, puis avec plus d'assurance, et enfin, si le torero n'a pas remarqué cette tendance et ne l'a pas délibérément écarté de son lieu de prédilection, il s'y installera en tournant le dos ou le flanc à la barrière et refusera de s'en aller. C'est alors que le torero va en suer. Il faut déloger le taureau ; mais il s'est mis complètement sur la défensive ; il ne répondra pas à la cape et écartera tout le monde avec ses cornes, refusant tout à fait de charger. La seule façon de le déloger est de s'approcher si près de lui qu'il soit absolument sûr de pouvoir atteindre l'homme ; alors, à petits coups saccadés de la cape, ou en la laissant tomber sur son mufle et la tirant peu à peu, on l'attire, par quelques pas à la fois, hors de sa querencia. Ce n'est nullement joli à voir, c'est seulement dangereux et, en général, pendant ce temps les quinze minutes accordées au matador pour tuer le taureau marchant d'un bon pas, il s'irrite de plus en plus chaque minute, les banderilleros travaillent de plus en plus dangereusement et le taureau s'obstine de plus en plus dans son retranchement. Mais si le matador, impatient, finit par dire : « Très bien, s'il veut mourir là, qu'il meure là ! » et va pour le tuer, ce sera sans doute la dernière chose dont il se souviendra avant de revenir d'un petit voyage aérien avec ou sans blessure de corne. Car le taureau va l'observer tandis qu'il s'approche, lui fera sauter des mains la muleta et l'épée, et il aura l'homme à tout coup. Quand les capes et la muleta sont impuissantes à faire sortir un taureau de sa querencia, on essaie parfois des banderillas explosives, qu'on lui enfonce dans la croupe par-dessus la barrera ; allumées, le feu couve puis part en séries d'explosions avec une odeur de poudre noire et de carton qui brûle ; mais j'ai vu un taureau, avec les banderillas explosives placées sur lui, quitter sa querencia de peut-être vingt pieds, stimulé par le bruit, puis revenir aussitôt et ne prêter dès lors aucune attention à toute autre tentative pour le déloger. En pareil cas, le matador peut légitimement tuer le taureau de toute façon qui expose le moins l'homme. Il peut partir d'un côté du taureau, courir en demi-cercle au-devant de sa tête, et lui porter le coup d'épée tandis qu'un banderillero attire son attention avec la cape au moment où l'homme passe ; ou bien il peut le tuer de toute autre façon qui, s'il essayait de la faire avec un taureau brave, risquerait de le faire lyncher par la foule. Ce qu'il faut c'est le tuer vite, non pas bien, car un taureau qui sait se servir de ses cornes et à qui l'on ne peut faire quitter sa querencia est aussi dangereux, pour l'homme qui s'aventure à sa portée, qu'un serpent à sonnettes, et aussi peu propre à faire une corrida. Mais l'homme n'aurait pas dû lui permettre de se faire une querencia aussi ferme. Il aurait dû commencer à l'en écarter, l'entraîner vers le milieu de l'arène, l'enlever à son sentiment de sécurité d'avoir un mur où s'adosser, et l'attirer en d'autres endroits de l'arène, bien avant qu'il ne se soit installé sur la position précise et définitive qu'il a choisie. Un jour, il y a environ dix ans, j'ai vu une course de taureaux dans laquelle les six taureaux, l'un après l'autre, prirent tous de solides querencias, refusèrent de les quitter, et y moururent. C'était une corrida de taureaux Miura à Pampelune. C'étaient d'énormes taureaux rouans, hauts sur pattes, longs, avec des muscles énormes aux épaules et au cou, et de formidables cornes. C'étaient les taureaux les plus beaux d'aspect que j'eusse jamais vus ; et chacun d'eux se mit sur la défensive dans la minute même de son entrée dans l'arène. On ne pouvait dire qu'ils étaient lâches parce qu'ils défendaient leurs vies sérieusement, désespérément, sagement et férocement, en prenant une querencia peu après leur entrée dans l'arène, et refusant de la quitter. La corrida dura jusqu'à la nuit tombante, et il n'y eut pas un seul moment gracieux ou artistique ; ce fut un après-midi et un début de soirée où les taureaux se défendaient contre l'homme et où l'homme essayait d'abattre les taureaux dans des conditions de danger et de difficulté extrêmes. L'action avait à peu près autant de brillant que la bataille de Passchendaele ; je m'excuse de comparer un spectacle commercial avec une bataille. Il y avait là, venues pour la première fois aux courses de taureaux, quelques personnes à qui j'avais parlé de l'éclat, de l'art et des mérites de la tauromachie, et très abondamment. J'avais discouru longtemps, incité à l'éloquence par deux ou trois absinthes prises au Café Kutz, et avant qu'ils ne s'en aillent je les avais rendus quelque peu avides de voir une course de taureaux, et particulièrement cette course de taureaux. Aucun d'eux ne me parla après la course, et deux d'entre eux, y compris une personne sur laquelle j'avais espéré que l'impression serait bonne, étaient tout à fait malades. Pour moi, la course me plut beaucoup, car j'y appris plus sur la mentalité des taureaux qui, sans être lâches, ne veulent pourtant pas charger (chose rare dans les courses de taureaux), que je n'aurais pu apprendre en une saison, mais la prochaine fois que je verrai une course de ce genre, j'espère y aller seul. J'espère aussi n'avoir aucun ami, ni favori parmi les toreros engagés dans l'affaire.

Les troubles funestes pour le taureau dans le progrès naturel de sa fatigue peuvent être causés par un abus de la cape, par des banderillas placées d'une façon fautive, ou par un mauvais coup de pique, maladroit ou volontaire, qui lui a endommagé l'épine dorsale ou les omoplates ; en outre, le taureau peut être rendu impotent pour le reste du combat par l'emploi délibérément abusif de la pique que fait le picador sur l'ordre de son matador. Il y a trois façons principales d'endommager un taureau et de détruire sa vigueur : abuser de la cape, faire saigner l'animal d'un coup de pique en lui faisant une plaie déchirante, et le blesser d'un coup de pique trop en arrière, et qui frappe l'épine dorsale, ou trop sur le côté, et qui frappe le sommet de l'omoplate. Ces trois manières de démolir les taureaux sont pratiquées délibérément par les peones sous les ordres des matadors, sur tous les taureaux dont les matadors ont peur. Les matadors peuvent avoir peur du taureau parce qu'il est trop gros, trop rapide ou trop fort, et, s'ils ont cette crainte, ils ordonnent aux picadors et aux banderilleros de l'éreinter d'avance. Souvent, de nos jours, l'ordre n'est pas nécessaire et les picadors, comme si c'était chose entendue, les éreintent, à moins que le matador ne se sente en confiance avec le taureau et ne veuille le garder intact pour qu'il puisse donner le maximum de brillant à son travail et afin d'en retirer du crédit pour lui-même, auquel cas il dit à ses aides : « Ayez soin de ce taureau. Ne me le gâtez pas. » Mais souvent les picadors et banderilleros tiennent pour entendu, avant un combat, qu'ils doivent faire tout ce qui est en leur pouvoir pour détériorer les taureaux, et n'ont aucun égard pour les ordres contraires donnés par le matador dans l'arène, car ces ordres, en général véhéments et accompagnés de jurons, ne sont que pour la galerie.

Mais en dehors des dommages physiques qu'on

peut causer délibérément à un taureau, en le rendant impropre à faire un combat brillant, dans le seul but de le livrer au matador aussi avancé que possible sur le chemin de la mort, un dommage moral incalculable peut être fait à un taureau par un travail maladroit des banderilleros. Lorsqu'ils affrontent le taureau avec les banderillas, leur devoir est de les planter aussi vite que possible, car tous les retards qu'ils peuvent provoquer par des essais manqués, manqués quatre-vingts fois sur cent par poltronnerie, déconcertent le taureau, le rendent nerveux et hésitant, rompent le rythme du combat, et, en donnant au taureau l'occasion de pourchasser un homme sans arme ni monture, font perdre l'avantage, jusqu'alors soigneusement préservé, de son manque d'expériences antérieures.

L'homme qui échoue habituellement de cette façon dans la pose des banderillas a presque toujours de quarante à cinquante ans. Le matador le garde dans sa cuadrilla comme son banderillero de confiance. Il est là pour sa connaissance des taureaux, sa probité, la sagesse que l'âge a mise dans sa tête. Il représente le matador quand on tire au sort et assortit les taureaux, et il est son conseiller de confiance pour toutes les questions techniques. Mais parce qu'il a quarante ans passés, ses jambes, ordinairement, le trahissent, il n'a pas confiance en elles pour assurer son salut si le taureau court après lui ; aussi, lorsque c'est son tour de placer une paire de banderillas, si le taureau est difficile, le vieux banderillero devient d'une prudence tellement exagérée qu'on ne peut la distinguer de la couardise. Avec la manière déplorable dont il plante ses baguettes, il détruit l'effet de son art habile et savant de la cape, et la course de taureaux gagnerait beaucoup si ces sages et vieilles reliques, paternelles mais aux jointures rouillées, n'étaient pas autorisées à placer des banderillas, mais qu'on les gardât dans la cuadrilla seulement pour leurs capes opportunes et leur bagage de connaissances.

La pose des banderillas est la partie du combat de taureaux qui demande le plus d'aptitudes physiques. Un homme, même incapable de traverser l'arène à la course, pourrait en placer une ou deux paires, s'il a quelqu'un d'autre pour lui préparer le taureau et s'il peut attendre que le taureau vienne à lui. Mais les placer comme il se doit, c'est-à-dire aller chercher le taureau, le préparer et alors lui piquer les pointes barbelées dans la peau de la manière convenable, demande de bonnes jambes et une bonne condition physique. D'autre part, un homme peut être un matador et ne pas placer les banderillas, mais être capable de combattre convenablement le taureau avec la cape et la muleta et de le tuer modérément bien, même si ses jambes sont si estropiées et déformées de blessures de cornes qu'il ne puisse même pas traverser l'arène en courant, et qu'il soit lui-même tuberculeux au dernier degré. Car un matador ne doit jamais courir, excepté lorsqu'il place les banderillas ; il doit être capable de faire faire au taureau tout le travail, même jusqu'à celui d'enfoncer l'épée. Alors que Gallo avait plus de quarante ans, quelqu'un lui demanda ce qu'il faisait comme excercices d'entraînement, et il déclara qu'il fumait des havanes.

— Qu'ai-je besoin d'exercice, *hombre ?* Qu'ai-je à faire de force? Le taureau prend bien assez d'exercice, le taureau a bien assez de force! J'ai maintenant quarante ans, mais chaque année les taureaux ont toujours quatre ans et demi, allant sur leurs cinq ans.

C'était un grand torero, et le premier qui ait admis qu'il avait peur. Jusqu'au temps de Gallo, on considérait comme de la dernière honte d'admettre qu'on eût été effrayé, mais lorsque Gallo avait peur il laissait tomber muleta et épée et sautait la tête la première par-dessus la barrière. Il est convenu qu'un matador ne court jamais, mais Gallo était capable de courir si le taureau le regardait d'un air particulièrement entendu. C'est lui qui a inventé de refuser de tuer le taureau si le taureau le regardait d'une certaine façon, et lorsqu'on le mettait sous les verrous pour cela, il disait que ça valait mieux. « Nous autres artistes, nous avons tous nos mauvais jours. Ils me pardonneront la prochaine fois que je serai dans un bon jour. »

Il donna plus de représentations d'adieu que la Patti, et maintenant qu'il va sur la cinquantaine, il en donne encore. Ses premiers adieux officiels et définitifs, il les fit à Séville. Il était grandement ému, et quand le moment vint de dédier le dernier taureau qu'il devait tuer dans sa vie de torero, il décida de le dédier à son vieil ami le señor Fulano. Il enleva son chapeau, et, avec sa tête brune et chauve qui brillait, il dit : « A toi, Fulano, ami de mon enfance, protecteur de mes débuts, prince des aficionados, je dédie ce dernier taureau de ma vie de torero. » Mais comme il achevait ces mots, il vit le visage d'un autre vieil ami, un compositeur et, se dirigeant le long de la barrière jusqu'à être en face de lui, il leva vers lui des yeux humides et dit : « A toi, ô excellent ami, toi qui es une des gloires du ciel de la musique espagnole, je te dédie ce dernier taureau que je tuerai de ma vie de torero. » Mais comme il s'en allait il vit Algabeno, un des meilleurs tueurs qui fussent jamais venus d'Andalousie, assis non loin le long de la barrera, et, s'arrêtant pour lui faire face, il dit : « A toi, vieux camarade, dont le cœur suivait toujours l'épée, à toi, le meilleur tueur de taureaux que j'aie jamais connu, je te dédie ceci, l'ultime taureau de ma vie de torero, et regarde si mon travail ne sera pas digne de toi. » Il se retourna d'un air théâtral et marcha vers le taureau, qui était resté tranquillement debout à le regarder, il regarda attentivement le taureau, puis se tourna vers son frère Joselito : « Tue-le pour moi, José. Prends-le à ma place. Je n'aime pas sa manière de me regarder. »

Ainsi, pour la première et la plus grande de toutes

ses représentations d'adieu, le dernier taureau tué par lui dans sa vie de torero fut tué par son frère Joselito.

La dernière fois que je le vis, c'était à Valence, avant qu'il ne quittât l'Espagne pour l'Amérique du Sud. Il ressemblait à un vieux, très vieux papillon. Il avait plus de grâce, plus d'expression, et avait plus belle apparence à quarante-trois ans qu'aucun autre torero que j'aie jamais vu de n'importe quel âge. Ses traits n'étaient pas ceux qui se prêtent à la photographie. El Gallo n'avait jamais l'air beau sur une photographie. Ce n'était pas la grâce de la jeunesse ; c'était quelque chose de durable, et lorsqu'on le voyait avec un gros taureau gris Concha y Sierra, dont il jouait aussi délicatement qu'on jouerait de l'épinette, vous saviez que si jamais un taureau le frappait et le tuait, et que vous le voyiez, ce serait mieux alors de ne plus jamais aller voir de courses de taureaux. Joselito devait mourir pour prouver que personne n'est en sûreté dans l'arène et parce qu'il devenait gras. Belmonte devra mourir parce qu'il fait de la tragédie, et il ne peut en blâmer que lui-même. Les novilleros que vous voyez tués sont tous victimes des conditions économiques, et vos meilleurs amis qui sont dans le métier meurent de maladies professionnelles tout à fait compréhensibles et logiques ; mais pour Rafael El Gallo, être tué dans l'arène ne serait ni ironie, ni tragédie, car ce serait sans dignité ; El Gallo serait trop effrayé pour cela ; il n'a jamais admis l'idée de la mort, et il n'a même pas voulu entrer dans la chapelle mortuaire pour voir Joselito après qu'il eût été tué ; El Gallo tué, ce serait de mauvais goût, et cela prouverait que la course de taureaux était condamnable, non moralement, mais esthétiquement. El Gallo a fait quelque chose pour la course de taureaux, comme il a fait quelque chose pour nous tous qui l'avons admiré ; il l'a corrompue peut-être, mais non pas autant que Guerrita ne l'a fait ; certainement, il est le grand-père du style moderne, comme Belmonte en est le père. Il n'avait pas le manque absolu d'honneur de Cagancho, il avait seulement des insuffisances de courage, et il était un peu simple d'esprit ; mais quel grand lutteur c'était, et quelle sécurité il avait, réellement ! Ses plongeons par-dessus la barrera étaient des accès de panique une fois le danger passé, jamais des nécessités. El Gallo, pris de panique, était encore plus près du taureau que la plupart des toreros qui montraient leur maîtrise en tragédiens, et la grâce et l'excellence de son travail avaient la délicatesse de cet admirable travail de plumes ancien du Mexique que l'on conserve à L'Escurial. Savez-vous quel péché ce serait de déranger l'ordonnance des plumes sur un cou de faucon, si l'on ne devait jamais pouvoir les replacer comme elles étaient ? Eh bien, tel serait le péché de tuer El Gallo.

XIV

L'idéal du torero, ce qu'il espère toujours voir sortir du toril et entrer dans l'arène, c'est un taureau qui charge parfaitement droit, tourne de lui-même au bout de chaque charge, et charge de nouveau parfaitement droit ; un taureau qui charge aussi droit que s'il roulait sur des rails. Il l'espère toujours pour lui mais un tel taureau se présentera peut-être une fois seulement sur trente ou quarante. Les toreros les appellent « taureaux aller-retour », « taureaux va-et-vient », ou *de carril*, c'est-à-dire « montés sur rails », et les toreros qui n'ont jamais pu apprendre à maîtriser des taureaux difficiles ni à corriger leurs fautes se contentent de se défendre contre les charges d'un animal ordinaire, et attendent qu'un de ces taureaux chargeant droit se présente pour entreprendre quelque travail d'éclat. Ces toreros sont les seuls qui n'ont jamais appris à combattre les taureaux, qui ont esquivé l'apprentissage parce qu'ils ont été promus matadors après quelque brillant après-midi à Madrid, ou une belle série en province, où ils ont eu des taureaux chargeant à leur convenance. Ils possèdent de l'art, de la personnalité, lorsque les personnalités n'ont pas pris la fuite, mais il n'ont pas de métier et, puisque le courage vient avec la confiance en soi, ils ont souvent peur simplement parce qu'ils ne connaissent pas leur profession convenablement. Ils ne sont pas naturellement couards, sinon ils ne seraient jamais devenus toreros, mais il deviennent couards à force d'affronter des taureaux difficiles sans avoir les connaissances, l'expérience ni l'entraînement nécessaires pour les manier ; et comme sur dix taureaux qu'ils combattent il se peut qu'il n'y en ait pas un seul qui soit l'animal idéal avec lequel seul ils savent travailler, la plupart du temps, quand vous les verrez, leur travail sera lourd, passif, ignorant, poltron et insatisfaisant. Si vous les voyez avec l'animal qu'ils veulent, vous penserez qu'ils sont merveilleux, exquis, braves, artistiques, et parfois presque incroyables tellement ils travaillent près du taureau, en gardant tout leur calme. Mais si vous les voyez chaque jour, incapables de donner un spectacle convenable avec un taureau offrant quelque difficulté que ce soit, vous regretterez les vieux jours des toreros compétents et entraînés, et vous enverrez au diable les phénomènes et les artistes.

Tout le mal, dans la technique moderne de la course de taureaux, est qu'on l'a rendue trop parfaite. Elle se pratique si près du taureau, si lentement et avec une telle absence de défense ou de mouvement de la part du matador, qu'elle ne peut s'éxécuter qu'avec un taureau à peu près fait sur mesure. Donc, pour être faite selon les règles et comme il convient, elle peut s'exécuter de deux façons. Tout d'abord, elle peut être pratiquée par de grands génies tels que Joselito et Belmonte, capables de dominer les taureaux par leur savoir, de se défendre eux-mêmes par leurs réflexes supérieurs, et d'appliquer leur technique chaque fois qu'il est possible ; ou alors, le torero doit se contenter d'attendre un taureau parfait, ou de faire faire les taureaux sur mesure. Les toreros modernes, à l'exception de trois peut-être, ou bien attendent leurs taureaux pour faire de leur mieux, ou bien, en refusant les races difficiles, ils finissent par avoir leur taureau fait sur mesure.

Je me souviens d'une corrida de taureaux Villar à Pampelune en 1923. C'étaient des taureaux parfaits, braves comme je n'en ai jamais vu, rapides, méchants, mais attaquant toujours, ne passant jamais à la défensive. Ils étaient grands, mais non pas gros au point d'être trop pesants, et ils étaient bien encornés. Villar élevait de splendides taureaux, mais les toreros ne les aimaient pas. Ils avaient juste un peu trop de toutes les bonnes qualités. Tout le fonds de la race fut vendu à un autre homme qui entreprit de diminuer ces qualités assez pour rendre les taureaux acceptables par les toreros. En 1927, je vis ses premiers produits. Les taureaux ressemblaient aux Villars, mais étaient plus petits, avaient moins de cornes ; ils étaient toujours braves. Un an plus tard, ils étaient encore plus petits, les cornes encore diminuées, et ils n'étaient plus aussi braves. L'an dernier, ils étaient un peu plus petits, les cornes à peu près pareilles, et ils n'étaient plus braves du tout. La splendide race originelle de taureaux de combat, par un élevage cherchant à développer les défauts, ou plutôt les faiblesses, pour en faire une race populaire chez les toreros, pour essayer de rivaliser avec les taureaux sur mesure de Salamanque, avait été effacée et détruite.

Après avoir été aux courses de taureaux pendant un certain temps, après avoir vu ce qu'elles peuvent être, si elles finissent par signifier quelque chose pour vous, alors, tôt ou tard, vous êtes forcé de prendre une position définie à leur égard. Ou bien vous tenez pour les vrais taureaux, les toreros achevés, et vous espérez que de bons toreros se formeront, qui sauront combattre, comme sait faire, par exemple, Marcial Lalanda, ou qu'un torero se montrera, qui puisse se permettre de briser les règles comme fit Belmonte ; ou bien vous acceptez la fiesta dans son état actuel, vous connaissez les toreros, vous comprenez leur point de vue ; il y a toujours, dans la vie, de bonnes et valables excuses pour toutes les chutes ; et vous vous mettez à la place du torero, vous portez au compte du taureau leurs désastres, et vous attendez le taureau qu'ils veulent avoir. Dès que vous faites cela, vous devenez aussi coupable que tous ceux qui vivent de la course de taureaux et la ruinent, et vous êtes le plus coupable encore parce que vous payez pour aider à cette ruine. Très bien, mais qu'allez-vous faire? Rester à l'écart? Vous pouvez ; mais c'est bouder son ventre. Aussi longtemps que vous goûtez quelque plaisir à la fiesta, vous avez le droit d'y aller. Vous pouvez protester, vous pouvez parler, vous pouvez convaincre les autres de leur sottise, mais tout cela est bien inutile, bien que les protestations soient nécessaires, et utiles en leur temps, dans l'arène. Mais il y a une chose que vous pouvez faire : c'est connaître ce qui est bien et ce qui est mal, savoir juger ce qui est nouveau, mais ne laisser rien troubler votre jugement. Vous pouvez continuer à assister à des courses de taureaux, même lorsqu'elles sont mauvaises, mais non pas applaudir ce qui n'est pas bon. Vous devez, comme spectateur, montrer que vous appréciez le travail bon et valable, même réduit à l'essentiel et sans éclat. Vous devez apprécier le travail bien fait et la mise à mort correcte d'un taureau avec lequel il était impossible de faire un exploit brillant. Un torero ne sera pas longtemps meilleur que son public. S'ils préfèrent les trucs à la sincérité, ils auront bientôt les trucs. Si un torero vraiment bon doit venir, et rester honnête, sincère, sans trucs ni mystifications, il doit y avoir un noyau de spectateurs pour lesquels il pourra jouer lorsqu'il viendra. Si cela sonne un peu trop comme un programme d'Effort chrétien, puis-je ajouter que je crois fermement en la projection de coussins de tous poids, de morceaux de pain, oranges, légumes, petits animaux morts de toutes sortes, y compris poissons, et, si c'est nécessaire, de bouteilles, pourvu qu'on ne les lance pas sur la tête des toreros, et, à l'occasion, en l'allumage d'incendies dans l'arène si une protestation en due forme n'a pas eu d'effet.

Un des plus grands maux de la tauromachie en Espagne, ce n'est pas la vénalité des critiques, qui peuvent, au moins temporairement, créer un torero par leurs critiques dans les quotidiens de Madrid ; mais c'est le fait que, ces critiques vivant principalement de l'argent qu'ils reçoivent des matadors, leur point de vue est entièrement celui du matador. A Madrid, il leur est plus difficile de déformer dans un sens favorable le compte rendu du travail d'un homme dans l'arène, que lorsqu'ils envoient des provinces leurs dépêches à Madrid, ou qu'ils publient leurs comptes rendus de leurs correspondants provinciaux, car parmi le public qui lit le compte rendu de la course de Madrid, il y a un important noyau qui a vu aussi la course. Mais qu'ils exercent leur influence, donnent leurs interprétations, publient leurs critiques des taureaux et des toreros, en tout cela ils sont influencés par le point de vue du matador ; du matador qui leur a envoyé par son porte-épée l'enveloppe qui contient un billet de cent ou deux cents pesetas, ou plus, et sa carte. Ces enveloppes sont portées par le porte-épée aux critiques de chacun des journaux de Madrid, et la somme varie avec l'importance du journal et du critique. Les critiques les plus honnêtes et les meilleurs les reçoivent, et on n'attend pas d'eux qu'ils changent en triomphes les désastres du matador ni qu'ils déforment leurs comptes rendus en sa faveur. C'est simplement un compliment que leur fait le matador. Nous sommes au pays de l'honneur, ne l'oublions pas. Mais du fait que leurs ressources viennent pour la plus grande part des matadors, ils doivent avoir à cœur le point de vue et les intérêts du matador. C'est une position facile à prendre, et assez juste, puisque c'est le matador qui risque sa vie, et non le spectateur. Mais si le spectateur n'imposait pas les règles, ne maintenait pas les critères de jugement, ne prévenait pas les abus et ne payait pas pour aller aux courses, il n'y aurait bientôt plus de tauromachie professionnelle, ni de matadors.

Le taureau est, dans la fiesta, l'élément qui en détermine l'état, sain ou morbide. Si le public, en la personne du spectateur individuel payant, demande de bons taureaux, des taureaux qui soient assez gros pour rendre le combat sérieux, des taureaux qui aient de quatre à cinq ans, de sorte qu'ils soient mûrs et assez forts pour tenir pendant les trois phases du combat ; non pas nécessairement des taureaux énormes, des taureaux gras ou des taureaux à cornes géantes, mais simplement des animaux en pleine vigueur et maturité ; alors les éleveurs seront obligés de les garder au pâturage le temps requis avant de les vendre, et les toreros devront les prendre comme ils viennent et apprendre à les combattre. On verrait encore de mauvaises corridas, le temps que certains toreros incomplets soient éliminés par les échecs subis avec ces animaux, mais à la fin la fiesta s'en porterait mieux. Le taureau est l'élément principal de la fiesta, et ce sont les taureaux que les toreros à hauts salaires essaient constamment de saboter, en exigeant un élevage qui les diminue de taille et de corne et en les combattant aussi jeunes que possible. Seuls les toreros du haut de l'échelle peuvent imposer leurs conditions. Les toreros sans succès et les apprentis doivent accepter les gros taureaux que les étoiles refusent. C'est ce qui rend compte du nombre sans cesse croissants de morts parmi les matadors. Ce sont les talents médiocres, les débutants et les artistes manqués qui sont le plus souvent tués. Ils sont tués parce qu'ils essaient, et le public le leur demande, de combattre les taureaux en employant la technique des grands toreros. Mais ils sont forcés d'essayer cette technique, pour gagner leur vie, sur les bêtes que les grands toreros refusent, ou qu'on ne leur offre jamais parce qu'ils les refuseraient très certainement comme étant trop dangereux et incapables de se prêter à des exploits brillants. Cela rend compte des coups de corne souvent funestes qui détruisent beaucoup de novilleros des plus prometteurs, mais cela finira par produire quelques grands toreros, si la période d'apprentissage est de la durée convenable et si l'apprenti a de la chance. Un jeune torero a qui appris à combattre avec des veaux d'un an, qu'on a soigneusement protégé du danger pendant sa carrière et à qui on n'a permis d'affronter que de jeunes taureaux, peut échouer complètement avec de gros taureaux. Il y a la même différence qu'entre le tir à la cible et le tir sur un gibier dangereux ou sur un ennemi qui tire aussi sur vous. Mais un apprenti qui a étudié le combat avec les veaux, qui a acquis un style correct et pur, et qui alors parfait sa technique et sa connaissance des taureaux en affrontant l'épreuve infernale des taureaux énormes, taureaux de rebut, parfois défectueux, dangereux au plus haut point, qu'il rencontrera dans les novilladas s'il n'est pas protégé par l'impresario de l'arène de Madrid, aura l'éducation parfaite qu'il faut à un torero, si son enthousiasme et son courage ne sont pas chassés par les coups de corne.

Manuel Mejias Bienvenida, un torero de l'ancien temps, entraîna ses trois fils à se battre avec des veaux, et il en fit des toreros en miniature si habiles, si parfaitement achevés, que les deux aînés eurent d'énormes succès comme enfants prodiges, travaillant seulement avec des veaux, dans les arènes du Mexique, du Midi de la France et d'Amérique du Sud ; en Espagne, une loi sur le travail des enfants dans les spectacles les empêchait de paraître en public. Le père, ensuite, lança l'aîné comme matador, tout d'un coup, le faisant sauter du combat de veaux à la véritable course de taureaux, sans lui faire traverser l'enfer du novillero. Le père croyait, et à juste raison, que son fils n'aurait pas à affronter d'aussi gros ni d'aussi dangereux taureaux comme matador que comme novillero ; qu'il gagnerait plus d'argent comme matador et que, si sa passion et son courage devaient s'en aller à travailler avec des taureaux adultes, il valait mieux pour lui être aussi bien payé que possible tant que cela durerait.

La première année, ce fut un désastre. Le passage des taureaux non adultes aux taureaux adultes ; la différence de vitesse dans leurs charges ; la responsabilité ; bref, l'irruption du danger de mort constant dans sa vie le dépouillait de son style et de son élégance d'adolescent. Il était trop visiblement occupé à résoudre des problèmes, et impressionné par la responsabilité qu'il se sentait d'avoir à donner un bon après-midi de taureaux. Mais la deuxième année, avec une solide éducation scientifique de torero derrière lui, un entraînement commencé à l'âge de quatre ans, une connaissance parfaite de l'exécution de toutes les suertes, il avait résolu le problème des taureaux adultes ; il triompha à Madrid en trois occasions successives, et triompha dans les provinces partout où il alla avec des taureaux de toutes races, tailles et âges. Il ne paraissait avoir aucune peur des taureaux à cause de leur grosseur, il connaissait l'art de corriger leurs défauts et de les dominer ; il faisait, avec les plus grandes espèces de taureaux, un travail extrêmement brillant, que les premiers d'entre les toreros de la décadence n'étaient pas capables de faire, ou n'essayaient de faire qu'avec des taureaux déficients de taille, vigueur, âge et cornes. Il n'y eut qu'une chose qu'il n'entreprit pas, c'était de tuer convenablement, mais tout le reste il le fit bien. Il fut le messie, annoncé par une vaste publicité, de l'année 1930, mais il nous manque un élément pour le juger : sa première grave blessure de corne. Tous les matadors reçoivent des coups de corne dangereux, douloureux, et bien près d'être fatals, tôt ou tard, dans leurs carrières, et tant qu'un matador n'a pas reçu sa première blessure grave, on ne peut dire quelle sera sa valeur permanente. Car, même s'il conserve son courage, on ne peut dire comment ses réflexes en seront affectés. Un homme peut être brave comme le taureau lui-même en face de n'importe quel danger, et pourtant, à cause de ses nerfs, être incapable d'affronter ce danger froidement. Lorsqu'un torero ne peut plus être calme ni écarter l'idée du danger dès le début du combat, lorsqu'il ne peut plus voir calmement le taureau venir, sans faire un effort sur ses nerfs, alors il est fini pour les succès de l'arène. Le travail à nerfs forcés est triste à voir. Les spectateurs n'en veulent pas. Ils paient pour voir la tragédie du taureau, non pas l'homme. Joselito reçut seulement trois graves coups de corne, et tua quinze cent cinquante-sept taureaux, mais au quatrième coup de corne il fut tué. Belmonte était blessé plusieurs fois chaque saison, et aucune de ses blessures n'eut d'effet sur son courage, sa passion pour la corrida, ni ses réflexes. J'espère que le jeune Bienvenida ne sera jamais blessé, mais s'il l'a été au moment où ce livre paraît et si cela n'a rien changé pour lui, alors il sera temps de parler de la succession de Joselito. Personnellement, je ne crois pas qu'il sera jamais le successeur de Joselito. Avec son style accompli, avec sa facilité en toute chose sauf la mise à mort, il garde pour moi, quand je le vois à l'œuvre, une odeur de théâtre. Pour une grande part, son travail est un truquage, plus subtil qu'aucun autre truquage que j'aie vu, et très joli à voir ; très gai, semble-t-il, et d'une aimable légèreté. Mais j'ai grand-peur que la première grosse blessure ne lui enlève cette légèreté, et que le truquage ne devienne alors plus visible. Bienvenida, le père, se trouva dégonflé tout comme l'avait été Niño de La Palma après sa première blessure de corne, mais il en est peut-être de l'élevage des toreros comme de celui des taureaux ; peut-être la valeur vient-elle de la mère et le type du père. Il serait assez inamical de lui prédire une défaillance de son courage, mais la dernière fois que je le vis, le sourire tant vanté de Bienvenida était très forcé, et tout ce que je puis dire est que je ne crois pas en ce messie-là.

En 1930, Manolo Bienvenida était le rédempteur national de la tauromachie, mais dès 1931 il y en eut un autre : Domingo Lopez Ortega. Les critiques de Barcelone, où l'on avait dépensé le plus d'argent pour son lancement, écrivirent qu'Ortega commençait où Belmonte s'était arrêté ; qu'il

combinait le meilleur de Belmonte et le meilleur
de Joselito, et que dans toute l'histoire de la corrida
il n'y avait jamais eu un cas semblable à celui
d'Ortega ; ni un homme réunissant ainsi en lui
l'artiste, le dominateur et le tueur. Ortega lui-
même ne fait pas autant d'impression que les
éloges qu'on fait de lui. Il a vingt-trois ans [1] et il a
combattu pendant plusieurs années dans les villages de la Castille, particulièrement autour de
Tolède. Il vient de Borox, village de moins de
cinq cents habitants, situé dans la campagne aride
qui s'étend entre Tolède et Aranjuez, et son surnom
est « le Diamant de Borox ». En l'automne de 1930,
il eut un bel après-midi à Madrid, dans l'arène de
Tetuan de las Vitorias, arène de deuxième classe
que dirigeait et animait alors Domingo Gonzalez,
dit Dominguin, un ancien matador. Dominguin
l'emmena à Barcelone, où il loua l'arène, après
la clôture de la saison, pour y donner une course
avec, au programme, Ortega et un Mexicain
nommé Carnicerito de Mexico. Combattant de
jeunes taureaux, ils eurent tous les deux de beaux
jours et remplirent trois fois de suite l'arène de
Barcelone. Adroitement lancé par Dominguin pendant les mois d'hiver grâce à une habile campagne
de presse et beaucoup de tapage, Ortega fut
promu matador en titre à l'ouverture de la saison
de 1931 à Barcelone. J'arrivai en Espagne immédiatement après la révolution, et je le trouvai

[1]. Ortega est né le 25 février 1908. (*N. D. T.*)

plongé dans des discussions politiques de cafés. Il n'avait pas encore paru à Madrid, mais chaque soir les journaux de Madrid publiaient des nouvelles de ses triomphes en province. Dominguin dépensait beaucoup d'argent à sa publicité, et Ortega jetait feu et flammes chaque jour dans les journaux du soir. Le plus près qu'il vint de Madrid, pour combattre, ce fut à Tolède; j'ai rencontré de bons aficionados qui l'avaient vu là, et qui n'étaient pas d'accord dans leurs jugements à son sujet. Tous admettaient que certains détails de son jeu étaient bien exécutés, mais les aficionados les plus intelligents disaient qu'ils n'étaient pas convaincus par son travail. Le 30 mai, avec Sidney Franklin, qui venait d'arriver à Madrid après une tournée au Mexique, nous allâmes à Aranjuez pour voir le grand phénomène. Il fut lamentable. Marcial Lalanda en fit des gorges chaudes, et Vicente Barrera aussi.

Ce jour-là, Ortega montra du sang-froid et une aptitude à mouvoir la cape lentement et bien, la tenant bas, pourvu que le taureau suivît le commandement. Il montra une certaine adresse à interrompre le parcours naturel du taureau et à le faire tourner sur lui-même au moyen d'une passe de muleta à deux mains, très efficace pour mater l'animal, et il faisait une bonne passe à une main, avec la droite. Avec l'épée, il tuait vite et en usant d'artifices, se donnant grand air; mais il ne tenait pas les promesses contenues dans sa façon très arrogante de préparer la mise à mort, lorsque le moment était venu de tuer. Pour tout le reste, il était ignorance, gaucherie, manque d'habileté de la main gauche, vanité et pose. Il avait, de toute évidence, lu et cru la propagande faite sur lui dans les journaux.

Comme apparence, il avait un des visages les plus laids qu'on puisse trouver hors d'une cage à singes, un corps assez bien, mûr, mais aux jointures plutôt épaisses, et l'air content de soi d'un acteur en vogue. Sidney, qui se savait capable de mettre sur pied une course bien meilleure, ne cessa de le maudire dans la voiture qui nous ramenait chez nous. Je voulais le juger impartialement, sachant qu'on ne peut situer un torero d'après un seul spectacle ; aussi je notais ses qualités et ses défauts et je lui gardai mon jugement ouvert.

Cette nuit-là, quand nous arrivâmes à l'hôtel, les journaux étaient sortis et encore une fois nous lûmes le compte rendu d'un autre grand triomphe d'Ortega. En fait, il avait été hué et bafoué pour son dernier taureau, mais dans le *Heraldo de Madrid* nous lûmes qu'il avait coupé l'oreille du taureau après un grand triomphe et qu'il était sorti de l'arène porté sur les épaules de la foule.

Je le vis ensuite à Madrid lors de sa présentation officielle comme matador. Il fut exactement comme il avait été à Aranjuez, excepté qu'il n'avait plus le chic pour tuer rapidement. Deux fois encore il parut à Madrid sans rien montrer qui justifiât sa publicité, et de plus il commençait à avoir des accès de couardise. A Pampelune, il fut si mauvais qu'il en était dégoûtant. Il était payé vingt-trois mille pesetas par course, et il ne fit absolument rien qui ne fût ignorant, vulgaire et bas.

Juanito Quintana, qui est un des meilleurs aficionados dans le Nord, m'avait écrit à Madrid à propos d'Ortega, me disant combien ils étaient heureux de l'avoir obtenu pour Pampelune, et me parlant du prix que son manager demandait pour le produire. Il était très impatient de le voir, et mon récit de ses lugubres exhibitions à Madrid et dans les environs ne le fit déchanter que pour un moment. Après la première fois que nous le vîmes il était très déçu, et après trois fois Juanito ne pouvait supporter d'entendre son nom prononcé.

Pendant l'été, je le vis plusieurs fois encore, et une fois seulement il se montra bon à sa manière. C'était à Tolède, avec des taureaux triés sur le volet, si petits et si inoffensifs que tout ce qu'il faisait devait lui être décompté. Ce qu'il a, à ses bons moments, c'est une absence de mouvement, une sérénité qui est phénoménale. La meilleure passe qu'il fait est la passe à deux mains destinée à interrompre le trajet du taureau et à le faire tourner brusquement sur lui-même, mais parce que c'est ce qu'il fait le mieux, il le fait et refait avec chaque taureau, que le taureau ait besoin ou non de ce châtiment, et en conséquence il rend l'animal impropre à quoi que ce soit d'autre.

Il fait très bien une passe de muleta de la main droite, en inclinant le corps vers le taureau, mais il ne l'enchaîne pas avec les autres passes, et il reste tout à fait incapable de faire efficacement les passes dites *naturals* de la main gauche. Il est très fort à faire la toupie entre les cornes du taureau, acrobatie vraiment stupide, et il est prodigue de toutes les vulgarités qui se substituent aux manœuvres dangereuses chaque fois que le torero sait que le public est assez ignorant pour les accepter. Il a en abondance courage, force et santé, et des amis en qui j'ai confiance me disent qu'il a été vraiment très bon à Valence ; plus jeune et moins vaniteux, il serait sans aucun doute devenu un excellent matador, s'il avait pu apprendre à se servir de sa main gauche ; il peut, comme Robert Fitzsimmons, rompre avec toutes les traditions d'âge, et il le fait encore ; mais comme messie, il est inexistant. Je n'aurais pas voulu lui consacrer tant d'espace, s'il n'avait eu tellement de milliers de colonnes de publicité payées ; certains de ces articles étaient très adroits, et je sais que si j'avais été hors d'Espagne et ne suivant les courses que par les journaux, je l'aurais probablement pris trop au sérieux.

Il y eut un torero qui hérita des qualités de Joselito et qui perdit cet héritage à la suite d'une maladie vénérienne. Un autre mourut de l'autre maladie professionnelle du torero et un troisième devint un poltron au premier coup de corne venu pour éprouver sa valeur. Des deux nouveaux messies, Ortega n'arrive pas à me convaincre, non plus que Bienvenida, mais je souhaite à Bienvenida beaucoup de chance. C'est un garçon bien élevé, agréable, sans forfanterie, et il a un temps difficile à traverser.

LA VIEILLE DAME : Vous souhaitez toujours bonne chance aux gens, mais vous parlez toujours de leurs fautes, et il me semble que vous les critiquiez très âprement. Comment se fait-il, jeune homme, que vous parliez tellement et que vous écriviez si longuement de ces courses de taureaux, et n'êtes pas un torero vous-même? Pourquoi n'avez-vous pas pris cette profession, si vous l'aimez tellement et puisque vous pensez en savoir tellement sur elle?

— Madame, j'ai essayé le métier, dans ses phases les plus simples, mais sans succès. J'étais trop vieux, trop lourd et trop maladroit. Et aussi mon corps était mal taillé, épaissi aux endroits qui voudraient de la souplesse et, dans l'arène, je ne pouvais guère servir que de cible ou de punching-ball pour les taureaux.

LA VIEILLE DAME : Est-ce qu'ils ne vous ont pas blessé d'horrible façon? Pourquoi êtes-vous vivant aujourd'hui?

— Madame, les bouts de leurs cornes étaient rembourrés ou émoussés, sinon j'aurais été ouvert comme une corbeille à ouvrage.

LA VIEILLE DAME : Ainsi, vous combattiez des taureaux avec des cornes rembourrées. J'aurais pensé mieux de vous.

— Je combattais, c'est une exagération, madame. Je ne les combattais pas, je faisais simplement des culbutes et des voltiges.

LA VIEILLE DAME : Avez-vous jamais fait l'expérience avec des taureaux aux cornes nues ? Est-ce qu'ils ne vous ont pas blessé grièvement ?

— J'ai été dans l'arène avec de tels taureaux et en suis sorti indemne quoique tout meurtri, car chaque fois que par maladresse je m'étais mis dans une situation compromettante, je me laissais tomber sur le mufle du taureau, m'accrochant à ses cornes désespérément. Cela causait une grande hilarité parmi les spectateurs.

LA VIEILLE DAME : Et qu'est-ce que faisait le taureau ?

— S'il était d'une force suffisante, il me projetait à quelque distance. Si cela n'arrivait pas, je faisais une petite chevauchée sur sa tête et il n'arrêtait pas de me secouer jusqu'à ce que les autres amateurs l'aient attrapé par la queue.

LA VIEILLE DAME : Est-ce qu'il y avait des témoins de ces exploits que vous me racontez ? Ou est-ce votre imagination d'écrivain qui les invente ?

— Il y a des milliers de témoins, bien que beaucoup d'entre eux aient pu mourir depuis des troubles apportés à leurs diaphragmes ou à d'autres organes internes par un rire immodéré.

LA VIEILLE DAME : Est-ce cela qui vous a détourné des courses de taureaux, en tant que profession ?

— Ma décision était fondée sur la considération

de mes inaptitudes physiques, sur le conseil bienvenu de mes amis, et sur le fait qu'il m'était de plus en plus difficile, à mesure que je vieillissais, d'entrer dans l'arène allégrement sans avoir bu trois ou quatre absinthes qui, tout en enflammant mon courage, faussaient légèrement mes réflexes.

LA VIEILLE DAME : Je puis donc entendre par là que vous avez abandonné l'arène même comme amateur?

— Madame, aucune décision n'est irrévocable, mais à mesure que j'avance en âge, je sens que je dois me consacrer de plus en plus à la pratique des lettres. Mes agents littéraires me disent que, grâce à l'œuvre remarquable de Mr. William Faulkner, les éditeurs aujourd'hui publieront n'importe quoi plutôt que d'essayer de vous faire supprimer les meilleures portions de vos œuvres, et je songe à écrire plus tard le récit de ces jours de ma jeunesse que j'ai passés dans les plus belles maisons de prostitution du pays, parmi la société la plus brillante qu'on y trouve. J'ai réservé ce sujet pour en écrire dans ma vieillesse lorsque avec l'aide de la distance je pourrai l'examiner plus clairement.

LA VIEILLE DAME : Est-ce que Mr. Faulkner a écrit de bonnes choses sur ces endroits?

— De splendides, madame. Mr. Faulkner écrit là-dessus admirablement ; il en écrit les meilleures choses que j'aie lues de qui que ce soit depuis de nombreuses années.

LA VIEILLE DAME : Je dois acheter ses œuvres.

— Madame, avec Faulkner, vous ne pouvez faire erreur. Et il est prolifique. Le temps que vous les demandiez, il y aura de nouveaux volumes sortis.

LA VIEILLE DAME : S'ils sont tels que vous dites, il ne peut y en avoir trop.

— Madame, vous êtes le porte-parole de ma propre opinion.

XV

La cape, dans la course de taureaux, était le moyen de défense primitif contre le danger présenté par l'animal. Plus tard, quand la fiesta eut reçu sa forme régulière, elle servit à faire courir le taureau dès qu'il venait de sortir, à écarter le taureau du picador tombé, et à le placer devant le picador suivant prêt à recevoir sa charge, à le mettre en position pour les banderillas, à le mettre en position pour le matador, et à distraire son attention lorsqu'un torero s'était mis dans une situation critique. Le but et le point culminant de la course de taureaux était le coup d'épée final, le « moment de la vérité », et la cape n'était, en principe, qu'un accessoire servant à faire courir le taureau et à aider à la préparation de ce moment final.

Dans la course de taureaux moderne, la cape a pris une importance sans cesse croissante, et son emploi est devenu de plus en plus dangereux ; et le moment de vérité (ou de réalité) originel, la mise à mort, est devenu vraiment une espèce de tour d'adresse. Les matadors prennent à tour de rôle la responsabilité d'éloigner le taureau du picador et de sa monture, et de protéger l'homme et le cheval de la charge du taureau. Cette action d'éloigner le taureau de l'homme et du cheval en l'entraînant dans l'arène pour le mettre, par exemple, en position de charger le picador suivant, s'appelle *quite*. Les matadors se tiennent en ligne à la gauche du cheval et du cavalier et celui qui doit écarter le taureau de l'homme et du cheval tombés à terre va se placer à l'arrière de la file lorsqu'il revient de faire le quite. Le quite (prononcez kî-té), qui était simplement un acte de protection pour le picador, accompli aussi vite, aussi vaillamment et aussi gracieusement que possible, est devenu maintenant une obligation pour le matador, qui doit l'exécuter après avoir reçu le taureau ; il doit en effet le faire passer à côté de lui à l'aide de la cape, dans le style qu'il a choisi, mais en général en veronicas, au moins quatre fois, aussi près de lui, aussi calmement et aussi dangereusement qu'il en est capable. On juge aujourd'hui et l'on paie un torero beaucoup plus sur son aptitude à faire les passes calmement, lentement et de près, que sur ses aptitudes à l'épée. L'importance et la demande croissantes du style dans le travail à la cape et à la muleta, qui fut inventé ou perfectionné par Juan Belmonte, le fait qu'on attend et qu'on exige de chaque matador qu'il exécute les passes des quites pour en faire un spectacle complet ; le pardon accordé à une mise à mort médiocre si le matador est un artiste de la cape et de la muleta, tels sont les principaux changements qui ont produit la corrida moderne.

Aujourd'hui le quite est devenu, de fait, « moment de vérité » presque au même titre que la mise à mort elle-même. Le danger est réel, bien contrôlé, choisi par l'homme, apparent, et la plus légère tricherie ou simulation de danger se montre clairement ; les matadors rivalisent d'invention, de pureté de ligne, de lenteur, et luttent à qui fera passer les cornes du taureau le plus près de son torse en tenant l'animal sous leur domination, ralentissant la vitesse de son élan par le balancement de la cape, contrôlé par leurs poignets ; le corps massif et chaud du taureau passe au côté de l'homme, qui regarde de haut, calmement, le trajet des cornes qui touchent presque et parfois touchent réellement ses cuisses, tandis que les épaules du taureau frôlent sa poitrine, sans un mouvement pour se défendre de l'animal, et sans autre moyen de défense contre la mort toute proche dans les cornes que le lent mouvement de ses bras et sa juste appréciation de la distance. Ainsi les passes de ces quites modernes sont plus belles que le travail à la cape d'autrefois ne le fut jamais, et rien ne peut être plus émouvant. C'est pour avoir un animal avec lequel ils puissent faire cela, et travailler de plus en plus près jusqu'à ce que les cornes les touchent réellement, que les toreros prient qu'un taureau chargeant droit leur soit donné ; et c'est le travail moderne de la cape, au plus haut point beau, dangereux et arrogant, qui a conservé à la course de taureaux sa popularité et sa prospérité croissante à une époque où tout était décadence et où la cape était le seul véritable moment de vérité. On voit aujourd'hui les matadors *torear* avec la cape comme on n'a jamais vu faire autrefois ; ceux qui avaient de la valeur ont adopté l'invention de Belmonte et, à sa suite, travaillant tout près du taureau, sur son propre territoire, tenant la cape basse, et ne se servant que des bras, et ils sont parvenus à le faire mieux même que Belmonte, mieux que Belmonte lorsqu'ils ont un taureau qui leur convient. Il n'y a pas eu décadence en ce qui concerne la cape. Il y a eu, non pas une renaissance, mais un progrès constant, durable et complet.

Je ne décrirai pas les différentes manières d'employer la cape, la *gaonera*, la *mariposa*, le *farol*, ni les anciennes manières, les *cambios de rodillas, galleos, serpentinas*, dans le même détail que j'ai décrit la veronica, car, tant que vous ne les avez pas vues exécutées, les mots ne peuvent vous décrire ces passes, ni vous permettre de les identifier, comme la photographie peut le faire. La photographie instantanée est parvenue à un tel point qu'il serait stupide d'essayer de décrire quelque chose dont on peut avoir une image instantanée en même temps qu'une étude complète. Mais la veronica est la pierre de touche de tout travail de cape. C'est là qu'on peut trouver le maximum de danger, de beauté et de pureté de ligne. C'est dans la veronica que le taureau double complètement l'homme et c'est dans ces manœuvres où le taureau passe en chargeant près de l'homme que le torero a le plus de mérite. Presque toutes les autres passes exécutées avec la cape sont des variantes pittoresques sur le même principe, autrement elles ne sont, plus ou moins, que des tours d'adresse. La seule exception est le quite de la mariposa, ou du papillon, inventé par Marcial Lalanda. Cette passe participe plus du principe de la muleta que de la cape. Elle vaut lorsqu'elle est faite lentement et que les plis de la cape qui correspondent aux ailes du papillon s'éloignent du taureau par lente oscillation, d'un mouvement doux et non comme si on l'arrachait, tandis que l'homme recule lentement avec des pas de côté. Lorsque cette passe est faite convenablement, chaque mouvement balancé en arrière des ailes de la cape est comme un *pase natural* de muleta et est aussi dangereux. Je n'ai vu personne que Marcial Lalanda pour la faire bien. Les imitateurs, en particulier Vicente Barrera, de Valence, avec ses tendons d'acier, ses jambes trépidantes, son nez d'aigle, font la mariposa en arrachant la cape de dessous le nez du taureau avec la brusquerie d'une décharge électrique. Il y a une bonne raison pour laquelle ils ne l'exécutent pas lentement. Si on la fait lentement, il y a danger de mort.

A l'origine, on exécutait les quites, de préférence, en employant les *largas*. Dans ces passes, la cape était complètement déployée ; on en présentait un bout au taureau, qui s'éloignait en suivant la cape déployée, puis tournait sur lui-même et se trouvait immobilisé sur place par un mouvement du matador qui, d'une envolée, lançait la cape par-dessus ses épaules et s'en allait. On pouvait exécuter cela avec une grande élégance. De nombreuses variantes étaient possibles. Les largas pouvaient se faire l'homme étant à genoux, et il pouvait lancer la cape de façon à la faire se dérouler en l'air comme un serpent, exécutant ainsi les passes dites *serpentinas*, et autres fantaisies que Rafael El Gallo faisait si bien. Mais dans toutes les largas le principe était que le taureau devait suivre la cape traînant de toute sa longueur et qu'il était enfin forcé de tourner sur lui-même et de s'immobiliser par un mouvement imparti à l'extrémité de la cape par l'homme qui tenait l'autre bout. Leur avantage était qu'elles faisaient tourner le taureau moins brusquement que les passes de cape à deux mains, et laissaient ainsi l'animal en meilleure condition pour attaquer pendant l'acte final.

La quantité de travail de cape faite aujourd'hui avec le taureau par les matadors seuls est, bien entendu, très néfaste pour lui. Si l'objet du combat était resté, comme à l'origine, simplement de mettre le taureau dans la condition la plus favorable pour la mise à mort, la proportion dans laquelle les matadors emploient la cape à deux mains serait indéfendable. Mais, avec le progrès ou la déchéance de la course de taureaux, la mise à mort n'est plus maintenant qu'un tiers de la course et non plus la fin unique, le travail de la cape et de muleta en formant deux bons tiers, et le type du torero a changé. Rarement, très rarement, on a un matador qui est à la fois un grand tueur et un grand artiste de la cape ou de la muleta. Aussi rarement qu'on trouverait un grand boxeur qui soit aussi un peintre de premier rang. Pour être un artiste de la cape, pour s'en servir aussi bien que possible, il faut un sens esthétique qui ne peut qu'être un handicap pour un grand tueur. Un grand tueur doit aimer tuer. Il doit avoir du courage, et un talent extraordinaire pour accomplir deux actes différents des deux mains en même temps, opération bien plus difficile que de se taper sur la tête d'une main en se frottant le ventre de l'autre ; il doit avoir, inné et dominant tout, le sens de l'honneur, car il y a de nombreuses manières de truquer la mise à mort des taureaux et de ne pas tuer franchement ; mais par-dessus tout il doit aimer tuer.

Pour la plupart des toreros artistes, à commencer par Rafael El Gallo et en passant par Chicuelo, la nécessité de tuer semble presque regrettable. Ils ne sont pas des matadors mais des toreros, hautement développés, manieurs habiles de la cape et de la muleta. Ils n'aiment pas tuer, ils ont peur de tuer, et quatre-vingts fois sur cent ils tuent mal. La tauromachie a gagné beaucoup par l'art qu'ils lui ont apporté et l'un de ces grands artistes,

Juan Belmonte, apprit à tuer assez bien. Quoiqu'il ne fût pas un grand tueur, il avait assez de naturel d'un tueur à développer en lui, et il mettait un tel orgueil à faire tout parfaitement qu'il finit par devenir acceptable et sûr comme tueur, après avoir été insuffisant pendant longtemps. Mais il y avait toujours quelque chose d'un loup dans le regard de Belmonte, et il n'y a rien du loup chez aucun des autres esthètes qui se sont manifestés depuis lors ; et comme ils ne peuvent tuer convenablement, comme ils seraient exclus de l'arène s'ils devaient tuer les taureaux comme ils doivent être tués, le public a pris le parti d'attendre et de réclamer d'eux le maximum qu'ils peuvent donner avec la cape et la muleta, sans considérer si cela sert finalement à la mise à mort du taureau et la structure de la course de taureaux s'en est trouvée changée en conséquence.

— Madame, est-ce que ces dissertations sur les courses de taureaux vous ennuient ?

LA VIEILLE DAME : Non, monsieur, je ne puis dire cela, mais j'ai peine à en lire tellement à la fois.

— Je comprends. Toute explication technique est difficile à lire. C'est comme les simples instructions qui accompagnent les jouets mécaniques, et qui sont incompréhensibles.

LA VIEILLE DAME : Je ne voulais pas dire que votre livre fût de cette faiblesse, monsieur.

— Merci. Vous m'encouragez, mais n'y a-t-il

rien que je puisse faire pour empêcher votre intérêt de languir?

LA VIEILLE DAME : Il ne languit pas. C'est seulement que, parfois, je me fatigue.

— Pour vous donner du plaisir, alors?

LA VIEILLE DAME : Vous me donnez du plaisir.

— Merci, madame, mais je veux dire par ma lecture ou ma conversation.

LA VIEILLE DAME : Eh bien, monsieur, puisque nous avons fini tôt aujourd'hui, pourquoi ne me raconteriez-vous pas une histoire?

— A propos de quoi, madame?

LA VIEILLE DAME : Sur tout ce qu'il vous plaira, monsieur, sauf que je n'aimerais plus entendre une autre histoire sur les morts. Je suis un peu fatiguée des morts.

— Ah! madame, les morts sont fatigués aussi.

LA VIEILLE DAME : Pas plus fatigués que je ne suis d'entendre parler d'eux, et je puis exprimer mes désirs. Connaissez-vous des histoires du genre de celles que Mr. Faulkner écrit?

— Quelques-unes, madame, mais racontées crûment, elles peuvent ne pas vous plaire.

LA VIEILLE DAME : Alors, ne les racontez pas trop crûment.

— Madame, je vais vous en dire deux, et je tâcherai qu'elles soient aussi brèves et aussi peu crues que possible. Quelle sorte d'histoire aimeriez-vous pour commencer?

LA VIEILLE DAME : Connaissez-vous des histoires vraies sur ces malheureux infortunés?

— Quelques-unes mais, en général, elles manquent d'élément dramatique, comme tous les récits d'anormalités ; dans le normal, en effet, personne ne peut prédire ce qui arrivera, tandis que dans l'anormal toutes les histoires finissent à peu près de la même façon.

LA VIEILLE DAME : C'est égal, je voudrais en entendre une. J'ai lu jadis différentes choses sur ces malheureux et ils m'intéressent beaucoup.

— Très bien. En voici une très courte, mais bien écrite, elle pourrait être assez tragique. Mais je n'essaierai pas de l'écrire, mais seulement de la raconter rapidement. C'est au déjeuner de l'Anglo-American Press Association, à Paris, que mon voisin de table me fit ce récit. C'était un pauvre journaliste, un sot, un ami à moi, un bavard et terne compagnon, et il habitait un hôtel trop cher pour ses revenus. Il avait encore son emploi parce que les circonstances qui devaient plus tard démontrer quel pauvre journaliste il était ne s'étaient pas encore produites. Il me raconta au déjeuner qu'il avait très mal dormi la nuit d'avant, à cause du bruit d'une querelle qui avait duré toute la nuit dans la chambre de l'hôtel voisine de la sienne. Vers deux heures, quelqu'un avait frappé à sa porte, le priant de le laisser entrer. Le journaliste ouvrit la porte, et un jeune homme d'environ vingt ans aux cheveux bruns, vêtu d'un pyjama et d'une robe de chambre d'aspect neuf, entra dans la chambre en pleurant. Tout d'abord, ses façons hystériques empêchaient de comprendre quoi que ce fût, sinon que quelque chose d'horrible venait d'être évité de peu. Ce jeune homme, semblait-il, était arrivé à Paris avec son ami par le train maritime de ce jour même. L'ami était un peu plus âgé ; il n'avait fait sa connaissance que récemment, mais ils étaient devenus grands amis, et il avait accepté son invitation de voyager avec lui. Son ami avait beaucoup d'argent et lui n'en avait pas, et leur amitié avait été des plus belles jusqu'à cette nuit-là. Maintenant, tout était détruit pour lui dans le monde. Il était sans argent, il ne pourrait pas visiter l'Europe — à ce moment il sangolta de nouveau — mais rien au monde ne le ferait retourner dans cette chambre. Sur ce point, il était inébranlable. Il se tuerait plutôt. Il y était réellement décidé. Juste à ce moment on frappa encore à la porte et l'ami, qui était aussi un jeune homme américain beau et bien taillé et portait une robe de chambre aussi neuve et coûteuse d'aspect, entra dans la chambre. Au journaliste lui demandant qu'est-ce que c'était que tout cela, il répondit que ce n'était rien ; son ami était surmené par le voyage. Sur ce, le premier ami se remit à pleurer et déclara que pour rien au monde il ne retournerait dans cette chambre. Il se tuerait, disait-il. Il voulait absolument se tuer. Il y retourna cependant, à la fin, après quelques paroles bien senties et rassurantes du plus âgé et que le journaliste leur eût donné à chacun un brandy-and-soda et leur eût conseillé d'en finir et d'aller dormir. Le journaliste ne savait pas du tout de quoi il s'agissait, dit-il, mais il pensait que c'était quelque chose de drôle et, en tout cas, il se mit au lit lui-même et s'endormit ; il fut bientôt réveillé par un bruit qui semblait celui d'une lutte dans la chambre voisine, et une voix qui disait : « Je ne savais pas que c'était ça ! Oh ! je ne savais pas que c'était ça ! Je ne veux pas ! Je ne veux pas ! » — suivie, selon la description du journaliste, par un gémissement de désespoir. Il frappa violemment au mur et le bruit cessa, mais il put entendre l'un des amis sangloter. Il lui parut que c'était le même qui avait sangloté plus tôt.

— Voulez-vous de l'aide ? demanda le journaliste. Faut-il que j'appelle quelqu'un ? Qu'est-ce qui se passe ?

Il n'y eut pas de réponse, sinon les sanglots de l'un des amis. Alors l'autre ami dit, très clairement et distinctement :

— S'il vous plaît, occupez-vous de vos affaires.

Cela mit le journaliste en rage et il songea à appeler le bureau de l'hôtel et à les faire mettre à la porte tous les deux, et il l'aurait fait, disait-il, s'ils avaient dit encore quelque chose. Mais comme ils élevaient encore la voix, il leur dit de cesser et retourna à son lit. Il ne put dormir très bien parce que le premier des deux amis continua à sangloter pendant un bon bout de temps, mais il cessa finalement de sangloter. Le lendemain matin, il les vit prenant leur petit déjeuner à la terrasse du Café de la Paix ; ils bavardaient ensemble joyeusement, et lisaient des exemplaires du *New York Herald* de Paris. Il me les montra un jour ou deux plus tard, circulant ensemble dans un taxi découvert, et je les vis fréquemment depuis, assis à la terrasse du Café des Deux-Magots.

LA VIEILLE DAME : Et c'est toute l'histoire ? Est-ce qu'il n'y aura pas ce qu'on appelait dans ma jeunesse le grain de sel pour finir ?

— Ah ! madame, il y a des années que je n'ajoute plus le grain de sel à la fin d'une histoire. Êtes-vous sûre de n'être pas contente si le grain de sel est omis ?

LA VIEILLE DAME : Franchement, monsieur, je préfère le grain de sel.

— Alors, madame, je ne vous en priverai pas. La dernière fois que j'ai vu le couple, ils étaient assis à la terrasse du Café des Deux-Magots, portant des vêtements de bonne coupe, celui qui disait qu'il préférerait se tuer plutôt que de retourner dans la chambre, s'était fait passer les cheveux au henné.

LA VIEILLE DAME : Ce trait me semble bien peu salé.

— Madame, le sujet en lui-même manque de sel, et un trait trop vigoureux l'écraserait. Voulez-vous que je raconte une autre histoire ?

LA VIEILLE DAME : Merci, monsieur. Mais ce sera assez pour aujourd'hui.

XVI

Vous avez lu qu'autrefois on voyait des taureaux accepter trente, quarante, cinquante et même soixante-dix piques des picadors, tandis qu'aujourd'hui un taureau qui peut recevoir sept piques est un animal étonnant. Il semble donc que les choses fussent très différentes en ces jours-là, et les toreros devaient être alors des hommes semblables à ce qu'étaient les joueurs de football de l'équipe du lycée lorsque nous étions encore dans les classes élémentaires. Les temps ont bien changé ; au lieu de grands athlètes il n'y a plus aujourd'hui que des enfants qui jouent dans les équipes des lycées ; et les vieux, au café, vous apprendront que de même il n'y a plus aujourd'hui de bons toreros ; ce sont tous des enfants sans honneur, talent ni courage, tout pareils à ces enfants qui jouent aujourd'hui au football, sport bien affaibli, dans les équipes des lycées, et nullement semblables aux grands athlètes mûrs, aguerris, aux maillots à coudes de toile, sentant le vinaigre des emmanchures mouillées de sueur, portant des protège-tête de cuir, leurs jambes de moleskine crottées de boue, qui marchaient en souliers à cales de cuir qui s'imprimaient dans la terre au bord de la route, dans le crépuscule, il y a bien longtemps.

Il y avait toujours des géants en ces jours-là, et les taureaux, c'est bien vrai, acceptaient ces nombreuses piques, les comptes rendus de l'époque le prouvent, mais les piques étaient bien différentes. Aux plus anciens des anciens jours, la pique avait une très petite pointe d'acier triangulaire, garnie et protégée de telle sorte que seulement cette courte extrémité pouvait pénétrer dans le cuir du taureau. Le picador recevait le taureau en tournant son cheval face à lui, le frappait de sa pique, puis faisait pivoter le cheval sur la gauche, le mettant à l'abri de la charge et laissant le taureau passer à côté. Un taureau, même du genre des taureaux modernes, pouvait alors accepter un grand nombre de piques, car l'acier ne pénétrait pas profondément en lui, et c'était un exercice d'adresse de la part du picador plutôt qu'un coup délibérément nocif et punitif.

Aujourd'hui, après bien des modifications, la pique est telle que nous l'avons décrite [1]. On dispute toujours, entre éleveurs et picadors, sur sa forme, car cette forme détermine sa nocivité et le nombre de fois que le taureau pourra charger

1. Voir le *Glossaire*.

contre elle sans être ruiné dans sa force physique et son courage.

La pique actuelle est très nocive, même placée convenablement. Elle l'est surtout du fait que le picador ne la place pas, ne « lance le bâton », comme on dit, tant que le taureau n'a pas atteint le cheval. Le taureau doit alors faire l'effort de soulever le cheval en même temps que l'homme pèse de tout son poids sur la hampe, enfonçant l'acier dans le muscle du cou du taureau ou dans son garrot. Si tous les picadors étaient aussi adroits que quelques-uns le sont, il n'y aurait aucun besoin de laisser le taureau atteindre le cheval avant de « lancer le bâton ». Mais pour la plupart, les picadors, parce que c'est une profession mal payée et qui ne mène qu'à la commotion cérébrale, ne sont mêmes pas capables d'enfoncer la pique dans un taureau comme il convient. Ils comptent sur un coup heureux et sur l'effort que le taureau doit faire lorsqu'il soulève cheval et cavalier, pour fatiguer les muscles du cou de l'animal et faire le travail qu'un vrai picador pourrait accomplir sans se faire désarçonner ni même bouger de sa selle. Les matelas protecteurs que portent aujourd'hui les chevaux ont rendu le travail du picador beaucoup plus difficile et hasardeux. Sans le matelas, la corne peut pénétrer dans le flanc du cheval et le taureau peut le soulever, ou parfois, satisfait du dommage qu'il cause avec sa corne, il peut se laisser tenir à distance par la pique de l'homme ; avec le matelas, il donne de la tête dans le cheval, il ne trouve rien où enfoncer sa corne, et il précipite à terre cheval et cavalier. L'emploi de matelas protecteurs a conduit à un autre abus. Les chevaux, maintenant qu'ils ne sont plus tués dans l'arène, peuvent chaque fois être présentés de nouveau par le fournisseur de chevaux. Ils ont alors une telle peur des taureaux et sont frappés d'une telle panique à leur seule odeur, qu'ils sont presque impossibles à manœuvrer. Le nouveau règlement officiel prévoit que les picadors pourront refuser de tels chevaux et que ceux-ci devront être marqués en sorte qu'ils ne puissent être utilisés ni offerts par aucun fournisseur de chevaux ; mais, du fait que le picador est si mal payé, l'effet de ce règlement sera probablement détruit par la *propina* ou pourboire, qui constitue une partie régulière des revenus du picador et qu'il accepte du maquignon pour monter des bêtes, qu'il a le droit et le devoir de refuser au nom des règlements gouvernementaux.

La propina est responsable de presque toutes les horreurs des courses de taureaux. Les règlements prévoient la taille, le degré de vigueur et de santé des chevaux employés dans l'arène ; si l'on utilisait des chevaux convenables et si les picadors étaient bien entraînés, il n'y aurait aucune raison pour que des chevaux soient tués, excepté par accident et contre la volonté de leurs cavaliers, comme il arrive, par exemple, dans les steeple chases. Mais la mise en vigueur de ces règlements qui le protègent est confiée au picador même, comme étant la partie la plus intéressée dans l'affaire ; et le picador est si pauvrement payé pour le danger qu'il court que, pour un petit supplément à sa paie, il est disposé à accepter des chevaux qui rendent son travail encore plus difficile et dangereux. Le fournisseur de chevaux doit fournir ou avoir à sa disposition trente-six chevaux pour chaque corrida. Il reçoit en paiement une somme fixe, quoi qu'il arrive à ses chevaux. Il est de son intérêt de fournir les animaux les moins chers qu'ils puisse donner et qu'on en utilise le plus petit nombre possible.

Voici à peu près comment les choses se passent ; les picadors arrivent, la veille ou le matin de la course, aux corrales de l'arène pour choisir et essayer les chevaux qu'ils monteront. Une plaque de fer scellée dans le mur de pierre du corral marque le minimum de hauteur au garrot qu'un cheval doit avoir pour être accepté. Un picador fait mettre la grande selle sur un cheval, monte, éprouve les réactions du cheval au mors et à l'éperon, recule, tourne et, dirigeant sa monture vers le mur du corral, il y pousse la hampe d'une pique pour voir si le cheval est stable et solide sur ses pieds. Il descend de selle et dit au maquignon : « Je ne voudrais pas risquer ma vie sur cette fichue haridelle pour mille dollars.

— Qu'est-ce qu'il a, ce cheval? dit le maquignon. Vous pourriez courir loin avant de trouver un cheval comme ça.

— Beaucoup trop loin, dit le picador.

— Qu'est-ce qu'il a ? C'est un beau petit cheval.

— Il ne sent pas le mors, dit le picador. Il ne veut pas reculer. Et puis il est un peu court.

— Il a juste la taille. Regardez-le. Juste la taille.

— Juste la taille pour quoi ?

— Juste la taille pour le monter.

— Pas moi, dit le picador en faisant mine de s'en aller.

— Vous ne trouverez pas de meilleur cheval.

— Je le crois bien, dit le picador.

— Quelle est votre véritable objection ?

— Il a la morve.

— Sottise. Ce n'est pas la morve. C'est seulement des pellicules.

— Vous devriez l'asperger de fly-tox, dit le picador. Ça le tuerait.

— Quelle est votre véritable objection ?

— J'ai une femme et trois enfants. Je ne le monterais pas pour mille dollars.

— Soyez raisonnable », dit le maquignon.

Ils parlent à voix basse. Il donne au picador quinze pesetas.

— Bon, dit le picador. Marquez-moi le petit cheval.

Ainsi, l'après-midi, vous voyez le picador arriver sur son petit cheval, et si le petit cheval se fait découdre, et qu'au lieu de le tuer le garçon en veste rouge l'emmène en courant vers la porte des chevaux pour aller le faire rapiécer, en sorte que le maquignon pourra le resservir, vous pouvez alors être sûr qu'on a donné ou promis au garçon une propina pour chaque cheval qu'il pourrait ramener vivant de l'arène, au lieu de les tuer comme la pitié et la décence l'ordonnent lorsqu'ils sont blessés.

J'ai connu quelques bons picadors, honnêtes, honorables, braves, et faisant un sale métier, mais je vous abandonnerais volontiers tous les fournisseurs de chevaux que j'ai rencontrés, bien que quelques-uns fussent de bons garçons. Je vous laisse aussi, si vous en voulez, tous les garçons de service des arènes. Ce sont les seuls gens que j'aie trouvés, dans le monde des corridas, qui soient abrutis par le métier ; et ce sont les seuls qui y prennent une part active sans courir aucun danger. J'en ai vu plusieurs, deux en particulier, le père et le fils, à qui j'enverrais volontiers quelques balles dans la peau. Si jamais vient un temps où pendant quelques jours on puisse tirer sur qui l'on veut, je crois qu'avant de me mettre en chasse de divers policiers, hommes d'État italiens, fonctionnaires du gouvernement, juges du Massachusetts et d'une paire de compagnons de ma jeunesse, je pousserais dans une trappe, en lieu sûr, ces deux garçons d'arène. Je ne veux pas préciser davantage leur identité, parce que si jamais je dois avoir leurs peaux, cela prouverait la préméditation. Mais de tous les exemples de cruauté sordide que j'aie jamais vus, ce sont eux qui en ont fourni le plus. Où l'on voit le plus de cruauté gratuite, c'est en général dans les brutalités de la police, au moins de tous les pays où je suis allé, y compris, en particulier, le mien. Ces deux *monosabios* de Pampelune et de Saint-Sébastien devraient être, de droit, agents de police, ou mieux encore gardes mobiles, mais ils emploient le mieux qu'ils peuvent leurs talents dans l'arène à taureaux. Ils portent à la ceinture des *puntillas*, coutelas à large manche, avec lequel ils peuvent donner le coup de grâce à tout cheval gravement blessé, mais je ne les ai jamais vus tuer un cheval qu'ils espéraient encore pouvoir remettre sur ses pieds et reconduire aux corrales. Ce n'est pas seulement une question d'argent qu'ils peuvent gagner en repêchant ces chevaux qu'on empaillera vivants pour pouvoir les réintroduire dans l'arène, car je les ai vus refuser de tuer, jusqu'à ce qu'ils y soient forcés par le public, un cheval qu'on ne pouvait pas espérer remettre sur pied, ni ramener dans l'arène, pour le pur plaisir d'exercer leur pouvoir de refuser d'accomplir un acte de pitié aussi longtemps que possible. La plupart des garçons d'arène sont de pauvres diables qui remplissent une fonction misérable pour un maigre salaire, et ont le droit à la pitié sinon à la sympathie. S'ils sauvent un cheval ou deux qu'ils auraient dû tuer, ils le font avec une crainte qui annihile tout plaisir qu'ils auraient, et ils gagnent leur argent aussi bien que, par exemple, les hommes qui ramassent des bouts de cigares. Mais les deux dont je parle sont tous les deux gras, bien nourris et arrogants. J'ai réussi une fois à balancer un grand et lourd coussin de cuir, loué pour une peseta et demie, au travers de la figure du plus jeune au cours d'une scène de protestation tapageuse dans une arène au nord de l'Espagne, et je ne vais jamais à l'arène sans une bouteille de manzanilla que j'espère toujours avoir l'occasion d'envoyer, vide, sur l'un ou l'autre, à un moment quelconque où la bagarre deviendra si générale qu'un simple coup de bouteille pourra passer inaperçu des autorités. Lorsqu'on en est venu, par le contact avec ses représentants, à ne plus chérir hautement la loi comme un remède aux abus, alors la bouteille devient un moyen souverain d'action directe. Si vous ne pouvez l'utiliser comme projectile, vous pouvez toujours y boire.

Dans les courses de taureaux d'aujourd'hui, le bon jeu de pique n'est pas celui où le picador, en pivotant, met son cheval complètement à l'abri. C'est ce qu'il devrait être, mais vous pouvez attendre très longtemps sans en voir un exemple. Tout ce qu'on peut attendre aujourd'hui d'un bon picador, c'est qu'il place son coup correctement, c'est-à-dire qu'il enfonce la pointe dans le *morrillo*, ou bosse musculaire qui se dresse derrière la nuque du taureau et jusqu'au-devant de ses épaules, qu'il essaie de tenir le taureau à distance et qu'il ne cherche pas, par un mouvement de torsion de l'arme, à faire au taureau une profonde blessure pour lui faire perdre du sang et l'affaiblir de façon à diminuer le danger pour le matador.

Un mauvais picador place son coup n'importe où ailleurs que dans le morrillo ; il frappe de telle sorte qu'il déchire ou qu'il ouvre une large blessure ; ou, enfin, il laisse le taureau atteindre le cheval et alors, quand la corne a pénétré, il frappe, pousse et imprime une torsion à la pique dont le fer est dans la chair du taureau, et essaie de donner l'impression qu'il protège son cheval alors qu'il ne fait réellement qu'endommager le taureau dans un but peu justifiable.

Si les picadors étaient propriétaires de leurs chevaux et s'ils étaient bien payés, ils les protégeraient, et, dans la course de taureaux, la partie où joue le cheval deviendrait une des plus brillantes et où le plus d'adresse se déploierait, au lieu d'être un mal nécessaire. Pour ma part, si les chevaux doivent être tués, pires ils sont, mieux cela vaut. Pour les picadors, un vieux cheval à gros sabots leur est beaucoup plus utile, de la façon dont ils manient la pique aujourd'hui, qu'un pur-sang en pleine forme. Pour faire son office dans l'arène, il faut qu'un cheval soit ou vieux ou bien fatigué. C'est autant pour fatiguer les bêtes que pour fournir un moyen de transport aux picadors que l'on fait aller les chevaux, montés, de l'arène jusqu'à la pension des picadors et retour, en traversant la ville. Dans les provinces, les garçons de l'arène montent les chevaux dans la matinée pour les fatiguer. Le rôle du cheval n'est plus que de fournir au taureau quelque chose à charger, de sorte qu'il se fatigue les muscles du cou ; et en outre de supporter l'homme qui reçoit la charge et qui place son coup de pique de façon à forcer le taureau à fatiguer les muscles en question. Son devoir est de fatiguer le taureau, et non de l'affaiblir par des blessures. La blessure faite par la pique est un incident plutôt qu'une fin poursuivie. Toutes les fois qu'elle devient une fin, elle est condamnable.

Pour cet usage, les plus mauvais chevaux possibles, c'est-à-dire ceux qui ne sont plus propres à d'autres emplois, mais qui sont solides sur leurs pieds et suffisamment maniables, sont les meilleurs. J'ai vu des pur-sang tués dans leur prime jeunesse, en d'autres lieux que l'arène, et c'est toujours un spectacle triste et angoissant. L'arène, pour les chevaux, c'est la mort ; et pour l'arène les plus mauvais chevaux sont les meilleurs.

Comme je l'ai dit, si les picadors étaient propriétaires de leurs chevaux, cela changerait tout le spectacle. Mais j'aime encore mieux voir une douzaine de vieux chevaux hors d'usage tués à bon escient qu'un seul bon cheval tué par accident.

Et la Vieille Dame ? Elle est partie. Enfin, nous l'avons expulsée du livre. Un peu tard, dites-vous. Oui, peut-être un peu tard. Et les chevaux ? C'est d'eux que les gens aiment toujours parler quand il s'agit de courses de taureaux. Est-ce qu'on a parlé assez des chevaux ? Assez parlé des chevaux, dites-vous. Tout cela leur a bien plu, sauf les pauvres chevaux. Devons-nous essayer d'élever notre ton général ? Ou passer à des sujets plus élevés ?

M. Aldous Huxley commence ainsi un essai intitulé *Foreheads Villainous Low* : « M. H..., dans (ici le titre d'un livre de l'auteur de ces lignes) se risque, une fois, à nommer un Vieux Maître. Il y a là une phrase, admirablement expressive (ici M. Huxley insère un compliment), une simple phrase, sans plus, sur « les plaies amères » des Christs de Mantegna ; puis, rapidement, effrayé de sa propre audace, l'auteur passe outre (comme Mme Gaskell s'empressait de passer outre si par quelque mégarde elle s'était laissée aller à parler d'un lieu d'aisance), il passe outre, en se voilant la face, et se remet à parler des Choses inférieures.

« Il y eut une époque, et pas si vieille, où les gens stupides et incultes aspiraient à passer pour intelligents et cultivés. Ce courant d'aspirations a changé de direction. Il n'est pas du tout rare aujourd'hui de trouver des gens intelligents et cultivés faisant tout leur possible pour feindre la stupidité et dissimuler le fait qu'ils ont reçu une éducation », et ainsi de suite, dans la meilleure veine de M. Huxley, qui est assurément une veine d'une très haute éducation.

Et alors ? dites-vous. M. Huxley marque des points ici, fort bien, fort bien. Qu'avez-vous à dire à cela ? Permettez-moi de répondre franchement. Après avoir lu ce passage du livre de M. Huxley, je me suis procuré un exemplaire du livre qu'il cite, je l'ai parcouru, et n'ai pu y trouver sa citation.

Elle doit y être, mais je n'ai pas eu la patience de la retrouver, ni aucun intérêt à le faire, puisque le livre était achevé et qu'on n'y pouvait rien. La citation ressemble beaucoup à cette sorte de phrases qu'un auteur cherche à éliminer lorsqu'il revoit son manuscrit. Je crois qu'il s'agit de quelque chose de plus que de simuler ou d'éviter l'apparence de la culture. Lorsqu'un écrivain écrit un roman, il doit créer des gens qui vivent ; des gens, non des caractères. Un « caractère » est une caricature. Si l'auteur peut faire vivre des gens, il pourra n'y avoir aucun grand caractère dans son livre, mais il est possible que son livre demeure une œuvre complète, un tout, un roman. Si les gens que fabrique l'écrivain parlent de vieux maîtres, de musique, de peinture moderne, de lettres ou de science, ils doivent, dans le roman, parler de ces sujets. S'ils ne parlent pas de ces sujets et que l'écrivain les en fasse parler, c'est un imposteur ; et s'il en parle lui-même pour montrer tout ce qu'il sait, alors c'est de la vantardise. Si parfaite que soit la phrase ou la comparaison qu'il a trouvée, s'il la place là où elle n'est pas absolument nécessaire et irremplaçable, il gâte toute son œuvre par égoïsme. La prose est architecture, et non décoration intérieure, et le Baroque est fini. Pour un écrivain, mettre ses propres rêveries intellectuelles, qu'il aurait pu vendre à bas prix sous forme d'essais, dans la bouche de caractères artificiellement construits, qui sont plus rémunérateurs une fois présentés comme des gens véritables dans un roman, c'est de la bonne économie, peut-être, mais cela ne fait pas de la littérature. Les personnages d'un roman doivent être, non pas des « caractères » habilement construits, mais des créatures projetées de l'expérience assimilée par l'écrivain, de sa connaissance, de sa tête, de son cœur et de tout ce qui est part de lui. Avec de la chance, et en s'y appliquant sérieusement, s'il réussit à les tirer tout entiers de lui, ils auront plus d'une dimension, et ils dureront longtemps. Un bon écrivain doit connaître chaque chose d'aussi près que possible. Ce n'est pas naturellement qu'il y parviendra. Un auteur de quelque envergure semble être né avec son savoir. Mais ce n'est pas du tout vrai ; il est seulement né avec l'aptitude à apprendre plus vite, à temps égal, que les autres hommes, sans être obligé à une application consciente, et avec une intelligence qui lui permet d'accepter ou de rejeter ce qui lui est déjà présenté comme savoir acquis. Il y a certaines choses qu'on ne peut apprendre rapidement, et pour les acquérir il nous faut payer lourdement de de notre temps, qui est tout ce que nous possédons. Ce sont les choses les plus simples, et, comme il faut toute une vie humaine pour les connaître, la petite connaissance nouvelle que chaque homme tire de la vie lui est très coûteuse, et c'est le seul héritage qu'il ait à laisser. Chaque roman écrit avec vérité contribue au savoir total qui est à la disposition de l'écrivain suivant, mais l'écrivain suivant doit payer, toujours, un certain pourcentage de sa propre expérience, pour être capable de comprendre et d'assimiler ce qui lui revient par droit de naissance et dont, à son tour, il doit faire son point de départ. Si un prosateur connaît assez bien ce dont il écrit, il pourra omettre des choses qu'il connaît ; et le lecteur, si l'écrivain écrit assez avec de vérité, aura de ces choses un sentiment aussi fort que si l'écrivain les avait exprimées. La majesté du mouvement d'un iceberg est due à ce qu'un huitième seulement de sa hauteur sort de l'eau. Un écrivain qui omet certaines choses parce qu'il ne les connaît pas ne fait que mettre des lacunes dans ce qu'il écrit. Un écrivain qui se rend si peu compte de la gravité de son art qu'il ne s'inquiète que de montrer aux gens qu'il a reçu une bonne éducation, qu'il est cultivé ou bien élevé, est simplement un jacasseur. Et souvenez-vous aussi de ceci : il ne faut pas confondre écrivain sérieux et écrivain solennel. Un écrivain sérieux peut être un épervier ou une buse, ou même un perroquet, mais un écrivain solennel n'est jamais qu'un vilain hibou.

XVII

Aucune partie de la fiesta n'attire davantage le spectateur qui voit une course de taureaux pour la première fois, que la pose des banderillas. L'œil d'une personne non familiarisée avec les courses de taureaux ne peut pas vraiment suivre le travail de la cape ; on reste sous le choc donné par le cheval frappé par le taureau, et quel que soit l'effet produit sur le spectateur, il sera porté à continuer d'observer le cheval, manquant ainsi le quite fait par le matador. Le jeu de la muleta est déroutant ; le spectateur ne sait pas quelles passes sont difficiles à exécuter et, tout étant nouveau, son œil est à peine capable de distinguer un mouvement d'un autre. Il regarde la muleta comme quelque chose de pittoresque, et la mise à mort peut être exécutée si soudainement qu'à moins d'avoir des yeux très entraînés, le spectateur ne pourra pas décomposer les différentes figures ni voir réellement ce qui arrive. Assez souvent aussi, la mise à mort sera exécutée avec un tel manque de style et de franchise, manque voulu par le matador pour diminuer l'importance de l'acte, que le spectateur n'aura aucune idée de l'émotion ni du spectacle que donnerait un taureau correctement tué. Mais il voit clairement la pose des banderillas, il la suit aisément dans tous ses détails et, presque invariablement, lorsqu'elle est bien faite, il y prend plaisir.

Au moment des banderillas, il voi*. un homme sortir portant deux minces baguettes à pointes barbelées ; c'est le premier homme qu'il ait vu marcher à pied vers le taureau sans avoir de cape à la main. L'homme attire l'attention du taureau (je décris la façon la plus simple de planter les banderillas), court vers lui tandis que le taureau charge, et au moment où taureau et homme vont se rencontrer et où le taureau baisse la tête pour frapper, l'homme joint les pieds , élève ses bras, et enfonce les pointes droit dans la nuque baissée du taureau.

C'est, du spectacle, tout ce que l'œil du spectateur peut suivre.

— Pourquoi le taureau ne l'attrape-t-il pas? demanderont certains en voyant leur première course, ou même après de nombreuses courses. La réponse est que le taureau ne peut tourner dans un espace plus court que sa propre longueur. Donc, si le taureau charge, l'homme, une fois qu'il a passé la corne, est sauf. Il peut passer la corne en prenant un trajet qui l'amène à couper obliquement le trajet du taureau ; il calcule le moment de la rencontre, où il doit joindre les pieds, de façon que le taureau ait alors la tête baissée ; il plante ses baguettes, pivote et dépasse la corne. C'est ce qu'on appelle les placer *de poder a poder* ou « de force à force ». L'homme peut choisir son point de départ de façon à décrire un quart de cercle lorsqu'il coupe la charge du taureau, les plaçant *al cuarteo*, la manière la plus commune ; ou bien il peut se tenir immobile et attendre la charge du taureau — c'est la manière la plus élégante — et au moment où le taureau va l'atteindre, baisser la tête et frapper, l'homme lève le pied droit et se porte sur le gauche, de sorte que le taureau suit le mouvement de son corps, puis il se rejette en arrière, repose le pied droit à terre, et enfonce les baguettes. C'est ce qu'on appelle placer les banderillas *al cambio*. On peut le faire, bien entendu, à droite ou à gauche. De la façon que j'ai décrite, le taureau passerait à gauche.

Il y a une variante de la même manière, appelée *al quiebro*, dans laquelle l'homme ne doit lever ni un pied ni l'autre ; il déjoue le taureau et lui fait prendre la fausse direction par un mouvement du corps, les pieds restant en place. Mais je ne l'ai jamais vu faire. J'ai vu bien des paires de banderillas que les critiques appelaient *al quiebro*, mais je n'en ai jamais vu une seule placée sans que l'homme ait levé un pied ou l'autre.

Dans toutes ces manières de placer les banderillas, il y a deux hommes avec des capes en différents points de l'arène, en général un matador au centre et un autre, matador ou banderillero, derrière le taureau ; ainsi, lorsque l'homme a planté les banderillas et esquivé les cornes du taureau, quelque façon qu'il ait choisie, le taureau voit une cape devant lui avant d'avoir pu tourner, et il part à la poursuite de ce nouvel adversaire. Il y a dans l'arène une place déterminée que chacun des deux ou trois hommes munis de capes occupe pour chacune des diverses manières de placer les banderillas. Les manières que j'ai décrites, le *cuarteo* ou « quart de cercle », le « force-à-force » et ses variantes, qui s'exécutent l'une et l'autre l'homme et le taureau courant tous les deux, et le *cambio* avec ses variantes, où l'homme reste immobile et attend la charge du taureau, sont les manières usuelles de placer les banderillas lorsque l'homme cherche à le faire brillamment. Ce sont d'ordinaire celles qu'utilise le matador lorsqu'il pose les banderillas lui-même, et leur effet dépend de la grâce, de la netteté, de la décision et de l'autorité que l'homme y met, et de la position correcte des banderillas. On doit les placer tout au sommet des épaules, bien en arrière de la nuque du taureau ; on doit les planter ensemble, non séparément, et on ne doit pas les placer en un endroit où elles pourraient gêner le coup d'épée. Les banderillas ne doivent jamais être placées dans les blessures faites par les picadors. Une banderilla correctement placée ne perce que le cuir et le poids de la hampe la fait pendre sur le flanc du taureau. Si elle est enfoncée trop profondément, elle se tient toute droite, rend impossible tout travail brillant à la muleta, et au lieu d'une piqûre aiguë, sans effet durable, elle cause une blessure douloureuse qui démonte le taureau, le rend hésitant et difficile. Aucune manœuvre, dans la course de taureaux, n'a pour objet d'infliger une douleur au taureau. La douleur qui lui est infligée est un incident, non un but. L'objet de toutes les manœuvres est, outre de donner le plus de brillant au spectacle, de fatiguer le taureau et de le ralentir pour préparer la mise à mort. Je crois que la partie du combat qui inflige au taureau le plus de douleur et de souffrance, parfois inutiles, est la pose des banderillas. Et pourtant c'est la partie du combat qui cause le moins de répugnance aux spectateurs américains et britanniques. Je crois que c'est parce que cette partie est la plus facile à suivre et à comprendre. Si toute la corrida était aussi facile à suivre, à goûter et à comprendre, et si le danger y était toujours aussi visible que dans la pose des banderillas, l'attitude du monde non espagnol envers les courses de taureaux pourrait bien être très différente. De mon temps, même, j'ai vu l'attitude des journaux et périodiques américains changer considérablement à l'égard des courses de taureaux, du fait qu'on les a présentées, ou essayé honnêtement de les présenter telles qu'elles sont dans certain ouvrage de fiction ; et cela avant que le fils d'un agent de police de Brooklyn ne devînt un matador habile et populaire.

Outre les trois façons de placer les banderillas que j'ai décrites, il y en a au moins dix autres, dont quelques-unes sont tombées en désuétude, comme celle qui consiste à défier le taureau avec une chaise à la main, puis à s'asseoir lorsque le taureau charge, pour ensuite se lever et détourner le taureau d'un côté par une feinte, enfoncer les banderillas et se rasseoir sur la chaise. On ne voit presque jamais cela aujourd'hui, non plus que les diverses autres manières de placer les banderillas inventées par certains toreros, et qui, étant rarement bien exécutées par d'autres que leurs inventeurs, passèrent d'usage.

Lorsque des taureaux prennent une querencia contre la barrera, on ne peut leur placer les banderillas par la méthode qui consiste à venir couper la ligne de charge du taureau en décrivant un quart ou une moitié de cercle, pour placer les baguettes au moment où le trajet de l'homme croise celui du taureau, car l'homme, après avoir esquivé la corne, se trouverait pris entre le taureau et la barrière. Il faut, pour placer les banderillas à de tels taureaux, employer le biais suivant, dit *al sesgo*. Dans cette manœuvre, le taureau étant contre la barrera, un homme doit se trouver dans le passage avec une cape ; il attire l'attention du taureau jusqu'à ce que celui qui doit placer les banderillas, partant d'un point de la barrera situé plus loin, plante ses banderillas en passant devant la tête du taureau, sans s'arrêter, aussi bien qu'il peut. Souvent, il doit sauter par-dessus la barrera, si le taureau court après lui. Un homme se tient un peu plus loin dans l'arène, pour essayer de reprendre le taureau quand il se retourne, mais, comme les taureaux qui nécessitent cette manœuvre sont en général ceux qui sont enclins à pourchasser l'homme plutôt que le leurre, cet homme, avec sa cape, se trouve souvent relativement inutile.

Avec les taureaux qui ne veulent pas charger, ou qui en chargeant obliquent brusquement vers l'homme, ou qui ont la vue basse, on emploie la façon dite *media-vuelta* ou demi-tour. Dans cette manière de placer les banderillas, le banderillero vient tout près derrière le taureau, attire son attention, et, au moment où le taureau se retourne vers l'homme et baisse la tête pour frapper, l'homme, qui est déjà en mouvement, plante les banderillas.

Cette méthode ne s'emploie qu'en dernière nécessité, car elle viole le principe de la course de taureaux d'après lequel l'homme doit, en exécutant n'importe quelles manœuvres avec le taureau, l'appprocher de face.

Une autre manière de placer les banderillas que l'on voit parfois est ce qu'on appelle *al relance* ; elle se fait lorsque le taureau est encore à courir et à secouer la tête après la pose d'une paire de banderillas ; l'homme prend avantage de ce que le taureau est encore en train de courir, au lieu d'avoir à provoquer délibérément sa charge, pour couper sa course en quart de cercle ou demi-cercle, et placer une autre paire.

Le matador prend ordinairement les banderillas

lui-même lorsqu'il pense que le taureau est propre à des exploits brillants. Dans les anciens temps, un matador ne prenait les banderillas que lorsque la foule le lui demandait. Aujourd'hui, la pose des banderillas fait partie du répertoire régulier de tous les matadors qui ont le physique nécessaire et qui ont pris le temps d'apprendre à bien *banderillear*. Le matador qui prépare seul son taureau peut le conduire en courant à reculons en zigzags, ces changements brusques de direction étant la défense d'un homme à pied contre l'animal ; il semble jouer avec lui, le faire venir où il veut l'avoir, puis il le défie avec arrogance, marchant vers lui d'un pas ferme et lent, et, lorsque la charge vient, il l'attend, ou bien il court à sa rencontre, et dans ces manœuvres il a une occasion d'imprimer la marque de sa personnalité et de son style à tout ce qu'il fait dans ce « tiers » du combat. Un banderillero, par contre, bien qu'il puisse être plus adroit que son maître, doit simplement suivre ses instructions ; outre qu'il doit placer les banderillas aux endroits indiqués, il doit les poser rapidement et correctement de façon à remettre le taureau aussi vite que possible et en aussi bon état que possible aux mains de son maître, le matador, pour l'acte final. La plupart des banderilleros sont bons pour placer les baguettes soit d'un côté, soit de l'autre. Il est très rare qu'un homme soit capable de banderillear correctement des deux côtés. Pour cette raison, un matador aura avec lui un banderillero qui sera meilleur à droite et un autre qui sera bon à gauche.

Le meilleur banderillero que j'aie jamais vu était Manuel Garcia Maera. Lui, Joselito et Rodolfo Gaona, le Mexicain, furent les plus grands des temps modernes. C'est un fait singulier que la supériorité écrasante de tous les toreros mexicains pour poser les banderillas. Dans les dernières années, chaque saison vit venir en Espagne de trois à six apprentis toreros mexicains, et chacun d'eux égalait ou surpassait les meilleurs artistes de banderillas de l'Espagne. Leur style, lorsqu'ils préparent ou exécutent, et la puissance d'émotion qui vient des risques incroyables qu'ils courent, sont, en dehors de la froideur indienne du reste de leur travail, la marque et les caractéristiques des toreros mexicains.

Rodolfo Gaona fut l'un des plus grands toreros qui aient jamais vécu. Il se produisit sous le régime de Don Porfirio Diaz, et il travailla en Espagne exclusivement dans les années où les courses étaient suspendues au Mexique pendant la révolution. Il modifia son style primitif, à l'imitation de Joselito et de Belmonte, et se mesura avec eux, presque à égalité, pendant la saison de 1915 ; et à égalité en 1916, mais après cela une blessure de corne et un mariage malheureux ruinèrent sa carrière en Espagne. Sa valeur de torero baissait régulièrement tandis que Joselito et Belmonte se perfectionnaient. L'allure (il n'était pas aussi jeune qu'eux), le style nouveau et l'affaiblissement de son moral causé par des difficultés domestiques, tout cela était trop pour lui ; il retourna au Mexique où il domina tous les autres toreros, et servit de modèle à tous les élégants Mexicains de la génération présente. Beaucoup des plus jeunes toreros espagnols n'ont jamais vu ni Joselito ni Belmonte, mais seulement leurs imitateurs ; mais tous les Mexicains ont vu Gaona. Au Mexique, il fut aussi le maître de Sidney Franklin, et le style de Franklin dans le maniement de la cape, qui déconcerta et étonna tellement les Espagnols lorsqu'il parut pour la première fois, fut formé et influencé par Gaona. Le Mexique produit aujourd'hui, maintenant qu'il est dans une nouvelle période sans guerres civiles, quantité de toreros qui peuvent devenir grands si les taureaux en laissent quelque chose. Les arts ne sont jamais très florissants en temps de guerre, mais avec la paix au Mexique l'art de la corrida est plus florissant aujourd'hui au Mexique qu'en Espagne. La difficulté réside dans la différence de taille, de tempérament et de nervosité des taureaux espagnols ; lorsque les jeunes Mexicains viennent en Espagne, ils n'y sont pas accoutumés, et aussi, souvent après les exploits les plus brillants, ils se font cogner et perforer, non par défauts de technique, mais simplement parce qu'ils travaillent avec des animaux plus nerveux, plus puissants et plus difficiles à connaître que ceux de leur pays. On ne peut trouver un grand torero qui ne soit blessé par la corne tôt ou tard, mais s'il l'est trop tôt, trop souvent et trop jeune, il ne sera jamais le torero qu'il aurait pu devenir si les taureaux l'avaient respecté.

Lorsque vous jugez la pose d'une paire de banderillas, ce qu'il faut remarquer, c'est à quelle hauteur l'homme élève ses bras lorsqu'il enfonce les baguettes ; car, plus il les lève haut, plus il laisse le taureau venir près de son corps. Remarquez aussi dans quelle mesure il utilise les arcs de cercle ou cuarteos pour couper la charge du taureau ; plus il se sert des cuarteos, moins il court de danger. Lorsqu'une paire est réellement bien placée, l'homme joint les pieds en levant les mains ; et, dans les cambios et les prétendus *quiebros*, il faut observer s'il sait bien attendre et jusqu'à quel point il laisse s'approcher le taureau avant de bouger les pieds. Le mérite des banderillas placées de la barrera dépend entièrement de l'usage qu'on fait ou non, pour truquer la manœuvre, de capes agitées de derrière la barrera pour attirer l'attention du taureau. Lorsque l'homme travaille au centre de la piste, tandis qu'il s'avance vers le taureau, deux hommes sont placés à quelque distance avec des capes, de chaque côté de lui, mais ils sont là pour distraire le taureau s'il poursuit l'homme une fois les baguettes plantées. Lorsqu'on place les banderillas en partant de la barrera, il peut être nécessaire de faire flotter une cape une fois les banderillas posées, pour protéger l'homme s'il s'est mis dans une position impossible. Mais une cape qu'on fait flotter chaque fois au moment de placer les banderillas signifie que c'est seulement un truquage.

Parmi les matadors actuels, les meilleurs aux banderillas sont Manolo Mejias (« Bienvenida »), Jesus Solorzano, José Gonzalez (« Carnicerito de Mexico »), Fermin Espinosa (« Armillita II ») et Heriberto Garcia. Antonio Márquez, Félix Rodriguez, et Marcial Lalanda sont très intéressants dans la pose des banderillas. Lalanda place parfois d'excellentes paires,mais il fait en général un quart de cercle beaucoup trop grand pour esquiver la tête du taureau ; Márquez a de la difficulté à dominer et mettre en place le taureau, et lorsqu'il place les banderillas près de la barrera, presque toujours il fait subir une préparation au taureau en le faisant frapper des cornes contre le bois pour le rendre circonspect devant la barrière, et au moment où il enfonce sa paire, il a un peno qui agite une cape par-dessus la barrière pour distraire le taureau tandis qu'il s'esquive. Félix Rodriguez est un splendide banderillero, mais il a été malade et il manque de l'énergie physique nécessaire pour bien banderillear. Dans ses meilleurs moments, il est parfait.

Fausto Barajas, Julián Saiz (« Saleri II ») et Juan Espinosa (« Armillita ») étaient d'excellents banderilleros, mais ils sont sur le déclin. Saleri a peut-être pris sa retraite au moment où ce livre paraît. Ignacio Sanchez Mejias était un très grand banderillero, qui a pris aussi sa retraite comme matador, mais son style était lourd et sans grâce.

Il y a une demi-douzaine de jeunes Mexicains aussi bons que n'importe lesquels de ces matadors qui, au moment où ces pages seront publiées, seront peut-être morts, finis ou fameux.

Parmi les banderilleros travaillant comme peons sous les ordres de matadors, les meilleurs aux banderillas que je connaisse sont Luis Suárez, « Magritas », Joaquim Manzanares, « Mella », Antonio Duarte, Rafael Valera, « Rafaellillo », Mariano Carrato, Antonio Garcia, « Bombita IV »; et, à la cape, Manuel Aguilar, « Rerre », et Bonifacio Perea, « Boni » *peón de confianza* ou banderillero de confiance de Bienvenida. Le plus grand manieur de cape que j'aie vu parmi les peons était Enrique Berenguer, « Blanquet ». Les meilleurs banderilleros sont souvent des hommes qui ont voulu être matadors, mais qui, ayant échoué dans leurs essais à l'épée, se sont résignés à la position de travailleurs à gages dans une cuadrilla. Ils en savent souvent plus sur les taureaux que le matador pour qui ils travaillent, et souvent ont plus de personnalité et de style, mais ils occupent une position servile, et ils doivent prendre soin de ne détourner aucunement sur eux l'attention dont doit jouir leur chef. Le seul homme, dans les courses de taureaux, qui gagne réellement de l'argent est le matador. C'est juste, dans la mesure où il prend la responsabilité et court le plus grand danger de mort, mais les bons picadors, qui touchent seulement deux cent cinquante pesetas, et les banderilleros, qui en reçoivent de deux cent cinquante à trois cents, ont un salaire ridiculement bas, lorsque le matador touche dix mille pesetas et plus. S'ils ne font pas bien leur métier, ils constituent une dépense fixe pour le matador, et, à n'importe quel prix, ils sont coûteux ; mais de fait, même s'ils arrivent à exceller dans leur profession, ils ne peuvent devenir plus que des journaliers en comparaison des matadors. Les tout à fait meilleurs des banderilleros et des picadors sont très demandés, et une douzaine d'entre eux peuvent faire jusqu'à quatre-vingts courses dans la saison, mais il y en a beaucoup de bons et de capables qui arrivent à peine à vivre. Ils sont organisés en syndicat, et les matadors doivent leur payer un salaire minimum, variable avec le rang du matador ; ils sont divisés en trois catégories selon la somme qu'ils touchent pour combattre ; mais il y a beaucoup plus de banderillos que d'occasions de combattre, et un matador peut les avoir au prix qu'il veut, s'il est assez ladre, en leur faisant signer un billet d'un montant égal à une partie de la somme qu'ils doivent recevoir, de façon à leur retenir ce montant au moment de les payer.

Si mal payée que soit la profession, ces hommes arrivent à tenir, en vivant toujours à la limite de la famine, sur l'illusion qu'ils pourront gagner leur vie avec les taureaux et sur l'orgueil d'être des toreros.

Les banderilleros sont parfois maigres, bruns, jeunes, braves, habiles et confiants ; plus hommes que leur matador, le trompant peut-être avec ses maîtresses, se faisant ce qui leur semble être une bonne vie, et heureux de vivre. D'autres fois, ce sont de respectables pères de famille, pleins de sagesse en ce qui concerne les taureaux, gras mais le pied encore vif, petits hommes d'affaires dont les affaires sont les taureaux. D'autres fois ils sont rudes, inintelligents, mais avec de la bravoure et du savoir-faire, et durent, comme les joueurs de ballon, aussi longtemps que leurs jambes les portent. D'autres peuvent être braves mais maladroits, joignant péniblement les deux bouts, ou bien ils peuvent être vieux et intelligents, mais ayant perdu la vigueur de leurs jambes, et recherchés par les jeunes matadors pour leur autorité dans l'arène et leur habileté à mettre correctement les taureaux en place.

Blanquet était un très petit homme, très sérieux et respectable, avec un nez d'empereur romain et un visage presque gris, qui avait l'intelligence de la course de taureaux la plus complète que j'aie vue, et une cape qui semblait posséder une vertu magique pour corriger les défauts d'un taureau. Il fut le peon de confiance de Joselito, de Granero et de Litri ; tous trois furent tués par des taureaux, et pour chacun d'eux la cape, toujours si providentielle lorsqu'ils en avaient besoin, se trouva tout à fait inutile les jours où ils furent tués. Blanquet lui-même mourut d'une crise cardiaque, dans une chambre d'hôtel, en rentrant de l'arène et avant même d'avoir ôté ses vêtements pour se baigner.

Parmi les banderilleros actuellement en exercice, celui qui a le plus de style dans la pose des baguettes est probablement Magritas. A la cape, il n'y en a pas un seul qui ait le style que possédait Blanquet. Il maniait la cape d'une main avec la même sorte de délicatesse qu'avait Rafael El Gallo, mais avec l'effacement de soi et la modestie dans l'adresse d'un peon. C'est en observant l'intérêt et l'activité de Blanquet à des moments où rien de particulier ne semblait se passer que j'ai appris ce qu'il y a de profondeur dans le détail inaperçu d'un combat contre un taureau quelconque.

Voulez-vous du dialogue? Sur quoi? Quelque chose sur la peinture! Quelque chose pour plaire à M. Huxley? Quelque chose pour que le livre vaille la peine? Très bien; c'est la fin d'un chapitre, nous pouvons y introduire cela. Eh bien, lorsque Julius Meier-Graefe, le critique allemand, vint en Espagne, il voulut voir les Goyas et les Velasquez pour en tirer des extases publiables, mais il préféra les Grecos. Il n'était pas content de préférer le Greco; il devait l'aimer tout seul, aussi écrivit-il un livre pour démontrer quels pauvres peintres étaient Goya et Velasquez, afin d'exalter le Greco, et l'étalon qu'il choisit pour juger ces peintres fut la crucifixion de Notre-Seigneur, telle qu'ils l'avaient respectivement traitée.

Il serait difficile d'agir plus stupidement, car seul des trois le Greco croyait en Notre-Seigneur ou prenait quelque intérêt à Sa crucifixion. On ne peut juger un peintre que par la façon dont il peint les choses en lesquelles il croit ou dont il se soucie, et les choses qu'il hait. Velasquez croyait au costume et à l'importance de la peinture en tant que peinture. Le juger d'après le portrait d'un homme presque nu sur une croix, et qui avait déjà été peint (Velasquez devait s'en rendre compte) d'une façon très satisfaisante et dans la même position — le juger là-dessus est peu intelligent, d'autant que ce portrait, de toute évidence, ne présentait pour lui aucun intérêt.

Goya était comme Stendhal ; la vue d'un prêtre pouvait stimuler en l'un comme l'autre de ces bons anticléricaux une rage de production. La *Crucifixion* de Goya est une peinture sur bois d'un romantisme cynique qui pourrait servir d'affiche pour annoncer des crucifixions à la manière des affiches qu'on pose pour les corridas. « Une crucifixion de six Christs soigneusement choisis aura lieu à cinq heures au Golgotha Monumental de Madrid, avec l'autorisation du gouvernement. Les crucificateurs bien connus, accrédités et notables dont les noms suivent officieront, chacun accompagné de sa cuadrilla de cloueurs, marteleurs, porte-croix, et hommes d'épée, etc. »

Le Greco aimait peindre des sujets religieux parce qu'il était, de toute évidence, religieux, et parce que son art incomparable n'était pas alors limité à la reproduction minutieuse des traits des gentilshommes dont il faisait les portraits, et il pouvait aller aussi loin qu'il voulait dans son autre monde ; et, consciemment ou inconsciemment, il peignait saints, apôtres, Christs et Vierges sous les traits et les formes androgynes qui remplissaient son imagination.

Un jour, à Paris, je parlais avec une jeune fille qui écrivait une biographie romancée d'El Greco, et je lui dis :
— Est-ce que vous en faites un *maricón*?
— Non, dit elle. Pourquoi le ferais-je?
— Avez-vous jamais regardé les tableaux?
— Oui, bien sûr.
— Avez-vous vu quelque part des échantillons plus classiques que ceux qu'il a peints? Pensez-vous que c'est par pur accident, ou pensez-vous que tous ces gens-là étaient des homosexuels? Le seul saint, à ma connaissance, qui soit universellement représenté comme bâti de cette manière est saint Sébastien. Le Greco les a faits de cette façon. Regardez les tableaux : ne me croyez pas sur parole.
— Je n'avais pas pensé à cela.
— Pensez-y bien, dis-je, si vous écrivez sa vie.
— C'est trop tard maintenant, dit-elle. Le livre est fait.
Velasquez croyait, en peinture, au costume, aux chiens, aux mains, et il croyait enfin en la peinture. Goya ne croyait pas au costume, mais croyait aux noirs et aux gris, à la poussière et à la lumière, aux lieux élevés dominant les plaines, à la campagne environnant Madrid, au mouvement, à ses propres cojones, à la peinture, à la gravure ; il croyait en ce qu'il avait vu, senti, touché, manié, flairé, goûté, bu, monté, souffert, vomi, couché avec, soupçonné, observé, aimé, haï, convoité, craint, détesté, admiré, pris en dégoût et détruit.

Naturellement aucun peintre n'a été capable de peindre tout cela, mais il a essayé. El Greco croyait en la cité de Tolède, en sa situation et sa construction, en quelques-uns des gens qui y vivaient, il croyait aux bleus, aux gris, aux verts et aux jaunes, aux rouges, au Saint-Esprit, à la Communion des Saints, à la peinture, à la vie après la mort et à la mort après la vie, et aux homosexuels. S'il est vrai qu'il en était un, c'est à lui de racheter, pour la tribu, l'exhibitionnisme agaçant, les airs de tante, l'arrogance morale de vieille demoiselle desséchée d'un Gide ; la débauche oisive et affectée d'un Wilde, qui trompa toute une génération ; la sentimentalité malodorante et la patte de velours humanitaire d'un Whitman et toute la gent minaudière. *Viva El Greco, el Rey de los Maricónes!*

XVIII

Les aptitudes d'un torero à la muleta sont ce qui, en fin de compte, détermine son rang dans la profession. C'est, en effet, de toutes les phases de la course de taureaux moderne, la plus difficile à maîtriser, et celle où le génie d'un matador trouve sa plus grande latitude d'expression. C'est par la muleta qu'une réputation se fait, et c'est d'après son aptitude à donner avec la muleta un jeu complet, inventif, artistique et émouvant, pourvu que le taureau soit bon, que l'on paie beaucoup ou peu un matador. Avoir un taureau brave à Madrid, le recevoir en parfait état pour l'acte final et alors, à cause d'un répertoire trop limité, n'être pas capable de tirer parti de sa bravoure et de sa noblesse pour faire une brillante faena, cela finit toute chance pour un torero de faire une belle carrière. Car les toreros, aujourd'hui, sont classés et payés, assez étrangement, non pas sur ce qu'ils font réellement, car le taureau peut entraver leurs exploits, ils peuvent eux-mêmes être malades, n'être pas tout à fait remis d'une blessure de corne, ou simplement avoir de mauvais jours ; mais on les juge sur ce qu'ils sont capables de faire dans les conditions les plus favorables. Si les spectateurs savent que le matador est capable d'exécuter une série complète de passes de muleta où se trouveront valeur, art, compréhension, et, par-dessus tout, beauté et grande émotion, ils supporteront un travail médiocre, sans courage ou désastreux parce qu'ils ont l'espoir de voir, tôt ou tard, la faena complète ; la faena qui fait sortir l'homme de lui-même et le fait se sentir immortel tandis qu'il l'exécute, qui le met dans une extase qui est, bien que momentanée, aussi profonde qu'aucune extase religieuse ; extase qui emporte en même temps tous les hommes présents dans l'arène et qui gagne à mesure en intensité d'émotion, entraînant le torero avec elle ; et lui, au moyen du taureau, joue sur la foule, et en ressent à son tour la réponse, dans une croissante extase de dédain ordonné, rituel et passionné de la mort, qui vous laisse, lorsqu'elle est finie, et que la mort a été administrée à l'animal qui l'a rendue possible, aussi vide, changé, et triste qu'après n'importe quelle haute émotion.

Un torero qui peut faire une grande faena est au sommet de sa profession aussi longtemps qu'on le croit encore capable de l'exécuter, si les conditions sont favorables ; mais un torero qui a montré son incapacité à faire une grande faena lorsque les conditions sont bonnes, qui manque de talent artistique et de génie à la muleta, même s'il est brave, suffisamment adroit et qu'il ne manque pas de connaissances dans son métier, sera toujours un des hommes de peine de l'arène et sera payé en conséquence.

Il est impossible de croire quelle puissance d'émotion, quelle intensité spirituelle, et quelle pure et classique beauté peuvent être produites par un homme, un animal, et un morceau de serge écarlate drapé sur un bâton. Si vous refusez de la croire possible et que vous teniez à regarder tout cela comme une insanité, vous êtes à même de vous prouver que vous avez raison en allant à une course de taureaux où rien de magique ne se passe ; et il y en a beaucoup ; toujours assez pour vous permettre de vous prouver que vous aviez raison, pour votre satisfaction personnelle. Mais si jamais vous devez voir la vraie faena, vous saurez la reconnaître. C'est une expérience que vous aurez ou que vous n'aurez pas dans votre vie. Cependant il n'y a aucune façon d'être sûr de voir jamais une grande faena, sinon d'aller à de nombreuses courses de taureaux. Mais si jamais vous en voyez une, terminée par une belle *estocada*, vous le saurez, et il y aura bien des choses que vous aurez oubliées avant que le souvenir ne vous en ait quitté.

Techniquement la muleta est employée pour défendre l'homme contre la charge du taureau, régulariser le port de tête de l'animal, corriger la tendance qu'il peut avoir à frapper de biais, le fatiguer et le mettre en position pour la mise à mort, et pour, pendant la mise à mort, lui fournir un objet à charger au lieu du corps de l'homme tandis que le matador s'avance par-dessus lui pour enfoncer l'épée.

La muleta, en principe, est tenue de la main gauche et l'épée de la droite ; les passes faites avec la muleta dans la main gauche ont plus de mérite que celles où elle est tenue de la main droite ; car, lorsqu'elle est tenue de la droite, ou des deux mains, elle est largement déployée à l'aide de l'épée, et le taureau, ayant un appât plus grand à poursuivre, passera plus loin du corps de l'homme ; en outre, cet appât, largement balancé, pourra l'entraîner à une distance plus grande avant qu'il ne charge de nouveau, ce qui donne à l'homme plus de temps pour préparer la passe suivante.

La plus grandiose passe de muleta, la plus dangereuse à exécuter et la plus belle à voir, est la *natural*. Dans cette passe, l'homme fait face au taureau en tenant la muleta de la main gauche, l'épée dans la droite, le bras gauche pendant naturellement à son côté, l'étoffe écarlate tombant en plus le long du bâton qui la supporte. Il marche vers le taureau et le provoque avec la muleta ; lorsque l'animal charge, il s'incline simplement pour suivre la charge, balançant son bras gauche devant les cornes du taureau, le corps de l'homme suivant la courbe de la charge, les cornes du taureau en face de son corps ; les pieds immobiles, l'homme balance lentement le bras qui tient l'étoffe devant le taureau, et pivote, tournant d'un quart de cercle avec le taureau. Si le taureau s'arrête, l'homme peut le provoquer de nouveau, et décrire avec lui un autre quart de cercle, et recommencer encore, et encore, et encore. Je l'ai vu faire six fois de suite ; l'homme semblait tenir le taureau avec la muleta comme par magie. Si le taureau, au lieu de s'arrêter (et ce qui l'arrête c'est un petit claquement imprimé par l'homme à l'extrémité inférieure de l'étoffe à la fin de chaque passe, et la torsion imposée à sa colonne vertébrale par la courbe que le matador l'a forcé à décrire en pivotant penché vers lui), s'il se retourne et recharge, l'homme peut esquiver par un *pase de pecho*, ou passe de poitrine. Cette passe est l'inverse de la natural. Au lieu que le taureau vienne de face et que l'homme meuve lentement la muleta au-devant de sa charge, dans le pase de pecho le taureau, s'étant retourné, vient de derrière ou de côté ; l'homme balance la muleta vers l'avant, laisse le taureau dépasser sa poitrine et l'éloigne d'un mouvement de balai des plis de l'étoffe écarlate. La passe de poitrine est la plus impressionnante lorsqu'elle est nécessitée par un retour et une charge inattendue du taureau et qu'elle est exécutée par l'homme comme un moyen de salut plutôt que comme une manœuvre combinée d'avance. L'aptitude à exécuter une série de naturals et à les terminer par la passe de poitrine dénote un véritable torero.

D'abord, il faut du courage pour provoquer le taureau pour une vraie natural, alors qu'il y a tant d'autres passes où le torero s'expose moins ; il faut de la sérénité pour attendre l'arrivée du taureau avec la muleta tenue basse et non déployée de la main gauche, tout en sachant que s'il ne fonce pas sur le petit leurre offert, il foncera sur l'homme ; et il faut une grande habileté pour agiter la muleta à sa ligne de charge, pour la tenir bien centrée dans sa direction, garder le bras tout droit en le balançant vers l'avant, et pour suivre la courbe avec son corps sans bouger les pieds de place. C'est une passe difficile à faire correctement quatre fois de suite devant un miroir, dans un salon, en l'absence de tout taureau, et si vous arrivez à la faire sept fois, la tête vous tournera quelque peu. Beaucoup de toreros n'ont jamais pu apprendre à l'exécuter d'une façon même présentable. Pour la faire bien, sans contorsion, en conservant les lignes, et avec la corne du taureau si près du torse de l'homme qu'il leur suffirait de se rapprocher d'un pouce ou deux pour que l'homme soit transpercé, le mouvement du bras et du poignet contrôlant la charge du taureau et le maintenant centré sur l'étoffe, puis l'arrêtant d'une petite secousse de poignet juste au moment convenable — pour faire cela, et le répéter trois ou quatre ou cinq fois, il faut être un torero et un artiste.

On peut contrefaire la natural en l'exécutant avec la main droite ; la muleta étant largement déployée à l'aide de l'épée, l'homme tourne sur place de telle façon que le taureau suive la demivolte de l'homme et de la muleta, au lieu de le guider d'un lent mouvement du bras et du poignet. Il y a beaucoup de passes faites avec la main droite qui ont un réel mérite, mais, dans presque toutes, l'épée est tenue dans la même main que le bâton, la pointe étant piquée dans l'étoffe ; de cette façon, la muleta se trouve plus largement déployée, et le torero peut donc faire passer le taureau plus loin de son corps s'il le désire. Il peut le faire passer tout près, mais il y a un moyen de l'éloigner en cas de nécessité, possibilité que l'homme qui travaille avec la muleta dans la main gauche ne possède pas.

Outre la natural et le *pecho*, les principales passes de muleta sont des *ayudados*, passes exécutées avec l'épée piquée dans la muleta, épée et muleta tenues ensemble des deux mains. Ces passes sont appelées soit *por alto*, soit *por bajo*, selon que la muleta passe par-dessus les cornes du taureau ou sous son mufle.

Toutes les passes et demi-passes, c'est-à-dire celles où le taureau ne dépasse pas complètement l'homme, faites avec la muleta ont un but défini. Il n'y a pas de punition telle pour un taureau vigoureux et qui veut charger, qu'une série de naturals ; en même temps qu'elles lui font faire de fatigantes contorsions, elles l'obligent à suivre le leurre et l'homme de la corne gauche, et l'entraînent à prendre la direction que l'homme veut qu'il prenne quand viendra le moment de tuer. Un taureau dont les muscles du cou n'ont pas été suffisamment fatigués et qui porte la tête haute, après une série d'ayudados por alto (passes exécutées avec la muleta et l'épée tenues des deux mains et la muleta tenue haute, de sorte que le taureau fonce sur elle quand il arrive près de l'homme) aura ses muscles fatigués de telle sorte qu'il portera la tête beaucoup plus basse. S'il est fatigué et porte la tête trop basse, le matador peut la lui relever, momentanément, avec la même passe, en la modifiant de façon à ne pas attendre que le port de tête soit retombé avant de porter le coup mortel. Les passes basses, faites avec un balancement de la muleta suivi d'une torsion brusque, ou parfois en laissant lentement traîner l'extrémité de l'étoffe qu'on rappelle ensuite d'un coup sec, et les claquements rapides d'arrière en avant sont pour les taureaux qui sont encore trop solides sur leurs pieds ou difficiles à fixer en un endroit. On les exécute de face avec les taureaux qui refusent de passer, et le mérite du torero consiste à ne pas perdre la position de ses pieds devant l'animal, à ne jamais reculer plus qu'il n'est besoin, et à dominer l'animal par les mouvements de sa muleta, en le faisant tourner court sur lui-même, en l'épuisant rapidement et en le fixant à la place voulue. Si un taureau refuse de passer (c'est-à-dire de charger d'une certaine distance avec une force suffisante, de sorte que si l'homme reste immobile et fait mouvoir convenablement la muleta, le taureau le dépasserait entièrement), c'est que ce taureau est ou bien poltron, ou bien qu'il a été tellement fatigué dans le combat qu'il a perdu tout ressort et ne veut plus attaquer. Un matador habile, par quelques passes très rapprochées et qu'il a soin de fixer avec douceur, sans trop faire tourner le taureau sur lui-même et sans lui tordre les jambes, peut persuader au taureau peureux que la muleta n'est pas une punition ; qu'il ne sera pas blessé s'il charge, et ainsi il change le taureau peureux en un semblant de brave taureau en lui donnant confiance. De la même manière, par un travail délicat et sage, il peut rallumer l'ardeur du taureau qui a perdu son aptitude à charger, le tirer de sa défensive et lui faire prendre l'offensive. Pour faire cela, un torero doit courir de grands risques, car la seule façon de donner confiance à un taureau, de le forcer à charger quand il s'est mis sur la défensive et de le maîtriser, c'est de travailler aussi près de lui que possible, de lui laisser juste assez de son propre terrain pour qu'il puisse s'y tenir, comme Belmonte l'a montré ; et lorsqu'il provoque la charge d'une si faible distance, le torero n'a aucun moyen d'éviter d'être pris s'il a mal calculé, et il n'a pas de temps pour préparer ses passes. Ses réflexes doivent être parfaits et il doit connaître les taureaux. Si en même temps il est gracieux, vous pouvez être sûr que cette grâce en lui est une qualité tout à fait inhérente, et non pas une pose. On peut poser lorsque les cornes arrivent d'une certaine distance, mais on n'a plus le temps de poser lorsqu'on est entre elles, ou qu'on doit se déplacer d'arrière en avant pour rester dans le petit espace de sécurité qu'on a près de son cou, quand il faut lui offrir la muleta d'un côté, puis la retirer, puis la piquer avec la pointe de l'épée ou le manche de la muleta pour le faire se retourner, soit pour l'épuiser, soit pour l'exciter lorsqu'il ne veut pas charger.

Il y a toute une école de toreros chez qui la grâce s'est développée jusqu'à devenir l'essentiel, tandis que le souci de faire passer la corne devant le ventre de l'homme est éliminé autant que possible ; manière inaugurée et développée par Rafael El Gallo. El Gallo était un trop grand artiste, et trop sensible, pour être un torero complet, de sorte que, graduellement, il évita, autant que possible, tout ce qui, dans la course de taureaux, rappelait la mort ou pouvait y conduire — la mort de l'homme ou du taureau, mais tout particulièrement celle de l'homme. Ainsi il développa une manière de travailler avec le taureau dans laquelle la grâce, le pittoresque et la vraie beauté du mouvement remplaçaient et évitaient le dangereux classicisme de la course de taureaux telle qu'il l'avait trouvée. Juan Belmonte prit tout ce qu'il voulut des inventions d'El Gallo, les combina avec le style classique, et développa les deux manières dans son propre style, grand et révolutionnaire. Gallo avait autant d'un inventeur que Belmonte ; il avait plus de grâce et s'il avait eu la passion froide et le courage de loup de Belmonte, il n'y aurait jamais pu avoir de plus grand torero. Celui qui approcha le plus de cette combinaison fut

Joselito, son frère ; son seul défaut était que tout, dans la course de taureaux, lui était si facile à faire qu'il lui était difficile de donner l'émotion que provoquait toujours Belmonte, avec son évidente infériorité physique, non seulement devant l'animal qu'il affrontait, mais envers tous ceux qui travaillaient avec lui et la plupart de ceux qui le regardaient. Regarder Joselito, c'était comme de lire les aventures de d'Artagnan lorsqu'on était enfant. On ne s'inquiète pas pour lui, en fin de compte, parce qu'il est trop habile. Il était trop bien, trop talentueux. Il devait être tué avant qu'on ait jamais réellement vu qu'il courait ce danger. Aujourd'hui, l'essence de la plus grande séduction émotive de la course de taureaux est le sentiment d'immortalité que le torero éprouve au milieu d'une grande faena, et qu'il donne aux spectateurs. Il accomplit une œuvre d'art, et il joue avec la mort, l'amenant plus près, plus près, encore plus près de lui, avec une mort dont on sait la présence dans les cornes, car on a vu le corps des chevaux couverts de toiles sur le sable pour le prouver. Il donne le sentiment de son immortalité, et, quand vous le regardez, ce sentiment devient vôtre. Alors, quand vous avez en vous, l'un et l'autre, ce même sentiment, il le prouve avec l'épée.

Un torero pour qui le combat de taureaux est aussi facile qu'il l'était pour Joselito ne peut donner le sentiment de danger que Belmonte donnait. Même si vous le voyiez tuer, ce n'est pas vous qui seriez tué, ce serait plutôt comme la mort des dieux. Gallo était tout différent. Il était pur spectacle, sans rien de tragédie, mais qu'aucune tragédie n'aurait pu remplacer. Mais c'était bien seulement si lui le faisait. Ses imitateurs ne faisaient que montrer comme tout cela était peu sérieux.

Une des inventions d'El Gallo fut la *pase de la muerte*, ou passe de la mort. Il l'employait pour commencer ses faenas, et elle a été adoptée par la plupart des toreros comme la première passe de presque toutes les faenas. C'est la seule passe dans la course de taureaux que toute personne capable de maîtriser assez ses nerfs pour voir approcher le taureau pourrait apprendre à exécuter ; et pourtant elle fait un effet extraordinaire à voir. Le matador se dirige vers le taureau et le provoque, se tenant de profil ; la muleta, déployée à l'aide de l'épée, est tenue des deux mains à hauteur de poitrine, un peu comme un joueur de base-ball tient son battoir lorsqu'il fait face au lanceur. Si le taureau ne charge pas, le matador avance de deux ou trois enjambées, et reprend sa station immobile, les pieds joints, la muleta largement déployée. Quand le taureau charge, l'homme reste immobile comme s'il était mort jusqu'à ce que le taureau atteigne la muleta ; alors il l'élève lentement et le taureau passe près de lui, en général en se dressant en l'air pour suivre la muleta, de sorte qu'on peut voir l'homme debout tout droit et tranquille, et le taureau bondissant obliquement en l'air, son élan alors l'éloignant de l'homme. C'est une passe facile et sans danger, parce qu'on la fait d'ordinaire dans la direction de la querencia naturelle du taureau, en sorte qu'il passe près de l'homme comme s'il courait vers un feu ; et aussi parce qu'au lieu d'un petit bout d'étoffe écarlate, sur lequel l'homme doit concentrer l'attention du taureau, comme dans la natural, c'est un large morceau de tissu, comme un foc, qui est offert au taureau, et il le voit au lieu de voir l'homme. Il n'est pas maîtrisé et contrôlé, mais l'homme prend simplement avantage de sa charge.

El Gallo faisait aussi en maître les passes gracieuses devant les cornes du taureau ; les passes faites des deux mains, en changeant la muleta d'une main à l'autre, parfois derrière son dos ; les passes commencées comme des naturals mais où l'homme se mettait à tourner, la muleta s'enroulant autour de lui, et le taureau suivant le tournoiement de l'extrémité libre, d'autres où l'homme tournait sur lui-même, tout près du cou du taureau, l'entraînant dans sa rotation ; les passes faites à genoux, en tenant la muleta à deux mains pour faire décrire une courbe au taureau ; toutes passes qui exigeaient une grande connaissance de la mentalité du taureau et une grande confiance en soi pour être faites sans accident ; mais, avec cette connaissance et cette confiance, elles étaient belles à voir et Gallo trouvait du contentement à les faire, bien qu'elles fussent la négation du véritable combat de taureaux.

Chicuelo est un torero d'à présent qui possède une grande partie du répertoire de Gallo dans le travail face à face avec le taureau. Vicente Barrera fait aussi toutes ces passes, mais son jeu de pieds nerveux et sa vitesse électrique d'exécution ne donnent aucune idée de la pure grâce de Gallo ni de l'adresse de Chicuelo, bien que Barrera fasse encore de grands progrès de style et d'exécution.

Tout ce travail fleuri est pour les taureaux qui ne veulent pas passer, ou pour la seconde partie de la faena, pour permettre au matador de montrer son autorité sur le taureau et sa grâce inventive. Travailler uniquement à la tête d'un taureau qui veut passer, qu'on le fasse avec autant d'efficacité, de grâce ou d'invention que l'on veuille, c'est priver les spectateurs du plus réel du combat : l'homme faisant délibérément passer les cornes du taureau aussi lentement et aussi près de son corps qu'il le peut ; c'est substituer une série de tours d'adresse gracieux, valables comme ornements d'une faena, au véritable danger de la faena elle-même.

Le torero d'à présent qui domine les taureaux le plus complètement à la muleta, qui les maîtrise le plus vite, qu'ils soient braves ou poltrons, et qui alors exécute le plus souvent toutes les passes classiques et dangereuses, la natural de la main gauche et la passe de pecho qui forment la base de la vraie tauromachie, et qui pourtant excelle au travail pittoresque et de grâce devant les cornes du taureau, c'est Marcial Lalanda. Au début de sa carrière, son style était défectueux, il faisait des contorsions et des tire-bouchons avec la cape ; ses naturals n'étaient pas du tout naturelles, mais forcées, trop appuyées et paraissant affectées. Il a fait de constants progrès de style, et maintenant il est excellent à la muleta, il est devenu beaucoup plus robuste de santé et, avec sa grande connaissance des taureaux et sa grande intelligence, il peut donner un spectacle bien adapté et toujours intéressant avec n'importe quel taureau qui sort du toril. Il a perdu presque complètement l'apathie qui était sa première caractéristique ; il a reçu trois fois de graves coups de corne, et cela lui a donné plutôt plus que moins de courage ; ses saisons de 1929, 1930 et 1931 furent celles d'un grand torero.

Manuel Jiménez, Chicuelo et Antonio Márquez sont l'un et l'autre capables de donner, avec la muleta, une faena complète, pure et classique, lorsque le taureau est sans difficulté et que l'homme arrive à maîtriser ses nerfs. Félix Rodriguez et Manolo Bienvenida sont tous deux des maîtres de la muleta ; ils sont capables de réduire un taureau difficile, et de mettre à profit la candeur et la bravoure d'un taureau facile ; mais Rodriguez a été mal portant et Bienvenida, comme je l'ai expliqué dans un autre chapitre, ne doit pas être définitivement jugé avant que son aptitude à maîtriser ses nerfs et ses réflexes après sa première blessure sérieuse ne soit prouvée. Vicente Barrera est un bon dominateur de taureaux ; son style est artificieux dans toutes les passes où le taureau doit passer complètement à côté de l'homme, mais il progresse fermement dans sa manière de travailler, et il peut, s'il continue, devenir un matador très satisfaisant. Il a en lui l'aptitude à être un grand torero. Il a le talent, un sens naturel du combat, et la faculté de voir l'ensemble du combat, des réflexes extraordinaires et un bon physique ; mais il a eu pendant longtemps une vanité tellement écrasante qu'il lui était plus facile de subventionner des journaux pour faire l'éloge de ses défauts, que d'affronter ces défauts eux-mêmes et de les corriger. Il donne le meilleur de lui dans le travail pittoresque devant la tête du taureau, et spécialement dans un *ayudado por bajo* particulier, imité de Joselito : l'épée et la muleta sont tenues ensemble et dirigées vers le bas ; l'homme fait tourner le taureau avec un mouvement montant, légèrement ridicule mais délicat, comme si, de ses deux mains étendues, il remuait un grand chaudron de soupe avec un parapluie fermé.

Joaquin Rodriguez, dit Cagancho, est un gitan qui est l'héritier de Gallo en ce qui concerne la grâce, le pittoresque et les paniques ; mais il n'a aucunement hérité de Gallo sa grande connaissance des taureaux et des principes de la course de taureaux. Cagancho a une grâce sculpturale, une lenteur et une suavité majestueuses dans ses mouvements ; mais, en face d'un taureau qui ne lui permet pas de tenir les pieds joints ni de préparer ses passes, il se montre sans ressources ; et si le taureau s'écarte quelque peu de la perfection mécanique, le gitan est frappé de panique, et il ne voudra plus s'approcher de l'animal plus près que le bout de sa muleta tenue à la plus grande distance possible de son corps. C'est un torero qui, s'il vous arrive de le voir avec un taureau qui lui donne confiance, peut vous donner un après-midi que vous n'oublierez pas ; mais vous pouvez le voir sept fois de suite, et sept fois le voir agir d'une façon capable de vous dégoûter complètement des courses de taureaux.

Francisco Vega de los Reyes, dit Gitanillo de Triana, est un cousin de Cagancho qui peut être très bon à la cape ; avec la muleta, sans avoir la grâce de Cagancho, il est beaucoup plus habile et courageux que lui, bien que son travail soit gâté à la base. Lorsqu'il fait une faena, il semble incapable d'esquiver correctement le taureau, de l'envoyer assez loin à chaque passe ; aussi, lorsqu'il tourne sur place, il ne sait pas revenir assez vite en position, et il a constamment le taureau sur lui au moment où il le désire le moins ; et sa propre maladresse lui a valu de nombreux coups de corne. De même que Chicuelo et Márquez, il n'est pas bien portant ni vigoureux. Le public, à vrai dire, n'a aucune raison d'excuser un torero bien payé sous des prétextes de santé, car aucune loi ne l'oblige à combattre des taureaux s'il n'est pas en état de le faire ; pourtant la condition physique d'un torero est un des éléments qu'on doit faire entrer en ligne de compte lorsqu'on juge de son travail d'une façon critique, même s'il n'a lui-même aucun droit de l'invoquer comme excuse devant le spectateur payant. Gitanillo de Triana a dans l'arène une bravoure allègre et un sens naturel de l'honneur ; mais sa technique, confiante et peu solide, donne le sentiment qu'il va recevoir un coup de corne d'un moment à l'autre, pendant qu'on le regarde.

Depuis que j'ai écrit cela sur Gitanillo de Triana, je l'ai vu mortellement frappé par un taureau à Madrid, un dimanche après-midi, le 31 mai 1931. Il y avait un an que je ne l'avais vu dans l'arène, et dans le taxi qui m'amenait je me demandais s'il aurait changé et combien j'aurais à réviser ce que j'avais écrit à son sujet. Il arriva au paseo sur le balancement aisé de ses longues jambes, le visage bruni, avec meilleur air qu'autrefois, et souriant à tous ceux qu'il reconnaissait en venant à la barrera pour changer les capes. Il paraissait bien portant ; il avait un teint de tabac clair ; ses cheveux, que j'avais vus l'année précédente décolorés par l'eau oxygénée qu'on avait employée pour enlever le sang caillé après un accident d'auto où il avait été gravement blessé, avaient repris leur noir d'ébène luisant ; il portait un costume de corrida d'argent pour souligner tout ce noir et ce brun, et il semblait très content.

A la cape, il se montra plein de confiance, avec un jeu magnifique et lent ; le style de Belmonte, à cela près qu'il était repris par un gitan sombre, aux longues jambes et aux hanches étroites. Son premier taureau était le troisième de l'après-midi ; après un excellent travail à la cape, il regarda poser les banderillas. Puis, avant de s'avancer avec l'épée et la muleta, il fit signe aux banderilleros d'amener le taureau plus près de la barrera.

— Regardez-le ; il biaise un peu sur la gauche, dit le porte-épée en lui tendant l'épée et l'étoffe.

— Qu'il biaise comme il voudra ; j'en fais mon affaire.

Gitanillo tira l'épée du fourreau de cuir qui pendit flasque une fois l'acier ôté, et se dirigea à longues enjambées vers le taureau. Il le laissa venir une fois et passer près de lui pour une passe de la muerte. Le taureau se retourna très vite, et Gitanillo pivota avec la muleta pour le faire venir par la gauche ; il éleva la muleta, et alors il s'éleva lui-même en l'air, les jambes écartées, les mains tenant encore la muleta, la tête en bas, la corne gauche du taureau dans la cuisse. Le taureau la fit tourner sur sa corne et le jeta contre la barrera. La corne du taureau le retrouva, le reprit encore une fois et le rejetta encore contre la palissade. Comme il y restait étendu, le taureau lui plongea sa corne dans le dos. Tout cela prit moins de trois secondes, et dès l'instant où le taureau l'avait soulevé, Marcial Lalanda accourait vers lui avec la cape. Les autres toreros avaient déployé leurs capes toutes grandes et les agitaient vers le taureau. Marcial alla à la tête du taureau, lui poussa son genou dans la gueule, et le gifla sur le mufle pour lui faire quitter l'homme et foncer dans une autre direction ; Marcial courait à reculons vers le centre de l'arène, le taureau suivant la cape. Gitanillo essaya de se remettre sur ses pieds, mais ne put, les garçons de l'arène le ramassèrent et l'emportèrent en courant, la tête ballante, vers l'infirmerie. Un banderillero avait été blessé par le premier taureau et il était encore sur la table d'opération quand on apporta Gitanillo. Le médecin vit que le banderillero n'avait pas d'hémorragie terrible, l'artère fémorale n'avait pas été coupée, il le laissa et se mit à l'œuvre. Il y avait une blessure de corne dans chaque cuisse, et chacune avait complètement déchiré les muscles quadriceps et abducteurs. Mais, dans la blessure du dos, la corne s'était nettement enfoncée dans le pelvis, avait déchiré le nerf sciatique et l'avait extrait par la racine comme un rouge-gorge peut extraire un ver de la pelouse humide.

Quand son père vint le soir, Gitanillo dit : « Ne pleure pas, petit papa. Tu te souviens comme ça allait mal, avec l'auto, et ils disaient tous qu'on ne s'en tirerait pas. » Plus tard, il dit : « Je sais que je ne peux pas boire, mais il faut leur dire de me mouiller les lèvres. Ce sera la même chose. Juste me mouiller les lèvres un petit peu. »

Les gens qui prétendent qu'ils paieraient pour aller à une course de taureaux s'ils pouvaient voir l'homme recevoir un coup de corne, et non pas toujours les taureaux tués par les hommes, auraient dû être là, à l'arène, à l'infirmerie, et plus tard à l'hôpital. Gitanillo vécut pendant toutes les chaleurs de juin et de juillet et les deux premières semaines d'août, et alors il mourut finalement d'une méningite causée par la blessure à la base de la moelle. Il pesait cent vingt-huit livres lorsqu'il fut blessé, et soixante-trois lorsqu'il mourut ; pendant l'été, il subit trois différentes ruptures de l'artère fémorale, affaiblie par les ulcères causés par les drains de la blessure à la cuisse, et qui se rompait lorsqu'il toussait. Pendant qu'il était à l'hôpital, Félix Rodriguez et Valencia II y entrèrent avec des blessures aux cuisses presque identiques ; tous en sortirent, reconnus aptes au combat, malgré leurs blessures encore ouvertes, avant que Gitanillo ne mourût. La malchance de Gitanillo était que le taureau l'avait jeté contre le pied de la palissade de bois, de sorte que son corps était appuyé contre quelque chose de solide lorsque la corne lui fit cette entaille dans le dos. S'il avait été sur le sable, au milieu de l'arène, le même coup de corne qui le blessa fatalement l'aurait probablement lancé en l'air au lieu de s'enfoncer dans le pelvis. Les gens qui prétendent qu'ils paieraient volontiers pour voir un torero tué en auraient eu pour leur argent lorsque Gitanillo tomba dans le délire, par la chaleur torride, en proie à la douleur nerveuse. On pouvait l'entendre de la rue. Il semblait criminel de le laisser vivre, et il aurait été plus heureux pour lui de mourir peu après le combat, alors qu'il avait encore le contrôle de lui-même et possédait encore son courage, au lieu d'avoir dû passer par tous les degrés d'horreur de l'humiliation physique et morale, qui vient à force de supporter une insupportable douleur. Regarder et entendre un être humain en un tel moment rendrait certains plus raisonnables, j'imagine, à l'égard des chevaux, taureaux et autres animaux ; mais il y a une manière de tirer brusquement en avant les oreilles d'un cheval pour tendre la peau au-dessus des vertèbres, qui résout tous les problèmes du cheval et le laisse tomber mort sans une secousse. Le taureau trouve la mort dans les quinze minutes à partir du moment où l'homme commence à l'entreprendre ; toutes les blessures qu'il reçoit, il les reçoit dans le feu de l'action, et si elles ne lui font pas plus mal que les blessures que l'homme reçoit dans le feu de l'action, elles ne peuvent le faire souffrir beaucoup. Mais, pour autant qu'on regarde l'homme comme ayant une âme immortelle — et les médecins le garderont en vie pendant tout un temps où la mort semblerait le plus grand don qu'un homme puisse faire à un autre — alors, les chevaux et les taureaux sembleront être bien traités, et l'homme courir le plus grand risque.

Heriberto Garcia et Fermin Espinosa, Armillita Chico, sont deux Mexicains, artistes accomplis et de talent à la muleta. Heriberto Garcia peut égaler les tout meilleurs, et son travail n'a pas cette froideur indienne qui empêche le travail de la plupart des Mexicains dans l'arène d'être émouvant. Armillita est froid ; un petit Indien brun, sans menton, avec une collection de dents dépareillée, magnifiquement bâti pour le combat, plus de jambes que de torse, et il est l'un des vraiment grands artistes de la muleta.

Nicanor Villalta, quand il a un taureau qui charge suffisamment droit pour que le matador puisse tenir les pieds joints, travaille plus près du taureau, devient plus exalté, plus excité, il se recourbe sur lui-même en lançant la ligne de son torse vers les cornes et, mouvant la muleta de son poignet merveilleux, il fait tourner le taureau autour de lui, encore et encore, le fait passer si près devant sa poitrine que l'épaule du taureau le heurte parfois, et les cornes si près du ventre qu'on peut voir ensuite, à l'hôtel, des rayures sur son abdomen. N'exagérons rien ; j'ai vu les rayures, mais je crois qu'elles pouvaient venir des barbes des banderillas, qui l'avaient frappé au moment où il faisait passer la masse du taureau si près de lui que sa chemise en était couverte de sang ; mais elles pouvaient aussi venir du plat des cornes, les cornes passaient si près que je ne tenais pas à les regarder de trop près. Lorsqu'il fait une grande faena, il est la vaillance même ; pour cette vaillance, et ce poignet magique, on lui pardonne les plus grandes maladresses qu'il pourra montrer avec tous les taureaux qui ne lui permettront pas de joindre les pieds. Il se peut que vous voyiez une de ces grandes faenas de Villalta à Madrid ; il y a rencontré le bon taureau plus souvent qu'aucun matador qui ait jamais vécu. Mais vous pouvez être certain de le voir aussi gauche d'allure qu'une mante religieuse chaque fois qu'il tombera sur un taureau difficile ; n'oubliez pas que cette gaucherie est causée par sa structure physique, et non par un manque de courage. A cause de la façon dont il est bâti, il ne peut être gracieux que s'il joint les pieds ; et, tandis que la gaucherie chez un torero naturellement gracieux est un signe de panique, chez Villalta elle signifie seulement qu'il est tombé sur un taureau avec lequel il doit écarter les jambes pour travailler. Mais si vous pouvez jamais le voir lorsqu'il peut joindre les pieds, voyez-le s'incliner comme un arbre dans une tempête au-devant du taureau qui charge, voyez-le faire tourner et tournoyer et tournoyer encore le taureau autour de lui ; voyez-le qui s'exalte tellement qu'il va s'agenouiller devant le taureau, après l'avoir dominé, et mordre la corne, et alors vous oublierez le cou que Dieu lui a donné, la muleta grande comme un drap de lit qu'il emploie, et ses jambes en poteaux télégraphiques, parce que l'étrange mélange qui constitue son corps contient assez de valeur et de pundonor pour faire une douzaine de toreros.

Cayetano Ordoñez, Niño de La Palma, savait manier parfaitement la muleta d'une main ou de l'autre ; c'était un bel artiste, doué d'un grand sens dramatique de la faena, mais il ne fut plus jamais le même après qu'il eut découvert que les taureaux portaient dans leurs cornes d'inévitables semaines d'hôpital et peut-être la mort, aussi bien que des billets de cinq mille pesetas entre les épaules. Il voulait les billets, mais il ne voulait plus approcher des cornes pour les avoir lorsqu'il vit quels débours leurs pointes pouvaient lui infliger. Le courage ne vient pas de loin, du cœur à la tête; mais lorsqu'il part personne ne sait jusqu'où il s'en va ; il a pu partir dans une hémorragie, ou dans une femme, et c'est toujours mauvais d'être dans les affaires de l'arène lorsqu'il est parti, où qu'il se soit en allé. Parfois, une autre blessure le ramène ; la première peut apporter la peur de la mort, et la seconde peut l'enlever ; et parfois une femme enlève le courage et une autre le rend. Les toreros restent dans le métier en comptant sur leur savoir et leur adresse pour limiter le danger ; ils espèrent que le courage reviendra : parfois il revient, mais le plus souvent il ne revient pas.

Ni Enrique Torres, ni Victoriano Roger, Valencia II, n'ont de véritable aptitude à la muleta, et c'est ce qui les limite dans leur profession, car ils sont l'un et l'autre, à leurs meilleurs moments, de bons artistes de la cape. Luis Fuentes Bejarano, et Diego Mazquarian, Fortuna, sont deux toreros très courageux, ayant une solide connaissance de leur métier, capables de réduire les taureaux difficiles et de donner de bons spectacles avec n'importe lesquels, mais leur style est lourd et sans distinction. Celui de Fortuna ressemble plus au vieux style que celui de Bejarano, dont le style est simplement fait de trucs modernes ; mais ils sont pareils pour la bravoure, le savoir-faire, la bonne chance et le manque de génie. Ce sont des matadors qu'il faut voir avec des taureaux ordinaires ou difficiles. Là où les stylistes n'essaieraient rien, ils vous donneront une bonne course, avec tous les effets faciles et théâtraux entremêlés d'un ou deux moments de réelle émotion. Parmi les trois meilleurs tueurs de l'arène, Antonio de La Haba, Zurito, Martin Aguero et Manolo Martinez, seul Martinez peut donner avec la muleta un semblant de faena, et son succès, lorsqu'il en a, est plutôt dû entièrement à son courage et aux risques qu'il affronte qu'à une vraie habileté à manier la serge.

Des trente-quatre autres matadors en service actif, il n'y en a que quelques-uns qui vaillent la peine d'être cités. L'un, André Merida, de Málaga, est un gitan haut, mince, au visage insouciant, qui est un génie à la cape et à la muleta ; il est, de tous les toreros que j'aie vus, le seul qui ait dans l'arène un air complètement absent, comme s'il pensait à une chose très lointaine et très différente. Il est sujet à des attaques de peur si violentes qu'il n'y a pas de mot pour les désigner ; mais s'il est en confiance avec un taureau, il peut faire des merveilles. Des trois véritables gitans, Cagancho, Gitanillo de Triana et Merida, c'est Merida que j'aime le mieux. Il a la grâce des autres avec, en plus, un sens du burlesque qui, avec son air absent, fait de lui, à mes yeux, le plus séduisant de tous les gitans après Gallo. Cagancho est, d'eux tous, celui qui a le plus de talent ; Gitanillo de Triana le plus brave et le plus honnête. L'été dernier, j'ai entendu dire par plusieurs personnes de Málaga que Merida n'était pas un véritable gitan. Si c'est vrai, il est encore meilleur comme imitation que comme gitan authentique.

Saturio Toron est un excellent banderillero, très vaillant, et qui a la manière de travailler la pire, la plus ignorante et la plus dangereuse que j'aie jamais vue à un matador. Après avoir été banderillero, il prit l'épée comme apprenti matador en 1929 ; il fit une excellente saison, forçant le succès par sa valeur et sa bonne chance. Il fut fait matador en titre en 1930 par Marcial Lalanda, à Pampelune, et il fut grièvement blessé dans ses trois premiers combats. Si son goût s'améliore, il est possible qu'il se débarrasse de quelques-unes de ses vulgarités de style de petite ville, et qu'il apprenne à combattre les taureaux ; mais, sur ce que j'ai vu de lui en 1931, son cas paraissait sans espoir, et je puis seulement espérer que les taureaux ne le tueront pas.

Dans cette liste de ceux qui commencèrent comme s'ils devaient être de bons matadors et qui finirent dans les divers degrés de l'échec et de la tragédie, les deux grandes causes d'échec, sans parler de la malchance, sont le manque d'aptitudes artistiques, qui, bien entendu, ne peut être surmonté par le courage, et la peur. Les deux matadors réellement braves qui néanmoins ne sont pas arrivés à prendre une place quelconque, à cause de répertoires trop courts, sont Bernardo Muñoz, Carnicerito, et Antonio de La Haba, Zurito. Un autre, qui est vraiment brave et a plus de répertoire que Carnicerito et Zurito, et peut arriver à quelque chose, bien qu'il soit handicapé par un manque de stature, est Julio Garcia, dit Palmeño.

A part Domingo Ortega, dont j'ai parlé à un autre endroit de ce livre, on trouve, parmi les nouveaux matadors de quelque réputation : José Amoros, qui a un style caoutchouc particulier, avec sa manière de s'écarter brusquement du taureau comme s'il était fait de gomme élastique, et qui est tout à fait de second ordre, sauf, bien sûr, dans le genre caoutchouc où il est unique ; José Gonzalez, dit Carnicerito de Mexico, Indien mexicain de l'école de l'émotion forte et des airs de « vouloir-les-manger-tout-crus » ; très brave, bon banderillero, matador capable et très émouvant, il ne restera pas avec nous très longtemps, s'il se risque autant avec les vrais taureaux qu'il le fait avec les jeunes ; et, comme il a accoutumé son public à d'aussi fortes sensations, il cessera presque certainement d'intéresser s'il s'arrête de courir ces risques ; enfin, un des plus prometteurs de tous les nouveaux venus, Jesus Solorzano. Jesus, dit Chucho, au cas où vous ne connaîtriez pas le diminutif de ce nom de baptême, est un Mexicain non Indien, un torero accompli, brave, artiste, intelligent, possédant toutes les branches de son art, excepté celle, tout à fait mineure, du *descabello*, ou coup de grâce, et pourtant il est tout à fait dépourvu de personnalité. Ce manque de personnalité est difficile à analyser ; il semble que ce soit une façon de se tenir le dos courbé, l'air de s'excuser ; une allure furtive, fautive, lorsqu'il n'a pas direc-

tement affaire avec le taureau. Les toreros disent
que la peur du taureau fait perdre à un torero son
type ; c'est-à-dire que s'il est arrogant et autoritaire, ou aisé et gracieux, la peur lui ôte ces caractéristiques ; mais Solorzano semble n'avoir aucun
type à perdre. Pourtant, lorsqu'il travaille avec
un taureau en qui il a confiance, il fait tout ce qu'il
fait à la perfection. Pendant toute la saison de 1931,
de tous ceux que j'ai vus, c'est lui qui a placé la
plus belle paire de banderillas, en marchant lentement, un pied après l'autre, vers le taureau, dans
le style de Gaona ; c'est lui qui a fait à la cape le
meilleur travail et le plus lent, et qui a exécuté,
à la muleta, la faena la plus chargée d'émotion.
Le revers, c'est qu'après un magnifique travail
avec le taureau, dès qu'il s'éloigne de l'animal, il
retombe dans cette apathie, le dos voûté, le visage
figé, mais, personnalité ou non, c'est un merveilleux
torero, doué de savoir, d'un grand art et de courage.

Deux autres nouveaux matadors sont José Mejias dit Pepe Bienvenida, le frère cadet de Manolo, qui est plus brave et plus nerveux que son
aîné, a un répertoire pittoresque et varié et une
personnalité très sympathique, mais il manque des
aptitudes artistiques de Manolo et de la science à
maîtriser les taureaux sans accident, ce qui d'ailleurs peut venir avec le temps ; et David Liceaga,
un jeune torero mexicain, qui est d'une adresse
extraordinaire à la muleta, sans style ni savoir-faire à la cape et, ce qui est assez étrange pour un

Mexicain, médiocre poseur de banderillas. J'écris cela, sur Liceaga, sans l'avoir vu, d'après les rapports de personnes en qui j'ai foi et qui l'ont vu à l'œuvre. Il n'a combattu que deux fois à Madrid en 1931 ; une fois comme novillero, le jour où j'étais allé à Aranjuez pour voir Ortega, et une fois encore en octobre, où il fut promu matador, après mon départ de l'Espagne. Mais il est très populaire à Mexico, et quiconque veut se faire une opinion sur lui pourra sans doute le voir au Mexique pendant l'hiver.

J'ai écarté de cette liste tous les « phénomènes », n'ayant pas tenu compte de ceux qui n'ont pas prouvé leur droit à être jugés. Il y a toujours de nouveaux phénomènes dans les courses de taureaux. Il y en aura eu de nouveaux à l'époque où ce livre sortira. Arrosés par la publicité, ils surgissent chaque saison sous le soleil d'un après-midi favorable à Madrid, avec un taureau qui a été gentil pour eux ; mais la gloire d'une matinée fleurie est un monument durable, en comparaison de ces triomphes d'un jour. Dans cinq ans d'ici, vous pourrez les voir, ne mangeant qu'à l'occasion mais tenant bien propre leur unique costume pour se montrer au café, et les entendre raconter comment, le jour de leur présentation à Madrid, ils furent supérieurs à Belmonte. Et ce peut être vrai. « Et comment étiez-vous la dernière fois ? » demandez-vous. « J'ai eu un peu de malchance pour la mise à mort. Juste un peu de malchance », dit l'ex-phénomène, et vous dites : « Quel dommage qu'un homme ne puisse avoir la chance pour toutes ses mises à mort ! » et, dans votre esprit, vous voyez le phénomène, suant, blême, malade de peur, incapable de regarder la corne ni d'en approcher, deux épées à terre, des capes tout autour de lui, se précipitant obliquement sur le taureau, espérant que l'épée atteindra un endroit vital, des coussins volant dans l'arène et les bœufs tout prêts à entrer. « Juste un peu de malchance. » Il y avait deux ans de cela, et il n'avait pas combattu depuis, excepté dans son lit, la nuit, lorsqu'il s'éveillait mouillé de sueur et de peur ; et il ne combattra plus à moins que la faim ne l'y force, et alors, parce que chacun sait qu'il est poltron et sans valeur, il pourra se trouver avec des taureaux dont personne ne voudrait ; et, s'il se force assez pour faire quelque chose, comme il n'a plus d'entraînement, les taureaux pourront bien le tuer. Ou bien il pourra avoir « juste un peu de malchance », une fois encore.

Il y a sept cent soixante et quelques toreros sans succès qui essaient encore de pratiquer leur art en Espagne ; ceux qui sont habiles échouent par peur, et ceux qui sont braves par manque de talent. On voit parfois les braves tués, si l'on a la malchance. Dans l'été de 1931, j'ai vu une course avec des taureaux très gros, très rapides, âgés de cinq ans, et trois apprentis matadors. Le plus anciennement en service était Alfonso Gomez, dit Finito de Valladolid, qui avait bien dépassé trente-cinq ans ; il avait été beau jadis et, dans sa profession, c'était un raté complet ; pourtant très digne, intelligent et brave. Il avait combattu à Madrid pendant dix ans sans jamais intéresser le public suffisamment pour justifier sa promotion de novillero au rang de matador. Le plus ancien après lui était Isidoro Todo, dit Alcalareño II, âgé de trente-sept ans, ne dépassant guère cinq pieds de haut, une petite boule d'homme, joyeux, qui faisait vivre quatre enfants, sa sœur veuve et la femme avec qui il vivait, avec le peu d'argent que lui rapportaient les taureaux. Tout ce qu'il avait, comme torero, c'était une grande bravoure et sa courte taille, si courte que ce défaut qui lui rendait impossible de réussir comme matador faisait de lui une attraction et une curiosité de l'arène. Le troisième était Miguel Casielles, un parfait poltron. Mais c'est une triste et vilaine histoire, et la seule chose à retenir est la façon dont Alcalareño II fut tué, et c'était trop laid, je le vois maintenant, pour m'autoriser à le décrire sans nécessité. Je fis la faute d'en parler à mon fils. Quand je rentrai chez moi de l'arène, il voulut tout savoir sur la course et ce qui s'était passé exactement, et, comme un sot, je lui racontai ce que j'avais vu. Il ne dit rien, sauf qu'il demanda s'il n'avait pas été tué, étant si petit. Lui-même était petit. Je dis que oui, il était petit mais qu'aussi il ne savait pas croiser la muleta. Je n'avais pas dit qu'il avait été tué — seulement blessé ; j'avais eu ce bon sens, mais ce n'était pas assez. Alors quelqu'un entra dans la pièce, je crois que c'était

Sidney Franklin, et dit en espagnol : « Il est mort.
— Tu n'as pas dit qu'il était mort, dit l'enfant.
— Je n'en étais pas sûr.
— Cela me fait de la peine qu'il soit mort », dit l'enfant.

Le lendemain, il dit : « Je ne peux pas m'arrêter de penser à cet homme qui a été tué parce qu'il était trop petit.
— Ne pense pas à cela, dis-je, et j'aurais voulu, pour la millième fois de ma vie, pouvoir passer l'éponge sur les mots que j'avais dits. C'est stupide de penser à cela.
— Je n'essaie pas d'y penser, mais je n'aurais pas voulu que tu me le dises, parce que chaque fois que je ferme les yeux, je vois cela.
— Pense à Pinky », dis-je. (Pinky est un cheval, au Wyoming.)

Aussi fîmes-nous attention à ne pas parler de mort, pendant quelque temps. Mes yeux étaient trop faibles pour lire, et ma femme lisait à haute voix le livre le plus sanglant du jour de Dashiell Hammett, *The Dain Curse*. Chaque fois que M. Hammett tuait un personnage, ou une série de personnages, elle substituait le mot « heumeumeum » à tous les mots tels que « tué », « coupé la gorge », « fait sauter la cervelle », « éclaboussé toute la chambre » et ainsi de suite ; et bientôt le comique du « heumeumeum » plut tellement à l'enfant qu'il dit : « Tu sais, celui qui avait été heumeumeum parce qu'il était trop petit ? Je n'y pense plus, maintenant » ; et je compris que tout allait bien.

Il y eut quatre nouveaux matadors promus en 1932, dont deux méritent d'être cités comme des possibilités, un comme curiosité et un qu'on pourrait probablement omettre comme phénomène. Les deux possibilités sont Juanito Martin Caro, dit Chiquito de La Audiencia, et Luis Gomez, dit El Estudiante. Chiquito, à vingt ans, avait déjà combattu de jeunes taureaux, comme enfant prodige, depuis l'âge de douze ans. Élégant de style, très gracieux, solide, intelligent et adroit, il a un air joliet de jeune fille, mais dans l'arène il est dominateur et sérieux ; il n'a rien en lui d'efféminé si ce n'est son visage de fille, et n'a certainement pas l'apparence faible, battue, de Chicuelo. Son revers, c'est que son travail, intelligent et beau, est froid et sans passion ; il a combattu depuis si longtemps qu'il semble avoir la prudence et l'art de se protéger d'un matador à la fin de sa carrière, plutôt que d'être un jeune garçon qui doit tout risquer pour arriver. Mais il a un grand talent artistique, de l'intelligence, et sa carrière sera très intéressante à suivre.

Luis Gomez, El Estudiante, est un jeune étudiant en médecine au visage tranchant, brun et agréable, avec un corps qui pourrait servir de modèle-type du jeune matador qui possède, à la cape et à la muleta, un bon et solide style classique moderne et qui tue vite et bien. Après trois saisons de courses dans les provinces en été, étudiant la médecine à Madrid en hiver, il fit ses débuts l'automne dernier à Madrid comme novillero et eut un grand succès. Il fut promu matador à Valence, aux corridas de San José en mars 1932, et, d'après des aficionados en qui j'ai foi, il fut excellent et montre de grandes promesses, bien que, de temps en temps, à la muleta, sa bravoure et son désir de faire une faena l'aient mis dans des situations critiques dont il n'avait pas conscience, et d'où il ne se tirait que par chance et grâce à de bons réflexes. En surface, il semblait qu'il dominât les taureaux, mais en réalité la chance l'a sauvé plus d'une fois ; mais avec son intelligence, sa bravoure et un bon style, il est un espoir légitime comme matador, si sa chance se maintient pendant sa première campagne complète.

Alfredo Corrochano, fils de Gregorio Corrochano, le très influent critique tauromachique du quotidien monarchiste de Madrid, l'A. B. C., est un matador fait sur mesure par son père sous l'influence d'Ignacio Sanchez Mejias, le beau-frère de Joselito, que Corrochano attaqua avec tant d'âpreté et de virulence pendant la saison qui vit sa mort. Alfredo est un garçon brun, maigre, méprisant et arrogant, au visage quelque peu bourbonien, un peu comme celui d'Alphonse XIII enfant. Il fut élevé en Suisse, et fit son entraînement de matador dans les épreuves de veaux et les essais des souches d'élevage, dans les fermes à taureaux des alentours de Madrid et de Salamanque, sous la direction de Sanchez Mejias, de son père et de tous ceux qui flagornaient son père. Pendant environ trois ans, il combattit comme professionnel, d'abord avec les jeunes Bienvenida comme enfant-torero, puis, l'an dernier, comme novillero. A cause de la position de son père, sa présentation à Madrid suscita de nombreuses réactions ; il dut subir les traits amers des ennemis que son père s'était faits par ses sarcasmes, souvent excellents et extrêmement bien écrits ; il eut à affronter aussi les attaques de ceux qui le haïssaient comme un fils de la classe moyenne royaliste et qui pensaient qu'il privait des jeunes gens ayant besoin de pain pour vivre de l'occasion de le gagner dans l'arène. En même temps, il profitait de la publicité et de la curiosité que tous ces sentiments soulevaient, et, les trois fois qu'il parut comme novillero à Madrid, il se montra insolent, arrogant, et tout à fait comme un homme. Il se révéla bon banderillero, excellent dominateur à la muleta, avec beaucoup d'intelligence et de *vista* à manœuvrer le taureau, mais avec un style lamentable à la cape et une incapacité extrême à tuer correctement ou même décemment. En 1932, il prit l'alternativa à Castellón de La Plana dans la première corrida de l'année ; d'après mes informateurs, il n'avait pas changé depuis que je l'avais vu, excepté qu'il essayait de remédier à sa façon vulgaire d'exécuter la veronica en substituant divers tours de cape pittoresques à cette passe qui est la marque irremplaçable de la sérénité et du talent artistique d'un torero. Comme curiosité, sa carrière sera extrêmement intéressante, mais je crois qu'à moins d'acquérir la sûreté du coup d'épée, il cessera bientôt d'intéresser le public, dès que son originalité d'être fils de son père aura été exploitée à fond.

Victoriano de La Serna était un jeune novillero qui réunissait toutes les conditions voulues pour produire un phénomène, un grand après-midi de septembre 1931 à Madrid. Il fut monté, exploité, exhibé avec de petits taureaux soigneusement triés, près de Madrid ; là on pouvait réduire au minimum l'importance d'un désastre, et arranger un triomphe fait surtout par les critiques de Madrid payés pour assister. Puis, tout à la fin de la saison, il fut présenté pour la deuxième fois à Madrid, cette fois pour être promu matador. Il montra que cette élévation était prématurée, qu'il était encore vert, manquait encore de bases solides dans son métier, et avait besoin encore de beaucoup de maturation et d'expérience avant d'être apte à manier les taureaux avec sûreté. Pour cette saison, il a un certain nombre de contrats, signés l'année dernière avant son échec de Madrid, mais en dépit de son talent naturel sans aucun doute phénoménal, son élévation trop précoce au rang de matador semblerait l'avoir mis sur la pente rapide de l'oubli, bien cirée déjà par tous les autres phénomènes qui y glissèrent avant lui. Comme toujours, j'espère pour le torero, qui est moins coupable que ses exploiteurs, que je me trompe, et qu'il pourra miraculeusement apprendre son métier en le pratiquant au titre de maître ; mais ce genre de lancement est une telle fraude à l'égard du public que même lorsqu'un matador, dans ces conditions, apprend son métier, le public lui pardonne rarement, et lorsqu'il est assez sûr de lui pour le satisfaire, on n'a plus envie de le voir.

XIX

Il n'y a que deux façons correctes de tuer les taureaux avec l'épée et la muleta ; mais l'une et l'autre appellent un moment où le coup de corne est inévitable pour l'homme si le taureau ne suit pas convenablement l'étoffe. Aussi les matadors se sont-ils appliqués à falsifier cette partie la plus belle du combat au point que quatre-vingt-dix taureaux sur cent que vous verrez tuer recevront la mort d'une façon qui n'est qu'une parodie de la vraie manière de tuer. Une des raisons en est que rarement un grand artiste de la cape et de la muleta est un tueur. Un grand tueur doit aimer tuer ; s'il ne sent pas que c'est la meilleure chose qu'il puisse faire, s'il n'est pas conscient de la dignité de cet acte et ne sent pas que c'est sa propre récompense, il sera incapable de l'abnégation nécessaire à la véritable mise à mort. Le vrai grand tueur doit avoir un sens de l'honneur et un sens de la gloire dépassant de beaucoup celui du torero ordinaire. En d'autres termes, il doit être surtout un homme simple. Il doit aussi y prendre plaisir ; non pas simplement pour la joie de l'heureux tour de poignet, du coup d'œil, de l'adresse à conduire sa main gauche mieux que les autres hommes, ce qui est la forme la plus simple de cette fierté, et qu'il aura naturellement du simple fait qu'il est homme ; mais il doit goûter une jouissance spirituelle au moment de tuer. Tuer nettement et d'une façon qui procure plaisir esthétique et fierté a toujours été une des plus grandes jouissances de toute une partie de la race humaine. L'autre partie, qui n'a pas de joie à tuer, s'est toujours trouvée être la plus coordonnée et a fourni la plupart des bons écrivains ; et c'est pourquoi nous avons eu très peu de témoignages sur la vraie joie de tuer. Tuer procure des joies purement esthétiques, comme celles de la chasse au gibier à plumes ; ou des joies d'orgueil, comme celles de tirer à l'affût un gibier difficile, où c'est l'importance croissante et disproportionnée de la fraction d'instant où le coup part qui fournit l'émotion ; mais en dehors de ces satisfactions diverses, un des plus grands plaisirs de tuer, c'est le sentiment de rébellion contre la mort qui vient à celui qui l'administre. Une fois acceptée la règle de la mort, « Tu ne tueras pas » est un commandement facilement et naturellement respecté. Mais lorsqu'un homme est encore en rébellion contre la mort, il a du plaisir à assumer lui-même un des attributs divins, celui de la donner. C'est là un des plus profonds sentiments de ces hommes qui ont de la joie à tuer. Ce sont des actions faites dans l'orgueil, et l'orgueil, péché chrétien, est une vertu païenne. Mais c'est l'orgueil qui fait la course de taureaux, et c'est la vraie jouissance de tuer qui fait le grand matador.

Bien entendu, ces nécessaires qualités d'esprit ne peuvent faire d'un homme un bon tueur s'il n'a pas toutes les aptitudes physiques à l'accomplissement de l'acte — un bon œil, un poignet solide, du courage et une main gauche habile pour manier la muleta. Il doit avoir toutes ces qualités à un degré exceptionnel, sinon sa sincérité et son orgueil ne le mèneront qu'à l'hôpital. Il n'y a pas en Espagne aujourd'hui un seul tueur réellement grand. Il y a des matadors pleins de succès qui peuvent tuer parfaitement quoique sans grand style quand ils veulent, si la chance est avec eux, mais ils ne l'essaient pas souvent parce qu'ils n'ont pas besoin de cela pour conserver leur public ; il y a des matadors qui auraient pu être de grands tueurs aux anciens jours, qui commencèrent leur carrière en tuant les taureaux aussi bien qu'on peut faire, mais qui, par manque de talent à la cape et à la muleta, cessèrent bientôt d'intéresser le public ; ils n'eurent pas assez d'engagements et manquèrent ainsi d'occasions de développer leur art du coup d'épée, ou même d'en conserver la pratique ; et il y a des matadors qui commencent maintenant leur carrière et qui savent encore tuer, mais ils n'ont pas encore été éprouvés par le temps. On ne trouve pas de matador de premier plan qui, jour après jour, mette à mort parfaitement, aisément et avec orgueil. Les matadors en vue ont élaboré une manière facile et falsifiée de tuer, qui a dépouillé de toute émotion, sauf celle de la déception, ce qui devrait être le point culminant de l'émotion dans la course de taureaux. L'émotion, aujourd'hui, est donnée par la cape, à l'occasion par les banderillas, et surtout par la muleta ; et le mieux que vous puissiez espérer de l'épée, c'est une fin rapide qui ne gâte pas l'effet de ce qui a précédé. Je crois que j'ai vu plus de cinquante taureaux tués avec divers degrés de facilité avant d'en avoir vu, consciemment, un seul bien tué. Je n'avais pas jusqu'à ce moment à me plaindre des courses de taureaux telles qu'elles étaient ; c'était suffisamment intéressant, c'était mieux que tout ce que j'avais vu jusqu'alors ; mais je pensais que le coup d'épée était un moment sans intérêt particulier. N'en sachant rien, je pensais que peut-être c'était un moment de moindre importance et que les gens qui parlaient ou écrivaient avec chaleur de la mise à mort du taureau dans la corrida étaient simplement des menteurs. Mon point de vue était bien simple ; je me rendais compte qu'il fallait que le taureau fût tué pour faire une corrida ; j'étais heureux qu'il fût tué avec une épée, car c'est assez rare de voir tuer quoi que ce soit avec une épée ; mais la façon dont il était tué m'avait l'air d'un tour de passe-passe et ne me donnait aucune émotion. C'est cela la course de taureaux, pensais-je, la fin n'est pas tellement bonne, mais peut-être en doit-il être ainsi, et que je ne comprends pas encore tout à fait. En tout cas, c'est ce que j'ai jamais eu de mieux pour deux dollars. Et pourtant, je me rappelais la première course de taureaux que j'avais vue ; avant d'avoir pu le voir clairement, avant même d'avoir pu voir ce qui était arrivé, parmi toute cette nouveauté, cette foule, cette confusion, ces vendeurs de bière en vestes blanches qui passaient devant moi, deux câbles d'acier entre mes yeux et l'arène, les épaules du taureau luisantes de sang, les banderillas qui s'entrechoquaient lorsqu'il se mouvait, son dos barré de poussière, ses cornes qui paraissaient solides et comme de bois aux sommets, et plus grosses que mon bras à l'endroit où elles se recourbent ; je me souvenais d'avoir eu, au milieu de cette excitation confuse, un grand moment d'émotion lorsque l'homme enfonça son épée. Mais je ne pouvais retracer exactement dans mon esprit ce qui s'était passé ; au taureau suivant, j'observai avec attention, mais l'émotion était partie, et je vis que c'était du truquage. J'ai vu après cela cinquante taureaux tués avant de retrouver cette émotion. Mais alors je pus voir comment elle était provoquée et je sus que, lors de ma première course, j'avais vu une mise à mort correcte.

Lorsque vous voyez un taureau tué pour la première fois, s'il l'est de façon usuelle, voici à peu près ce que vous verrez. Le taureau se tiendra droit sur ses quatre pieds, face à l'homme debout à cinq mètres environ, les pieds joints, la muleta à la main gauche et l'épée dans la droite. L'homme élèvera l'étoffe de la main gauche pour voir si le taureau la suit du regard ; puis il l'abaissera, fera passer l'épée sous ses plis, se tournera obliquement par rapport au taureau, imprimera à sa main gauche une torsion qui enroulera l'étoffe sur le manche de la muleta, tirera l'épée des plis de la muleta abaissée, et visera le taureau, sa tête, la lame et son épaule gauche dirigées en ligne droite vers l'animal, la muleta tenue en bas de la main gauche. Vous le verrez se roidir et se diriger vers le taureau, et tout ce que vous verrez ensuite, c'est qu'il a passé par-dessus la tête du taureau, et ou bien que l'épée a sauté en l'air en se repliant sur elle-même, ou bien vous verrez sa poignée enveloppée de flanelle rouge, ou la poignée et un bout de lame, sortant d'entre les épaules du taureau ou des muscles de son cou, et vous entendrez la foule crier d'approbation ou de désapprobation, selon la manière dont l'homme a frappé et selon la place du coup d'épée.

C'est tout ce que vous verrez de la mise à mort ; mais en voici le mécanisme. On ne peut tuer correctement les taureaux d'un coup d'épée au cœur. L'épée n'est pas assez longue pour atteindre le cœur, si elle est enfoncée où il faut, haut entre les omoplates. La lame dépasse les vertèbres près du sommet des côtes et, si elle tue instantanément, c'est qu'elle tranche l'aorte. Telle est la fin d'un coup d'épée parfait ; pour y arriver, l'homme doit avoir la chance que la pointe de l'épée ne heurte ni la colonne vertébrale ni les côtes lorsqu'elle s'enfonce. Aucun homme ne peut marcher vers le taureau et passer par-dessus sa tête s'il la porte haute ni lui mettre une épée entre les épaules. Dès l'instant où la tête du taureau est levée, l'épée n'est pas assez longue pour aller depuis sa tête jusqu'aux épaules. Pour qu'il soit possible à l'homme de placer son épée à l'endroit prescrit, il faut qu'il fasse baisser la tête au taureau, de sorte que cet endroit soit accessible ; et même alors, l'homme doit se pencher en avant par-dessus la tête et la nuque abaissées du taureau pour pouvoir y plonger l'épée. Si, maintenant, lorsque le taureau lève la tête au moment où l'épée pénètre, l'homme n'est pas projeté en l'air, l'une des deux choses suivantes doit arriver ; ou bien le taureau sera en mouvement et dépassera l'homme, guidé par la muleta que l'homme tient de la main gauche en même temps qu'il pousse l'épée de la droite ; ou bien l'homme sera en mouvement et dépassera le taureau qui s'éloignera en suivant la muleta, que l'homme tient obliquement devant lui et à gauche au moment où il se penche au-dessus de tête du taureau ; pour se retirer ensuite le long du flanc de l'animal. Une des falsifications, dans la mise à mort, consiste à faire que l'homme et le taureau soient tous deux en mouvement.

Tels sont les principes mécaniques des deux façons de tuer les taureaux correctement ; ou bien le taureau vient à l'homme et le dépasse ; provoqué, conduit, contrôlé, il s'écarte de l'homme en suivant un mouvement de la muleta, tandis que l'épée s'insère entre ses épaules ; ou bien l'homme doit immobiliser le taureau sur place, les pieds de devant sur le même plan et ceux de derrière en carré avec eux, la tête ni trop haute ni trop basse ; il doit l'éprouver en élevant et abaissant l'étoffe pour voir s'il la suit des yeux ; alors, de la main gauche, il croise la muleta devant lui, de sorte que si le taureau la suit, il passera à la droite de l'homme ; puis il s'avance sur le taureau, et, au moment où celui-ci baisse la tête pour suivre l'étoffe qui doit s'écarter de lui, il enfonce l'épée et se retire le long du flanc du taureau. Quand l'homme attend la charge du taureau, c'est le *volapié* (« vol-à-pied »). Lorsque l'homme se prépare à tuer, l'épaule gauche dirigée vers le taureau, l'épée pointée dans la ligne de son corps, la muleta tenue enroulée de la main gauche, on dit qu'il « se profile ». Plus il est près de l'animal, moins il a de chances de dévier et d'échapper si le taureau ne suit pas l'étoffe au moment où l'homme frappe. Le mouvement balancé du bras gauche qui tient la muleta en croix avec le corps, de façon à la faire passer à la droite pour permettre d'esquiver le taureau, s'appelle « croiser ». Tant que l'homme ne croise pas, il aura le taureau sous lui. S'il ne l'envoie pas assez loin, la corne l'atteindra certainement. Pour faire avec succès ce mouvement croisé, il faut un geste du poignet qui enverra de côté les plis de la muleta, en même temps qu'un simple mouvement du bras croisé devant le corps et vers l'extérieur. Les toreros disent qu'un taureau est tué plus avec la main gauche qui dirige la muleta et guide l'animal, qu'avec la droite qui pousse l'épée. Il ne faut pas une grande force pour enfoncer l'épée, si la pointe ne heurte pas un os ; bien guidé par la muleta, si l'homme penche son poids sur la lame, le taureau semblera parfois lui tirer l'épée de la main. D'autres fois, s'il heurte l'os, il semblera qu'il ait cogné contre un mur de caoutchouc et de ciment.

Dans les anciens temps, les taureaux étaient tués *recibiendo*, le matador provoquant et attendant la charge finale ; et lorsque les taureaux étaient trop lourds sur leurs pieds pour charger, on leur coupait le jarret avec une lame en demi-lune attaché à une longue perche, puis on les tuait d'un coup de dague entre les vertèbres du cou, une fois qu'ils étaient sans défense. Ce travail répugnant devint inutile avec l'invention du volapié par Joaquim Rodriguez, dit Costillares, vers la fin du xviiie siècle.

L'homme qui tue recibiendo se tient immobile, les pieds juste un peu écartés après avoir provoqué la charge, en pliant une jambe en avant et en agitant la muleta vers le taureau ; il laisse le taureau venir jusqu'à ce qu'homme et taureau ne forment qu'une figure, en même temps que l'épée s'avance au-devant de lui ; puis la figure est brisée par le choc de la rencontre, et pendant un moment ils sont unis par l'épée qui semble s'enfoncer pouce par pouce. C'est la manière la plus arrogante de donner la mort, et c'est l'une des plus belles choses que vous puissiez voir dans la course de taureaux. Il se peut que vous ne la voyiez jamais, car le volapié, assez dangereux lorsqu'il est bien exécuté, est tellement moins dangereux que la *suerte de recibir* que, si de nos temps, un torero « reçoit » un taureau, ce n'est que très rarement. Je ne l'ai vu exécuter correctement que quatre fois, sur plus de quinze cents taureaux que j'ai vu tuer. Vous verrez des tentatives pour l'exécuter, mais, si l'homme n'attend pas réellement la rencontre, si, au lieu de se dégager d'un mouvement du bras et du poignet, il emploie un pas de côté à la fin, ce n'est pas « recevoir ». Maera l'a fait, Niño de La Palma l'a fait une fois à Madrid, et le simula plusieurs fois, et Luis Freg l'a fait. Peu de taureaux arrivent maintenant à la fin du combat en bonne condition pour être « reçus » mais il y a encore moins de toreros pour les « recevoir ». Une raison de décadence de cette forme de mise à mort, c'est que si le taureau abandonne l'étoffe quand il atteint l'homme, le coup de corne sera à la poitrine. Dans le combat à la cape, la première blessure ou atteinte sera d'ordinaire à la jambe ou à la cuisse ; où sera la seconde, si le taureau fait passer l'homme d'une corne sur l'autre, c'est une affaire de chance. A la muleta ou dans la mise à mort par volapié, la blessure est presque toujours à la cuisse droite, car c'est à ce niveau que passe la corne du taureau quand elle est baissée ; mais l'homme peut aussi être atteint sous le bras ou même au cou, si le taureau lève la tête avant d'avoir dépassé l'homme. Mais, dans la mise à mort recibiendo, si quelque chose ne va pas, le coup de corne frappe la poitrine ; aussi ne la verrez-vous presque plus jamais tentée, sinon par un matador qui a trouvé un si beau taureau et fait une faena si splendide que pour finir il veut faire un summum de suprême émotion ; il essaie alors de tuer recibiendo et, d'ordinaire, soit qu'il ait épuisé le taureau avec la muleta, soit qu'il manque de l'expérience nécessaire pour recevoir comme il faut, la faena retombe à plat ou s'achève par un coup de corne.

Le volapié, s'il est exécuté correctement, c'est-à-dire lentement, de très près et bien en mesure, est une assez belle manière de tuer. J'ai vu des toreros la poitrine transpercée, j'ai entendu les côtes craquer, littéralement sous le choc ; j'ai vu un homme tourner sur la corne qui disparaissait dans son corps, muleta et épée volant en l'air, puis retomber à terre, le taureau frapper de nouveau et lancer en l'air sa tête avec l'homme, qui ne quittait pas la corne, puis au coup de tête suivant il s'en dégageait pour être repris par l'autre corne ; tomber, essayer de se lever, mettre ses mains au trou par où l'air passait de la poitrine, et être emporté, les dents fracassées, pour mourir dans l'heure qui suivit, encore en costume, la blessure étant trop grande pour qu'on pût y faire quoi que ce fût. J'ai vu le visage de cet homme, Isidoro Todo,

tandis qu'il était en l'air ; il resta pleinement
conscient tout le temps, sur la corne et après, et
put parler à l'infirmerie avant de mourir, mais le
sang dans sa bouche rendait les mots inintelli-
gibles ; aussi je comprends la point de vue des
toreros sur la mise à mort recibiendo, quand ils
savent que la *cornada* vient dans la poitrine.

Selon les historiens, Pedro Romero, qui était
matador en Espagne à l'époque de la Révolution
américaine, tua cinq mille six cents taureaux recibiendo entre les années 1771 et 1779, et mourut
dans son lit à l'âge de quatre-vingt-quinze ans.
Si c'est exact, nous vivons vraiment dans une
époque très décadente, où c'est un événement de
voir un matador essayer seulement de recevoir
un taureau ; mais nous ne savons pas combien de
taureaux il aurait vécu assez longtemps pour recevoir s'il avait essayé de les passer d'aussi près que
Juan Belmonte avec la cape et la muleta. Nous ne
savons pas non plus, sur ces cinq mille taureaux,
combien il en a reçu correctement, en les attendant
calmement pour leur mettre l'épée d'en haut entre
les épaules, ni combien il en a reçu mal, en faisant
un pas de côté et laissant l'épée s'enfoncer dans
le cou. Les historiens exaltent tous les toreros
morts. A lire une histoire des grands toreros du
passé, il semblerait impossible qu'ils aient jamais
eu de mauvais jours ou qu'ils aient jamais déçu
le public. Peut-être qu'ils ne l'ont jamais déçu
avant 1873, car je n'ai pas eu le temps de lire les
comptes rendus contemporains plus avant dans

le passé ; mais depuis cette époque, la course de taureaux a toujours été considérée par les chroniqueurs contemporains comme étant dans une période de décadence. Pendant l'époque dont on entend aujourd'hui parler comme de l'âge d'or de tous les âges d'or, celle de Lagartijo et de Frascuelo, qui était réellement un âge d'or, l'opinion exprimée était que les choses prenaient une mauvaise voie ; les taureaux étaient beaucoup plus petits et plus jeunes, ou bien ils étaient gros mais poltrons. Lagartijo, disait-on, n'était pas un tueur ; Frascuelo, oui ; mais il était d'une ladrerie sordide envers sa cuadrilla, et infréquentable ; Lagartijo fut chassé de l'arène par la foule à sa dernière apparition à Madrid. Quand nous arrivons, dans les chroniques, à Guerrita, un autre héros de l'âge d'or, qui correspond à la période d'immédiatement avant, de pendant et d'après la guerre hispano-américaine, on lit encore que les taureaux sont petits et jeunes ; finies les bêtes géantes d'une bravoure phénoménale des jours de Lagartijo et de Frascuelo. Guerrita n'est pas Lagartijo, lisons-nous, c'est un sacrilège de les comparer, et toutes ces singeries fleuries font se retourner dans leurs tombes ceux qui se rappellent le sérieux et l'honnêteté (il n'est plus question de l'avarice sordide) de Frascuelo ; El Espartero ne vaut rien, et le prouve en se faisant tuer ; finalement Guerrita se retire, et chacun est soulagé ; on a eu assez de lui, bien qu'une fois le grand Guerrita parti, la course de taureaux se trouve dans une crise profonde.

Les taureaux — comme c'est étrange — sont devenus plus petits et plus jeunes ou, s'ils sont gros, ils sont poltrons ; Mazzantini ne vaut rien ; il tue calmement, oui, mais non recibiendo, il ne peut sortir de sa façon de faire avec la cape, et, avec la muleta, il perd la tête. Heure usement il prend sa retraite, et une fois le grand Don Luis Mazzantini parti, voilà les taureaux qui deviennent plus petits et plus jeunes, sauf quelques-uns qui sont énormes et poltrons, et plutôt faits pour traîner des charrettes que pour l'arène ; et, ce colosse de l'épée disparu, disparu avec Guerrita, le maître des maîtres, des nouveaux venus tels que Ricardo Bombita, Machaquito et Rafael El Gallo, rien que des imposteurs, dominent l'arène. Bombita maîtrise les taureaux avec la muleta et a un sourire. agréable, mais il ne peut pas tuer comme Mazzantini tuait ; Gallo est un ridicule, c'est un gitan écervelé ; Machaquito est brave mais ignorant, c'est seulement sa chance qui le sauve et le fait que les taureaux sont plus jeunes et plus petits que ces bêtes géantes, toujours braves, du temps de Lagartijo, de Salvador Sanchez, et de Frascuelo, que maintenant on appelle toujours le Nègre, surnom d'amitié et non pas insulte, et qu'on aime pour la bonté qu'il montrait envers tous. Vicente Pastor est honnête et brave dans l'arène, mais il fait un petit saut lorsqu'il tue, et il est malade de peur avant d'entrer au combat. Antonio Fuentes est encore élégant, il est magnifique lorsqu'il place les baguettes, et il a un joli style pour tuer ;

mais cela ne veut rien dire, car qui donc ne ferait pas un travail élégant avec les taureaux qu'on a de nos jours, tellement plus jeunes et plus petits qu'au temps de ces colosses sans défauts, Lagartijo, Frascuelo, l'héroïque Espartero, le maître des maîtres Guerrita, et, sommet de l'art de l'épée, Don Luis Mazzantini. A cette époque, soit dit en passant, où Don Indalecio Mosquera fondait l'arène de Madrid, et ne se préoccupait, dans les courses, que de la taille des taureaux, les statistiques montrent que les taureaux étaient régulièrement plus gros que tous ceux qui ont jamais été combattus à Madrid.

Vers ce temps-là, Antonio Montes se fit tuer au Mexique, et on se rendit compte aussitôt qu'il avait été le véritable torero de l'époque. Sérieux et magistral, Montes vous en donnait toujours pour votre argent ; il fut tué par un petit taureau mexicain aux flancs creux, au long cou, qui leva la tête au lieu de suivre la muleta lorsque l'épée entra ; et, comme Montes se retournait et essayait de s'échapper du berceau des cornes, la corne droite du taureau l'atteignit entre les fesses, le souleva et le porta, comme s'il eût été assis sur un tabouret (la corne disparaissait dans son corps), quatre mètres plus loin, et alors le taureau tomba mort du coup d'épée. Montes vécut quatre jours après l'accident.

Alors vint Joselito, qui, lorsqu'il apparut, fut surnommé Pasos-Largos ou Grandes-enjambées, et fut attaqué par tous les admirateurs de Bombita, Machaquito, Fuentes et Vicente Pastor, qui heureusement prirent tous leurs retraites et devinrent aussitôt incomparables. Guerrita disait : « Si vous voulez voir Belmonte, dépêchez-vous de le voir, car il ne durera pas ; aucun homme ne peut travailler si près des taureaux. » Lorsqu'on vit qu'il continuait à travailler de plus en plus près, on découvrit que les taureaux étaient, bien entendu, des parodies des animaux géants que lui, Guerrita, avait tués. On admit dans la presse que Joselito valait quelque chose, mais on fit remarquer qu'il ne savait placer les banderillas que d'un côté, le droit (les taureaux, bien entendu, étaient tout petits), et qu'il persistait dans ce défaut ; qu'il tuait en tenant l'épée si haute que certains disaient qu'il la tirait de son chapeau, et d'autres qu'il s'en servait simplement comme d'un prolongement à son nez ; et, foi de chrétien, il avait été tué, sifflé et bombardé de coussins le dernier jour qu'il avait combattu à Madrid, le 15 mai 1920, tandis qu'il travaillait son second taureau après avoir coupé l'oreille au premier ; et il avait été frappé au visage par un coussin, pendant que la foule criait : « ¡ *Que se vaya! que se vaya!* » ce qui peut se traduire « qu'il aille au diable et qu'il y reste! » Le lendemain, le 16 mai, il fut tué à Talavera de la Reina, l'abdomen ouvert d'un coup de corne, si bien que ses intestins sortaient (il ne pouvait les retenir de ses deux mains, mais il mourut du traumatisme causé par le choc de la cornada, tandis que les médecins travaillaient sur la blessure ; son visage était devenu très paisible, sur la table d'opération, après qu'il fut mort ; son beau-frère faisait prendre sa photographie et portait un mouchoir à ses yeux ; une foule de gitans se lamentaient à la porte, et d'autres arrivaient ; El Gallo, au dehors, marchait en rond, très pitoyable, n'osant pas entrer pour voir son frère mort ; et Almendro, le banderillero, disait : « S'ils peuvent tuer cet homme-là, je vous dis, pas un de nous n'y échappera! Pas un de nous! ») — et il devint aussitôt, dans la presse, et il demeure, le plus grand torero de tous les temps ; plus grand que Guerrita, Frascuelo, Lagartijo, d'après les mêmes hommes qui de son vivant l'attaquaient. Belmonte prit sa retraite et devint plus grand même que José ; il revint après la mort de Maera, et l'on découvrit que c'était un homme avide d'argent, qui voulait exploiter un nom jadis fameux (il est vrai qu'il avait fait choisir ses taureaux, cette année-là). Il combattit pendant une autre année encore. Je jure que ce fut la meilleure qu'il ait jamais eue ; il combattit toutes les sortes de taureaux, sans distinction de taille, triompha sur toute la ligne, y compris dans la mise à mort, où jusqu'alors il n'avait pas acquis une parfaite maîtrise, et fut attaqué dans la presse pendant toute la saison. Il se retira de nouveau après une blessure presque mortelle, et tous les témoignages contemporains s'accordent pour dire qu'il est le plus grand torero vivant. Telle est donc l'histoire ; ainsi je ne saurai pas ce que valait Pedro Romero tant que je n'aurai pas lu les témoignages contemporains d'avant, pendant et après sa carrière ; et je doute beaucoup qu'il dût s'en trouver assez, même écrits, pour permettre de former un jugement valable.

D'après les différentes sources où j'ai puisé et d'après tous les témoignages contemporains, l'époque des plus gros taureaux et du véritable âge d'or à Madrid fut celle de Lagarjito et de Frascuelo, qui furent les plus grands toreros des soixante dernières années, jusqu'à Joselito et Belmonte. L'époque de Guerrita n'était pas l'âge d'or ; Guerrita fut responsable de l'introduction de taureaux plus jeunes et plus petits (j'ai relevé les poids et consulté les photographies), et durant les douze ans de sa carrière, il eut seulement une vraiment grande année comme torero, celle de 1894. Les gros taureaux revinrent à l'époque de Machaquito, Bombita, Pastor et Gallo, et la taille des taureaux décrut sensiblement à l'âge d'or de Joselito et de Belmonte, bien qu'ils aient souvent combattu les plus grosses espèces de taureaux. A présent, les taureaux sont gros et vieux pour les matadors sans influence, petits et jeunes chaque fois que le torero est assez puissant pour mettre la main ou son influence dans leur choix. Les taureaux sont toujours aussi gros que l'élevage puisse les produire à Bilbao, en dépit des matadors, et en général les éleveurs andalous envoient leurs plus gros et leurs plus beaux taureaux à Valence pour la foire de juillet. J'ai vu Belmonte et Marcial Lalanda triompher à Valence avec des taureaux qui étaient parmi les plus grands qu'on ait jamais combattus dans l'histoire de l'arène.

Ce sommaire historique commençait avec des regrets sur la disparition de la mise à mort des taureaux recibiendo qui, pour résumer, disparaît parce qu'elle n'est ni enseignée, ni pratiquée, et du fait que le public ne la réclame pas, et que c'est un art difficile, qui doit être pratiqué, compris, possédé, et où il serait beaucoup trop dangereux d'improviser. Si elle était pratiquée, elle pourrait être exécutée assez souvent, pourvu qu'on laissât les taureaux arriver à la fin du combat dans l'état convenable. Mais toute suerte qui peut être à peu près remplacée par une autre presque aussi attrayante pour le public, et comportant un moindre risque de mort si son exécution est manquée, doit sûrement mourir et disparaître de l'arène, à moins que le public ne la réclame des toreros.

Le volapié, pour être correctement exécuté, exige que le taureau soit lourd sur ses pieds et qu'il soit campé les deux pieds de devant sur une même ligne. S'il a un pied en avant de l'autre, le sommet d'une des omoplates se trouvera amené en avant ; l'intervalle par où l'épée doit pénétrer (qui a un peu la forme de l'espace compris entre vos mains si vous les faites se toucher par les bouts des doigts, les poignets légèrement écartés) se trouvera fermé (de même que l'ouverture de vos mains si vous tournez un des poignets vers l'avant). Si les pieds du taureau sont largement écartés, cette ouverture est rétrécie par les omoplates forcées l'une contre l'autre, et si les pieds ne sont pas sur la même ligne, elle est complétement fermée. C'est par cette ouverture que la pointe de l'épée doit entrer pour pénétrer dans la cavité du corps, et elle ne poursuivra son chemin que si elle ne heurte ni une côte ni la colonne vertébrale. Pour augmenter ses chances de pénétrer et de prendre une direction descendante vers l'aorte, le bout de l'épée est courbé, de façon qu'elle plonge vers le bas. Si l'homme s'avance pour tuer le taurau de face, l'épaule gauche en avant, s'il place l'épée entre les omoplates, il viendra automatiquement à portée des cornes du taureau; de fait, son corps doit passer au-dessus de la corne au moment d'enfoncer l'épée. Si sa main gauche, croisée devant lui et tenant la muleta presque à terre, ne maintient pas la tête du taureau abaissée jusqu'à ce que l'homme ait passé pardessus la corne et se soit dégagé en passant au côté de l'animal, l'homme sera frappé par la corne. Pour éviter ce moment de très grand danger auquel l'homme s'expose chaque fois qu'il tue un taureau selon les règles, les toreros qui veulent tuer sans s'exposer se profilent à une distance considérable du taureau ; ainsi l'animal, voyant l'homme venir, sera en mouvement lui-même ; l'homme court pour couper obliquement la ligne de charge du taureau, le bras droit en avant lieu de présenter l'épaule gauche, et il essaie d'enfoncer l'épée sans jamais laisser son corps venir à portée des cornes. La manière que je viens de décrire est la forme la plus flagrante de mauvaise mise à mort. Plus l'épée s'enfonce près de la partie antérieure du cou, et bas sur le côté, moins l'homme s'expose, et plus il est sûr de tuer le taureau ; car l'épée pénètre alors dans la cage thoracique, les poumons, ou bien coupe la jugulaire ou d'autres veines, ou la carotide ou d'autres artères du cou, qui toutes peuvent être atteintes par la pointe de l'épée sans que l'homme s'expose au moindre danger.

C'est pour cette raison qu'une mise à mort est jugée d'après la place où l'épée est enfoncée et d'après la manière dont l'homme s'avance pour tuer, plutôt que par les résultats immédiats. Tuer le taureau d'un seul coup d'épée n'est d'aucun mérite, si l'épée n'est pas placée haut entre les épaules et si l'homme ne passe pas par-dessus la tête du taureau en amenant son corps à portée des cornes au moment où il frappe.

Bien des fois, dans le Midi de la France et, de temps à autre, dans les provinces d'Espagne où il y a peu de corridas, j'ai vu un matador applaudi avec enthousiasme parce qu'il avait tué son taureau d'un seul coup d'épée, alors que cette mise à mort n'avait été qu'un assassinat sans risque ; l'homme ne s'était jamais exposé le moins du monde, mais avait simplement introduit l'épée dans un endroit non protégé et vulnérable. La raison pour laquelle il est enjoint à l'homme de frapper le taureau entre les épaules, c'est que le taureau est capable de défendre cet endroit ; il ne le découvrira et ne le rendra vulnérable que si l'homme amène son corps à portée des cornes, pourvu qu'il pénètre selon les règles. Tuer un taureau d'un coup d'épée dans le cou ou le flanc, qu'il ne peut défendre, est un assassinat ; frapper haut entre les épaules exige un risque de l'homme, et une adresse consommée s'il veut éviter un grand danger. Si l'homme emploie cette adresse à rendre aussi peu périlleuse que possible l'exécution correcte du coup d'épée, exposant son corps mais le protégeant par son habileté de la main gauche, alors il est un bon tueur. S'il n'emploie son talent qu'à falsifier la mise à mort, de façon à enfoncer suffisamment l'épée au bon endroit sans exposer son corps, on peut dire qu'il s'entend à supprimer les taureaux ; mais, aussi vite et sans danger qu'il les tue, il n'est pas un tueur.

Le vraiment grand tueur n'est pas l'homme simplement assez brave pour aller droit sur le taureau, d'une faible distance, et lui plonger l'épée d'une façon ou d'une autre entre les épaules ; mais c'est un homme capable d'arriver d'une faible distance, lentement, en partant du pied gauche, et qui possède une telle habileté dans le jeu de sa main gauche que tout en s'avançant, l'épaule gauche en avant, il force le taureau à baisser la tête, et la lui maintient baissée tandis qu'il passe au-dessus de la corne, pousse l'épée, et, une fois qu'elle est entrée, se retire en passant par le flanc du taureau. Le grand tueur doit être capable de faire cela avec sûreté et style ; et si, au moment où il pénètre, l'épaule gauche en avant, l'épée heurte l'os et refuse d'entrer, ou bien si elle heurte les côtes ou la saillie d'une vertèbre et se trouve déviée si bien qu'elle ne s'enfonce que d'un tiers de sa longueur, le mérite de la tentative est aussi grand que si l'épée avait entièrement pénétré et tué, puisque l'homme a couru le risque et que le résultat n'a été faussé que par le hasard.

Il suffit d'un peu plus du tiers de la longueur de la lame, convenablement placée, pour tuer un taureau s'il n'est pas trop gros. Une demi-longueur d'épée atteindra l'aorte de n'importe quel taureau, si l'épée est bien dirigée et enfoncée d'assez haut. Aussi beaucoup de toreros ne suivent pas tout au long l'épée avec leurs corps, mais essaient seulement d'introduire la moitié de la lame ; ils savent que le coup comptera aussi bien pour le taureau, s'il est placé au bon endroit, et ils se rendent compte qu'ils sont beaucoup plus en sécurité s'ils n'ont pas à enfoncer ce dernier pied et demi. Cette pratique habile des demi-estocades, inaugurée par Lagartijo, c'est cela qui a dépouillé la mise à mort de sa puissance d'émotion ; car la beauté du moment de la mise à mort, c'est cet éclair lorsque homme et taureau ne forment qu'un seul corps tandis que l'épée s'enfonce de toute sa longueur, l'homme penché sur elle, la mort unissant les deux corps en un summum d'émotion, point culminant esthétique et artistique du combat. Cet éclair ne survient jamais dans la mise à mort prudemment exécutée avec une demi-longueur de lame.

Marcial Lalanda est le plus habile des matadors

d'à présent pour enfoncer l'épée ; il élève l'épée au niveau de ses yeux, lorsqu'il vise, et prend un pas ou plus de recul avant de partir ; et, la pointe de la lame dirigée en haut, il s'avance, évite adroitement les cornes et laisse presque toujours l'épée parfaitement placée sans pourtant avoir donné la moindre impression de risque ni la moindre émotion. Il peut aussi tuer bien. Je l'ai vu exécuter le volapié à la perfection ; mais il en donne au public pour son argent dans les autres parties du combat ; il compte sur son habileté à se débarrasser du taureau rapidement, de façon que le souvenir de ses prouesses avec la cape, les banderillas et la muleta ne soit pas gâté. Sa manière ordinaire de tuer, telle que je l'ai décrite, est une fâcheuse parodie de ce que peut être la mise à mort. A bien avoir lu les comptes rendus contemporains, je crois que le cas de Marcial Lalanda, non pas ses premiers essais, mais sa maîtrise continue actuelle, sa philosophie de la corrida et sa manière de tuer sont très comparables à ce qu'on voyait à l'époque moyenne du grand Lagartijo, bien que Lalanda ne puisse certainement rivaliser de grâce, de style et de naturel avec le Cordouan ; mais nul ne peut aujourd'hui être supérieur en maîtrise à Lalanda. Je crois que dans dix ans d'ici on parlera des années 1929, 1930, 1931 comme de l'âge d'or de Marcial Lalanda. Aujourd'hui, il a autant d'ennemis qu'en attire tout grand torero, mais il est indiscutablement le maître de tous les toreros d'à présent.

Vicente Barrera tue avec un style plus mauvais

que celui de Lalanda, mais il a un système différent. Au lieu de placer, d'une manière adroite, une demi-longueur de lame à l'endroit correct, il a recours à un premier coup d'épée placé n'importe où au-dessus du cou, respectant ainsi la loi qui exige au moins une estocade du matador ; ensuite, il a le droit de tuer le taureau par un *descabello*. Il est le virtuose actuel du descabello, coup donné avec la pointe de l'épée entre les vertèbres cervicales pour couper la moelle épinière ; c'est un coup de grâce destiné à achever un taureau mourant et qui ne peut plus suivre la muleta des yeux, évitant ainsi au matador de recommencer sa mise à mort. Barrera emploie son premier coup d'épée, exigé par la loi de tout matador, selon les règlements des courses de taureaux, simplement pour tenter sa chance d'enfoncer l'épée sans s'exposer d'aucune façon. Quel que doive être l'effet de ce coup d'épée, Barrera décide d'avance de tuer le taureau par un descabello. Il met en œuvre l'agilité de ses pieds, trompe le taureau avec la muleta qui lui fait baisser le mufle et découvrir l'intervalle entre les vertèbres à la base du crâne ; en même temps, il tire lentement l'épée de derrière lui, l'élève au-dessus de sa tête, en la tenant soigneusement hors de la vue du taureau ; et alors, la balançant la pointe en bas, sous le contrôle de son poignet et avec la précision d'un jongleur, il la plante verticalement et tranche la moelle épinière, et le taureau tombe mort aussi soudainement qu'une lampe électrique s'éteint à la pression d'un bouton. La méthode de tuer de Barrera, tout en suivant la lettre des règlements, est la négation de tout l'esprit et de la tradition de la course de taureaux. Le descabello, qui, donné par surprise, doit être un coup de grâce destiné à épargner des souffrances à l'animal qui ne peut plus se défendre est utilisé par lui pour assassiner les taureaux vivants, alors qu'il devrait exposer son corps en les tuant avec l'épée. Il a acquis une telle précision mortelle à cette pratique que le public, qui sait par expérience que rien ne pourrait le persuader de risquer un seul cheveu dans la mise à mort, en est venu à tolérer cet abus du descabello et même parfois à l'applaudir. L'applaudir pour cette tricherie dans la mise à mort parce qu'il accomplit sa fraude avec habileté, assurance, et dans la sécurité que lui donne sa sûreté de pied devant le taureau et son adresse à faire baisser la tête du taureau comme s'il était mourant, c'est à peu près le pire degré de bassesse que puisse atteindre un public d'arène.

Manolo Bienvenida est le plus mauvais tueur de tous les matadors de grande classe, excepté Cagancho. Ni l'un, ni l'autre, n'émettent la prétention d'observer les règles de la mise à mort en général ; ils courent obliquement à la rencontre du taureau pour l'abattre d'une estocade en s'exposant moins qu'un banderillero qui pose une paire de banderillas. Je n'ai jamais vu Bienvenida bien tuer un taureau, et même deux fois seulement sur vingt-quatre, en 1931, je l'ai vu tuer un taureau décemment. Sa couardise au moment de tuer est répugnante. Ce n'est pas la sueur panique ni les lèvres sèches de peur d'un garçon de dix-neuf ans qui ne peut pas tuer convenablement, ayant été trop effrayé en s'y essayant avec de gros taureaux, et n'osant plus courir les risques nécessaires pour tenter une mise à mort, pour apprendre à l'exécuter correctement, et qui par suite est malade de peur devant la corne. C'est une façon froide, gitane, de frauder le public, c'est l'abus de confiance le plus éhonté, le plus irritant qu'on ait jamais vu dans l'arène. Cagancho peut tuer bien, il a une taille qui rend la mise à mort beaucoup plus facile, et chaque fois qu'il le veut il peut tuer convenablement et avec un bon style. Mais Cagancho ne court jamais le risque de faire quelque chose qui puisse lui coûter un coup de corne. Il est admis que tuer est dangereux, même pour un grand tueur; aussi Cagancho, l'épée à la main, ne mettra pas son corps à portée des cornes à moins d'être convaincu que le taureau est candide et inoffensif et qu'il suivra l'étoffe comme si son mufle y était englué. Si Cagancho s'est prouvé, pour sa propre satisfaction, que le taureau n'offre pas de danger, il le tuera avec style, grâce, et avec une sécurité absolue. S'il croit qu'il y a le moindre danger, il ne laissera pas son corps approcher de la corne. Sa couardise cynique est la plus répugnante négation de la corrida qu'on puisse voir; pire même que les paniques de Niño de La Palma, car alors Niño de La Palma ne peut plus exécuter ses passes correctement, il est tout à fait annihilé par la peur, tandis que presque tout ce que fait Cagancho quand il est en confiance pourrait servir de modèle et d'illustration de la perfection dans la course de taureaux artistique. Mais il ne fait rien sans être certain qu'il n'y a pas de danger pour un homme à travailler avec le taureau, non pas même s'il sait que les chances sont toutes en faveur de l'homme ; ce n'est pas assez pour lui. Il ne court pas de risques. Il ne doit être certain en lui-même que le danger n'existe pas, ou alors il fera flotter une cape à deux mètres de lui, agitera le bout pointu d'une muleta, et assassinera le taureau en l'abattant d'un coup de côté. Il agira ainsi avec des taureaux qui ne sont pas criminels ni même particulièrement dangereux pour un matador d'un talent moyen et d'un courage suffisant. Il n'a pas le courage d'un pou, car son merveilleux équipement physique, son savoir et sa technique lui permettent d'être beaucoup plus en sûreté dans l'arène que n'importe qui dans une rue en plein trafic, pourvu qu'il ne tente rien trop près du taureau. Un pou court des risques dans les coutures de vos vêtements. Il peut arriver que vous soyez à la guerre et qu'on vous dépouille, ou bien vous pouvez vous mettre à chasser le pou avec l'ongle du pouce, mais on ne peut pas épouiller Cagancho. S'il existait une commission de contrôle des toreros qui suspende les matadors comme on ôte à l'occasion leurs licences aux boxeurs qui fraudent (lorsque leurs protections politiques sont insuffisantes), Cagancho pourrait bien être éliminé des arènes, ou bien, par crainte de la commission, devenir un grand torero.

Le seul combat vraiment grand que fit Manolo Bienvenida dans toute l'année 1931 fut celui du dernier jour, à Pampelune ; car il eut plus peur encore du public et de l'irritation causée par ses précédents spectacles de poltronnerie, que des taureaux eux-mêmes. Il avait demandé au gouverneur des troupes pour le protéger avant la course, et le gouverneur lui avait déclaré que s'il entrait dans l'arène et accomplissait bien sa tâche, il n'aurait besoin d'aucune protection. Chaque nuit, à Pampelune, Manolo était resté au téléphone à entendre les nouvelles des massacres d'arbres abattus dans la ferme de son père par la jacquerie des paysans andalous ; des bosquets d'arbres étaient coupés, et l'on en faisait des meules à charbons de bois ; on tuait cochons et volailles, on enlevait le bétail ; la ferme, qui n'était pas encore payée, et dont il voulait achever le paiement en combattant les taureaux, était peu à peu pillée selon le vaste plan agraire de la révolte andalouse ; ayant dix-neuf ans, et apprenant chaque nuit par téléphone comment son monde était détruit, il en était quelque peu accablé. Mais les gars de Pampelune et les paysans de la campagne environnante, qui dépensaient leurs économies pour voir des courses de taureaux et n'en voyaient pas, à cause de la couardise des matadors, ne pouvaient comprendre les causes économiques de la distraction et du manque d'intérêt à son travail d'un matador, et ils manifestèrent contre Manolo si violemment et l'épouvantèrent tellement qu'à la fin, craignant d'être lynché, il donna un après-midi splendide le dernier jour de la foire.

S'il y avait une pénalité qui pût le suspendre de sa fructueuse activité commerciale, Cagancho pourrait donner plus souvent un bon après-midi. Son excuse est qu'il court un danger et le spectateur non, mais l'un est payé proportionnellement et l'autre paie, et lorsque les spectateurs protestent, c'est que Cagancho refuse de courir du danger. C'est vrai, il a été blessé, mais chaque fois par un accident tel qu'un soudain coup de vent qui l'a découvert alors qu'il travaillait tout près d'un taureau qu'il croyait sûr. C'est le seul risque qu'il ne peut éliminer, et lorsqu'il revient de l'hôpital à l'arène, il ne veut même plus venir tout près d'un taureau qu'il croit inoffensif, car rien ne garantit que le vent ne soufflera pas pendant qu'il travaille, que la cape ne lui viendra pas entre les jambes, qu'il ne marchera pas sur la cape, ni même que le taureau ne sera pas aveuglé. C'est le seul torero que j'ai eu plaisir à voir blessé ; mais le coup de corne n'est pas pour lui un remède, car il se comporte encore plus mal lorsqu'il sort de l'hôpital qu'avant d'y entrer. Pourtant, il continue d'avoir des engagements et de frauder le public, parce qu'on sait que quand il veut il peut faire une faena complète et splendide, un modèle de parfaite exécution, et la terminer par une belle mise à mort.

Le meilleur tueur, aujourd'hui, est Nicanor Villalta. Il débuta en trichant dans la mise à mort. Il profitait de sa haute taille pour se pencher sur le taureau tout en l'aveuglant de son immense muleta. Il a maintenant purifié, maîtrisé et perfectionné son art au point qu'à Madrid au moins il tue presque chaque taureau qu'il affronte, de près, avec confiance, d'une façon correcte, sûre et émouvante, ayant appris à employer son magique poignet gauche à vraiment tuer au lieu de simplement ruser. Villalta est un exemple de l'homme simple dont je parlais au commencement de ce chapitre. Pour l'intelligence et la conversation, il n'est pas aussi délié que votre petite sœur de douze ans si elle est une enfant arriérée ; il a un sens de la gloire et une foi en sa grandeur qui va si haut que vous pourriez y accrocher votre chapeau. Ajoutez à cela une bravoure semi-hystérique avec laquelle aucun courage à froid ne pourrait rivaliser en intensité. Personnellement, je le trouve insupportable, bien qu'il soit assez agréable si l'on n'a rien contre l'hystérie vaniteuse ; mais, à l'épée et à la muleta, il est à Madrid le plus brave, le plus sûr, le plus constant et le plus émouvant tueur de l'Espagne d'aujourd'hui.

Les meilleurs hommes d'épée de mon temps étaient Manuel Vare, dit Varelito, probablement le meilleur tueur de ma génération ; Antonio de La Haba, dit Zurito ; Martin Aguero, Manolo Martinez et Luis Freg. Varelito était de taille moyenne, simple, sincère et grand tueur avec constance. Comme tous les tueurs de taille seulement moyenne, il recevait de rudes punitions des taureaux. Non encore remis des effets d'une blessure de corne reçue l'année précédente, il fut incapable de tuer dans son ancien style à la foire d'avril de Séville en 1922 et, son travail n'étant pas satisfaisant, la foule le hua et l'insulta pendant toute la foire. Ayant tourné le dos à un taureau après avoir enfoncé l'épée, le taureau l'atteignit et lui fit une terrible blessure près du rectum qui perfora les intestins. C'était presque la même blessure que reçut Sidney Franklin et dont il se remit, au printemps de 1930, et c'est la même sorte de blessure qui tua Antonio Montes. Lui, Varelito, blessé vers la fin d'avril, vécut jusqu'au 13 mai. Tandis qu'on le transportait le long du passage circulaire, vers l'infirmerie, la foule, qui le huait une minute avant, était maintenant toute murmurante du flot de paroles qui suit toujours une sérieuse *cogida*.

Varelito n'arrêtait pas de dire, en les regardant : « Alors, vous avez réussi. Maintenant je l'ai eu. Maintenant vous avez réussi. Maintenant vous avez ce que vous vouliez. Maintenant je l'ai eu. Maintenant vous avez réussi. Maintenant je l'ai eu. Maintenant vous avez réussi. Maintenant je l'ai eu. Maintenant je l'ai eu. Je l'ai eu. » Il l'avait eu, mais il fallut pourtant presque quatre semaines pour que cela le tuât.

Zurito était le fils du dernier et d'un des plus grands des picadors de l'ancienne époque. Il était de Cordoue, brun et plutôt mince ; le visage très triste au repos ; sérieux avec un sens profond de l'honneur. Il tuait classiquement, lentement et magnifiquement, avec un sens de l'honneur qui lui interdisait d'employer aucun avantage, aucune ruse, ou de dévier de la ligne droite lorsqu'il s'avançait pour tuer. Il était l'un des quatre novilleros qui, dans leur classe, firent sensation en 1923 et 1924 ; et lorsque les trois autres, qui étaient plus mûrs que lui, bien qu'aucun d'eux ne fût très mûr, devinrent matadors, il devint matador lui-même, quoique son apprentissage — s'il est vrai que l'apprentissage doit continuer jusqu'à la maîtrise du métier — ne fût pas terminé.

Aucun des quatre ne fit un apprentissage convenable. Manuel Baez, dit Litri, le plus sensationnel des quatre, était un prodige pour son courage et ses merveilleux réflexes, mais insensé dans sa bravoure et très ignorant dans sa technique. C'était un petit garçon brun de visage, jambes arquées et cheveux noirs, un visage de lapin, avec un tic nerveux qui faisait clignoter ses paupières quand il regardait le taureau venir. Mais pendant un an il substitua bravoure, chance et réflexes à la science qui lui manquait ; bien qu'il eût reçu, littéralement, des centaines de coups à voler en l'air, il venait souvent si près de la corne que le taureau ne pouvait pas lui porter un bon coup, et sa chance le sauva de toute blessure sérieuse, sauf une. Nous parlions tous de lui comme d'une *carne de toro*, ou « chair à taureaux », et ce ne fut pas une grande différence quand il eut pris l'alternativa ; il combattait avec un courage nerveux qui ne pouvait durer et, avec sa technique défectueuse, il était certain qu'il se ferait détruire par un taureau, et plus il ramasserait d'argent avant que cela n'arrive, mieux cela vaudrait. Il fut blessé mortellement à la première course de l'année à Malaga, au début de février 1926, après avoir été matador toute une saison. Il n'aurait pas dû mourir de cette blessure si elle ne s'était infectée de gangrène gazeuse et si l'on n'avait pas amputé sa jambe trop tard pour sauver sa vie. Les toreros disent : « Si je dois être blessé, que ce soit à Madrid », ou, s'ils sont de Valence, ils remplacent Madrid par Valence ; c'est en effet dans ces deux cités qu'il y a le plus de corridas sérieuses, donc le plus de blessures de corne, et par conséquent deux des plus grands spécialistes en cette chirurgie. Un spécialiste n'aurait pas le temps de venir d'une ville à une autre pour exécuter la partie principale du traitement d'une telle blessure, qui est l'ouverture et le curetage destinés à éviter l'infection des multiples trajets d'une blessure de corne. J'ai vu une blessure de corne à la cuisse, avec une ouverture pas plus grande qu'un dollar d'argent ; au sondage, et une fois ouverte intérieurement, elle ne révéla pas moins de cinq trajets différents ; ceux-ci sont causés par la rotation du corps de l'homme sur la corne, et parfois par les esquilles qui peuvent hérisser le bout de la corne. Toutes ces blessures internes doivent être ouvertes et curées, et en même temps il faut faire toutes les incisions nécessaires dans le muscle de façon que la blessure se cicatrise dans le minimum de temps et avec le moindre risque d'une perte de mobilité. Un chirurgien d'arène a deux buts : sauver l'homme, but de la chirurgie ordinaire ; et rendre le torero à l'arène aussi vite que possible, afin qu'il puisse remplir ses contrats. C'est cette habileté à remettre rapidement le torero en état de travailler qui permet à un spécialiste des blessures de corne de demander de hauts honoraires. C'est une forme très spéciale de chirurgie, mais sa forme la plus simple consiste à soigner la blessure ordinaire, placée le plus souvent entre le genou et l'aine ou entre le genou et la cheville, car c'est là que peuvent atteindre les cornes abaissées du taureau lorsqu'il frappe ; la tâche du chirurgien est alors de ligaturer promptement l'artère fémorale si elle a été ouverte, et ensuite de trouver, avec le doigt généralement ou avec une sonde, d'ouvrir et de curer les divers trajets que le coup de corne a pu suivre, tout en soutenant le cœur du patient avec des injections de camphre et en remplaçant le sang perdu par des injections de sérum physiologique, et ainsi de suite. Quoi qu'il en soit, à Malaga, la jambe de Litri s'infecta, et on l'amputa ; on lui avait promis, au moment de l'anesthésier, que c'était seulement pour nettoyer la plaie ; lorsqu'il fut conscient et trouva la jambe absente, il ne voulait plus vivre et était en grand désespoir. Je l'aimais beaucoup, et j'aurais voulu qu'il ait pu mourir sans amputation, puisqu'il était condamné de toute façon dès le jour où il prit l'alternativa, certain qu'il était d'être détruit aussitôt que sa chance l'aurait quitté.

Zurito n'eut jamais aucune chance. Après un apprentissage incomplet, il avait un répertoire des plus courts à la cape et à la muleta. Avec cette dernière, c'étaient principalement des passes por alto, et le tour facile à apprendre de la molinete ; son excellent talent d'épéiste, et la pureté de son style à l'épée étaient obscurcis par l'impressionnante campagne de Litri et la grande saison de Niño de La Palma. Zurito fit deux bonnes saisons après la mort de Litri, mais avant même d'avoir une occasion de devenir une figure vraiment de premier plan, son travail se trouva démodé, car il ne faisait aucun progrès à la cape et à la muleta ; et, comme pour son coup d'épée, il visait toujours le sommet même de l'intervalle des omoplates et qu'il frappait, l'épaule gauche en avant, de si haut qu'il lui était difficile de tenir la muleta assez bas pour esquiver complètement les cornes, il reçut de rudes punitions des taureaux ; surtout ces terribles coups de plat de corne sur la poitrine par lesquels les taureaux le soulevaient de terre presque chaque fois qu'il tuait. Alors il perdit presque une saison à la suite de commotions internes et d'une tumeur à la lèvre consécutive à un coup reçu. En 1927, il combattait dans de si mauvaises conditions physiques que c'était tragique de le regarder. Il savait que de perdre une seule saison pouvait mettre un torero dans un discrédit tel qu'il n'aurait plus que deux ou trois courses par an et ne pourrait gagner sa vie, et pendant toute cette saison Zurito combattit ; son visage qui avait été brun et plein de santé, était maintenant gris comme une toile passée aux intempéries ; il était à court de souffle, que c'était pitié de le voir. Et pourtant il attaquait aussi directement, d'aussi près, avec le même style classique et la même malchance. Quand le taureau, sous le choc, le soulevait de ses pieds, ou lui donnait un de ces *paletazos* ou coups de plat de corne que les toreros disent aussi mauvais que les blessures parce qu'ils causent des hémorragies internes, il lui arrivait de s'évanouir ; on le transportait à l'infirmerie, on le faisait revenir à lui et il retournait dans l'arène, faible comme un convalescent, pour tuer son second taureau. A cause de sa manière de tuer, il était cogné presque chaque fois qu'il tuait. Il fit vingt et une courses, tomba évanoui dans douze d'entre elles, et tua ses quarante-deux taureaux. Ce n'était pourtant pas assez, parce que son travail à la cape et à la muleta, toujours sans style, dans l'état où il était n'était même pas satisfaisant, et le public n'aimait pas le voir s'évanouir. Un article de tête contre lui parut dans le journal de Saint-Sébastien. C'est dans cette ville qu'il avait eu le plus de succès, et on lui refusa désormais tout contrat parce que ses évanouissements répugnaient aux étrangers et au meilleur du public. Aussi, cette saison-là, où il donna le plus déchirant déploiement de courage que j'aie vu, ne lui rapporta rien. Il se maria à la fin de la saison. Elle voulait l'épouser, disait-on, avant qu'il ne meure ; mais au lieu de cela il se mit à aller beaucoup mieux. Il devint presque gras, et, adorant sa femme, il ne marchait plus tout à fait aussi droit sur les taureaux, et il fit seulement quatorze corridas.

L'année suivante, il n'en fit que sept, en Espagne et en Amérique du Sud. L'année d'après, il allait au taureau aussi droit que jamais, mais il n'avait que deux contrats en Espagne pour toute l'année ; pas assez pour faire vivre sa famille. Bien entendu, ses évanouissements, cette année-là, n'étaient pas agréables à voir, mais il ne connaissait qu'une façon de tuer, et c'était de tuer parfaitement ; et si, lorsqu'il tentait de le faire, la corne ou le mufle le frappait et qu'il perdît conscience de ce monde, c'était par sa malchance, et il retournait toujours au combat dès qu'il était conscient. Le public n'aimait pas cela. C'était si vite devenu une vieille histoire. Je n'aimais pas cela moi-même, mais, bon Dieu! comme je l'admirais! Trop d'honneur détruit un homme plus vite que l'excès de toute autre vertu, et c'est cela, avec un peu de malchance, qui ruina Zurito en une saison.

Le vieux Zurito, le père, avait fait d'un de ses fils un matador et lui avait enseigné l'honneur, la technique et le style classique, et ce garçon est un échec complet en dépit de sa grande adresse et de son intégrité. Il enseigna à l'autre garçon le métier de picador ; ce fils a un style parfait, un grand courage, c'est un splendide cavalier, et il serait le meilleur picador d'Espagne, n'était une chose. Il est trop léger pour punir les taureaux. Aussi dur qu'il les enferre, il peut à peine leur tirer du sang. Aussi, lui qui a plus de talent et de style qu'aucun picador vivant, il reste à piquer dans les novilladas pour cinquante à cent pesetas la course, alors qu'avec cinquante livres de poids en plus il continuerait la grande tradition du père. Il y a encore un autre fils qui est picador, que je n'ai pas vu ; mais on m'a dit que lui aussi est trop léger. Ils n'ont pas de chance, dans la famille.

Martin Aguero, le troisième des tueurs, était un garçon de Bilbao qui n'avait pas du tout l'air d'un torero, mais plutôt, rude, bien bâti, d'un professionnel de base-ball. Il avait un visage lippu, germano-américain comme celui de Nick Altrock ; ce n'était pas un artiste de la cape et de la muleta, quoiqu'il maniât la cape assez bien, parfois excellemment. Il comprenait la course de taureaux, n'était pas ignorant, et faisait bien ce qu'il faisait à la muleta, mais sans aucune imagination artistique ; capable d'un travail de près à la cape et d'un jeu convenable mais terne à la muleta. A l'épée, c'était un tueur rapide et sûr. Ses estocades paraissaient toujours merveilleuses sur les photographies, parce que la photographie ne donne aucun sens du temps ; mais quand on le regardait tuer, il allait à une rapidité d'éclair telle que, malgré une sécurité plus grande que celle de

Zurito et une façon magnifique de croiser la muleta, et bien que neuf fois sur dix il enfonçât l'épée jusqu'à la garde, pourtant une seule estocade de Zurito valait mieux à regarder que vingt d'Aguero ; car Zurito allait lentement et directement, et marquait si parfaitement le moment où il allait tuer qu'il ne pouvait y avoir d'élément de surprise pour le taureau. Aguero tuait comme un garçon boucher et Zurito comme un prêtre donnant la bénédiction.

Aguero était très brave et sa technique était efficace. Il fut l'un des matadors dominants des années 1925, 1926 et 1927 ; dans ces deux dernières années, il combattit cinquante et cinquante-deux fois, et ne reçut presque jamais de coups. En 1928, il fut grièvement blessé deux fois, la seconde cornada résultant de ce qu'il n'était pas remis de la première ; les deux blessures lui brisèrent sa belle santé et gâtèrent son physique. Un nerf d'une de ses jambes avait été si gravement atteint qu'il s'atrophia, ce qui détermina la gangrène des orteils du pied droit et nécessita leur amputation en 1931. Aux dernières nouvelles que j'eus de lui, son pied avait été tellement mutilé qu'on considérait comme impossible qu'il se batte jamais encore. Il laisse deux frères plus jeunes, novilleros, qui ont le même air, le même physique athlétique et les germes de la même adresse à l'épée.

Diego Mazquiaran, « Fortuna » de Bilbao, est un autre grand tueur du type garçon boucher. Fortuna a les cheveux bouclés, de gros poignets ;

il est rude et fanfaronnant, a épousé une grosse dot, se bat juste assez pour avoir de l'argent pour lui, est brave comme le taureau lui-même, et juste un peu moins intelligent. C'est l'homme le plus chanceux qui ait jamais combattu des taureaux. Il ne connaît qu'une manière de travailler avec un taureau ; il les traite comme s'ils étaient tous difficiles ; il les attrape, les fait tourner et les met en position avec la muleta, quelle que soit la sorte de faena qui leur convienne. S'il se trouve que le taureau est difficile, cette méthode est tout à fait satisfaisante, mais non s'il exige une grande faena. Une fois qu'il leur a fait mettre les deux pieds de devant ensemble, Fortuna enroule la muleta, se profile avec l'épée, regarde vers ses amis par-dessus son épaule et dit : « Voyez, si nous pouvons le tuer comme ça! » et il pénètre droit, fort et bien. Il est si chanceux que l'épée peut même couper la moelle épinière et abattre le taureau comme s'il était frappé par la foudre. S'il n'a pas la chance, il sue et sa chevelure devient plus frisée, et il explique, par gestes aux spectateurs, les difficultés de l'animal ; il les prend tous à témoin que ce n'est pas sa faute à lui, Fortuna. Le lendemain, assis à sa place réservée du tendido 2 (il est l'un des quelques toreros qui assistent régulièrement aux courses), lorsque sort un taureau réellement difficile pour quelque autre torero, il nous dira : « Ce n'est pas un taureau difficile. Ce taureau est bon. Il devrait faire quelque chose avec ce taureau. » Fortuna est réellement brave, pourtant, brave et stupide.

Il n'a absolument aucune nervosité devant le combat. Je l'ai entendu dire à un picador : « Vas-y, vas-y. Dépêche toi. Je m'ennuie ici. Toute cette histoire m'ennuie. Dépêche-toi! » Parmi nos fragiles artistes, il reste comme une survivance d'un autre temps. Mais il vous ennuiera à mourir, plus qu'il ne s'est jamais ennuyé dans l'arène, si vous allez vous asseoir près de lui pendant toute une saison.

Manolo Martinez, du barrio de Ruzafa à Valence, mince, les yeux ronds, le visage tordu, crochu, un sourire mince, a l'air d'un habitué des champs de courses ou d'être l'un des meilleurs de ces rudes individus que vous connaissiez autour des salles de billard quand vous étiez petit garçon. Beaucoup de critiques nient qu'il soit un grand tueur, parce qu'il n'a jamais eu de chance à Madrid, et les rédacteurs du journal tauromachique français *Le Toril*, un très bon périodique, lui dénient tout mérite parce qu'il a assez de bon sens pour ne pas risquer sa vie lorsqu'il combat dans le Midi de la France, où toute épée qui disparaît dans le corps du taureau, où qu'elle soit placée et n'importe avec quelle tricherie, est universellement applaudie. Martinez est aussi brave que Fortuna, et il n'est jamais ennuyé. Il aime tuer, et il n'est pas vaniteux comme Villalta ; quand les choses ont bien été, il est content, apparemment autant pour vous que pour lui. Il a été sévèrement puni par les taureaux, et je l'ai vu recevoir une terrible cornada, une année, à Valence. Son travail de cape et de muleta

manque de solidité, mais, si le taureau charge
franc et vite, Martinez travaille d'aussi près qu'il
est possible à un homme de faire passer les taureaux. Ce jour-là, il avait un taureau qui avait
tendance à frapper à droite, et il semblait qu'il
n'eût pas remarqué ce défaut. Le taureau le cogna
une fois dans une passe de cape, et à la fois suivante
Martinez le fit passer du même côté sans lui donner
du champ ; le taureau l'atteignit et le frappa. Il
n'était pas blessé ; la corne avait glissé sur la peau
sans entrer et avait seulement déchiré ses culottes,
mais il était tombé sur la tête, il était étourdi, et
à la passe de cape suivante il entraîna le taureau
jusqu'au centre de l'arène ; là, seul, il essaya de
le faire passer de très près, encore par le côté droit.
Bien entendu, le taureau l'attrapa ; son défaut
s'était accentué du fait qu'il avait atteint l'homme
une première fois ; cette fois, la corne pénétra,
Martinez fut soulevé en l'air sur la corne ; le taureau, d'un coup de tête, le projeta à terre, puis le
frappa et le frappa encore, avant que les autres
toreros n'aient pu accourir au centre de l'arène et
éloigner le taureau. En se relevant, Manolo vit le
sang qui lui giclait de l'aine ; comprenant que l'artère fémorale était sectionnée, il y mit les deux
mains pour essayer de contenir l'hémorragie, et
courut aussi vite qu'il pouvait vers l'infirmerie. Il
savait que sa vie s'en allait avec ce flot qui jaillissait
entre ses doigts, et il ne pouvait attendre qu'on le
transportât. On essaya de se saisir de lui, mais il
secoua la tête. Le docteur Serra arriva en courant

par le passage circulaire, Martinez lui cria :
« Don Paco, j'ai reçu une grosse cornada! » et, avec
le docteur Serra qui pressait l'artère avec son
pouce, ils entrèrent à l'infirmerie. La corne avait
presque complètement traversé la cuisse. La perte
de sang était si effrayante, sa faiblesse et sa pros-
tration telles, que personne ne croyait qu'il vivrait,
et, à un moment donné, comme on ne pouvait
plus discerner son pouls, on avait annoncé qu'il
était mort. Les dégâts dans le muscle étaient si
importants que personne ne pensait qu'il pourrait
jamais combattre encore s'il vivait ; mais, blessé
le 31 juillet, il était suffisamment remis pour combattre au Mexique le 18 octobre, grâce à sa constitution et à l'habileté du docteur Paco Serra.
Martinez a reçu de terribles blessures de corne,
rarement en tuant ; mais d'ordinaire à cause de
son désir de travailler tout près de taureaux qui
ne le permettaient pas, de son insuffisance fondamentale dans le maniement de la cape et de la
muleta, et de son souci de tenir les pieds absolument joints en faisant passer le taureau ; mais
ses blessures de corne semblaient seulement
rafraîchir son courage. C'est un torero régional.
Je ne l'ai jamais vu réellement bon qu'à Valence.
En 1927, dans une série de corridas organisée
autour de Juan Belmonte et Marcial Lalanda, et
pour laquelle Martinez n'avait même pas d'engagement, Belmonte et Marcial furent blessés, et il
fut appelé comme remplaçant. Il fit trois courses,
dans lesquelles il fut superbe ; il fit toutes ses

passes de cape et de muleta de si près et si dangereusement, et en courant de tels risques qu'on ne pouvait pas croire possible que les taureaux ne le tueraient pas. Et alors, le moment venu de tuer, il se profilait de tout près, arrogant, reculant un peu les talons pour se planter solidement, son genou gauche un peu plié, portant son poids sur l'autre pied, puis il s'avançait sur l'animal et tuait d'une manière qu'aucun homme vivant ne pourrait surpasser. En 1931, il fut dangereusement blessé à Madrid, et n'était pas encore rétabli lorsqu'il combattit à Valence. Les critiques disent tous qu'il est fini aujourd'hui, mais il a pu se faire une vie, les réfutant ainsi dès le commencement. Je crois qu'aussitôt que ses nerfs et ses muscles obéiront de nouveau à son cœur, il sera le même qu'avant jusqu'à ce qu'un taureau le détruise. Avec son manque de bases techniques et son inaptitude à maîtriser un taureau difficile, joints à sa grande bravoure, cela semble inévitable. Il est courageux presque avec humour. C'est une sorte de courage bravache, tandis que celui de Villalta est vaniteux, celui de Fortuna stupide et celui de Zurito mystique.

Le courage de Luis Freg — il n'a pas d'art, sauf à l'épée — est le plus étrange que je connaisse. Il est indestructible comme la mer, mais ne contient pas de sel, sinon le sel de son sang même, et le sang humain a une saveur douceâtre en dépit de sa salure. Si Luis Freg était mort l'une des quatre fois que je l'ai vu laissé pour mort, je pourrais écrire plus librement sur son caractère. C'est un Indien mexicain, de lourde stature aujourd'hui, la voix douce, la main douce, le nez un peu crochu, l'œil oblique, la bouche épaisse, le cheveu très noir ; c'est le seul matador qui porte encore la queue de cheveux nattés sur la tête. Il est matador en titre au Mexique depuis l'année du combat Johnson contre Jeffries à Reno (Nevada) en 1910, et en Espagne depuis l'année suivante. Dans les vingt et un ans de sa carrière de matador, les taureaux lui ont infligé soixante-douze graves blessures de corne. Aucun torero qui ait jamais vécu n'a reçu autant de punitions des taureaux que lui. Il a reçu l'extrême-onction à cinq reprises différentes, où l'on croyait sa mort certaine. Ses jambes sont déformées et noueuses de cicatrices comme les branches d'un vieux chêne ; sa poitrine et son ventre portent les marques de blessures qui auraient dû le tuer. La plupart lui sont venues de ce qu'il est lourd sur ses pieds, et de son incapacité à maîtriser les taureaux avec la cape et la muleta. C'était pourtant un grand tueur ; lent, sûr, allant droit, et les rares blessures — rares en proportion des autres — qu'il a reçues en tuant étaient dues à son manque d'agilité des pieds pour sortir d'entre les cornes et se dégager par le flanc après l'estocade, plutôt qu'à aucun défaut de technique. Ses terribles blessures, ses mois d'hôpital, qui lui prirent tout son argent, n'eurent absolument aucun effet sur son courage. Mais c'était un étrange courage. Il ne vous enflammait jamais ; il n'était pas contagieux. On le voyait, on l'appréciait, on savait que l'homme était brave, mais je ne sais pourquoi, il semblait que ce courage fût un sirop et non pas un vin ; il ne vous laissait pas dans la bouche un goût de sel et de cendres. Si les qualités morales ont des odeurs, le courage a pour moi celle du cuir fumé, ou d'une route glacée, ou l'odeur de la mer quand le vent fauche la crête d'une vague, mais le courage de Luis Freg n'avait pas cette odeur. Il était terreux et lourd, avec une subtile arrière-senteur déplaisante de vase ; quand il sera mort, je vous parlerai de lui et de son assez étrange histoire.

La dernière fois qu'il fut compté pour mort à Barcelone, avec une terrible plaie béante, pleine de pus, délirant et mourant, croyait-on, il disait : « Je vois la mort. Je la vois clairement. Aïe, aïe. C'est une affreuse chose. » Il vit la mort clairement, mais elle ne vint pas. Il est ruiné maintenant et donne une série finale de spectacles d'adieu. Il fut marqué pour la mort pendant vingt ans, et la mort ne le prit jamais.

Vous venez d'avoir les portraits de cinq tueurs. Si l'on peut, de l'étude des bons tueurs, tirer une conclusion générale, on peut dire qu'un grand tueur doit avoir honneur, courage, bonne constitution physique, bon style, une main gauche excellente et beaucoup de chance. Il lui faut encore une bonne presse et beaucoup d'engagements. L'emplacement et l'effet des estocadas, et les diverses manières de tuer, sont décrits dans le glossaire.

S'il est un trait commun au peuple espagnol,

c'est l'orgueil, et s'il en est un autre, c'est le bon sens, et s'il en est un troisième c'est le manque de sens pratique. Ayant l'orgueil, ils ne répugnent pas à tuer ; ils se sentent dignes de faire ce don. Ayant du bon sens, ils s'intéressent à la mort et ne passent pas leur vie à en éviter la pensée ni à espérer qu'elle n'existe pas pour la découvrir seulement au moment de mourir. Ce bon sens qu'ils possèdent est aussi sec et aride que les plaines et les *mesas* de Castille, et il diminue en sécheresse et en aridité à mesure qu'on s'éloigne de la Castille. A son degré optimum, ce bon sens se combine avec un manque complet de sens pratique. Dans le Sud, il devient pittoresque ; le long du littoral, relâché et méditerranéen. Au Nord, en Navarre et en Aragon, il y a une telle tradition de bravoure qu'il devient romantique ; et, le long de la côte atlantique, comme dans tous les pays bordés par une mer froide, la vie est si pratique qu'il n'y a plus de place pour le bon sens. La mort, pour les gens qui pêchent dans les parties froides de l'océan Atlantique, est une chose qui peut venir à tout moment, qui vient souvent et qu'il faut éviter comme un risque professionnel ; de sorte qu'ils n'en sont pas préoccupés et qu'elle n'a pas de fascination pour eux.

Deux conditions sont nécessaires pour qu'un pays aime les courses de taureaux. L'une est qu'on y fasse l'élevage de taureaux, et l'autre que le peuple s'y intéresse à la mort. Les Anglais et les Français vivent pour la vie. Les Français ont un culte de respect pour les morts, mais ce sont les jouissances des biens matériels de chaque jour, famille, sécurité, position et argent qui ont le plus d'importance pour eux. Les Anglais vivent aussi pour ce monde, et la mort n'est pas pour eux une chose à laquelle penser, à considérer, à quoi faire allusion, à rechercher ou à risquer, excepté au service du pays, ou par sport, ou pour une récompense adéquate. Autrement, c'est un sujet déplaisant, à éviter, tout au plus prétexte à moraliser, mais qui ne peut jamais être un objet d'étude. Ne parlons jamais de malheurs, disent-ils, et je le leur ai entendu dire fort bien. Quand les Anglais tuent, ils tuent pour le sport ; les Français tuent pour la marmite. C'est d'ailleurs une excellente marmite, la plus aimable du monde, et qui vaut qu'on tue pour elle. Mais tuer, quand ce n'est ni pour la marmite, ni pour le sport, semble cruel aux Anglais et aux Français. Comme toujours lorsqu'on fait des généralités, les choses ne sont pas aussi simples ; mais je cherche à établir un principe et j'évite d'énumérer les exceptions.

Aujourd'hui, en Espagne, la course de taureaux a disparu de la Galice et de la plus grande partie de la Catalogne. On n'élève pas de taureaux dans ces provinces. La Galice est près de la mer, et, comme c'est un pays pauvre d'où les hommes émigrent ou vont en mer, la mort n'y est pas un mystère à explorer et à méditer, mais plutôt un péril quotidien à éviter : les gens y sont pratiques, astucieux, souvent stupides, souvent avaricieux, et leur amusement favori est de chanter en chœur.

La Catalogne est en Espagne, mais le peuple n'y est pas espagnol, et, bien que la corrida soit florissante à Barcelone, c'est sur une base fallacieuse, car le public qui assiste à ces courses y va comme à un cirque, pour l'excitation et la distraction qu'elles procurent, et il est aussi ignorant, ou presque, que les publics de Nîmes, de Béziers et d'Arles. Les Catalans ont un pays riche, en grande partie du moins; ce sont de bons fermiers, de bons hommes d'affaires, de bons négociants; ce sont les élus du commerce espagnol. Plus riche est le pays, plus simple est la paysannerie; et ils combinent un simple esprit paysan et un langage puéril avec un sens commercial hautement développé. Chez eux, comme en Galice, la vie est trop pratique pour qu'il y ait beaucoup de bon sens de l'espèce la plus aride, non plus que de vifs sentiments à l'égard de la mort.

En Castille, le paysan n'a rien de la simplicité d'esprit, alliée comme toujours à la ruse, du Catalan ou du Gallego. Il vit dans un pays au climat sévère, un des plus sévères qu'on puisse trouver dans une région agricole; mais c'est un pays très sain. Il a nourriture, vin, sa femme et ses enfants, ou il les a eus, mais il n'a pas de confort, peu de capital, et les biens qu'il possède ne sont pas des fins en eux-mêmes. Ce n'est qu'une partie de la vie, et la vie est ce qui vient avant la mort. Quelqu'un qui avait du sang anglais a écrit : « La vie est réelle ; la vie est sérieuse, et la tombe n'en est pas le but. » Et où est-ce qu'on l'enterre ? Et qu'advient-il de ce réel et de ce sérieux ? Le peuple de Castille a un grand bon sens. Il ne pourrait pas produire un poète qui écrivît une telle sentence. Ils savent que la mort est l'inévitable réalité, la seule chose dont un homme puisse être sûr, la seule certitude ; qu'elle est par-delà tous les conforts modernes et qu'avec elle on n'a pas besoin d'une baignoire dans chaque foyer, ni (si on a la baignoire) d'un poste de T. S. F. Ils pensent beaucoup à la mort, et lorsqu'ils ont une religion, c'est une religion qui croit que la vie est beaucoup plus courte que la mort. Ayant ce sentiment, ils portent à la mort un intérêt intelligent, et quand ils peuvent la voir donner, éviter, refuser et accepter dans un après-midi pour un prix d'entrée déterminé, ils paient de eur argent et vont à l'arène ; ils continuent à y aller alors même que, pour certaines raisons que j'ai essayé de montrer dans ce livre, ils sont le plus souvent artistiquement déçus, et fraudés de l'émotion qu'ils cherchaient.

La plupart des grands toreros sont venus d'Andalousie, où l'on élève les meilleurs taureaux, et où, grâce au climat chaud et au sang mauresque, les hommes ont une grâce et une indolence qui sont étrangères à la Castille, bien qu'ils aient, mêlé au sang mauresque, le sang des hommes de la Castille qui chassèrent les Maures et occupèrent cette aimable contrée. Parmi les vraiment grands toreros, Cayetano Sanz et Frascuelo étaient de la région de Madrid (bien que Frascuelo fût né dans le Sud), aussi bien que Vicente Pastor (parmi les gloires mineures), et Marcial Lalanda, le meilleur des toreros actuels. On donne de moins en moins de courses de taureaux en Andalousie, à cause des troubles agraires, et on y voit surgir de moins en moins des matadors de première classe. En 1931, sur les dix plus grands matadors, il n'y avait que trois Andalous, Cagancho et les deux Bienvenida ; et Manolo Bienvenida, quoique de parentage andalou, est né et a été élevé en Amérique du Sud, tandis que son frère, né en Espagne, a été aussi élevé hors du pays. Chicuelo et Niño de La Palma, qui représentent Séville et Ronda, sont maintenant finis, et Gitanillo de Triana, de Séville, a été tué.

Marcial Lalanda est des environs de Madrid, de même qu'Antonio Márquez, qu'on verra encore dans l'arène, et Domingo Ortega. Villalta est de Saragosse, et Barrera de Valence de même que Manolo Martinez et Enrique Torres. Félix Rodriguez est né à Santander et fut élevé à Valence; Armillita Chico, Solorzano, et Heriberto Garcia sont tous trois Mexicains. Presque tous les jeunes novilleros de premier plan sont de Madrid ou des alentours, du Nord, ou de Valence. Depuis la mort de Joselito et de Maera, et en mettant à part Juan Belmonte, le règne de l'Andalousie dans les courses modernes a pris fin. Le centre de la tauromachie en Espagne aujourd'hui, à la fois en ce qui concerne la production des toreros et l'enthousiasme pour la corrida elle-même, c'est Madrid et la région de Madrid. Valence vient ensuite. Le torero le plus complet, le maître indiscutable de la course de taureaux d'aujourd'hui est Marcial Lalanda ; et les meilleurs des jeunes toreros, du point de vue du courage et de la technique, sont formés au Mexique. La corrida perd sans aucun doute du terrain à Séville, qui en fut jadis, avec Cordoue, le grand centre, et sans aucun doute elle en gagne à Madrid où, pendant tout le printemps et le début de l'été de 1931, dans une mauvaise époque financière, en un temps de troubles politiques, et avec des programmes seulement ordinaires, l'arène était comble deux fois et parfois trois fois par semaine.

A en juger par l'enthousiasme que j'ai vu montrer pour la corrida sous la République, la course de taureaux moderne continuera en Espagne en dépit du grand désir de ses politiciens actuels, à l'esprit européen, de la voir abolir, afin de n'avoir plus de gêne intellectuelle à se trouver différents de leurs collègues européens qu'ils rencontrent à la Société des Nations, aux ambassades et aux cours étrangères. Actuellement, une violente campagne est menée contre les courses de taureaux par certains journaux, subventionnés par le gouvernement ; mais tant de gens tirent leur gagne-pain des nombreuses branches de l'élevage, du transport, du combat, que je ne crois pas que le gouvernement les abolira, même s'il se sentait assez fort pour le faire.

On est en train de faire une étude approfondie de l'emploi actuel et possible de toutes les terres utilisées pour l'élevage des taureaux de combat.

D'après les rajustements agraires qui doivent se faire en Andalousie, quelques-unes des plus grandes fermes seront sûrement morcelées. Mais l'Espagne est un pays d'élevage autant que d'agriculture ; une grande partie des terres d'élevage sont impropres à la culture, et jamais le bétail qu'on y produit n'est gaspillé, il est toujours destiné à la boucherie et à la vente, qu'il ait été tué dans l'arène ou à l'abattoir. Aussi la plus grande part des terres actuellement employées, dans le Sud, pour l'élevage des taureaux de combat sera certainement conservée. Dans un pays d'où, pour donner du travail aux travailleurs agricoles, toutes les machines à moissonner et à semer ont dû être bannies en 1931, le gouvernement ira lentement pour mettre en culture de grandes étendues nouvelles de terres. Il n'est pas question d'essayer de cultiver les terres d'élevage employées pour les taureaux autour de Colmenar et de Salamanque. Je prévois une certaine réduction de la superficie des terres d'élevage de taureaux en Andalousie, et le morcellement d'un certain nombre de fermes, mais je crois qu'il n'y aura pas grand changement dans cette industrie sous le gouvernement actuel ; beaucoup de ses membres, pourtant, seraient fiers d'abolir les courses de taureaux et, sans aucun doute, ils feront tout leur possible en ce sens ; et la façon la plus rapide d'y parvenir, c'est de commencer par les taureaux eux-mêmes, car les toreros poussent sans qu'on ait à les encourager, ayant un talent naturel comme en ont les acrobates, les jockeys ou même les écrivains, et aucun d'eux n'est irremplaçable ; mais les taureaux de combat sont les produits de nombreuses générations et de sélections soigneuses, comme les chevaux de course, et quand on envoie une race à l'abattoir, cette race est finie.

XX

Si j'avais pu faire que ce livre fût complet, il aurait dû contenir tout. Le Prado, semblable à quelque grand collège américain, avec des appareils d'arrosage sur les pelouses matinales du brillant été madrilène ; les collines nues de terre blanche qui regardent Carabanchel ; les journées de chemin de fer en août, avec les stores baissés du côté au soleil et le vent qui les gonfle ; la balle du grain qu'on bat sur les aires de terre durcie et que le vent souffle contre la voiture ; l'odeur du grain et les moulins à vent bâtis en pierre. Il y aurait eu le changement de pays lorsqu'on laisse derrière soi, à Alsasua, la campagne verdoyante ; il y aurait eu Burgos, loin dans la plaine, et le fromage qu'on mange, plus tard, dans sa chambre ; il y aurait eu le garçon qui emporte dans le train des échantillons de vins, en flacons garnis d'osier et — c'est mon premier voyage à Madrid — il les débouche avec enthousiasme, ils s'enivrent tous, y compris les deux Guardia Civil, je perds les tickets et nous franchissons le guichet encadrés par les deux Guardia Civil (qui nous font passer comme si nous étions des prisonniers, parce que nous n'avions pas de tickets, et nous saluent après nous avoir mis dans un fiacre) ; Hadley, avec l'oreille du taureau enveloppée dans un mouchoir ; l'oreille était toute roide et sèche, tout le poil s'en allait, et l'homme qui a coupé l'oreille est maintenant chauve lui aussi, avec de longues mèches de cheveux qu'il lisse sur le sommet de son crâne, et alors il était beau. C'est juste, il était beau.

Il aurait fallu montrer comme le pays change une fois qu'on est sorti des montagnes et qu'on arrive à Valence au crépuscule, par le train, tenant à la main un coq pour aider une femme qui l'apporte à sa sœur ; il aurait fallu montrer l'arène de bois à Alcira, d'où l'on tirait les chevaux morts pour les déposer dans le champ voisin, et il fallait passer sur eux pour suivre son chemin ; et le bruit des rues de Madrid après minuit et la fête qui continue toute la nuit, en juin, et les retours chez soi à pied, les dimanches, en revenant de l'arène ; ou bien en voiture, avec Rafael. « ¿*Que tal ? Malo, hombre, malo* » ; avec ce geste des épaules ; ou avec Roberto, Don Roberto, Don Ernesto, toujours si poli, si gentil, et si bon camarade. Et aussi la maison où Rafael vivait avant qu'être républicain ne devînt respectable, avec la tête empaillée du taureau que Gitanillo avait tué, la grande jarre d'huile, toujours des cadeaux, et l'excellente cuisine.

Il y faudrait l'odeur de la poudre brûlée, la

fumée, l'éclair et le bruit de la *traca* partant à travers le feuillage vert des arbres, et la saveur de la *horchata*, la horchata glacée, et les rues fraîchement arrosées au soleil, et les melons, et les gouttes de rosée aux flancs des cruches de bière ; les cigognes sur les maisons de Barco de Avila, et celles qui tournent dans le ciel, et la couleur d'argile rouge de l'arène ; et la nuit, la danse aux pipeaux, le tambour, les lumières à travers le feuillage vert, et le portrait de Garibaldi encadré de feuilles. Il faudrait, si le livre était complet, le sourire forcé de Lagartijo (c'était autrefois un sourire véritable), et les matadors sans succès se baignant avec des grues de bas étage au Manzanares, le long de la route du Prado ; les mendiants n'ont pas le choix, disait Luis ; les parties de balle sur l'herbe près de la rivière, où le marquis venait en voiture avec son mignon le boxeur ; nous y faisions les paellas, et nous rentrions à la nuit, sur la route sillonnée de voitures rapides ; les lumières électriques brillaient à travers les feuillages, et la brume abattait la poussière, dans la fraîcheur de la nuit ; le cidre à Bombilla et la route de Santiago de Compostella à Pontevedra, avec les virages entre les pins et les mûres le long de la route ; Algabeño, le pire fumiste de tous ; et Maera, dans sa chambre, à Quintana, changeant de vêtements avec le prêtre, cette année-là, quand tout le monde avait tellement bu et que tous étaient de bons compagnons. Il y a eu réellement une telle année, mais ce livre n'est pas un livre complet.

Revivre tout cela : jeter des sauterelles aux truites de la Tambre, le soir, sur le pont ; voir le visage sérieux et brun de Félix Moreno au vieil Aguilar, voir le brave et maladroit Pedro Montes à l'œil vairon, qui s'habillait hors de chez lui parce qu'il avait promis à sa mère qu'il ne combattrait plus, après que Mariano, son frère, avait été tué à Tétouan ; et Litri, comme un petit lapin, clignotant nerveusement des yeux quand le taureau arrivait ; il avait les jambes très arquées et un grand courage, et maintenant que ces trois-là ont été tués, on ne fait plus allusion à la brasserie du côté frais de la rue, un peu plus bas que le Palais, où il venait s'asseoir avec son père, ni au fait que c'est aujourd'hui une salle d'exposition de voitures Citroën ; ni au jour où ils portèrent Pedro Carreño, mort, à travers les rues avec des torches, et finalement l'amenèrent à l'église et le déposèrent nu sur l'autel.

Il n'y a rien dans ce livre sur Francisco Gomez, Aldeano, qui travailla dans une aciérie de l'Ohio et revint au pays pour être matador, et qui est aujourd'hui plus marqué et couturé qu'aucun autre, excepté Freg, un œil déformé qui lui fait couler une larme le long du nez. Ni sur Gavira, mort au même instant que le taureau, de la même cornada qui tua El Espartero. On n'y parle pas de Saragosse, la nuit sur le pont d'où l'on regarde l'Èbre — et le lendemain le parachutiste, et les cigares de Rafael ; ni des concours de *jota* dans le vieux théâtre aux tentures rouges, avec ses couples extraordinaires de garçons et de filles ; ni du jour où l'on a tué le *Noy de Sucre* à Barcelone, ni de rien de pareil ; ni de la Navarre, ni de l'horrible ville qu'est Léon, ni des heures passées couché, avec un muscle déchiré, dans un hôtel du côté ensoleillé de la rue à Palencia, où il faisait une chaleur, — et on ne sait pas ce que c'est que la chaleur quand on n'y a pas été ; ni la route de Requena à Madrid, où les roues enfoncent jusqu'au moyeu dans la poussière, ni du jour où il y avait 120° F. à l'ombre en Aragon ; et dans l'auto, sans qu'il y ait de charbon ni rien d'accidentel, l'eau du radiateur bouillait et s'évaporait en quinze minutes sur une route plate.

Si ce livre était plus un livre, il peindrait la dernière nuit de feria où Maera se battit avec Alfredo David au café Kutz ; et il montrerait les cireurs de bottes. Mais non, on ne peut pas s'arrêter à tous les cireurs de bottes ; ni à toutes les belles filles qui passent ; ni aux prostituées ; ni à chacun de nous tous tels que nous étions alors. Pampelune est aujourd'hui changée ; on a bâti de nouveaux immeubles d'habitation sur toute l'étendue de plaine qui court jusqu'au bord du plateau ; de sorte qu'on ne peut plus voir les montagnes. On a abattu le vieux Gayarre et abîmé la place pour ouvrir une large voie vers l'arène ; dans les vieux jours, il y avait là l'oncle de Chicuelo, assis, ivre, en haut des marches de la salle à manger, regardant danser sur la place ; Chicuelo était seul dans sa chambre et la cuadrilla au café ou aux environs de la ville. J'écrivais là-dessus une histoire appelée *Un manque de passion*, mais ce n'était pas très bon ; pourtant, quand ils ont jeté les chats morts sur le train, et ensuite, quand les roues s'ébranlèrent, avec Chicuelo sur la couchette, seul ; capable de *le* faire seul — c'était tout de même assez beau.

Il eût fallu, pour contenir l'Espagne, le grand et mince garçon, huit pieds six pouces, qui faisait la réclame pour le spectacle de l'Empastre avant son arrivée dans la ville ; cette nuit-là, à la *feria de ganado*, les prostituées n'auraient rien pu faire avec le nain — il était de taille normale sauf que ses jambes n'avaient que six pouces de long — et il disait : « Je suis un homme comme n'importe quel homme », et la prostituée disait : « Non, ce n'est pas vrai, et c'est là l'ennui. » Il y a beaucoup de nains en Espagne, et d'incroyables difformités qui suivent toutes les foires.

Le matin, nous prenions le petit déjeuner et allions nager dans l'Irati à Aioz ; l'eau était claire comme le ciel, et sa température variait quand on s'enfonçait, fraîche, profondément fraîche, froide ; et l'ombre des arbres de la rive où le soleil brûlait, les blés mûrs dans le vent sur l'autre rive, et montant jusqu'à la montagne. Il y avait un vieux château à la tête de la vallée, où la rivière sortait d'entre deux rocs ; nous restions couchés nus sur l'herbe courte, au soleil, et plus tard à l'ombre. Le vin, à Aioz, n'était pas bon, aussi apportions-nous le nôtre ; et le jambon non plus ; aussi, la seconde fois, nous apportâmes notre déjeuner de chez Quintana. Quintana, le meilleur aficionado et le plus loyal ami d'Espagne, et qui avait un bel hôtel, dont toutes les chambres étaient occupées. « ¿ Que tal, Juanito ? ¿ Que tal, hombre, que tal ? »

Et pourquoi n'y faudrait-il pas la cavalerie qui traversait à gué une autre rivière, l'ombre des feuilles sur les chevaux, si cela est de l'Espagne ; et pourquoi ne pas les revoir, quittant l'école des mitrailleurs, marchant sur le sol d'argile blanche, très petits à cette distance, et plus loin, de la fenêtre de Quintanilla, c'étaient les montagnes. Ou les éveils matinaux, les rues vides le dimanche, les appels dans le lointain, et alors les coups de feu. Cela arrive bien des fois si l'on vit assez longtemps et qu'on se déplace quelque peu.

Et si vous faites du cheval, et que votre mémoire soit bonne, vous pouvez recommencer les chevauchées dans la forêt de l'Irati, parmi les arbres pareils aux images d'un livre de fées pour enfants. On les a coupés. On a fait descendre les troncs par la rivière, et on a tué le poisson ; en Galice, on l'a détruit à la grenade ou empoisonné ; résultats les mêmes ; à la fin du compte, il n'y a plus de différence avec chez nous, sauf les genêts jaunes sur les hautes prairies, et la pluie fine. Les nuages viennent de la mer à travers les montagnes, mais quand le vent est du sud, toute la Navarre a la couleur des blés ; des blés qui ne poussent pas sur des plaines plates, mais du haut en bas des flancs des collines, coupés par des routes bordées d'arbres, et de nombreux villages avec leurs cloches, leurs terrains de pelote, l'odeur du fumier de mouton, et des chevaux debout sur la place.

Si l'on pouvait rendre les flammes de chandelles jaunes au soleil qui brille sur l'acier des baïonnettes fraîchement huilées et les ceinturons de cuir verni de ceux qui gardent l'Hôte ; et, dans la même ville où Loyola reçut la blessure qui le fit penser, le plus brave de ceux qui furent trahis cette année-là se jeta du balcon sur le pavé de la cour, la tête la première, parce qu'il avait juré qu'ils ne le tueraient pas (sa mère essaya de lui faire promettre de ne pas s'ôter la vie, parce qu'elle était très inquiète de son âme, mais il plongea bien et droit, les mains liées, pendant que les autres qui marchaient avec lui priaient) ; si je pouvais le peindre ; peindre un évêque ; peindre Candido Tiebas et Toron ; peindre les nuages arrivant rapides en ombres mouvantes sur les blés, et les petits chevaux au pas précautionneux ; l'odeur de l'huile d'olive, et du cuir ; les chaussures à semelles de corde ; les boucles de l'ail dans les jardins ; les pots de terre ; les sacoches portées sur l'épaule ; les outres de vin ; les fourches faites de branches brutes (les dents sont des rameaux) ; les senteurs matinales ; les froides nuits de la montagne et les longs jours brûlants d'été, avec toujours des arbres et de l'ombre sous les arbres — ainsi vous auriez un peu de la Navarre. Mais ce n'est pas dans ce livre.

Il y faudrait Astorga, Lugo, Orense, Soria, Tarragona et Calatayud, les bois de châtaigniers sur les hautes collines, la campagne verte et les rivières, la poussière rouge, un peu d'ombre près des rivières à sec et les blanches collines de terre cuite ; la promenade au frais sous les palmes de la vieille cité, sur la falaise qui domine la mer, et que la brise rafraîchit le soir ; les moustiques la nuit, mais, au matin, l'eau claire et le sable blanc ; et lorsqu'on s'asseyait dans le lourd crépuscule chez Miro ; des vignes à perte de vue, coupées par les haies et la route ; le chemin de fer, la mer et la plage de galets, avec de hauts papyrus. Il y avait des jarres de terre pour les diverses années de vins, hautes de douze pieds, campées côte à côte dans une chambre obscure ; une tour sur la maison, où l'on grimpe le soir pour voir les vignes, les villages et les montagnes, pour écouter et pour entendre comme c'était calme. Devant la grange, une femme tenait un canard dont elle avait coupé la gorge, et qu'elle caressait doucement tandis qu'une petite fille tendait une tasse pour recueillir le sang dont on ferait de la sauce. Le canard semblait très content et quand on le posa à terre (tout le sang avait coulé dans la tasse) il se dandina deux fois sur ses pattes et comprit qu'il était mort. Nous le mangeâmes plus tard, farci et rôti ; et bien d'autres plats, avec le vin de l'année et de l'année d'avant, et le grand vin de quatre années avant cela, et d'autres années dont je perdis la trace, tandis que les longs bras d'un chasse-mouches mécanique mû par un mouvement d'horlogerie tournaient et tournaient, et que nous parlions français. Nous savions tous mieux l'espagnol.

Voici Montroig, entre tous les lieux de l'Espagne, où il y a aussi les rues de Santiago sous la pluie ; le spectacle de la ville dans les creux des collines, quand on revient chez soi des hautes terres ; et toutes les charrettes qui roulent, chargées en piles hautes, sur des pistes de pierre bien planes, le long de la route qui va au Grao, il y faudrait cela : l'arène de bois temporaire de Noya, avec son odeur de planches fraîchement sciées ; Chiquito avec son visage de fille, un grand artiste, « *fino muy fino, pero frio* ». Valencia II avec son œil mal recousu, de sorte qu'on voit le dedans de la paupière, et qu'il ne pourrait plus être arrogant. Et aussi le garçon qui a manqué complètement le taureau quand il s'avança pour le mettre à mort, et qui le manqua encore la seconde fois. Si l'on pouvait rester éveillé pour les fêtes de nuit... C'était si drôle à voir.

A Madrid, le torero burlesque, deux fois battu par Rodalito et le frappant au ventre parce qu'il croyait qu'un autre coup allait venir. Aguero mangeant avec toute sa famille dans la salle à manger ; ils semblaient tous être la même personne à des âges différents. Il avait l'air d'un joueur de base-ball, non d'un matador. Cagancho mangeant dans sa chambre avec ses doigts parce qu'il ne savait pas se servir d'une fourchette ; il n'a jamais pu apprendre ; aussi, lorsqu'il avait assez d'argent, il ne mangeait jamais en public. Ortega fiancé à Miss España, le plus laid et la plus jolie ; et qui était le plus spirituel ? Desperdicios, dans *La Gaceta del Norte*, était le plus spirituel ; le plus spirituel que j'aie jamais lu.

Et dans la chambre de Sidney, les uns venant demander du travail lorsqu'il combattait, d'autres pour emprunter de l'argent, d'autres pour une vieille chemise, pour un costume ; tous toreros, tous bien connus ici ou là à l'heure des repas, tous cérémonieux, tous malchanceux ; les muletas repliées et empilées ; les capes toutes pliées à plat, les épées dans leurs fourreaux de cuir repoussé, toutes dans l'armoire ; les manches des muletas sont dans le tiroir du bas, les costumes pendus dans la malle, recouverts de housses pour protéger les ors ; mon whisky dans une cruche de terre ; « Mercedes, apporte les verres » ; elle dit qu'il a eu la fièvre toute la nuit, qu'il n'est sorti qu'il y a une heure. Le voici qui entre. « Comment ça va ? — A merveille. — Elle dit que vous avez eu la fièvre. — Mais je me sens à merveille maintenant. — Qu'en dites-vous, docteur, pourquoi pas manger ici ? Elle peut aller chercher quelque chose et faire une salade. Mercedes, oh ! Mercedes. »

Puis, on pouvait se promener dans la ville et aller au café où, dit-on, on peut faire son instruction, apprendre qui doit de l'argent à qui, et qui a barboté ceci à qui, et pourquoi il lui a dit qu'il pouvait se le mettre où ça ? et qui a eu des enfants de qui, et qui a épousé qui avant et après quoi et combien ça a pris de temps pour ceci et pour cela, et qu'est-ce que disait le docteur. Qui était si content parce que les taureaux étaient en retard, — on les avait déchargés le jour seulement de la course, et naturellement ils étaient faibles sur leurs jambes, juste deux passes, poum? et tout est fini, disait-il et alors il a plu et la course a été remise à huitaine et c'est alors qu'il a attrapé ça. Qui ne voudrait pas se battre avec qui et quand et pourquoi, et quant à elle, mais oui, elle aussi, pauvre imbécile, vous ne saviez pas qu'elle aussi? Absolument, comme ça et pas autrement, elle les avale tout crus, et toutes les précieuses nouvelles de cette sorte qu'on apprend dans les cafés. Dans les cafés où les gars n'ont jamais tort; dans les cafés où ils sont tous braves; dans les cafés où les piles de soucoupes et les consommations sont notées au crayon au bout de la table de marbre parmi les crevettes écaillées; et les saisons manquées, mais l'on se sent bien, parce qu'il n'y a pas de triomphes aussi sûrs (et chaque homme peut y remporter un succès, vers les huit heures), si quelqu'un peut payer l'addition.

Qu'y mettrait-on encore, de ce pays que vous aimez tant? Rafael dit que les choses ont bien changé et qu'il n'ira plus à Pampelune. *La Libertad* que je trouve aujourd'hui devient quelque chose comme *Le Temps*. Ce n'est plus le journal où l'on n'avait qu'à mettre une annonce pour être certain que votre pickpocket la verrait, maintenant que les républicains sont des gens respectables; et Pampelune est changée, certes, mais non autant que nous n'avons vieilli. Je croyais que boire un verre, c'était à bien peu près toujours la même chose. Je sais aujourd'hui que les choses changent, et je m'en moque. Tout a changé pour moi. Eh bien, que tout change! Nous serons tous partis avant que ce ne soit trop changé et, s'il n'arrive pas un déluge quand nous serons partis, il pleuvra toujours en été dans le Nord et les éperviers nicheront sur la cathédrale de Santiago et à La Granja, où nous nous sommes exercés à la cape, sur les longues allées sablées bordées d'ombre ; cela ne fait aucune différence que les fontaines fonctionnent ou non. Nous ne reviendrons plus jamais de Tolède dans la nuit, balayant la poussière de nos gosiers avec du Fundador ; et nous ne reverrons plus cette semaine où certaine chose arriva dans la nuit, un mois de juillet à Madrid. Nous avons vu tout cela partir et nous regarderons encore tout cela s'en aller. La grande chose, c'est de durer, de faire son travail, de voir, d'entendre, d'apprendre et de comprendre ; et écrire lorsqu'on sait quelque chose, et non avant ; ni trop longtemps après. Laissez faire ceux qui veulent sauver le monde si vous, vous pouvez arriver à le voir clairement et dans son ensemble. Alors chaque détail que vous exprimez représentera le tout, si vous l'avez exprimé en vérité. La chose à faire, c'est de travailler et d'apprendre à exprimer. Non, ce n'est pas assez pour faire un livre, mais pourtant il y avait plusieurs petites choses à dire. Il y avait plusieurs choses d'ordre pratique à dire.

GLOSSAIRE EXPLICATIF

de certaines expressions employées en tauromachie [1]

Abanico : déployé en éventail.
Abanto : taureau qui se montre poltron à son entrée dans l'arène et qui refuse de charger, mais qui peut se corriger sous les punitions qu'il reçoit.
Abierto de cuerna : à large encornure.
Abrir el toro : attirer le taureau vers le centre de l'arène en l'éloignant de la barrera.
Aburrimiento : ennui, le sentiment qui prédomine à une mauvaise course de taureaux. Peut être légèrement soulagé par la bière fraîche ; mais si la bière n'est pas vraiment bien fraîche, l'aburrimiento s'accroît.
Acero : acier ; une désignation usuelle de l'épée.
Acometida : charge du taureau.
Acornear : donner un coup de corne.
Acosar : une des épreuves que l'on fait subir aux jeunes taureaux à la ferme. Le cavalier sépare le jeune taureau

---

[1]. La traduction de ce *Glossaire* offrait quelques difficultés, le vocabulaire tauromachique français étant encore en formation. Nous avons heureusement été aidés dans ce travail par M. Auguste LAFRONT (PACO TOLOSA), rédacteur en chef de *Biou y Toros*, auteur de *Technique et Art de la corrida* (Toulouse, 1934) et d'un *Guide de l'aficionado* (Toulouse, 1935) ; en se chargeant de revoir les épreuves de ce volume et, particulièrement, du *Glossaire*, il nous a épargné bien des inexactitudes dans cette terminologie spéciale. Nous tenions à l'en remercier ici. *(N. D. T.)*

du troupeau et le poursuit jusqu'à ce que l'animal, acculé, se retourne et charge.

Acoson : se dit lorsque le torero est poursuivi de près par le taureau.

Acostarse : tendance du taureau à obliquer vers l'homme quand il charge, d'un côté ou de l'autre ; le torero doit alors lui donner du champ de ce côté-là, autrement il sera pris.

Achuchon : coup donné au passage par le taureau.

Adentros : partie de l'arène entre le taureau et la barrera.

Adorno : toute action spectaculaire, inutile ou simplement décorative, par quoi le torero montre sa domination sur le taureau ; elle peut être de bon ou de mauvais goût, depuis s'agenouiller dos tourné à l'animal, jusqu'à accrocher le chapeau de paille d'un spectateur à la corne du taureau. Le pire adorno que j'aie vu exécuter, c'est celui d'Antonio Márquez mordant la corne du taureau. Le plus joli, je l'ai vu faire à Rafael El Gallo : il avait placé quatre paires de banderillas, et plus tard, très délicatement, dans les pauses qu'il donnait au taureau pour se reprendre entre les passes de muleta, il extrayait les banderillas une à une.

Afición : amour des courses de taureaux. Signifie aussi l'ensemble du public, mais est généralement employé dans son sens propre pour désigner la partie la plus intelligente du public.

Aficionado : quelqu'un qui comprend les courses de taureaux en général et dans leurs détails, et qui pourtant les aime.

Afueras : partie de l'arène entre le taureau et le centre de la piste.

Aguantar : méthode de mise à mort employée si le taureau fait une charge inattendue au moment où le matador se profile et prépare sa muleta ; le matador l'attend de pied ferme, le fait passer à son côté au moyen de la muleta tenue basse de la main gauche, tandis que de la main droite il enfonce l'épée. Neuf fois sur dix, les mises à mort que j'ai vu exécuter de cette manière étaient manquées ; car trop souvent le matador, au lieu d'attendre que le taureau soit assez près pour placer l'épée convenablement, se contente d'enfoncer la lame dans le cou, qu'il peut atteindre pratiquement sans risque.

Aguja : « aiguille », un des noms donnés à la corne du taureau. Désigne aussi, au pluriel, la saillie des côtes antérieures, près des omoplates.

Ahondar et estoque: enfoncer l'épée plus avant, après l'avoir déjà placée. C'est une manœuvre souvent tentée par le porte-épée du matador, quand le taureau est près de la barrera, si le matador se montre incapable de tuer le taureau ; elle est quelquefois exécutée par les banderilleros, qui jettent une cape par-dessus l'épée et forcent dessus.

Ahormar la cabeza: amener la tête du taureau dans une position correcte pour tuer. Le matador doit y parvenir par son jeu de muleta. Il abaisse la tête par des passes basses et la relève par des passes hautes, mais parfois quelques passes hautes peuvent faire baisser une tête trop relevée, en forçant le taureau à tendre le cou si haut qu'il le fatigue. Si le matador n'arrive pas à faire porter plus haut la tête au taureau, un banderillero, habituellement, la lui fait lever par quelques volées hautes de la cape. Le matador aura plus ou moins de ces réglages à faire selon la manière dont le taureau a été traité par les picadors et dont les banderillas ont été placées.

Aire: vent ; le plus grand ennemi du torero. On mouille et on roule dans le sable capes et muletas pour les rendre plus maniables dans le vent, mais on ne peut pas augmenter beaucoup le poids naturel de l'étoffe, car elles fatigueraient vite les poignets ; aussi, s'il y a assez de vent, l'homme ne peut plus les manier. La cape ou la muleta peut à tout moment, écartée par le vent, découvrir l'homme qui aura alors le taureau sur lui. Dans chaque course, il y a quelque endroit de l'arène où le vent est moins fort ; le torero doit le trouver pour y exécuter tous ses jeux de cape et de muleta, s'il est possible de travailler avec le taureau dans cette partie de l'arène.

Al Alimón: passe tout à fait stupide, où deux hommes tiennent une cape chacun par un bout, le taureau passant entre eux par-dessous la cape. Elle ne présente aucun danger et vous ne la verrez faire qu'en France et là où le public est très naïf.

Alegrar al toro: éveiller l'attention du taureau lorsqu'il est devenu indolent.

Alegria: allégresse ; se dit du style gracieux et pittoresque de Séville, opposé à la manière classique, tragique, de l'école de Ronda.

Alguacil: garde monté, aux ordres du président, qui chevauche en tête des toreros à leur entrée ou *paseo*, sous un costume du règne de Philippe II ; il reçoit du président la clef du toril, et, pendant la course, il transmet tous les ordres que peut donner le président aux participants de la corrida. Ces ordres sont ordinairement donnés par un tube acoustique reliant la loge du président au passage qui court entre les sièges et l'arène. Il y a en général deux alguacils à chaque course de taureaux.

Alternativa: investiture officielle d'un apprenti matador ou *matador de novillos* au rang de *matador de toros*. Elle consiste en ce que le matador le plus ancien de la course cède son droit de tuer le premier taureau, et le signifie en présentant la muleta et l'épée au torero qui pour la première fois va prendre rang, « alterner » avec des matadors en titre dans une course de taureaux. La cérémonie a lieu quand la trompette sonne pour la mort du premier taureau. L'homme qui va être initié comme matador sort avec une cape de combat sur le bras et va à la rencontre du matador le plus ancien, qui lui donne l'épée et la muleta et reçoit la cape. Ils se serrent les mains et le nouveau matador tue le premier taureau. Pour le deuxième taureau, il rend l'épée et la muleta à son parrain, qui tue cet animal. Puis ils alternent à la manière usuelle, le quatrième taureau étant tué par le moyen, le cinquième par le suivant en ancienneté, et le nouveau matador tuant le dernier. Une fois qu'il a pris l'alternativa en Espagne, son titre de matador est valable dans toutes les arènes de la Péninsule, excepté Madrid. A sa première présentation à Madrid après une alternativa en province, la cérémonie doit être répétée. Les alternativas données au Mexique ou en Amérique du Sud ne sont pas reconnues en Espagne avant d'avoir été confirmées dans les provinces et à Madrid.

Alto (pase por): « passe par en haut », où le taureau passe sous la muleta.

Alto (en todo lo): coup d'épée (estocada) placé correctement « tout en haut » entre les omoplates.

Ambos: tous les deux ; *ambas manos*, les deux mains.

Amor propio: amour-propre, respect de soi, chose rare chez les toreros modernes, surtout après leur première saison de succès ou quand ils ont cinquante ou soixante engagements devant eux.

Anda: « Vas-y! » Vous entendrez souvent crier cela aux picadors qui hésitent à approcher du taureau.

Andanada : les sièges à bon marché, en haut du côté-soleil de l'arène, dont la position correspond à celle des loges du côté-ombre.

Anillo : « anneau », l'arène. C'est aussi l'anneau, à la base de la corne, qui permet de dire l'âge d'un taureau : le premier anneau signifie trois ans ; ensuite, il y a un nouvel anneau chaque année.

Anojo : taureau d'un an.

Apartado : triage des taureaux, ordinairement à midi avant la course ; on les sépare pour les mettre dans des compartiments dans l'ordre où l'on a décidé de les faire combattre.

Aplomado : état de lourdeur ou d'accablement où se trouve souvent le taureau vers la fin du combat.

Apoderado : représentant ou manager d'un torero. A la différence de ceux des boxeurs, ils reçoivent rarement plus de cinq pour cent sur chaque engagement qu'ils signent pour leur matador.

Apodo : le surnom professionnel d'un torero.

Aprovechar : pour un matador, tirer avantage et faire son profit d'un bon taureau qui lui est échu. Le pis qu'un matador puisse faire est de ne pas tirer le maximum d'un taureau facile et brave, propre à faire un combat brillant. Il trouvera beaucoup plus de taureaux difficiles que de bons et s'il ne sait pas aprovechar de bons taureaux afin de donner le meilleur de ce qu'il peut faire, la foule sera beaucoup plus sévère que s'il avait été vraiment mauvais avec un animal difficile.

Apurado : taureau maltraité jusqu'à l'épuisement par un combat mal conduit.

Arena : sable qui recouvre la piste (d'où « arène »).

Arenero : garçon d'arène qui égalise le sable après que chaque taureau a été tué et emporté.

Armarse : se dit lorsque le matador enroule la muleta et vise le long de l'épée, qui doit former une ligne continue avec son visage et son bras quand il se prépare à tuer.

Arrancada : un autre nom de la charge du taureau.

Arrastre : le fait de faire traîner hors de l'arène, par un trio de mulets ou de chevaux, les chevaux morts et le cadavre du taureau après chaque mise à mort. On emmène d'abord les chevaux. Si le taureau a été exceptionnellement brave, la foule l'applaudit beaucoup. On lui accorde parfois même un tour de piste.

Arreglar los pies : faire aligner les pieds de devant du taureau avant de s'avancer sur lui pour le tuer. Si un pied est devant l'autre, une omoplate sera plus en avant que l'autre, fermant ainsi ou réduisant beaucoup l'ouverture par où doit passer l'épée.

Arrimarse : travailler tout près du taureau. Si les matadors *se arriman al toro,* ce sera une bonne *corrida.* L'ennui survient lorsqu'ils se préoccupent de travailler aussi loin que possible des cornes du taureau.

Arroba : voir *Kilos.*

Asiento : siège.

Astas : autre synonyme de cornes.

Astifino : taureau à cornes fines et aiguës.

Astillado : taureau dont une corne ou les deux cornes présentent des esquilles aux extrémités, généralement du fait qu'il s'est battu contre sa cage, ou qu'il a chargé contre le corral au débarquement. Ces cornes-là font les plus mauvaises blessures.

Atrás : vers l'arrière ; à reculons.

Atravesada : de travers ; se dit d'un coup d'épée qui pénètre obliquement, de sorte que la pointe ressort par le flanc de l'animal. Un tel coup, à moins que le taureau n'ait visiblement dévié dans sa charge, montre que l'homme n'est pas allé franchement droit au moment de tuer.

Atronar : donner le coup, porté avec la pointe de la puntilla entre les vertèbres cervicales, par derrière, quand le taureau est à terre blessé mortellement, et qui sectionne la moelle épinière, tuant l'animal instantanément. Ce coup de grâce est donné par le puntillero, un des banderilleros, qui a passé une manche de toile cirée à son bras droit pour protéger son costume des taches de sang. Quand le taureau est debout, ce même coup, donné de face par le matador, armé soit d'une épée spéciale à pointe droite et rigide, soit de la puntilla, s'appelle *descabello.*

Avios de matar : outils de mise à mort, c'est-à-dire épée et muleta.

Aviso : avertissement donné par un clairon, sur le signal du président, à un matador dont le taureau est encore vivant dix minutes après que l'homme est entré dans l'arène avec l'épée et la muleta. Un deuxième aviso est donné trois minutes après, et un troisième et dernier deux minutes après. Au troisième aviso, le matador est tenu de se retirer à la barrera, et les bœufs, que l'on tient prêts dès le premier avertissement, font leur entrée et emmènent le taureau vivant. Une grosse horloge est disposée dans toutes les arènes importantes, pour permettre aux spectateurs de suivre le temps que le matador prend pour son travail.

Ayudada: passe où la pointe de l'épée est piquée dans l'étoffe de la muleta afin de la déployer ; le mot signifiant que la muleta est « aidée » par l'épée.

Ayuntamiento: Hôtel de ville ou Conseil municipal des villes espagnoles. Une loge est réservée à l'ayuntamiento dans les arènes espagnoles.

Bajo: bas. Une pique basse désigne un coup de pique placé sur le côté du cou, près de l'omoplate. Un coup d'épée dans le flanc droit, à un endroit quelconque en dessous du sommet des omoplates et vers le devant du cou, est dit aussi *bajo*.

Bajonazo: c'est généralement un coup d'épée délibérément donné dans le cou ou la partie inférieure de l'épaule par un matador qui cherche à tuer le taureau sans s'exposer lui-même. Dans un bajonazo, le matador cherche à couper des artères ou des veines du cou, ou à atteindre les poumons avec l'épée. Il assassine ainsi le taureau sans avoir eu à avancer son corps entre les cornes.

Banderillas: baguettes rondes, de 70 cm de long, entourées de papier de couleur et munies d'une pointe d'acier en forme de harpon, que l'on pique dans le garrot du taureau au deuxième acte du combat. Elles doivent être placées tout en haut du garrot et l'une près de l'autre.

Banderillas cortas: banderillas courtes, de 25 cm seulement. Rarement employées aujourd'hui.

Banderillas de fuego: banderillas munies de pétards le long de leurs hampes, que l'on place sur les taureaux qui n'ont pas chargé les picadors ; l'explosion de la poudre doit faire bondir le taureau, lui faire donner des coups de tête et fatiguer les muscles de son cou, ce qui était l'objet de la rencontre avec le picador, que le taureau a refusée.

Banderillas de lujo: banderillas lourdement ornées utilisées dans les spectacles de bienfaisance. Difficiles à placer à cause de leur poids et de leur forme embarrassante.

Banderillero: torero aux ordres du matador et payé par lui, qui aide à faire courir le taureau avec la cape et pose les banderillas. Chaque matador emploie quatre banderilleros parfois appelés *peones*. On les appelait jadis *chulos*, mais ce terme n'est plus usité. Les banderilleros se font de 150 à 250 pesetas par course. Ils placent les banderillas tour à tour, deux d'entre eux sur un taureau, les deux autres sur le suivant. En voyage, leurs dépenses, excepté vin, café et tabac, sont payées par le matador, qui se les fait rembourser par l'organisateur de la course.

Barbas — *El Barbas :* mot d'argot tauromachique désignant les gros taureaux adultes qui, à quatre ans et demi, feront 320 kilos de viande, cornes, tête, sabots et peau enlevés, qui savent se servir de leurs cornes quand ils sont vivants, et qui font bien gagner leur argent aux toreros.

Barrenar : se dit du matador lorsqu'il pousse sur l'épée sans danger.

Barrera : barrière de bois peinte en rouge qui entoure l'arène.

Le premier rang de sièges est aussi nommé *barreras*.

Basto : lourd sur ses pieds, manquant de grâce, d'art et d'agilité.

Batacazo : chute grave d'un picador.

Becerrada : spectacle de bienfaisance donné par des amateurs ou des apprentis toreros, où l'on emploie des taureaux trop jeunes pour être dangereux.

Becerro : veau.

Bicho : scarabée, insecte. Nom d'argot pour taureau.

Billetes : billets d'entrée à la corrida. NO HAY BILLETES : pancarte, au guichet, indiquant que tous les billets sont vendus : le rêve de l'impresario. Mais le garçon du café pourra presque toujours vous en procurer un, si vous voulez payer des prix exorbitants.

Bizco : taureau qui a une corne plus basse que l'autre.

Blando : taureau qui ne peut supporter la punition.

Blandos : viande sans os. On dit qu'une estocada est « dans les blandos » quand l'épée s'est enfoncée facilement à l'endroit convenable sans avoir heurté d'os.

Bota : petite outre à vin individuelle ou gourde. On les voit lancées dans l'arène par leurs propriétaires exaltés dans le nord de l'Espagne en guise d'ovation à un torero qui fait un tour de piste. Le triomphateur est censé devoir boire un coup et renvoyer l'outre. Les toreros détestent

cette pratique, car le vin, s'il s'en échappe, peut tacher leurs coûteux jabots fraisés.
Botella : bouteille ; celles-là, ce sont des spectateurs sauvages, ivres et exaltés qui les lancent dans l'arène pour exprimer leur désapprobation.
Botellazo : coup de bouteille sur la tête ; on l'évite en ne discutant pas avec les gens ivres.
Boyante : taureau facile à travailler, qui suit bien l'étoffe et qui charge bravement et franchement.
Bravo — toros bravos : taureaux braves et sauvages.
Bravucón : bravache, taureau qui fait le brave sans l'être réellement.
Brazuelo : partie supérieure de la patte de devant. Le taureau peut être rendu boiteux et gâché pour le combat par des picadors qui l'ont blessé dans les tendons du brazuelo.
Brega : ensemble du travail obligatoire qui doit être accompli avec chaque taureau, jusques et y compris la mise à mort.
Brindis : salutation officielle ou dédicace du taureau au président ou à une autre personne, faite par le matador avant de commencer la mise à mort. Le salut au président est obligatoire pour le premier taureau que chaque matador tue dans un après-midi. Après ce salut, il peut dédier le taureau à toute haute autorité gouvernementale présente à la corrida, à tout spectateur distingué, ou à un ami. Quand le matador dédie un taureau à quelqu'un, il lui lance son chapeau à la fin de son adresse, et la personne ainsi honorée garde le chapeau jusqu'à ce que le taureau ait été tué. Le taureau mort, le matador revient demander son chapeau, qui lui est lancé avec la carte du spectateur qui le tenait, ou avec, dedans, quelque cadeau, si ce spectateur était préparé à recevoir la dédicace. Le cadeau est exigé par l'étiquette, sauf entre amis de la même profession.
Brio : « brio » et vivacité.
Bronca : désapprobation bruyante.
Bronco : taureau qui est sauvage, nerveux, incertain et difficile.
Buey : bœuf ; ou taureau lourd et qui se comporte comme un bœuf.
Bulto : la masse ; l'homme plutôt que l'étoffe. Un taureau qui va au bulto est un taureau qui ne fait pas attention à la cape ou à la muleta, si bien maniée soit-elle, mais court après l'homme. Un taureau qui se conduit ainsi a

presque toujours été combattu auparavant, soit qu'il l'ait été à la ferme, étant veau, soit que, contrairement aux règlements, il ait paru dans quelque arène de village sans avoir été tué.

Burladero: abri fait de planches juxtaposées et plantées à une petite distance du corral ou de la barrera, derrière lequel les toreros et gardiens peuvent s'esquiver s'ils sont poursuivis.

Burriciegos: [taureaux] à mauvaise vue, qu'elle soit longue, basse, ou simplement trouble. Les taureaux à vue basse peuvent être combattus très bien par un torero qui n'a pas peur de s'approcher et qui, en suivant le taureau quand il tourne, a soin de ne pas lui faire perdre de vue l'étoffe. Les taureaux à vue longue sont très dangereux, car ils chargent soudainement et à grande vitesse, d'une distance anormale, sur le plus gros objet qui attire leur attention. Quand les taureaux ont la vue trouble, c'est souvent que leurs yeux sont congestionnés au cours du combat, s'ils dépassent le poids normal et que la journée est chaude ; ou qu'ils ont frappé et secoué le contenu viscéral d'un cheval ; il est presque impossible de faire un travail brillant avec eux.

Caballero en Plaza: torero, portugais ou espagnol, qui combat à cheval ; il monte un cheval de race, dressé, et, aidé par un ou plusieurs hommes à pied munis de capes qui lui mettent en place le taureau, il pose les banderillas, d'une main ou des deux, et, toujours à dos de cheval, tue le taureau avec une sorte de javeline. Ces cavaliers sont aussi appelés *rejoneadores*, du nom du *rejon* ou javeline qu'ils emploient. L'arme est faite d'une pointe de lance affilée comme un rasoir, étroite et en forme de dague, fixée sur une hampe que l'on a partiellement entaillée pour en diminuer la solidité, de telle façon qu'après avoir, d'un coup direct, enfoncé la pointe, on puisse briser la longue hampe ; la pointe reste dans la blessure, s'enfonçant davantage à chaque coup de tête du taureau, et le tue souvent de ce qui semblait un léger coup. L'habileté équestre que demande cette forme de combat est très grande, les manœuvres en sont compliquées et difficiles, mais, quand on la vue plusieurs fois, elle manque de l'attrait de la course de taureaux ordinaire, puisque l'homme ne court aucun danger. C'est le cheval qui assume les risques, non le cavalier ; car le cheval est toujours en mouvement lorsqu'il s'approche du taureau et les blessures qu'il peut recevoir du fait du manque de jugement ou d'adresse de son cavalier ne sont pas telles qu'elles l'envoient à terre et exposent le cavalier. Le taureau, en outre, est saigné et rapidement épuisé par les profondes blessures de lance qui lui sont faites souvent dans la région défendue du cou. De plus, comme le cheval, après les premiers vingt mètres, peut toujours distancer le taureau, cela devient une poursuite d'un animal d'une vitesse supérieure par un autre moins rapide, au cours de laquelle l'animal poursuivant est tué par un cavalier. C'est tout à l'opposé de la théorie de la course de taureaux à pied, où le torero doit rester sur place pendant que le taureau attaque, et déjouer l'animal par un mouvement d'une étoffe qu'il tient en main. Dans le combat à cheval, l'homme se sert du cheval comme d'appât pour faire charger le taureau, approchant souvent le taureau par derrière, mais l'appât est toujours en mouvement et, plus j'y regarde, plus tout cela me paraît ennuyeux. L'art du cavalier est toujours admirable, et le degré de dressage des chevaux étonnant, mais tout cela est plus près du cirque que de la véritable tauromachie.

Caballo: cheval. Les chevaux des picadors sont aussi appelés *pencos* « sardines », ou plus littérairement *rocinantes*, et de toutes sortes de noms qui correspondent à ceux que nous donnons aux chevaux de pauvre race : haridelles, canassons, etc.

Cabestros: bœufs dressés employés pour le maniement des taureaux de combat. Plus ils ont d'âge et d'expérience, plus ils ont de valeur et d'utilité.

Cabeza: tête.

Cabeza á rabo (de) : « tête à queue », passe où le taureau passe sous la muleta de toute sa longueur.

Cabezada: coup de tête.

Cachete: autre nom de la *puntilla*, ou du coup de grâce donné au taureau avec la puntilla, une fois l'animal à terre.

Cachetero: celui qui donne le coup de grâce avec la puntilla.

Caida: chute d'un picador dont le cheval a été renversé par le taureau. Les coups d'épée placés trop bas, vers le cou, sans être intentionnellement bajonazos s'appellent aussi *caidas*.

Calle : rue ; les plus mauvais toreros sont en général ceux que l'on voit le plus constamment dans la rue. Il est entendu en Espagne que quelqu'un que l'on voit toujours dans la rue n'a pas de meilleure place où aller, ou que, s'il en a une, il y sera mal reçu.

Callejón : passage entre la barrera et le premier rang des sièges.

Cambio : change, changement. Passe de cape ou de muleta où le torero, après avoir reçu la charge du taureau dans l'étoffe, change la direction de l'animal d'un mouvement de l'étoffe, de sorte qu'au lieu de passer d'un côté de l'homme, il soit forcé de passer de l'autre côté. Le torero peut aussi exécuter un cambio en changeant la muleta de main, de façon à faire retourner le taureau sur lui-même pour l'immobiliser. Parfois, l'homme fait passer la muleta d'une main à l'autre derrière son dos ; cette manière est purement ornementale, et sans effet sur le taureau. Le cambio dans la pose des banderillas est une feinte du corps pour changer la direction du taureau ; il a été décrit en détail dans le texte.

Camelo : imposteur ; torero qui, par des subterfuges, essaie d'avoir l'air de travailler tout près du taureau alors qu'en réalité il ne court aucun risque.

Campo : campagne. *Faenas de campo* sont toutes les opérations d'élevage, marquage, épreuve, parcage, sélection, mise en cage et transport des taureaux.

Capa ou *capote :* la cape utilisée dans les courses de taureaux. Elle a la forme des capes communément portées en Espagne en hiver, habituellement faite de soie brute d'un côté et de percale de l'autre, lourde, raide, renforcée au col, couleur cerise au-dehors et jaune au-dedans. Une bonne cape de combat coûte 250 pesetas. Elles sont lourdes à tenir ; aux extrémités inférieures des capes utilisées par les matadors, de petits morceaux de liège sont cousus dans l'étoffe. Le matador les tient dans ses mains quand il relève les bouts inférieurs de la cape, et il s'en sert comme de poignées pour manier la cape à deux mains.

Caparazón : espèce de matelas couvrant le poitrail et le ventre d'un cheval de picador.

Capea : corrida non régulière, ou course de taureaux sur une place de village, où prennent part des amateurs et des aspirants toreros. Si dit aussi de la parodie de la corrida régulière donnée en certaines régions de France, ou dans les endroits où la mise à mort du taureau est interdite, dans laquelle on n'emploie pas de picadors et où la mise à mort est simulée.

Capilla: chapelle des arènes, où les toreros peuvent prier avant le combat.

Capote de brega: cape de combat, décrite plus haut.

Capote de paseo: cape de parade que le torero porte sur lui à son entrée dans l'arène. Ces capes sont richement brochées d'or ou d'argent et coûtent de 1 500 à 5 000 pesetas.

Cargar la suerte: se dit du premier mouvement de bras fait par le matador quand le taureau atteint l'étoffe, par lequel, en mouvant l'étoffe devant la tête de l'animal, il l'écarte de lui.

Carpintero: charpentier des arènes, qui attend dans le callejón, prêt à réparer tout dommage causé à la barrera ou aux entrées de l'arène.

Carril: ornière, rainure ou voie de chemin de fer ; se dit d'un taureau qui charge parfaitement droit comme s'il glissait sur une coulisse ou était monté sur rails, permettant au matador de donner son maximum de brillant.

Cartel: programme d'une corrida. Peut aussi signifier le degré de popularité d'un torero dans une localité déterminée. Par exemple, vous demandez à un ami qui est du métier : « Quel cartel avez-vous à Málaga ? — Merveilleux ; à Málaga personne n'a plus de cartel que moi. Mon cartel est immense. » Soit dit en passant, il est possible qu'à sa dernière apparition à Málaga il ait été mis à la porte de la ville par des admirateurs déçus et furieux.

Carteles: affiches annonçant une corrida.

Castigadoras: longues perches maniées d'en haut, servant à parquer et faire circuler les taureaux dans les divers passages des corrales, lorsqu'on les place dans leurs compartiments avant le combat.

Castoreños: castors, larges chapeaux à pompons sur le côté portés par les picadors.

Cazar: tuer le taureau par traîtrise avec l'épée, en se gardant d'approcher son corps de la corne.

Ceñido: tout près du taureau.

Ceñirse: se rapprocher. Appliqué au taureau, se dit de ceux qui passent aussi près de l'homme que celui-ci le permet, gagnant un peu de terrain à chaque attaque. *Ciñe,* c'est,

en parlant de l'homme, travailler tout près de l'animal.
Cerca: tout près (par exemple, des cornes).
Cerrar: enfermer. *Cerrar el toro:* repousser le taureau contre la barrera ; c'est l'inverse d'*abrir*. Le torero est dit *encerrado en tablas* quand, ayant provoqué la charge du taureau tout près de la barrera, le taureau lui coupe la retraite d'un côté et la barrera de l'autre.
Cerveza: bière ; il y a de bonne bière à la pression, presque partout à Madrid, mais on trouve la meilleure à la Cerveceria Alvarez, calle Victoria. On la sert en verres d'un demi-litre appelés *dobles*, ou d'un quart, appelés *cañas*, *cañitas ou medias*. Les brasseries de Madrid ont été fondées par les Allemands et la bière est la meilleure qu'on puisse trouver sur le continent, hors d'Allemagne ou de Tchécoslovaquie. La meilleure bière en bouteille de Madrid est l'*Aguilar*. Dans les provinces, on brasse de bonne bière à Santander, la *Cruz Blanca*, et à Saint-Sébastien. Dans cette dernière ville, j'ai bu la meilleure bière au Café de Madrid, au Café de la Marina et au Café Kutz. A Valence, j'ai bu la meilleure bière à la pression à l'Hôtel Valencia où on la sert glacée dans de grandes carafes. La table de cet hôtel, qui est très modeste quant aux chambres, est superbe. A Pampelune, on trouve la meilleure bière au Café Kutz et au Café Iruña. La bière des autres cafés n'est pas recommandable. J'ai bu d'excellente bière à la pression à Palencia, Vigo et La Corogne, mais n'en ai jamais trouvé de bonne dans aucune petite ville espagnole.
Cerviguillo: partie supérieure du cou du taureau, où se dresse le *morillo* ou crête musculaire érectile.
Chato: au nez camus.
Chico: petit ; ou jeune, cadet. Les frères cadets des toreros sont habituellement appelés par leur nom de famille ou leur nom professionnel, suivi de Chico, comme : Armillita Chico, Amoros Chico, etc.
Chicuelinas: passe de cape inventée par Manuel Jimenez, « Chicuelo ». L'homme présente la cape au taureau et quand celui-ci a chargé et est passé, l'homme, tandis que le taureau se retourne, fait une pirouette pendant laquelle la cape s'enroule autour de lui. A la fin de la pirouette, il est face au taureau, prêt pour une autre passe.
Chiquero: nom des stalles fermées où les taureaux attendent leur entrée dans l'arène.

Choto : veau qui est encore à la mamelle ; terme de mépris pour désigner des taureaux en dessous de l'âge et du poids normaux.

Citar : défier, attirer l'attention du taureau pour provoquer une charge.

Clarines : clairons qui donnent les signaux des diverses phases du combat, sur les ordres du président.

Claro : se dit d'un taureau simple et facile à travailler.

Cobarde : couard, en parlant d'un taureau ou d'un torero.

Cobrar : toucher, palper ; *la mano de cobrar* est la main droite.

Cogida : accrochage par la corne ; le moment où le taureau atteint l'homme.

Cojo : boiteux ; on peut exiger le retrait d'un taureau qui entre boiteux dans l'arène. Les spectateurs se mettront à crier : « *Cojo !* » dès qu'ils auront remarqué que le taureau boite.

Cojones : testicules ; un torero valeureux est dit en être bien pourvu ; d'un poltron, on dit qu'il n'en a pas. Celles du taureau sont nommées *criadillas* et, préparées à l'une ou l'autre des manières dont on accommode habituellement le ris de veau, elles sont une friandise très appréciée. Jadis, pendant la mise à mort du cinquième taureau, les criadillas du premier taureau étaient parfois servies dans la loge royale. Primo de Rivera aimait tellement entrelarder ses discours d'allusions aux qualités viriles, que l'on disait de lui qu'il avait mangé tant de criadillas qu'elles lui étaient montées au cerveau.

Cola : queue du taureau, communément appelée *rabo*. *Cola* peut aussi désigner la « queue » du public aux guichets.

Colada : le moment où le torero voit sa position devenue intenable, lorsque, soit qu'il ait maladroitement manié l'étoffe, soit que le taureau ne veuille pas la regarder ou qu'il la quitte pour chercher l'homme, l'homme doit se sauver comme il peut de la charge de l'animal.

Coleando : fait de tirer de tout son poids sur la queue du taureau en la ramenant vers la tête et la tordant. Cela est très douloureux pour l'animal et souvent endommage sa colonne vertébrale, et n'est autorisable que lorsque le taureau est en train ou sur le point de frapper un homme à terre.

Coleta : la « queue » de cheveux, courte, nattée serrée et recourbée, portée derrière la tête par le torero ; on y attache la *mona*, sorte de gros bouton creux, recouvert de soie, environ deux fois large comme une pièce de cinq francs, qui maintient le chapeau. Autrefois, les toreros portaient tous cette tresse de cheveux, ramenée et épinglée sur le dessus de la tête, dissimulée aux regards, lorsqu'ils ne combattaient pas. De nos jours, ils se sont avisés d'attacher en même temps la mona et une coleta postiche à leur nuque, au moyen d'une agrafe, lorsqu'ils s'habillent pour l'arène. On ne voit plus cette natte, jadis marque de caste de tous les toreros, que sur les têtes de jeunes aspirants de province.

Colocar: placer ; un homme est *bien colocado* quand il se place correctement dans l'arène pour toutes les différentes phases du combat. S'emploie aussi lorsqu'on parle de la manière de placer l'épée, la pique et les banderillas sur le taureau. On dit aussi qu'un torero est *bien colocado* lorsqu'il a finalement atteint une position reconnue dans sa profession.

Compuesto: « composé », se tenant dans une attitude ferme pendant que le taureau charge.

Confianza: confiance en soi ; *peón de confianza* : banderillero de confiance qui représente et peut même conseiller le matador.

Confiarse: devenir confiant et sûr de soi avec un taureau.

Conocedor: inspecteur professionnel des taureaux de combat dans un établissement d'élevage.

Consentirse: s'approcher très près du taureau, avec le corps ou avec l'étoffe, pour provoquer une charge, et rester tout près tout en continuant à faire charger le taureau.

Contrabarrera: deuxième rang de sièges dans une arène.

Contratista de caballos: fournisseur de chevaux ; il les fournit par contrat, pour une course et pour une somme fixée.

Contratos: contrats signés par les toreros.

Cornada: blessure de corne ; une vraie blessure, distinguée d'un *varetazo* ou plaie contuse. Une *cornada de cabello* est une grave cornada, une blessure, sur un homme, du même genre que celles que le taureau fait habituellement au poitrail d'un cheval.

Cornalón: taureau à cornes exceptionnellement grandes.

Corniabierto: qui a des cornes d'envergure exceptionnellement grande.

Corniavacado : qui a des cornes de vache (recourbées vers le haut et en arrière).
Cornicorto : à cornes courtes.
Cornigacho : taureau à cornes basses, pointant en avant.
Corniveleto : cornes hautes et droites.
Corral : enclos contigu à l'arène, où l'on tient les taureaux immédiatement avant le combat. Il est pourvu de mangeoires, de sel et d'eau fraîche.
Correr : courir ; s'emploie en parlant du banderillero qui fait courir le taureau aussitôt que l'animal est entré dans l'arène.
Corrida ou *Corrida de toros :* la course de taureaux espagnole.
Corrida de novillos toros : course où l'on emploie des taureaux jeunes, ou gros mais présentant des défauts.
Corta : courte ; estocada où l'épée ne s'enfonce que d'un tiers de sa longueur.
Cortar : couper ; les toreros se font souvent de légères coupures aux mains en maniant l'épée et la muleta. *Cortar la oreja :* couper l'oreille du taureau. *Cortar la coleta :* couper sa natte de cheveux, prendre sa retraite.
Cortar terreno : le taureau est dit « couper le terrain » à l'homme quand, celui-ci ayant provoqué une charge et s'étant mis à courir de façon à croiser le trajet du taureau, par exemple pour placer les banderillas au point de rencontre, le taureau change de direction, obliquant vers l'homme et gagnant du terrain sur lui.
Corto ; torero corto : matador qui a un répertoire limité ; *vestido de corto :* « vêtu de court », c'est-à-dire de la courte veste des gardiens de taureaux andalous. Les toreros portaient autrefois ce costume en dehors de l'arène.
Crecer : croître ; se dit d'un taureau dont la bravoure s'accroît sous la punition.
Cruz : croix ; point de croisement de la ligne passant par les sommets des omoplates du taureau et de sa colonne vertébrale. C'est là que l'épée doit entrer si la mise à mort est parfaitement exécutée. Cruz désigne aussi le fait de croiser le bras qui tient l'épée sur le bras qui tient la muleta abaissée, au moment où le matador va tuer. On dit de ce dernier qu'il croise bien lorsque, de sa main gauche tenant l'étoffe près du sol, il l'envoie franchement de côté, accentuant le croisement des deux bras et se dégageant ainsi du taureau au moment où l'homme doit suivre l'épée qui s'en-

fonce. Fernando Gomez, père des Gallo, passe pour être le premier à avoir remarqué que le torero qui ne croise pas de cette façon est déjà entre les mains du diable. Un autre dicton est que la première fois que vous ne croisez pas, c'est votre premier voyage à l'hôpital.

Cuadrar: « carrer » le taureau pour la mise à mort, en lui faisant mettre sur deux lignes de front les pattes de devant et celles de derrière, et la tête ni trop haute ni trop basse. Dans la pose des banderillas : le moment où le taureau baisse la tête pour frapper et où l'homme, rassemblant les pieds, rassemblant les mains, pique les baguettes sur le taureau.

Cuadrilla: la troupe de toreros aux ordres du matador, comprenant picadors et banderilleros, dont l'un remplit la fonction de puntillero.

Cuarteo: manière la plus usuelle de placer les banderillas, décrite dans le texte ; feinte ou mouvement de côté exécuté pour éviter l'aller droit sur le taureau au moment de tuer.

Cuidado: comme interjection, attention! Comme épithète, désigne un taureau qui s'est instruit au cours du combat et qui est devenu dangereux.

Cuidando la linea: veillant à la ligne, à la grâce esthétique de ses mouvements.

Cumbre: le summum ; *torero cumbre:* le meilleur qui puisse être ; *faena cumbre:* le point culminant absolu dans le travail à la muleta.

Cuna: « berceau » formé sur la tête du taureau par l'espace entre les cornes ; le seul refuge temporaire pour un homme dont la position est compromise sans espoir.

Defenderse: se défendre ; se dit d'un taureau qui refuse de charger, mais fait très attention à tout et frappe tout ce qui l'approche.

Dehesa: pâturage.

Déjalo: Laissez-le! Crié par le torero à ses peones quand ils ont correctement placé le taureau, ou quand le matador désire que le taureau soit laissé seul et ne soit pas fatigué davantage par les capes.

Delantal: passe de cape inventée par Chicuelo ; la cape, projetée en avant, se gonfle comme un tablier sur une femme enceinte dans la brise.

Delantera de tendido: troisième rang de sièges de l'arène.

derrière la contrabarrera et la barrera ; *delantera de grada :* premier rang de sièges de la galerie.

Delantero : paire de banderillas ou estocadas placées trop en avant.

Derecho : droit ; *mano derecha :* main droite.

Derramar la vista : jeter des regards en tous sens, en parlant du taureau qui parcourt rapidement des yeux un grand nombre d'objets avant de fixer soudain sa vue sur l'un d'eux et de charger.

Derrame : hémorragie, habituellement par la bouche ; c'est toujours, si le sang est brillant, ou écumeux, un signe que l'épée a été mal placée et a pénétré dans les poumons. Un taureau peut saigner par la bouche quand il a été correctement frappé, mais c'est très rare.

Derribar : culbuter ; décrit la poursuite des jeunes taureaux, sur le terrain d'élevage, par un homme armé d'une longue perche avec laquelle, taureau et cheval galopant, l'homme renverse le taureau en plaçant l'extrémité de la perche près de la naissance de la queue et en lui faisant perdre l'équilibre.

Derrote : mouvement de tête du taureau qui cherche à donner des coups de corne vers le haut.

Desarmar : désarmer le matador en lui faisant perdre sa muleta, soit que la corne se prenne dans l'étoffe et que le taureau la rejette pour s'en débarrasser, soit que le taureau donne délibérément des coups de corne vers le haut au moment où l'homme s'avance pour tuer.

Desarroladero : endroit où les taureaux sont dépouillés et dépecés après le combat.

Descabellar : faire un *descabello*, tuer le taureau de face, quand il a été mortellement blessé par une estocade, en faisant pénétrer la pointe de l'épée entre la base du crâne et la première vertèbre de manière à sectionner la moelle épinière. C'est un coup de grâce administré par le matador lorsque le taureau est encore sur ses pieds. Si le taureau est presque mort et porte la tête basse, l'opération n'est pas difficile, car dans cette position l'intervalle entre la vertèbre et le crâne se trouve ouvert. Cependant, beaucoup de matadors, qui ne tiennent pas à se risquer une deuxième fois au-dessus des cornes après une estocada, mortelle ou non, essaient de descabellar alors que le taureau n'est nullement près de mourir ; et, comme il faut alors employer un subterfuge pour faire baisser la tête de l'animal, et que celui-ci, dès qu'il voit ou sent l'épée, peut brusquement donner un coup de tête vers le haut, le descabello devient en ce cas difficile et dangereux. Dangereux pour les spectateurs comme pour le matador, car, d'un coup de tête, le taureau envoie souvent l'épée à dix mètres ou plus en l'air. Des épées ainsi projetées par le taureau ont fréquemment tué des spectateurs dans des arènes espagnoles. Un cubain en villégiature à Biarritz fut tué il y a quelques années dans l'arène de Bayonne, par une épée avec laquelle Antonio Márquez essayait un descabello. Márquez fut jugé pour homicide, mais fut acquitté. En 1930, un spectateur fut tué de la même manière à Tolosa, en Espagne, le matador qui faisait le descabello était Manolo Martinez. L'épée, pénétrant dans le dos de l'homme, le perça de part en part ; elle fut retirée de son corps avec difficulté par deux hommes, qui se firent avec la lame de sérieuses coupures aux mains. Le descabello sur un taureau encore vigoureux, qui nécessiterait une autre estocade pour être tué ou blessé à mort, est une des pratiques les plus honteuses de la tauromachie moderne. La plupart des défaites scandaleuses et lamentables subies par des toreros sujets à des attaques de couardise, comme Cagancho, Niño de La Palma et Chicuelo, ont été dues à leurs tentatives pour descabellar un taureau encore en état de se défendre contre ce coup. Dans le descabello correct, la muleta est tenue à ras de terre pour forcer le taureau à baisser le mufle. Le matador peut piquer le mufle du taureau avec la pointe de la muleta ou avec l'épée pour le forcer à l'abaisser. L'épée employée a une lame droite et rigide, au lieu d'être courbée comme à l'ordinaire ; quand le coup est proprement placé, la pointe frappe et sectionne la moelle, et le taureau tombe aussi soudainement que s'éteint une lumière électrique quand on a tourné un bouton.

Descansar : reposer, faire une pose ; le *descanso* est la sorte d'entracte entre le troisième et le quatrième taureau, que l'on fait dans certaines arènes, pendant lequel on arrose et égalise le sable. Se dit aussi du moment de repos que le torero peut accorder au taureau entre deux séries de passes à la muleta, s'il voit l'animal à bout de souffle.

Descompuesto : en désarroi.

Desconfiado : qui manque de confiance.

Descordando : coup d'épée qui, portant accidentellement entre deux vertèbres, coupe la moelle épinière et abat le taureau instantanément. Ne pas confondre avec le descabello ou le coup de puntilla, qui sectionnent la moelle délibérément.

Descubrirse : se découvrir ; en parlant du taureau, baisser la tête de sorte que la partie où l'épée doit entrer soit facilement accessible. En parlant de l'homme, se laisser découvrir par l'étoffe en travaillant avec le taureau.

Desgarradura : déchirure faite dans la peau du taureau par un picador maladroit ou sans scrupules.

Desigual : torero inconstant, brillant un jour et ennuyeux le lendemain.

Despedida : exhibition d'adieux d'un torero ; ne doit pas être prise plus au sérieux que celles des chanteurs et chanteuses. Les véritables derniers combats des toreros sont d'ordinaire d'assez pauvres spectacles, car, généralement, l'homme a quelque incapacité qui le force à se retirer, ou bien encore il prend sa retraite pour vivre de son argent, et il se gardera bien de courir le moindre risque pour la dernière fois que les taureaux auront une chance de le tuer.

Despedir : renvoyer le taureau à distance, avec la cape ou la muleta, à la fin d'une passe. En parlant du picador, repousser le taureau qui vient de charger, en tournant le cheval.

Despejo : action de faire sortir le public de la piste avant que la course ne commence. On ne permet plus aux spectateurs de parader sur la piste avant la course dans l'arène de Madrid.

Desplante : tout geste théâtral d'un torero.

Destronque : dommage causé au taureau par une torsion trop brusque de l'épine dorsale, lorsqu'on l'a fait tourner trop court avec la cape ou la muleta.

Diestro : adroit ; terme générique pour matador.

Divisa : couleurs de l'éleveur, attachées à un petit harpon d'acier que l'on plante dans le morrillo du taureau à son entrée dans l'arène.

División de Plaza : partage de la piste en deux parts au moyen d'une barrera qui la coupe diamétralement, pour donner deux courses de taureaux en même temps. Ne se voit plus jamais, depuis que la course de taureaux a été réglementée, sauf en de très rares occasions, dans des courses de nuit, où il arrive qu'à défaut d'autres attractions on fasse une division de plaza à titre de curiosité historique.

Doblar : tourner ; se dit d'un taureau qui se retourne après une charge et recharge ; *doblando con el :* action d'un torero qui « tourne avec » le taureau, maintenant la cape ou la muleta devant lui pour retenir son attention lorsqu'il a une tendance à abandonner après chaque charge.

Doctorado : « doctorat » en tauromachie, terme d'argot pour alternativa.

Dominio : aptitude à dominer le taureau.

Duro : dur, épais et résistant. Mot d'argot désignant la charpente osseuse que l'épée peut rencontrer dans la mise à mort ; désigne aussi une pièce de cinq pesetas en argent.

Embestir : charger ; *embestir bien :* suivre bien l'étoffe ; charger alertement et franchement.

Embolado : taureau, veau ou vache dont les cornes ont été recouvertes d'étuis en cuir rembourrés aux extrémités (« emboulé »).

Embroque : espace entre les cornes ; être entre les cornes.

Emmendar : corriger ou améliorer sa position par rapport au taureau, changer de place ou de passe quand l'une ou l'autre est devenue trop risquée, pour en prendre une où l'on peut réussir.

Empapar : faire en sorte que la tête du taureau soit bien au milieu de l'étoffe de la cape ou de la muleta lorsqu'on reçoit sa charge, afin que l'animal ne voie rien d'autre que les plis du tissu que l'on fait mouvoir devant lui.

Emplazarse : en parlant du taureau, prendre position dans la partie centrale de l'arène et refuser de la quitter.

Encajonamiento : fait d'enfermer les taureaux dans leurs caisses ou cages individuelles pour le transport de la ferme à l'arène.

Encierro : manière de conduire les taureaux de combat, d'un corral au corral de l'arène en les faisant marcher entourés de bœufs. A Pampelune, l'encierro consiste à faire courir les taureaux par les rues, la foule courant devant eux depuis le corral qui est aux portes de la ville jusqu'à l'arène, dont les taureaux traversent la piste avant d'être poussés dans le corral. Les taureaux destinés à la course de l'après-midi sont ainsi menés par les rues à sept heures du matin du même jour.

Encorvado: courbé ; torero qui travaille en se penchant en avant, pour tenir l'étoffe en sorte que le taureau passe aussi loin que possible de son corps. Plus l'homme se tient droit, plus près le taureau passera de son corps.

Enfermeria: infirmerie avec salle d'opération annexée à toutes les arènes.

Enganchar: piquer et lever en l'air quelque chose d'un coup de corne.

Engano: tout moyen employé pour tromper le taureau ou le spectateur. Dans le premier cas, la cape et la muleta, dans le second tous les trucs utilisés pour simuler un danger non réel.

Entablerarse: pour le taureau, prendre une position dont il ne veut plus bouger contre les planches de la barrera.

Entero: entier, en parlant d'un taureau qui est arrivé au moment de la mise à mort sans avoir été ralenti ou affaibli par ses rencontres avec les picadors et les banderilleros.

Entrar á matar: entreprendre la mise à mort.

Eral: taureau de deux ans.

Erguido: droit et raide ; torero qui se tient très droit en travaillant avec l'animal.

Espada: épée, synonyme d'*estoque;* s'emploie aussi pour désigner le matador lui-même.

Espalda: épaules ou dos de l'homme. Un homme dont on dit qu'il travaille du dos est un sodomite.

Estocada: estocade, coup d'épée ; le matador vise le taureau de face, essayant de placer l'épée entre les omoplates et tout au sommet de leur saillie.

Estoque: épée employée dans les courses de taureaux. Elle a un pommeau alourdi de plomb et recouvert de chamois, une garde droite, à 5 cm du pommeau ; la poignée et la garde sont enveloppées de flanelle rouge. Elle n'a pas une « poignée ornée de pierreries », comme on lit dans *Virgin Spain*. La lame, à double tranchant d'environ 85 cm de long, est recourbée vers le bas à l'extrémité ; elle peut ainsi pénétrer et prendre une direction plus en profondeur entre les côtes, les vertèbres, les omoplates et autres formations osseuses qu'elle peut rencontrer. Les épées modernes ont une, deux ou trois rainures sur le plat de la lame ; leur rôle est de laisser entrer l'air dans la blessure, sans quoi la lame de l'épée servirait de bouchon à la blessure qu'elle fait. Les meilleures épées se font à Valence ; leurs prix varient avec leur nombre de rainures et la qualité de leur acier. L'équipement habituel d'un matador comporte quatre épées ordinaires et une épée à bout droit et à pointe légèrement élargie, pour le descabello. Les lames de ces épées, excepté celle à descabello, sont affûtées comme des rasoirs jusqu'à moitié de leur longueur. On les garde dans des fourreaux de cuir souple et le tout est porté dans un grand étui de cuir, généralement repoussé.

Estribo : étrier de métal du picador ; c'est aussi le rebord de bois qui court tout autour de la face intérieure de la barrera, à 45 cm environ du sol, et qui aide les toreros à sauter par-dessus la palissade.

Extraño : mouvement soudain d'un côté ou de l'autre, fait par le taureau ou par l'homme.

Facultades : facultés ou ressources physiques de l'homme ; chez le taureau, conserver ses facultades veut dire garder ses qualités intactes en dépit des épreuves subies.

Facultativo — Parte : diagnostic officiel, qui doit être envoyé au président de la corrida, d'une blessure ou des blessures d'un torero, établi par le chirurgien de l'infirmerie après qu'il a soigné ou opéré l'homme.

Faena : l'ensemble du travail exécuté par le matador avec la muleta dans le tiers final du combat ; signifie aussi toute espèce de travail effectué ; une *faena de campo* est une quelconque des opérations de l'élevage des taureaux.

Faja : sorte d'écharpe enroulée autour de la taille en guise de ceinture.

Falsa : faux, incorrect. *Salidas en falsa*, essais manqués pour poser les banderillas, où l'homme passe devant la tête du taureau sans se décider à piquer les baguettes, soit que le taureau n'ait pas chargé, auquel cas l'action de l'homme est correcte, soit que l'homme ait fait une erreur par manque de décision ; parfois exécutés, avec beaucoup de grâce, simplement pour montrer l'habileté du matador à apprécier les distances.

Farol : passe de cape qui commence comme une veronica avec la cape tenue à deux mains ; mais au moment où le taureau passe, l'homme rejette la cape derrière soi en la

lançant autour de sa tête, et se tourne en même temps que le taureau qui suit le mouvement de la cape.
Farpa: longue et lourde banderilla employée par les toreros montés portugais.
Fenómeno: un phénomène ; employé à l'origine pour désigner un jeune matador qui montrait des aptitudes exceptionnelles, ce terme est maintenant employé principalement comme appellation ironique d'un torero qui, grâce à la publicité, s'est élevé dans sa profession plus vite que ne le justifieraient son expérience et ses aptitudes.
Fiera: bête sauvage ; terme d'argot pour taureau ; se dit aussi pour une débauchée.
Fiesta: fête, jour de fête. *Fiesta de los toros:* la corrida. *Fiesta nacional:* la course de taureaux ; expression employée dans un sens méprisant par les écrivains opposés à la corrida, et qui veulent la représenter comme le symbole d'une Espagne arriérée parmi les nations européennes.
Fijar: couper court la charge du taureau, et l'immobiliser en un endroit.
Filigranas: fantaisies faites avec le taureau, ou raffinement artistique dans une quelconque des actions du torero.
Flaco — Toro flaco: taureau qui est maigre, flasque ou creux, mal rempli.
Flojo: médiocre, peu intéressant, sans esprit.
Franco: taureau « noble », avec qui il est aisé de travailler.
Frenar: freiner, en parlant d'un taureau qui ralentit soudain en passant près de l'homme, pour s'arrêter et foncer sur lui au lieu de poursuivre sa course normale ; un tel taureau est des plus dangereux, car il ne donne aucun signe préalable de son revirement.
Frente por detrás: passe de cape où l'homme a le dos tourné au taureau, mais le corps protégé par la cape, qui est tenue à deux mains et étendue d'un côté. C'est en réalité une forme de veronica exécutée avec le dos tourné vers le taureau.
Fresco: froid, calme, éhonté, cynique.
Fuera: Va-t'en! Dehors! Sortez-le! — selon le degré de véhémence de l'exclamation.

Gacho: cornes pointant vers le bas.
Galleando: l'homme, portant la cape sur ses épaules comme pour s'en vêtir, regarde par-dessus son épaule le taureau

derrière lui et, se déplaçant en séries de zigzags et de feintes, entraîne l'animal à suivre les détours et les balancements de la partie inférieure de la cape.

Gallo : coq de combat ; nom professionnel des Gomez, la grande famille de gitans toreros.

Ganaderia : lieu d'élevage de taureaux de combat ; l'ensemble des taureaux, vaches et veaux de cet élevage.

Ganadero : éleveur de taureaux de combat.

Ganar terreno : se dit d'un taureau qui force l'homme à lui céder du terrain chaque fois qu'il charge en gagnant ainsi lui-même.

Garrocha : autre nom de la pique du picador ; perche utilisée pour sauter par-dessus le taureau dans les courses d'autrefois.

Gente : les gens ; *gente coletuda :* la « gent à coleta », les toreros.

Ginete : cavalier ; *buen ginete :* un bon écuyer.

Golletazo : coup d'épée donné dans le côté du cou du taureau, et qui pénètre dans le poumon, causant la mort presque immédiatement par hémorragie interne ; employé pour assassiner les taureaux par des matadors frappés de panique qui ont peur de s'approcher des cornes ; cette estocada n'est justifiée que sur des taureaux qui ont subi déjà une ou plusieurs estocadas correctes (ou tentatives d'estocadas correctes), et qui se défendent si bien — refusant d'exposer l'espace où ils devraient être frappés, entre les épaules, faisant sauter la muleta des mains de l'homme lorsqu'il s'approche, et refusant de charger, — que l'homme n'a pas d'autre choix que d'essayer un golletazo.

Gótico : gothique ; un *niño gótico* est un jeune torero vaniteux qui aime à prendre des poses impressionnantes d'architecture gothique.

Gracia : grâce et élégance de manières devant le danger ; *gracia gitana :* grâce gitane.

Grada : le balcon, ou sièges couverts d'une arène, au-dessus des sièges découverts ou tendidos et des loges couvertes ou palcos.

Grotesca : grotesque, disgracieux.

Guardia : garde municipal ; n'est pas pris au sérieux, même par lui-même. *Guardia civil :* garde de la police nationale ; ceux-ci sont pris très au sérieux ; armés de sabre et de carabines Mauser de 7 mm, ils sont, ou ils étaient, un modèle de gendarmerie impitoyable et disciplinée.

Hachazo : coup de corne en hachoir du taureau.

Herida : blessure.

Herradero : marquage des veaux à l'élevage.

Herradura : fer à cheval ; *cortar la herradura :* couper le fer à cheval, en parlant d'une estocada bien placée, suffisamment haute mais où la lame, une fois entrée, prend une direction oblique descendante dans la cage thoracique du taureau, coupant la plèvre et causant une mort immédiate sans aucune hémorragie externe.

Hierro : fer à marquer ; marque d'un éleveur sur les taureaux de combat.

Hombre : homme ; comme interjection, exprime la surprise, le plaisir, l'émotion, la désapprobation ou le ravissement, selon l'intonation. *Muy hombre :* très homme, c'est-à-dire abondamment pourvu de *huevos, cojones,* etc.

Hondo : profond ; *estocada honda :* où l'épée s'enfonce jusqu'à la garde.

Hueso : os ; en argot, un « dur », un rude gaillard.

Huevos : œufs ; en argot, testicules.

Huir : fuir ; chose honteuse chez le taureau comme chez le matador.

Hule : toile cirée ; en argot, table d'opération.

Humillar : baisser la tête.

Ida : estocada où la lame prend une direction descendante prononcée, sans être perpendiculaire. Une telle estocada, même bien placée, peut causer une hémorragie par la bouche, la lame atteignant les poumons.

Ida y vuelta : aller et retour ; se dit d'un taureau qui se retourne de lui-même à la fin d'une charge et revient en ligne droite ; c'est l'idéal pour le torero, qui peut alors veiller à ses effets esthétiques sans avoir à faire revenir le taureau, à la fin de la charge, avec la cape ou la muleta.

Igualar : faire mettre de front les deux pattes de devant du taureau.

Inquieto : inquiet, nerveux.

Izquierda : gauche ; *mano izquierda :* la main gauche, appelée *zurda* dans le jargon de l'arène.

Jaca : cheval de selle, jument ou poney. *Jaca torera :* une jument si bien dressée par le torero portugais Simâo Da Veiga qu'il pouvait, étant monté sur elle, placer les banderillas à deux mains, sans toucher la bride, sa monture étant guidée seulement par l'éperon et la pression des genoux.

Jalear : « chauffer », animer de la voix (un torero).

Jaulones : caisses ou cages individuelles dans lesquelles on transporte les taureaux de l'élevage à l'arène. Elles sont la propriété de l'éleveur, portent sa marque, son nom et son adresse, et lui sont renvoyées après la corrida.

Jornalero : journalier ; torero qui gagne tout juste sa vie par sa profession.

Jugar : jouer ; *jugando con el toro :* un ou plusieurs matadors, sans capes, mais portant les banderillas tenues ensemble d'une seule main, jouent avec le taureau en provoquant à moitié des séries de charges ; ils courent en zigzags ou cherchent à s'approcher du taureau en jouant sans provoquer de charge. Pour faire cela d'une manière attrayante, il faut beaucoup de grâce et la connaissance des processus mentaux du taureau.

Jurisdicción : le moment où le taureau, chargeant, arrive à la portée de l'homme qui reste sur place, et baisse la tête pour frapper ; en langage plus technique, le moment où le taureau quitte son terrain et pénètre sur celui du torero, arrivant à l'endroit où l'homme veut le recevoir avec l'étoffe.

Kilos : les taureaux tués sont pesés, en kilos, quelquefois avant d'avoir été dépecés, et toujours après avoir été dépouillés, vidés, dépecés, la tête, les sabots et toutes les parties endommagées de la viande ayant été enlevés. Ce dernier état est dit *en canal ;* pendant de nombreuses années, le poids des taureaux était évalué quand ils étaient dans cet état. Un taureau de combat de quatre ans et demi doit peser de 295 à 340 kilos en canal, selon sa taille et son type ; le poids minimum légal est actuellement 285 kilos. Le poids en canal est estimé à 52 1/2 % du poids sur pied. De même qu'en parlant d'argent, bien que l'unité légale soit la peseta, on ne mentionne pas dans la conversation les sommes en pesetas, mais plutôt en *reales* (25 centimos, 1/4 de peseta) ou en *duros* (5 pesetas) ; de même, dans la conversation, on emploie comme unité pour le poids des taureaux l'*arroba*, qui vaut 11 kg 1/2 (11 kg 502). On estime un taureau par le nombre d'arrobas de viande qu'il donnera une fois préparé pour la boucherie. Un taureau de 26 arrobas donnera un peu plus de 295 kilos. C'est le moins qu'un taureau doit avoir si l'on veut qu'il soit assez important pour donner une émotion réelle à la corrida. De 26 à 30 arrobas est le poids idéal pour des taureaux de combat qui n'ont pas été engraissés au grain. Chaque arroba entre 24 et 30 représente une différence aussi définie dans la puissance de choc, dans la taille et le pouvoir de destruction que celles qui existent entre les différentes catégories de boxeurs. Pour faire une comparaison, nous dirions que les taureaux au-dessous de 24 arrobas sont les poids mouche, bantam et plume. Les taureaux de 24 à 25 arrobas sont les poids légers et welter. Les taureaux de 26 arrobas sont les poids moyens et demi-lourds ; de 27 à 30 arrobas, ce sont les poids lourds, et ceux qui dépassent 30 arrobas approchent de la classe de Primo Carnera. Une cornada d'un taureau de 24 arrobas seulement, si elle est donnée au juste endroit, sera aussi fatale que celle d'un animal beaucoup plus gros ; c'est un coup de poignard frappé avec une force ordinaire, tandis que le taureau de 30 arrobas donne le même coup de poignard avec la force d'une sonnette à pilotis. C'est un fait, cependant, qu'un taureau de 24 arrobas n'est en général pas mûr, n'ayant pas beaucoup plus de trois ans ; et les taureaux de cet âge ne savent pas se servir habilement de leurs cornes, pour l'attaque ni pour la défense. Le taureau idéal, qui offrira aux toreros un ennemi suffisamment dangereux pour que la corrida conserve son émotion, doit donc avoir au moins quatre ans et demi, afin qu'il soit adulte, et peser, une fois dépecé, un strict minimum de 25 arrobas. Plus il pèsera d'arrobas au-dessus de 25, sans perdre de vitesse, et s'il n'a pas été engraissé, plus grande sera l'émotion et plus méritoire sera toute espèce de travail exécuté par l'homme avec l'animal. Pour suivre les courses de taureaux intelligemment, pour les comprendre à fond, il faut apprendre à penser en arrobas, exactement comme en boxe il faut savoir classer les hommes dans les catégories de poids officielles. A présent, la course de taureaux est tuée par des éleveurs sans scrupules qui vendent des taureaux n'ayant ni l'âge, ni le poids, ni la race, sans avoir suffisamment éprouvé leur bravoure, abusant ainsi d'une façon déloyale de la tolérance que l'on avait accor-

dée à leurs produits trop petits tant qu'ils étaient braves
et aptes à faire des corridas brillantes sinon émouvantes.

Ladeada : latérale, de côté, spécialement en parlant d'une
estocada.
Lances : toutes les passes à la cape, qui ont des règles fixées.
Larga : passe destinée à faire venir le taureau vers l'homme
pour le renvoyer ensuite, exécutée avec la cape entièrement déployée et tenue d'une main par une extrémité.
Lazar : prendre au lasso ; ou manier le *lariat* ou *riata* de
l'Ouest américain qui sert à attraper le bétail ou le lasso
muni d'un poids à une extrémité utilisé en Amérique
du Sud.
Levantado : premier stage du taureau, à son entrée dans
l'arène, quand il essaie de débarrasser l'arène de tout ce
qu'il voit sans concentrer ses charges sur un objet précis.
Liar : enrouler, d'un coup de poignet gauche, l'étoffe de la
muleta sur son manche avant de se profiler pour se préparer à tuer.
Librar : délivrer ; *librar la acometida :* échapper à une charge
inattendue, soit par un jeu de pieds, soit par une passe
improvisée avec la muleta ou la cape.
Libre de cacho : toute action accomplie avec le taureau hors
de la portée de ses cornes, soit en restant à distance, soit
une fois qu'il a passé ; littéralement, « libre du danger
d'être attrapé ».
Lidia : combat ; *toro de lidia :* taureau de combat. C'est
aussi le titre du plus célèbre et du plus ancien hebdomadaire tauromachique.
Lidiador : homme qui combat les taureaux.
Ligereza : légèreté, agilité ; une des trois qualités nécessaires
pour être un matador, d'après le grand Francisco Montés
(agilité ou légèreté de pieds, courage, et parfaite connaissance du métier).
Llegar : arriver ; le taureau est le *llegar* quand il atteint le
cheval avec sa corne en dépit de l'opposition du picador.
Lleno : arène comble, tous les sièges occupés.

Macheteo : geste de hacher avec une serpette ou machete
macheteo por la cara : série de petites secousses données
d'un côté à l'autre avec la muleta, l'homme se retirant
par un jeu de jambes si le taureau charge, destinée à fati-

guer les muscles du cou de l'animal et le préparer pour la mise à mort. C'est la façon la plus simple et la plus sûre de fatiguer un taureau avec la muleta ; elle est employée par les toreros qui ne veulent pas courir de risques et qui ne cherchent pas la difficulté.

Macho : mâle, masculin, viril ; *torero macho :* torero dont le travail est basé sur le courage plutôt que sur une technique et un style achevés, bien que le style puisse venir plus tard.

Maestro : un maître (en quoi que ce soit) ; peut être employé par les peones lorsqu'ils s'adressent à leur matador. Le terme est devenu sarcastique, à Madrid surtout. On traite de « maestro » quelqu'un à qui l'on veut montrer le minimum de respect.

Maldito, Maldita : maudit, maudite ; comme, en parlant à un taureau : « Maudite la vache qui t'a pondu ! »

Maleante : filou, malfaiteur ; le type de maleante que l'on rencontre le plus souvent en allant aux courses de taureaux ou en revenant est le pickpocket ou *carterista*, littéralement « porte-feuilliste ». Ces citoyens-là sont nombreux, tolérés (en ce sens que la police de Madrid en possède la liste complète, de sorte que si vous avez été volé et que vous ayez vu le pickpocket, on en ramassera plusieurs centaines dans les rues ou chez eux et on les fera défiler devant vous) ; et extrêmement adroits. La manière de les éviter est de ne jamais voyager en tramway ni en métro, car c'est là qu'ils travaillent le plus à leur aise. Ils ont une bonne qualité : ils ne détruisent pas vos papiers personnels ou votre passeport, ni ne les gardent, comme feraient d'autres pickpockets, mais après avoir pris l'argent ils jettent le portefeuille avec les papiers qu'il contient dans une boîte aux lettres, soit dans un bureau de tabac, soit dans une des boîtes ambulantes qui sont attachées aux tramways. On peut alors retrouver le portefeuille au bureau central des postes. D'après mon expérience et celle de mes amis, je dois dire que, dans leur genre de vie, ces gens-là combinent les mêmes qualités que Montés énumérait comme indispensables à un torero : agilité, courage, et parfaite connaissance de leur métier.

Maleta : mallette, valise (comme on dit en français « ballot ») ; mot d'argot désignant un mauvais ou médiocre torero.

Malo : mauvais, imparfait, incomplet, malsain, vicieux,

désagréable, malfaisant, dégoûtant, pourri, puant, putride, perverti, etc., selon les circonstances. *Toro malo:* taureau qui a ces attributs et d'autres défauts inhérents tels qu'une tendance à sauter par-dessus la barrera dans le public, à courir à la vue d'une cape, etc.

Mamarracho: une insulte criée à un mauvais torero, quelque chose comme : empoté, fichu imbécile, andouille.

Mancornar: renverser un jeune taureau en lui prenant les cornes avec les mains et les tordant en pesant de tout son poids.

Mandar: commander, faire obéir le taureau, le dominer à l'aide de l'étoffe.

Manejable: maniable ; taureau avec qui on peut travailler.

Mano: main ; *mano baja:* avec la main baissée, manière correcte de mouvoir la cape dans la veronica. *Manos* désigne aussi les pattes du taureau.

Mansedumbre: lenteur et manières paisibles d'un bœuf chez un taureau.

Manso: doux et pacifique ; un taureau qui n'a pas le sang de la race de combat est manso, comme sont aussi les bœufs, appelés *cabestros* lorsqu'ils sont dressés.

Manzanilla: sorte de sherry naturel et sec, non additionné d'alcool. On en boit beaucoup en Andalousie et dans tous les milieux tauromachiques. On la sert en *chatos* ou verres courts, et généralement accompagnée d'une *tapa,* qui est un hors-d'œuvre quelconque : olive et anchois, sardine. morceau de thon, piment doux, tranche de jambon fumé. Un chato allège les esprits, trois ou quatre vous donnent un sentiment de bien-être, mais si vous mangez les tapas tout en buvant, vous pourrez en boire une douzaine sans être ivre. Manzanilla signifie aussi camomille, mais si vous vous souvenez de demander un chato de manzanilla, il n'y a pas de danger qu'on vous serve une camomille.

Marear: donner le mal de mer ; donner le vertige au taureau en le faisant tourner d'un côté à l'autre en agitant une cape de côté et d'autre de sa tête, ou le faisant tourner en cercle. On fait cela pour le faire mettre à genoux après une estocada sans résultat ; c'est laid à regarder et honteux à exécuter.

Maricón: sodomite, pédéraste, tante, etc. Ils en ont aussi en Espagne, mais je n'en sais que deux parmi les quarante et quelques matadors de toros. Cela ne prouve pas que les parties intéressées, qui sont continuellement à prouver que Léonard de Vinci, Shakespeare et autres étaient des pédérastes, ne soient capables d'en découvrir davantage. Des deux, l'un est d'une avarice presque pathologique, sans courage, mais très adroit et possédant un jeu délicat à la cape, une sorte de décorateur d'extérieurs de la tauromachie ; l'autre a une réputation de grand courage et de maladresse et n'a jamais été capable de mettre une peseta de côté. Dans les cercles tauromachiques, le mot est employé comme terme d'opprobre ou de raillerie, ou comme insulte. On raconte en Espagne une quantité d'histoires de tantes qui sont très, très drôles.

Mariposa: papillon ; série de passes où la cape est collée aux reins de l'homme, l'homme faisant face au taureau, reculant lentement en zigzags et attirant le taureau par un battement alternatif d'un côté de la cape puis de l'autre, qui est censé imiter le vol d'un papillon. Inventé par Marcial Lalanda, ce *quite* demande une grande connaissance des taureaux pour être exécuté convenablement.

Mariscos: mollusques et crustacés que l'on mange dans les cafés en buvant de la bière avant ou après les courses de taureaux ; les meilleurs sont les *percebes*, sortes d'anatifes qui ont un pied savoureux, d'un goût très délicat ; les *langostinos*, langoustines ; *cigalas :* crustacés rose et blanc, allongés, à pinces étroites, de la famille des langoustes, dont on brise les pinces et la queue avec un casse-noisettes ou un marteau ; *cangrejos de rio :* écrevisses, cuites avec des grains entiers de poivre gris dans la queue ; et *gambas* ou crevettes communes que l'on sert dans leur carapace pour être sucées et mangées avec les doigts. Les *percebes*, qui se trouvent fixés aux rochers le long de la côte de l'Atlantique, ne se trouvent plus à Madrid après avril ni jusqu'en septembre à cause de la fermeture de la saison. Accompagnés de bière ou d'absinthe, les pieds d'anatifes sont très bons ; leur goût est plus fin et plus plaisant que celui des huîtres, moules ou de tout autre mollusque que j'aie mangé.

Marronazo : fait, pour le picador, de manquer le taureau lorsqu'il charge, la pointe de la pique glissant alors sur la peau du taureau sans la déchirer.

Matadero : abattoir. Lieu d'entraînement pour le maniement de la puntilla et de l'épée.

Matador : un tueur de taureaux en titre ; un *matatoros* est seulement un boucher de taureaux.

Mayoral : intendant d'un établissement d'élevage ; désigne aussi les *vaqueros* ou gardiens de troupeau qui accompagnent les taureaux encagés du terrain d'élevage à l'arène, dormant avec les cages dans les wagons à marchandises, veillant à ce que les bêtes aient de la nourriture et de l'eau, et aidant à les décharger et à les séparer dans leurs compartiments avant la corrida.

Media-estocada : estocada où la moitié seulement de la lame pénètre dans le taureau. Si elle est portée à l'endroit convenable sur un taureau de taille moyenne, elle le tuera aussi rapidement qu'une estocada qui aurait pénétré de toute la longueur de la lame. Mais si le taureau est très gros, la moitié de la lame peut n'être pas assez longue pour atteindre l'aorte ou un autre gros vaisseau, dont la section provoquerait la mort rapidement.

Media-luna : « demi-lune », lame en forme de faucille attachée à une longue perche, utilisée dans les premiers temps des courses de taureaux, pour couper les jarrets aux taureaux que le matador avait été incapable de tuer. Longtemps après être passée d'usage, et quand la coutume s'était établie de faire emmener par des bœufs le taureau non tué, la media-luna était encore exhibée pour faire honte au matador et pour ordonner qu'on fasse entrer les bœufs dans l'arène. On ne la montre plus aujourd'hui.

Medias : longues chaussettes comme en portent les toreros.

Media-veronica : sorte de recorte, manœuvre destinée à couper court la charge du taureau, qui termine une série de passes de cape dites *veronicas* (voir explication). La media-veronica est exécutée avec la cape tenue à deux mains, comme pour la veronica ; quand le taureau passe, allant de gauche à droite, l'homme ramène la main gauche près de sa hanche droite et rassemble la cape vers sa hanche avec la main droite, raccourcissant de moitié l'ampleur du mouvement de la veronica, ce qui fait tourner le taureau sur lui-même et l'immobilise, de sorte que l'homme peut s'éloigner en tournant le dos à l'animal. Cette immobilisation est accomplie par le fait que le mouvement de la cape coupe le trajet normal de l'animal qui essaie de tourner sur un espace plus petit que sa propre longueur. Juan Belmonte fut celui qui mit au point ce lance de cape, qui est maintenant la conclusion obligatoire de toute série de veronicas. Les demi-passes faites par le matador en tenant la cape à deux mains et en courant à reculons en balançant la cape d'un côté à l'autre pour mener le taureau d'un endroit de l'arène à un autre s'appelaient jadis *media-veronicas*, mais la véritable media-veronica est, aujourd'hui, celle qui est décrite ci-dessus.

Media-vuelta: demi-tour, méthode pour placer les banderillas sur les taureaux qui ne chargent pas bien ; l'homme prend position derrière le taureau et court vers la tête du taureau dès que celui-ci se retourne pour venir vers lui. Les taureaux qu'il est impossible de tuer de face peuvent aussi être mis à mort par le recours à une media-vuelta.

Medios: partie centrale de l'arène ; celle-ci est divisée en trois terrains concentriques pour les besoins des diverses suertes à exécuter avec le taureau : le centre ou *medios*, la partie intermédiaire ou *tercios*, et le terrain contigu à la barrera, appelé *tablas*.

Mejorar: améliorer ; *mejorando su estilo:* améliorant son style ; *mejorar el terreno* se dit lorsqu'un torero se juge trop près de la barrera pour pouvoir exécuter la passe qu'il prépare sans être pris par le taureau et que, s'aidant de la cape ou de la muleta, il change sa position pour une autre, meilleure ou plus sûre.

Meter el pie: inciter le taureau à charger en pliant le genou en avant puis se redressant, tourné de profil vers le taureau, lorsqu'on l'attend pour le mettre à mort selon la méthode dite recibiendo (voir le texte).

Metisacas: mises et retirées, en parlant d'estocadas où le matador, par manque de décision, enfonce un peu l'épée puis la retire.

Mogón: taureau qui a eu une corne brisée ou arrachée, laissant parfois une protubérance arrondie ; de tels taureaux sont utilisés dans les novilladas.

Mojiganga: mascarade ; dans les anciens temps, on laissait entrer les taureaux dans l'arène, aux novilladas, pendant qu'une procession se déroulait ou qu'une pièce se jouait. On appelait ces spectacles *mojigangas;* on en trouve une dernière survivance dans les diverses troupes de musiciens imitant l'orchestre tauromachique *El Empastre*, fondé par Rafael Dutrus ; un jeune taureau est lâché dans l'arène pendant que l'orchestre joue et c'est un des musiciens qui le combat et qui le tue, pendant que les autres continuent à jouer de leurs instruments.

Molinete : passe exécutée avec la muleta, où l'homme fait un tour complet sur lui-même, laissant la muleta venir s'enrouler d'elle-même autour de son corps. Elle est du plus grand effet quand elle est exécutée entre les cornes du taureau, ou tout près d'elles, le taureau étant alors amené à faire un tour complet en suivant l'extrémité libre de l'étoffe.

Mona : bouton recouvert de soie, porté par les toreros à la base de leur tresse de cheveux.

Monerias : singeries, extravagances puériles commises avec le taureau.

Monosabios : garçons d'arène, en chemises rouges, qui vont à l'aide des picadors quand ils tombent, les aident à monter en selle, conduisent les chevaux vers le taureau, achèvent les chevaux blessés, les dessellent, les recouvrent d'une toile, etc. Ce surnom leur fut donné lorsqu'une troupe de « singes savants », qui portaient un uniforme de même couleur, fut présentée à Madrid, en 1847, peu après que la direction de l'arene eut vêtu ces garçons de blouses rouges.

Morrillo : nom de la bosse musculaire qui fait saillie sur le cou d'un taureau de combat, et qui se dresse lorsque l'animal est irrité. C'est au sommet de cette bosse, tout près des épaules, que le picador doit placer sa pique et les banderilleros leurs baguettes.

Morucho : taureau de demi-sang, parfois brave, méchant et dangereux, mais qui n'a pas le vrai type du pur-sang. En beaucoup de régions d'Espagne, des taureaux qui n'ont que des traces du sang de la race sauvage de combat sont élevés par des éleveurs qui n'appartiennent à aucune des associations d'éleveurs de taureaux de combat de pure race ; ces taureaux sont vendus pour être utilisés aux novilladas dans les petites arènes, et dans les capeas. Leur manque de race se voit surtout à l'épaisseur de leurs queues, à la taille de leurs cornes et de leurs sabots, et au faible développement du morrillo, alors que par ailleurs ils ont l'apparence de vrais taureaux de combat.

Movido : mouvant, mobile ; se dit d'un torero qui emploie trop de jeux de jambes en travaillant avec le taureau.

Mozo de estoques : serviteur particulier et porte-épée du

matador. Sur l'arène, il prépare les muletas et tend à son maître les épées lorsqu'il en a besoin ; il lave avec une éponge les épées qui ont servi et les essuie avant de les mettre de côté. Pendant que le matador tue, il doit le suivre dans le passage circulaire, de manière à être toujours en face de lui, prêt à lui passer une nouvelle épée ou une muleta, par-dessus la barrera, s'il en a besoin. S'il fait du vent, il mouille les capes et muletas avec l'eau d'une cruche qu'il porte avec lui et il veille aussi à tous les besoins personnels du matador. Hors de l'arène, avant la course, il va distribuer les enveloppes contenant la carte du matador et une certaine somme d'argent aux divers critiques tauromachiques, aide le matador à s'habiller, et s'assure que tout l'équipement est transporté à l'arène. Après la course, il envoie les *telefonemas* (messages téléphonés) ou, plus rarement, les messages verbaux du matador à sa famille, à ses amis, à la presse, et aux clubs d'enthousiastes des corridas qui peuvent être organisés sous son nom.

Mucha : beaucoup ; *de muchas piernas :* qui a beaucoup de jambes, très fort des jambes ; *muchas arrobas :* très lourd ; *de mucho cuidado :* très méfiant ; c'est-à-dire un taureau difficile.

Muchacho : jeune garçon.

Muerte : mort ; désigne aussi l'endroit où l'épée doit entrer pour tuer le taureau correctement. Les toreros disent que le taureau « découvre la muerte » quand il baisse bien la tête. *Pase de la muerte :* passe de muleta expliquée dans le texte.

Muleta : pièce de serge ou de flanelle écarlate, de forme arrondie, qui se fixe, pliée en deux, sur un manche de bois effilé, muni d'une pointe d'acier aiguë à son extrémité la plus mince et d'une poignée cannelée à l'autre bout ; la pointe est passée par un trou central de l'étoffe ; l'extrémité libre du tissu est attachée à la poignée par une vis à main, de sorte que le manche supporte les plis de l'étoffe. La muleta sert à l'homme à se protéger ; à fatiguer le taureau et à régler la position de sa tête et de ses pieds ; à exécuter une série de passes de plus ou moins de valeur esthétique ; et elle aide l'homme dans la mise à mort.

Muletazo : passe exécutée avec la muleta.

Multa : amende infligée par le président de la corrida ou

par le gouverneur civil à un torero, à un éleveur ou à la direction de l'arène. Les amendes infligées aux toreros sont une farce, car tous les contrats des matadors contiennent une clause stipulant que toutes les amendes qui pourront leur être infligées seront payées par les impresarii. Cette clause date de plus de trente-cinq ans et fut insérée d'abord pour empêcher les impresarii de passer un contrat avec un matador aux conditions fixées par ce dernier pour ensuite lui faire infliger par le président une amende équivalant à la différence entre la somme prévue et la somme que l'impresario veut payer. A présent que les matadors, picadors et banderilleros sont organisés et peuvent boycotter une arène si l'impresario ne paie pas ses dettes, en empêchant que des courses se tiennent dans cette arène, même a ec un autre impresario, jusqu'à ce qu'ils aient eu satisf ction, il n'y a plus lieu de maintenir cette clause sur les amendes pour protéger les toreros. Son seul effet, aujourd'hui, est que les toreros sans crupules savent que les amendes qui peuvent leur être infligées, si justement que ce soit, pour un travail mauvais ou malhonnête, ne sortiront pas de leurs poches. C'est un des abus qui devront être corrigés la prochaine fois qu'une nouvelle ordonnance gouvernementale sur le règlement des corridas sera élaborée

Nalgas : fesses, lieu de nombreuses blessures de corne, dues à ce que le matador a tourné le dos au taureau sans l'avoir immobilisé convenablement. Une croupe proéminente détruit la ligne que cherche à avoir le torero en travaillant et l'empêche d'être pris au sérieux comme styliste ; aussi toute tendance à prendre du poids vers cette partie du corps est-elle une source de grand souci pour un matador d'aujourd'hui.

Natural : passe exécutée avec la muleta tenue basse de la main gauche, l'homme provoquant le taureau de face ; la jambe droite en avant, la muleta tenue par le milieu du manche, le bras gauche étendu et l'étoffe pendant devant l'homme, il la balance légèrement vers le taureau pour le provoquer, ce balancement étant presque imperceptible pour le spectateur ; quand le taureau charge et arrive à la muleta, l'homme tourne avec lui, les bras complètement étendus, mouvant la muleta lentement devant le taureau, de façon à lui faire décrire un quart de cercle ; un mouvement du poignet, qui boucle brusquement le mouvement de l'étoffe à la fin de chaque passe, met le taureau en position pour une autre passe. Cette passe est décrite tout au long dans le texte. C'est la passe fondamentale, la plus simple, pouvant donner la plus grande pureté de ligne, et la plus dangereuse.

Navarra : province au nord de l'Espagne ; nom d'une passe de cape, passée d'usage, où le matador balance d'abord la cape comme pour une veronica, puis, au moment où le taureau va quitter la cape, l'homme se retourne complètement dans la direction opposée, en balançant la cape sous le mufle du taureau, les mains s'abaissant progressivement jusqu'à la hauteur de la ceinture.

Nervio : nerf, énergie et vigueur du taureau.

Niño : enfant ou jeune garçon ; il y eut dernièrement une épidémie de *niños* parmi les noms de guerre de la tauromachie. Après le succès d'*El Niño de La Palma*, il y eut plus de trois cents toreros qui se donnèrent les sobriquets de Niño de ceci ou de cela, depuis le Niño de l'abattoir jusqu'au Niño de la Sierra Nevada. Plus anciennement, on connut des paires ou des trios de toreros enfants, nommés d'après les villes d'où ils venaient, tels que les Niños Sevillanos, Niños Cordobeses, etc. Les toreros sortis de ces associations juvéniles ne se faisaient plus appeler Niños, mais Gallito, Machaquito et ainsi de suite, et rendaient ces noms fameux ; ils abandonnaient une appellation enfantine lorsqu'ils cessaient d'être des enfants, même s'ils conservaient le diminutif affectueux de leur nom de combat.

Noble : se dit d'un taureau franc dans ses charges, brave, naïf, et qui se laisse facilement tromper.

No hay derecho : vous n'avez pas le droit ; phrase usuelle de protestation contre une violation des règles ou des droits individuels.

Noticiero : avis ; *El Noticiero del Lunes* est la feuille officielle donnant les nouvelles du gouvernement et un bref compte rendu des courses de taureaux du dimanche, publiée dans les villes espagnoles le lundi matin en l'absence de journaux du dimanche soir et du lundi matin — absence due à la loi du repos dominical imposée par les travailleurs des journaux espagnols il y a plusieurs années.

Novedad : nouveauté ; nouveau torero qui attire par sa nouveauté.

Novillada : aujourd'hui, une novillada est une course de taureaux où des taureaux ayant moins ou plus que l'âge régulier, c'est-à-dire moins de quatre ans ou plus de cinq, ou bien présentant des défauts de la vision ou des cornes, sont combattus par des toreros qui, ou bien n'ont jamais pris le titre de matador de toros, ou bien y ont renoncé. A tous égards, sauf la qualité des taureaux et l'inexpérience ou l'infériorité avouée des toreros, une novillada ou corrida de novillos toros est identique à une course régulière. Dans les anciens temps, on appelait novillada toute espèce de spectacle tauromachique autre que la corrida régulière, mais la novillada d'aujourd'hui est un moyen de présenter une corrida en règle à des prix inférieurs, en employant des taureaux d'occasion et des hommes qui, soit par désir de se montrer et de se faire un nom, soit qu'ils aient échoué comme matadors en titre, sont moins exigeants dans leurs demandes que les vrais matadors. La saison des novilladas à Madrid va du début de mars jusqu'à Pâques et de juillet jusqu'au milieu de septembre. Dans les provinces elles se poursuivent pendant toute la saison des courses, les petites villes qui n'ont pas les moyens de donner de vraies corridas présentant toujours des novilladas. Les prix d'entrée sont ordinairement la moitié de ceux d'une corrida ordinaire. Les taureaux employés sont souvent plus grands et plus dangereux que ceux des corridas de toros, les novilleros étant forcés d'accepter les taureaux refusés par les étoiles de leur profession. C'est dans les novilladas que la majorité des toreros qui meurent dans l'arène chaque année sont tués, car des hommes de peu d'expérience y affrontent des taureaux excessivement dangereux, et, souvent, dans des petites villes où l'arène n'a qu'un service rudimentaire de chirurgie et n'a pas de chirurgien versé dans la technique très spéciale des blessures de corne.

Novillero : matador de novillos toros. Ce peut être soit un aspirant, soit un matador qui n'a pas réussi à se faire une carrière dans la classe supérieure et a renoncé à l'alternativa pour chercher des engagements. Le plus qu'un novillero puisse se faire à Madrid est 5 000 pesetas par course, et il peut, s'il est un débutant, combattre pour pas plus de 1 000 pesetas. Si, sur cette dernière somme, il doit payer le loyer d'un appartement, les gages de deux picadors, de deux banderilleros et de son porte-épée, et faire distribuer aux critiques des enveloppes contenant 50 ou 100 pesetas, il devra de l'argent après la corrida. Les novilleros qui sont protégés par la direction de l'arène peuvent avoir à ne combattre que des jeunes taureaux : ils pourront remporter des grands succès avec ces animaux, mais échouer complètement quand ils deviendront de vrais matadors, étant donné la différence qu'il y a entre des taureaux non adultes et des taureaux mûrs, pour le danger qu'ils présentent, pour la force et la rapidité. On ne peut jamais juger sûrement un torero d'après ce qu'il a fait avec des bêtes non adultes, car, si parfaits que soient sa technique et son entraînement, il peut manquer complètement du courage nécessaire pour travailler avec les vrais taureaux.

Novillo : taureau employé dans les novilladas.

Nuevo : nouveau. *Nuevo en esta Plaza*, après le nom du torero, sur un programme, signifie que c'est la première fois qu'il est présenté dans cette arène.

Nulidad : une nullité ; torero qui désavantage un programme plutôt que d'y être un élément d'attraction.

Ojo : œil ; un matador qui veut indiquer au public (que ce soit vrai ou faux) que le taureau ne voit pas bien, pour se faire excuser de son manque de brillant, montrera du doigt son propre œil. *Buen ojo :* un bon œil, ou un bon jugement.

Olivo : olivier ; *tomar el olivo* « prendre l'olivier », s'emploie pour décrire l'action du matador qui, saisi de panique ou s'étant laissé mettre par le taureau sur un terrain impossible, saute la tête la première par-dessus la barrera. Le matador ne doit jamais courir en tournant le dos au taureau ; encore bien moins sauter par-dessus la barrera.

Oreja : oreille. Quand le matador a fait un excellent travail avec la muleta et avec l'épée, quand il a tué vite et bien après une bonne faena, ou si, le travail de muleta n'ayant pas été très brillant, il s'en est racheté en tuant magnifiquement, le public agite des mouchoirs pour demander que le président accorde, comme trophée d'honneur, l'oreille du taureau au matador. Si le président juge la demande justifiée, il agite son propre mouchoir, après quoi un banderillero peut couper l'oreille et la présenter au matador. En réalité, certains matadors, préoccupés d'avoir une longue liste d'oreilles pour la publicité que cela leur donne, donnent à un de leurs banderilleros la consigne de couper l'oreille au moindre signe de déploiement de mouchoirs. Si le public montre la moindre velléité de demander l'oreille, ce peon la tranche et court la porter au matador, qui la montre, l'élevant dans sa main vers le président et souriant ; et le président, devant le fait accompli, ne peut guère qu'accepter l'octroi de l'oreille et sort lui-même son mouchoir. Cette falsification de ce qui était jadis un grand honneur a enlevé à la coutume toute valeur et maintenant, si un torero a fait un travail décent et a eu un peu de chance pour la mise à mort, il emportera probablement l'oreille de son taureau. Ces peones coupeurs d'oreille professionnels ont institué une coutume encore pire : si le président donne réellement le signal de couper l'oreille sans que le matador l'ait d'abord demandée, ils vont couper les deux oreilles et la queue, et se précipitent vers le matador pour les lui offrir, prétextant l'enthousiasme le plus modéré. Les matadors — j'en ai spécialement deux en vue, l'un, de Valence, vaniteux, court, nez en bec d'aigle et cheveux noirs, et l'autre, un poteau télégraphique d'Aragon, vaniteux, brave, simple d'esprit, avec un long cou — font alors un tour d'arène en portant une oreille d'une main, l'autre oreille et une queue crottée de l'autre main, en faisant des mines et s'imaginant qu'ils ont triomphé dans une apothéose absolue, alors qu'ils se sont bornés à faire un travail consciencieux et à employer un habile coupeur de trophées pour les flatter. A l'origine, l'octroi de l'oreille signifiait que le taureau devenait la propriété du matador, qui pouvait en disposer comme viande de boucherie à son avantage. Cette signification est périmée depuis longtemps.

Padrear : élever.

Padrino : parrain ou patron ; le plus ancien matador, qui cède l'épée et la muleta au jeune matador prenant l'alternativa.

Pala : pelle, battoir, ou pelle d'aviron ; le plat de la corne, sa face externe ; les coups de plat de corne reçus par un torero s'appellent *paletazos* ou *varetazos* et sont souvent très sérieux, causant de graves hémorragies internes et

autres désordres, sans être plus visibles extérieurement que des contusions.
Palitroques: baguettes, autre nom des banderillas.
Palmas: applaudissements.
Palos: bâtons ; argot pour banderillas.
Pañuelo: mouchoir. Un mouchoir blanc exhibé par le président signale la fin ou le commencement de chaque acte (des piques, des banderillas et de l'épée) ; un mouchoir vert, que le taureau doit être emmené ; un rouge, qu'il faut placer les banderillas explosives. Le signal de chaque aviso au matador, lui rappelant les délais qu'il a pour mettre à mort, est donné par un mouchoir blanc montré par le président.
Par: paire (de banderillas).
Parado: ralenti ou immobilisé sans être épuisé ; c'est le deuxième état du taureau dans le cours du combat, celui où le torero doit pouvoir en tirer le maximum. *Torear parado:* travailler avec le taureau avec le minimum de mouvements de pieds. C'est la seule manière digne d'applaudissements de combattre un taureau brave, et qui n'a pas de défauts lui donnant une tendance à frapper obliquement d'un côté ou de l'autre.
Parar: se tenir debout, immobile, et regarder calmement le taureau venir ; *parar los pies:* garder les pieds immobiles tandis que le taureau charge. *Parar,* tenir ses pieds tranquilles, *templar,* mouvoir l'étoffe lentement, et *mandar,* dominer et tenir sous son contrôle l'animal au moyen de l'étoffe, sont les trois grands commandements de la tauromachie.
Parear: placer une paire (de banderillas).
Parón: terme moderne pour désigner une passe exécutée avec la cape ou la muleta dans laquelle le torero reste pieds joints depuis le moment où le taureau charge jusqu'à la fin de la passe. Ces passes où l'homme se tient comme une statue sont de brillantes additions au répertoire d'un torero, mais elles ne peuvent être exécutées qu'avec un taureau qui charge en ligne parfaitement droite ; autrement, l'homme ira dans les airs. En outre, elles violent l'un des commandements de la tauromachie : elles respectent le « parar » et le « templar », mais non le « mandar », car l'homme, étant pieds joints, ne peut pas balancer l'étoffe assez loin pour tenir le taureau maîtrisé par les

plis ; et ainsi, à moins que le taureau ne soit tellement parfait qu'il se retourne automatiquement chaque fois pour recharger, l'homme ne peut pas le tenir assez bien dans les plis de l'étoffe pour enchaîner une série de passes. Avec un taureau parfait, cependant, les parones sont très émouvants, et tous les toreros devraient être capables de les exécuter lorsqu'ils tombent sur un tel animal, mais sans négliger l'art véritable de dominer les taureaux, en les faisant dévier de leur ligne d'attaque par des mouvements de l'étoffe ; au lieu de cela, ils attendent le taureau qui fasse toute la faena lui-même pendant que l'homme fera la statue. Les passes giratoires faites par Villalta et ses imitateurs, où l'homme fait des demi-tours sur la pointe des pieds en suivant le taureau, sont aussi appelées *parones*.

Pase : passe faite avec la cape ou la muleta ; mouvement de l'étoffe qui attire la charge de l'animal, dont les cornes viendront passer à côté du corps de l'homme.

Paseo : entrée et parade des toreros dans l'arène.

Paso atrás : pas en arrière, fait par le matador après qu'il s'est tourné de profil vers le taureau qu'il va tuer, afin d'allonger sa distance de l'animal tout en donnant l'impression qu'il est très près, et qui lui donne plus de temps pour s'esquiver si, au moment où il tue, le taureau ne baisse pas bien la tête vers la muleta.

Paso de banderillas : manière de tuer où l'homme ne s'avance pas droit sur le taureau, mais fait un quart de cercle pour passer les cornes, comme fait un banderillero. Est permis avec les taureaux qui ne peuvent être tués autrement.

Pecho : poitrine ; *pase de pecho :* passe faite avec la muleta tenue de la main gauche, à la fin d'une natural, si le taureau, s'étant retourné, recharge ; l'homme le fait alors passer près de sa poitrine et l'écarte d'un mouvement en avant de la muleta. La passe de pecho doit être la conclusion de toute série de naturales. Elle est aussi d'un grand mérite quand elle est employée par le torero pour esquiver une charge inattendue ou un retour soudain du taureau. Dans ce cas, on l'appelle *forzado de pecho* ou passe forcée. On l'appelle *preparado*, préparée, lorsqu'elle est exécutée séparément, sans avoir été précédée d'une natural. La même passe peut être exécutée avec la main droite, mais ce n'est pas alors une vraie passe de pecho, car les passes natural et de pecho véritables sont faites seulement de la main gauche. Quand l'une ou l'autre de ces passes est exécutée de la main droite, l'épée, qui doit toujours être tenue de la main droite, sert à étaler l'étoffe, qui présente alors une bien plus grande surface, ce qui permet au matador de tenir le taureau à une plus grande distance de lui et de l'envoyer plus loin après chacune de ses charges. Le travail fait avec la muleta tenue de la main droite et étendue à l'aide de l'épée est souvent très brillant et méritoire, mais il lui manque la difficulté, le danger et la sincérité du travail fait avec la muleta à la main gauche et l'épée dans la droite.

Pelea: combat, le combat offert par le taureau.

Peón: banderillero ; torero qui travaille à pied sous les ordres du matador.

Pequeño: petit.

Perder el sitio: se dit d'un torero qui, par suite, d'un malaise physique, par manque de confiance, par poltronnerie ou par nervosité, a perdu son style et même le sens de ce qu'il faut faire, et quand et comment.

Perder terreno: perdre du terrain devant le taureau ; avoir à jouer des pieds plutôt que de tenir le taureau sous son contrôle avec l'étoffe ; signifie aussi perdre du terrain dans la profession.

Perfilar: se profiler, avant de tuer, l'épée à la main droite, l'avant-bras droit devant la poitrine, la muleta à la main gauche, l'épaule gauche vers le taureau, le regard suivant la ligne de l'épée.

Periódicos: périodiques, journaux. Les journaux de Madrid qui contiennent les comptes rendus les plus exacts et les plus désintéressés des courses de taureaux de Madrid et des provinces sont *La Libertad* parmi les quotidiens d'information et *El Eco Taurino* parmi les feuilles tauromachiques. *La Fiesta Brava*, de Barcelone, bien que ses comptes rendus soient loin d'être impartiaux, a d'excellents articles.

Periodistas: journalistes.

Perros: bouledogues employés dans les anciens temps, avant l'usage des banderillas explosives, pour tourmenter un taureau qui ne voulait pas charger les picadors, en lui faisant donner des coups de tête et fatiguer les muscles de son cou, remplaçant ainsi l'effet des piques.

Pesado: lourd, épais ; ennuyeux.

Peso : poids.

Pesuña : sabot du taureau. Les taureaux de combat peuvent être mis hors d'état par la *glosopeda*, maladie de la bouche et des sabots, qui laisse les pieds tendres et les sabots sujets à se craqueler et même à se casser tout à fait.

Peto : matelas protecteur couvrant le poitrail, le flanc droit et le ventre des chevaux de picador. Leur usage fut introduit sous la dictature de Primo de Rivera, à l'instigation de l'ex-reine d'Espagne, Anglaise de naissance.

Pica : nom de la pique utilisée dans les courses de taureaux. Elle est composée d'une hampe de bois de 2 m 55 à 2 m 70, en frêne, munie d'une pointe d'acier triangulaire de 29 mm de long. Sous cette pointe, la tête de la hampe est enveloppée de corde et elle porte une garde ronde en métal qui l'empêche de pénétrer de plus de 108 mm, au grand maximum, dans le taureau. Le modèle de pique actuel est très cruel pour le taureau, et les taureaux qui chargent réellement et insistent sous la punition peuvent rarement accepter plus de quatre coups de pique sans perdre beaucoup de leur force. Cela est surtout vrai du fait que les picadors, gênés par le peto, placent souvent leurs piques bien en arrière du morillo, où ils devraient frapper et où la bosse de muscles peut supporter ce traitement, et, piquant directement sur la colonne vertébrale non protégée, ils blessent gravement le taureau et détruisent beaucoup de sa force. Un coup de pique trop bas sur le côté peut pénétrer entre les côtes et atteindre les poumons ou au moins la plèvre. Ce mauvais usage de la pique est en partie intentionnel, commandé par le matador, qui veut que le taureau soit privé de toute force, mais pour une grande part il ne l'est pas ; le picador est tellement gêné par le peto ou matelas protecteur qu'il doit frapper le taureau de trop loin, à une distance d'où il n'est pas possible de viser sûrement ; ne pouvant piquer soigneusement, il pique où et comme il peut. En effet, si le picador attend que le taureau soit assez près pour qu'il puisse placer sa pique correctement, le taureau, s'il est de quelque taille, va heurter le rempart solide du matelas et culbuter homme et cheval avant que la pique n'ait pu l'atteindre. Le taureau ne rencontre rien qu'il puisse soulever à coups de corne et qui lui fasse pousser de la tête et du cou contre la pique qui s'enfonce dans les muscles. Pour ces raisons, les picadors, quand un taureau, déçu par le matelas, ne veut plus charger violemment contre lui, ont pris l'habitude de tourner leur cheval, pendant qu'ils repoussent le taureau, de telle sorte que celui-ci puisse attaquer le cheval dans ses parties non protégées et fatiguer son cou sous le poids du cheval. Comme ces blessures ne sont presque jamais mortelles et qu'elles sont très peu apparentes, on voit le même cheval ramené dans l'arène plusieurs fois de suite, sa blessure recousue et lavée après chaque taureau ; tandis qu'avant l'usage du peto, on aurait laissé le taureau atteindre le cheval, l'éventrer et le soulever, afin qu'il fatiguât les muscles de son cou, mais le cheval aurait été tué. Maintenant, avec le peto, peu de chevaux sont tués dans l'arène, mais presque tous sont blessés à l'arrière-train ou entre les jambes de la façon qui a été décrite. La franche reconnaissance de la nécessité de tuer des chevaux pour faire une corrida a été remplacée par un hypocrite semblant de protection qui cause aux chevaux beaucoup plus de souffrances ; mais cette coutume, une fois implantée, sera maintenue aussi longtemps que possible, parce qu'elle fait économiser de l'argent sur l'achat des chevaux et donne aux autorités le sentiment qu'elles ont civilisé la course de taureaux. Techniquement, non pas moralement, le point à retenir est que le taureau doit être ralenti sans être privé de sa force ni de sa combativité, ce qui s'obtient en le laissant charger jusqu'à destination, soulever avec son cou, pousser des quatre jambes, résister à la pique qui s'enfonce dans la bosse musculaire de son cou, renverser et tuer ; car c'est ainsi qu'il sera mis dans une condition favorable pour les deux phases suivantes du combat et pour la consommation de la corrida ; et cela ne peut être effectué si le picador lui inflige simplement de sévères punitions, qui lui font perdre sa vigueur, son sang, et tout désir d'attaquer. C'est ce qui arrive au taureau s'il reçoit les coups de pique sur les omoplates, sur la colonne vertébrale ou dans les flancs, et, au lieu d'arriver aux deux phases suivantes préparé pour faire une corrida, une fois qu'il a subi le traitement de la pique actuelle, il n'y a plus de taureau à combattre.

Picador: homme qui combat le taureau avec une pique, à dos de cheval, sous les ordres du matador. Il est payé de 100 à 250 pesetas par course. Sa jambe droite, avec le pied, est protégée par une jambière en peau de chamois ; il porte une veste courte, une chemise et une cravate comme tout autre torero, et un large chapeau à calotte basse avec un pompon sur le côté. Les picadors sont rarement atteints de coups de corne, car les matadors les protègent avec leurs capes quand ils tombent du côté du taureau ; s'ils tombent de l'autre côté, ils sont protégés par le cheval. Les picadors subissent des fractures des bras, des mâchoires, des jambes, fréquemment des côtes, et parfois du crâne. Peu sont tués dans l'arène en proportion des matadors, mais beaucoup souffrent d'une façon permanente de commotions cérébrales. De toutes les professions mal payées dans la vie civile, je crois que c'est la plus rude et celle qui expose le plus constamment au danger de mort, danger auquel, heureusement, pare presque toujours la cape du matador.

Picar arriba: piquer juste au sommet du morrillo.

Picar atrás: piquer trop en arrière du morrillo.

Picar corta: piquer en tenant la pique très en avant, près de la pointe ; expose l'homme davantage car, penché sur sa pique, il peut tomber entre le cheval et le taureau, mais rend son coup beaucoup plus sûr.

Picar delante: piquer trop en avant sur le cou.

Piernas: jambes. *Tiene muchas piernas*, en parlant du taureau ou de l'homme, signifie qu'il est très fort des jambes.

Pinchar en el duro: piquer dans le dur, heurter l'os. Un pinchazo, quand le matador a bien préparé et placé son coup d'épée mais qu'il a heurté l'os, n'est pas à son discrédit, car c'est une affaire de pure chance si la pointe de l'épée heurte ou non une côte ou une vertèbre. Si l'homme est venu droit sur un taureau et a correctement dirigé son épée, il doit être applaudi, même si l'épée heurte l'os et refuse de s'enfoncer. Mais, d'un autre côté, il arrive que des matadors poltrons donnent des séries de pinchazos, sans jamais essayer de suivre l'épée et de l'enfoncer jusqu'à la garde, évitant tout risque d'approcher des cornes et espérant saigner le taureau par ces piqûres pour ensuite s'en tirer avec un descabello. Le mérite ou démérite d'un pinchazo doit être jugé par la manière dont l'homme a préparé son coup d'épée et par son intention évidente.

Pinchazo: piqûre, estocada qui ne pénètre que d'une petite longueur.

Pisar: empiéter, *pisar terreno del toro:* travailler si près du taureau que l'on est sur son terrain.

Pisotear: piétiner, en parlant du taureau qui marche sur l'homme tombé à terre et essaie de le transpercer.

Pitillo: cigarette.

Pitón: pointe de la corne ; parfois, la corne entière. *Pases de pitón á pitón:* passes où l'on fait aller la muleta d'une corne à l'autre à petites secousses pour fatiguer les muscles du cou du taureau. *Pitónes:* les deux cornes.

Pitos: sifflements ; marquent la désapprobation. Parfois, lorsqu'un matador doit combattre qui est connu pour être poltron ou qui est à une mauvaise époque de sa carrière ou qui est impopulaire dans la ville, les spectateurs vont à l'arène armés de sifflets de police ou de sifflets à chiens pour manifester plus bruyamment. Un seul de ces siffleurs armés, placé derrière vous, peut vous rendre sourd temporairement. Il n'y a rien à faire à cela que se boucher les oreilles. Ces sifflets sont communément employés à Valence, où l'on considère comme une excellente plaisanterie d'assourdir son voisin.

Plaza: place publique. *Plaza de toros:* l'arène.

Poder á poder: force à force ; méthode de placer les banderillas décrite dans le texte.

Pollo: poulet ; jeune noceur ; jeune torero qui s'imagine être une gloire mondiale.

Polvo: poussière. Quand le vent soulève la poussière dans une arène, les spectateurs crient « *Agua! Agua!* » jusqu'à ce qu'on fasse venir une voiture d'arrosage ou qu'on abatte la poussière avec une lance d'arrosage.

Pomo: pommeau d'épée.

Presidencia: l'autorité qui est chargée de la conduite de la corrida.

Prueba: preuve, épreuve. *Prueba de caballos:* épreuve des chevaux par les picadors. Prueba est aussi le nom d'une des courses de taureaux données chaque année à Pampelune, où, jadis, on faisait combattre quatre taureaux du pays ; la course, donnée à des prix populaires, était censée être une épreuve des races de la région. C'est aujourd'hui une course où prennent part six matadors, chacun tuant un taureau.

Punta de capote: pointe de la cape ; manière de faire courir le taureau après la cape tenue par un bout de façon qu'elle soit déployée dans toute sa longueur ; c'est la manière correcte de faire courir les taureaux quand ils viennent d'entrer dans l'arène.

Puntazo : légère blessure de corne (une blessure grave est une cornada).

Puntilla : dague employée pour tuer le taureau, ou un cheval, qui a été blessé mortellement (voir *Cachete*).

Puntillero : homme qui tue le taureau avec la puntilla (voir *Cachetero*).

Puro : cigare de Havane ; sont fumés par la plupart des gens liés aux affaires tauromachiques qui en ont les moyens.

Puta : putain, catin, grue, chipie ou prostituée ; *hijo de puta :* fils d'une des susnommées ; insulte communément criée à un torero. En Espagne, on insulte plus gravement lorsque le mal que l'on dit ou que l'on souhaite s'adresse aux parents et non à la personne directement.

Puya : autre nom de la pique ; désigne aussi sa pointe d'acier triangulaire.

Puyazo : coup de pique placé sur le taureau.

Quedar : rester, demeurer sur place. *Quedar sin toro :* pour un torero, être sans ennemi à combattre, la force et l'ardeur du taureau ayant été détruites par une blessure ou une série de blessures faites par un picador.

Qué lástima !: Quel malheur! Exclamation qui s'emploie lorsqu'on a appris qu'un ami a reçu un mauvais coup de corne, ou a contracté une maladie vénérienne, ou a épousé une grue, ou que quelque chose est arrivé à sa femme ou à ses enfants, ou lorsqu'un bon taureau tombe à un mauvais torero, ou un mauvais taureau à un bon torero.

Querencia : partie de l'arène où le taureau préfère se tenir, où il se sent chez lui.

Querer : vouloir, chercher à faire ; *no quiere :* en parlant du matador, signifie qu'il ne veut rien risquer, bien content de terminer l'après-midi aussi facilement que possible ; d'un taureau, signifie qu'il ne veut pas charger le cheval ou l'étoffe.

Qué se vaya ! : exclamation signifiant que vous voulez qu'il fiche le camp de là et ne se remontre plus ; s'adresse aux toreros.

Quiebro : toute inclination du corps, surtout du torse, destinée à éviter la corne du taureau ; tout mouvement d'esquive ou de feinte du corps, fait près du taureau pour l'éviter.

Quiebro de muleta: action d'incliner la muleta et de la faire aller de gauche à droite, près du sol, pour guider le taureau vers le côté droit de l'homme et écarter sa tête au moment d'enfoncer l'épée ; c'est à cause de ce mouvement que les toreros disent qu'on tue plus avec la main gauche qu'avec la droite.

Quinto: le cinquième. *No hay quinto malo:* le cinquième ne peut être mauvais ; vieille croyance que le cinquième taureau serait toujours bon. L'origine en remonte probablement aux jours où les éleveurs de taureaux décidaient de l'ordre dans lequel leurs animaux seraient combattus, au lieu qu'ils fussent tirés au sort par les matadors comme aujourd'hui ; connaissant la valeur de leurs taureaux, ils réservaient le meilleur pour le cinquième combat. Aujourd'hui, le cinquième peut être mauvais comme n'importe quel autre.

Quite: de *quitar*, prendre, emmener — action d'écarter le taureau de quelqu'un qui est mis par l'animal dans une position de danger immédiat. Le mot désigne surtout le fait d'écarter le taureau du cheval et du picador qu'il a renversés ; cette opération est exécutée par les matadors, armés de capes, qui, à tour de rôle, prennent le taureau après une charge. Le matador qui doit tuer le taureau fait le premier quite et les autres suivent à leur tour. Le quite consistait d'abord à approcher du taureau avec une cape, à l'entraîner à l'écart du cheval et de l'homme tombés et à le mettre en position devant le picador suivant ; mais aujourd'hui, chaque fois que le matador a fait un quite, il doit le terminer par une série de « lances » à la cape ; par-là, les matadors sont censés rivaliser à qui fera passer le taureau le plus près de soi et avec le plus d'art. Quand les quites sont exécutés pour écarter le taureau d'un homme qu'il est en train de frapper, ou qui est sur le sol avec le taureau sur lui, tous les toreros y participent, et c'est alors que vous pouvez juger de leur valeur, de leur connaissance des taureaux et de leur degré d'abnégation ; un quite fait en ces circonstances est en effet extrêmement dangereux et très difficile à faire, car les hommes doivent venir si près du taureau, pour lui faire quitter l'objet qu'il cherche à transpercer, que leur retraite, lorsqu'ils le prennent en pleine charge avec la cape pour l'éloigner, est très compromise.

Rabioso : en rage, enragé. Se dit d'un matador qui s'est laissé emporter par une rage de bravoure, contrastant avec le courage froid et ferme d'un homme vraiment brave ; un torero qui est calmement courageux ne sera rabioso que s'il a été rendu furieux par les railleries de la foule, ou parce que le taureau l'aura cogné et secoué.

Rabo : queue du taureau.

Racha : veine, série de chance ; *mala racha :* déveine ; torero qui tombe sur une série de mauvais taureaux ; succession de corridas qui tournent mal.

Ración : ration, portion ; comme, au café, vous demanderez *una ración* de crevettes, de langoustines, de « percebes », etc. Une ración de coquillages ou crustacés est habituellement de 100 grammes. C'est pour cette raison que vous pouvez avoir une fois deux énormes langoustines, et une autre fois quatre petites, et cela pour le même prix, puisqu'elles sont servies au poids.

Rebolera : passe décorative faite avec la cape, tenue par une extrémité et lancée de façon à décrire un cercle autour de l'homme.

Rebotado : (être) cogné par la tête du taureau au moment de se retirer après avoir enfoncé l'épée ; bousculé ou heurté sans tomber.

Rebrincar : faire un saut de côté ; comme font les taureaux parfois, la première fois que la cape leur est présentée.

Recargar : recharger (en parlant d'un taureau), après avoir été repoussé par la pique.

Receloso : taureau qui répugne à charger, non parce qu'il a été épuisé par les coups reçus, mais par manque de tempérament combatif, et qui pourtant, s'il est provoqué d'une façon répétée, finira par charger.

Recibir : tuer le taureau de face, en attendant sa charge de pied ferme, la muleta tenue basse à la main gauche, l'épée à la main droite, l'avant-bras droit devant la poitrine et dirigé vers le taureau, et, quand il arrive et fonce sur la muleta, en enfonçant l'épée de la main droite et en le détournant en même temps avec la muleta tenue dans la main gauche comme pour une passe de pecho, sans bouger les pieds jusqu'à ce que l'épée soit entrée. C'est une manière très difficile, dangereuse et émouvante de mettre à mort les taureaux ; on la voit rarement employée de nos jours. Je l'ai vu exécuter complètement trois fois en près de trois cents courses de taureaux.

Recoger : frapper à nouveau ; en parlant du taureau, frapper dans un objet et l'envoyer en l'air ; ou, ayant lancé l'homme en l'air, le refrapper de l'autre corne.

Recorte : toute passe faite avec la cape où celle-ci est brusquement retirée de devant le taureau, ou bien où on la fait vivement changer de direction sous les yeux de l'animal ; ou : mouvement rapide de l'homme qui coupe la charge du taureau ; tout mouvement qui a pour effet de faire tourner le taureau à angle aigu, ce qui entraîne une torsion de ses jambes et de sa colonne vertébrale.

Recursos : ressources ; un torero qui a beaucoup de recursos, c'est celui qui a des tours en réserve et qui sait parer aux difficultés quand elles se présentent.

Redondel : synonyme de la piste de l'arène.

Redondo : En redondo se dit d'une succession de passes, telles que des *naturales*, à la fin de laquelle l'homme et le taureau ont décrit un cercle complet ; toute passe qui tend à décrire un cercle.

Regalo : cadeau ou souvenir donné au matador par le spectateur à qui il a dédié un taureau. Ironiquement, désigne un taureau difficile.

Reglamento : ordonnance gouvernementale réglementant les courses de taureaux en Espagne. Une traduction du règlement actuel devait d'abord paraître en appendice à ce livre. Mais comme le reglamento en vigueur date de l'ère de Primo de Rivera, il fut décidé d'attendre la publication d'une réglementation plus récente pour l'insérer dans les futures éditions de ce livre, le cas échéant.

Regular : régulier, normal, ordinaire, ou comme ci comme ça, en parlant du travail d'un matador ou du résultat d'une corrida.

Rehiletero : banderillero.

Rehiletes : dards ; synonyme de banderillas.

Rejón, Rejoneador : voir *Caballero en plaza*.

Relance : al relance, manière de placer une paire de banderillas par surprise sur un taureau qui est encore en train de charger à la suite d'une paire précédente.

Reloj : horloge ; doit être, de par le règlement, placée dans toutes les arenes pour que les spectateurs puissent suivre le temps employé par le matador pour la mise à mort.

Rematar : finir ; faire, avec la cape, la dernière d'une série de passes ; accomplir quelque action qui crée un summum d'émotion ou d'art. Le taureau est dit *rematar en tablas* ou « finir sur les planches » quand il chasse un homme pardessus la barrière et arrive avec ses cornes contre le bois.

Remojar : mouiller les capes et muletas pour les alourdir par un jour de vent.

Remos : pattes, du taureau ou du cheval.

Rendido : épuisé, rendu à la volonté de l'homme.

Renovador : celui qui renouvelle ou réforme son art, etc. On annonce souvent de ces rénovateurs en tauromachie, presque un par an, mais le seul véritable dans les temps modernes fut Juan Belmonte.

Renunciar : renoncer ; un torero renonce à son alternativa quand il abandonne sa position de matador de toros pour accepter des contrats comme novillero.

Reparado de la vista : taureau qui a un défaut de vision à un œil. De tels défauts de vision sont souvent causés par une paille ou une épine qui blesse l'œil pendant que le taureau mange.

Res : bête sauvage ; toute tête de bétail, sur un terrain d'élevage, possédant du sang de la race de combat.

Resabio : vice ; *toro de resabio :* taureau vicieux.

Retirada : retraite ; les toreros se retirent parfois lorsqu'ils sont sans contrats ou qu'ils sont très amoureux de leurs femmes, et retournent à l'arène au bout de quelques années, espérant, dans le premier cas, que la nouveauté de leur réapparition leur amènera des contrats, et, dans le second cas, simplement parce qu'ils ont besoin d'argent ou que l'intensité de leurs relations domestiques s'est relâchée.

Revistas : revues, périodiques ; *revistas de toros :* périodiques tauromachiques. La plupart sont, à présent, des feuilles publicitaires où paraissent des photographies et des comptes rendus retentissants des exploits des toreros qui paient une certaine somme aux directeurs. Les toreros qui doivent de l'argent pour une publicité qui n'a pas été payée, ou d'autres qui ont refusé les propositions de publicité qu'on leur a faites (il s'agit généralement de faire paraître leur photographie sur la couverture ou, pour moins cher, dans les pages de la revue), sont attaqués plus ou moins grossièrement dans les plus basses de ces feuilles. *Le Toril*, publié en France, à Toulouse, est une revue impartiale qui vit de ses abonnements et qui n'accepte aucune publicité, ouverte ou cachée dans le texte. Sincère et impartiale, sa critique est limitée par le petit nombre de corridas que ses rédacteurs peuvent voir chaque année et par le fait qu'ils n'assistent pas à la première ni à la deuxième saison d'abonnements à Madrid, de sorte qu'ils voient chaque combat comme une action séparée, et non comme une partie de la saison ou de la campagne d'un torero. *El Eco Taurino*, publié à Madrid, contient les comptes rendus les plus complets et les plus exacts des courses de taureaux d'Espagne et du Mexique. *La Fiesta Brava* de Barcelone, tout en étant un hebdomadaire publicitaire, a d'excellentes photographies et une certaine quantité de nouvelles et de faits. Aucune des autres revues n'est sérieuse, quoique certaines, comme *Toreros y Toros*, soient d'intéressantes publications. *El Clarin*, de Valence, est bien présenté, avec d'excellentes photographies, mais n'est qu'une feuille de publicité. *Torerias* est toujours intéressant et est la plus grossière des feuilles de chantage. Autrefois, *La Lidia*, *Sol y Sombra*, et, pour une courte durée, *Zig-Zag*, étaient de vraies revues tauromachiques ; dans leurs volumes reliés, on peut lire l'histoire de la corrida de leur époque, bien qu'aucune d'elles ne semble avoir été tout à fait libre de l'influence financière, manifestée d'une façon ou d'une autre, de certains matadors.

Revistero : critique ou chroniqueur de courses de taureaux.

Revolcón : fait d'être projeté en l'air par le taureau sans être blessé, du fait que la corne a accroché les vêtements, ou a soulevé l'homme en le prenant entre les jambes ou sous un bras.

Revoltoso : se dit d'un taureau qui se retourne vite, excessivement vite, pour recharger après une passe.

Rodillas : genoux.

Rodillazos : passes faites un genou ou les deux genoux à terre. Sont d'un mérite variable selon le terrain où elles sont exécutées et selon que le matador s'agenouille avant ou après que la corne a passé.

Rondeño : Escuela Rondeña, l'école ou le style de Ronda, sobre, d'un répertoire limité, simple, classique et tragique,

par opposition au style plus varié, enjoué et gracieux de
Séville. Belmonte, par exemple, bien qu'un novateur, est
essentiellement de l'école de Ronda, quoiqu'il soit né et
ait été élevé à Séville. Joselito était un exemple de ce qu'on
appelle l'école de Séville. Comme souvent en art et en
littérature, cette division en écoles est artificielle et arbitraire ; dans la course de taureaux plus que partout ailleurs,
le style est fait d'habitudes dans l'action, de l'attitude au
combat et des capacités physiques. Si un torero est très
sérieux de tempérament, sobre plutôt qu'exubérant dans
l'arène et qu'il ait un répertoire limité dû à un manque
d'imagination, à un apprentissage défectueux ou à des
défauts physiques qui l'empêchent, par exemple, de poser
les banderillas, on le classe dans l'école de Ronda, quoiqu'il puisse n'avoir aucune foi ou croyance en la supériorité de la manière sobre sur l'autre. Il se trouve simplement qu'il est sobre dans son jeu. D'autre part, beaucoup
de toreros qui sont loin d'être gais ou exubérants dans
l'arène, mais simplement parce qu'ils sont de Séville et y
ont été éduqués, emploient tous les trucs de l'école de
Séville, se donnent des airs légers, font des grâces, prennent
un sourire forcé et des manières jolies et fleuries alors qu'ils
n'ont rien d'autre dans le cœur qu'une peur glaciale. Les
écoles de Séville et de Ronda, en tant que véritables écoles,
s'opposant par l'esprit et la doctrine, ont bien existé aux
premiers temps de la tauromachie professionnelle, alors
qu'une vive rivalité existait entre les grands matadors
des deux villes et entre leurs disciples, mais maintenant
Ronda signifie simplement sobre et tragique dans la plaza,
avec un répertoire limité, et Sévillan gaieté ou gaieté-imi-
tation, style fleuri et vaste répertoire.

Rozandole los alamares : se dit lorsque les cornes du taureau
viennent effleurer les ornements de la tunique du torero.
Rubios : blonds (de cheveux, en parlant des hommes) ; chez
les taureaux, l'endroit entre les sommets des omoplates
par où l'épée doit entrer.
Rubias : blondes (en parlant de femmes).

Sacar : faire sortir, retirer. *Sacar el estoque :* retirer l'épée
pour que la blessure puisse saigner plus librement et que
le taureau tombe plus vite ; ou simplement parce qu'elle
est mal placée. Cette action est généralement accomplie

par un banderillero qui, arrivant par derrière, passe en courant auprès du taureau en lançant sur l'épée une cape déployée de toute sa longueur ; le poids de la cape tirée en avant fait sortir l'épée. Si le taureau est presque mort, le matador peut retirer l'épée lui-même à la main ou avec une banderilla, employant parfois la même épée pour descabellar. *Sacar el toro:* amener le taureau vers le milieu de l'arène lorsqu'il a pris position près de la barrera.

Sacar el corcho : tirer le bouchon d'une bouteille. *Sacacorchos :* tire-bouchon ; se dit de la manière anti-esthétique, tire-bouchonnée, de travailler avec la cape lorsqu'on provoque le taureau de trop loin sur le côté, pour faire des veronicas.

Salida en hombros : pour un matador, sortir en triomphe sur les épaules de membres du public. Peut vouloir dire beaucoup ou peu selon que cette manifestation a été préparée par son manager, qui a distribué des entrées gratuites et des instructions, ou qu'elle est spontanée.

Salidas : sorties. *Dar salida :* écarter le taureau avec l'étoffe à la fin d'une passe. La salida, pour une passe donnée, est l'endroit où le taureau doit sortir du terrain de l'homme, dans le cas où le taureau passe près de l'homme qui reste sur place. Les « sorties » respectives de l'homme et du taureau, quand ils se séparent après leur jonction au moment de la pose des banderillas ou de la mise à mort, sont appelées leurs *salidas* (voir Terreno).

Salir por piés : courir à toute vitesse à la fin d'une manœuvre tentée avec le taureau, afin de lui échapper.

Salsa torera : salsa signifie littéralement « sauce », mais désigne l'indéfinissable qualité (le « jus ») sans laquelle le travail d'un torero est ennuyeux, aussi parfait soit-il.

Saltos : jadis, sauts par-dessus le taureau, avec ou sans perche. Les seuls sauts qu'on voie, aujourd'hui, sont ceux des toreros forcés de sauter par-dessus la barrera.

Sangre torera : sang de torero — de quelqu'un qui sort d'une famille de toreros professionnels.

Sano : sain. La bonne santé des taureaux doit être vérifiée par un vétérinaire avant le combat. La faiblesse des sabots consécutive à la maladie « de la bouche et des pieds » (*glosopeda*) est difficile à déceler, car souvent elle n'apparaît qu'au cours du combat.

Santo : saint. *El santo de espaldas :* se dit en parlant d'un torero qui a eu un mauvais jour ; « le saint lui a tourné le dos ». Les toreros prennent pour patronne la Sainte Vierge locale de leur ville, village ou région, mais la *Virgen de la Soledad* est la patronne de tous les toreros et c'est son image qui se trouve dans la chapelle de l'arène de Madrid.

Seco: sec. *Torero seco*: qui travaille d'une façon nerveuse, dure et saccadée. *Valor seco*: courage naturel et sans fard. *Golpe seco*: coup sec de la tête que le taureau donne parfois pour essayer de se débarrasser de la pique. Les coups de cette sorte, donnés au cheval ou à l'homme, sont ceux qui font les plus mauvaises blessures de corne.

Sencillo: taureau franc dans ses charges, « noble » et facile à tromper.

Sentido: qui comprend ; taureau qui ne fait guère attention à l'étoffe, mais cherche l'homme, ayant, au cours du combat, appris plus vite que les hommes ne le combattaient, à cause des fautes commises dans l'usage de la cape et des banderillas. Si un torero court et travaille à quelque distance, au lieu de tromper habilement le taureau en se tenant si près de lui que l'animal ne puisse concentrer son attention que sur l'étoffe, le taureau, voyant l'homme et l'étoffe en même temps, apprend à les distinguer très rapidement. Ainsi, un taureau devient difficile quand, par peur, les toreros travaillent loin de lui et ne placent pas rapidement les banderillas, tandis qu'il devient facile et soumis, si l'homme travaille assez près de lui pour qu'il ne voie que l'étoffe et s'il place les banderillas promptement, avant que le taureau n'ait eu le temps de se représenter comment il pourrait attraper l'homme.

Señorito: jeune homme, jeune gentilhomme. Désigne un torero qui se donne des airs de jeune homme du monde ou un fils de bonne famille qui s'est fait torero.

Sesgo: biais. *Al sesgo*: manière de placer les banderillas qui a été expliquée dans le texte.

Sevillano: *Escuela sevillana*, école (ou style) de Séville, gaie, variée et fleurie, opposée à l'école sobre, limitée et classique de Ronda. Un sevillano est une pièce de cinq pesetas frappée dans le Sud, qui, tout en contenant la même quantité d'argent que la pièce ordinaire de même dénomination, est refusée dans le commerce dans le Nord, n'ayant pas cours légal pour certains paiements. N'acceptez pas de pièces de cinq pesetas à l'effigie du dernier roi-enfant, et vous n'aurez pas d'ennuis ; on vous donnera d'autres pièces si vous en demandez.

Silla : chaise. Les banderillas sont parfois placées, l'homme étant assis sur une chaise ; il attend la charge assis, se lève quand le taureau est tout près, fait une feinte d'un côté pour détourner la charge du taureau, s'écarte de l'autre côté pour se libérer, puis place les baguettes et, quand le taureau est passé, se rassied sur la chaise.

Simulacro : simulacre ; se dit de courses de taureaux données dans les pays où la mise à mort du taureau est interdite, au Portugal et en France ; la mise à mort est simulée par la pose d'une rosette ou d'une banderilla par le matador au moment qui, dans une vraie corrida, serait celui de porter le coup d'épée.

Sobaquillo : aisselle, siège fréquent de coups de corne, lorsque l'homme, au moment de tuer, n'a pas abaissé convenablement la tête du taureau avec la muleta.

Sobreros : substituts, taureaux tenus en réserve pour le cas où l'un de ceux que l'on présente serait refusé dans l'arène par le public.

Sobresaliente : quand deux matadors se partagent six taureaux, un novillero ou aspirant matador entre avec eux comme sobresaliente ou substitut ; il est chargé de mettre à mort les taureaux au cas où les deux matadors seraient blessés et incapables de continuer. Un sobresaliente n'est ordinairement payé que deux ou trois cents pesetas ; et il doit encore aider avec sa cape aux opérations habituelles de la pose des banderillas. Les matadors lui permettent d'ordinaire de faire un ou deux quites vers la fin de la course.

Sol y sombra : soleil et ombre ; sièges de l'arène qui sont au soleil quand la course commence, mais qui se trouveront à l'ombre dans le cours de la corrida. Intermédiaires comme prix entre les places à l'ombre et celles au soleil, elles permettent une économie considérable à qui doit regarder de près à ses dépenses.

Sorteo : tirage au sort des taureaux avant la course, pour déterminer quels taureaux seront tués par quels matadors. Désigne aussi le tirage de la loterie nationale espagnole.

Suertes : toutes les manœuvres faites délibérément dans une course de taureaux, toutes les actions dont l'exécution est soumise à des règles. Suerte, au singulier, signifie aussi chance.

Sustos : terreurs, effrois, émotions violentes.

Tablas : planches ; la barrera. *Entablerado* se dit d'un taureau qui prend une position tout près de cette palissade et répugne à la quitter.

Tabloncillo : la plus haute rangée de sièges découverts dans une arène, sous les galeries couvertes.

Tacónes : talons ; *tacónes de goma :* talons de caoutchouc ; sont vendus par des marchands ambulants qui arrivent sur vous quand vous êtes assis à une table de café, et vous coupent le talon d'une de vos chaussures d'un coup de cisailles à cuir qu'ils portent avec eux, pour vous forcer à mettre un talon de caoutchouc. Leurs talons de caoutchouc sont de la qualité la plus basse. Leur excuse, quand on proteste, est de dire qu'ils croyaient avoir compris que vous vouliez de leurs talons. C'est leur combine. Si l'un de ces escrocs à la talonnette vous coupe un talon de vos chaussures sans que vous lui ayez expressément commandé une paire de talons de caoutchouc, donnez-lui un coup de pied dans le ventre ou cassez-lui la figure, et faites-vous poser des talons par quelqu'un d'autre. Je crois que la loi sera avec vous, mais si l'on vous mène au poste, on ne vous condamnera pas à une amende plus forte que le prix des talons de caoutchouc.

Tal : tel, pareil, de telle espèce, etc. Mais *Qué tal ?* est tout ce que vous avez besoin de connaître pour pouvoir demander : Comment allez-vous ? Comment cela s'est-il passé ? Quoi de nouveau ? Qu'est-ce que vous racontez ? Qu'en pensez-vous ? Qu'est-ce qui s'est passé depuis que je ne vous ai vu ? — Si vous ajoutez à *Qué tal* les mots *la familia*, vous vous enquérez de la famille de votre interlocuteur, politesse obligatoire ; *la madre*, de sa mère ; *su señora*, de sa femme ; *el negocio*, de ses affaires (généralement : *fatal*) ; *los toros*, des taureaux (généralement *muy malo*) ; *el movimiento*, du « mouvement », anarchiste, révolutionnaire, catholique ou monarchique (généralement, il va mal) ; *las cosas*, cela inclut tout ce qui précède et encore davantage. Las cosas, en général, ne vont pas trop mal, parce qu'il y a toujours un certain optimisme individuel, dû à l'amour-propre, quelles que soient par ailleurs les causes particulières ou générales de pessimisme.

Taleguilla: culotte de torero.

Tantear: calculer, essayer. *Lances de tanteo:* les premières passes faites par le matador avec la cape, sans venir tout près du taureau, pour connaître sa manière de charger avant de se risquer à le faire passer vraiment près.

Tapar: voiler. *Tapando la cara con la muleta:* « en voilant la face avec la muleta », au moment de tuer, c'est-à-dire en recouvrant la face du taureau avec l'étoffe, en l'aveuglant, pour se pencher par-dessus sa tête afin d'enfoncer l'épée. C'est une tricherie souvent employée par des matadors de haute taille, à qui leur stature permet d'user aisément de ce stratagème (au lieu d'abaisser la muleta, ils s'arrangent pour que le taureau la suive et alors écartent d'eux l'animal).

Taparse: se couvrir ; se dit du taureau lorsqu'en levant la tête il met à couvert l'endroit ou l'épée ou les banderillas doivent être plantées ; ou lorsqu'il lève la tête de façon à dissimuler l'endroit, entre les vertèbres du cou, où le matador doit frapper pour un descabello. Il arrive qu'un taureau qui a des réflexes rapides et qui est sur la défensive lève ainsi la tête chaque fois qu'il sent l'acier de l'épée, rendant impossible au matador d'enfoncer celle-ci.

Tapas: ou couvercles, ainsi appelés parce qu'à l'origine on les posait sur les bords du verre, au lieu de les servir dans des petits plats comme aujourd'hui : toutes sortes de hors-d'œuvre, saumon fumé, thon et piments doux, sardines, anchois, jambon fumé de la Sierra, saucisses, crustacés ou coquillages, amandes grillées, olives farcies d'anchois, que l'on sert gratuitement avec les manzanillas ou les vermouths, dans les cafés, bars ou « *bodegas* ».

Tarascadas: charges ou attaques soudaines du taureau.

Tarde: après-midi ; signifie aussi tard ; *muy tarde:* très tard.

Tardo: lent ; *toro tardo:* taureau qui est lent à charger.

Taurino: taurin, tauromachique.

Tauromaquia: art de combattre les taureaux à pied et à cheval. De nombreux livres existent sur les règles de la tauromachie de jadis ; les plus célèbres sont les *Tauromaquias* de José Delgado (Pépé Hillo), Francisco Montès et, plus récente, celle de Rafael Guerra (Guerrita). Les livres de Pépé Hillo et de Guerrita ont été écrits par d'autres en leur nom. Montès, dit-on, a écrit lui-même le sien ;

c'est certainement le plus intelligent et le plus simple.

Tela : étoffe, tissu. *Más tela*, dans un compte rendu de corrida, signifie que le taureau a reçu une dose supplémentaire de capes déployées ; tela est toujours employé dans un sens péjoratif ; *largando tela :* en déployant trop d'étoffe, lorsqu'en étalant sa cape l'homme veut se tenir aussi loin que possible du taureau.

Temoroso : taureau poltron qui secoue la tête et recule devant un objet, parfois avec un saut brusque pour faire demi-tour, d'autres fois en allant lentement à reculons avec un hochement de tête, au lieu de charger.

Templador : petit enclos de bois à quatre côtés installé au centre de certaines arènes en Amérique du Sud, avec une entrée à chaque coin, servant de refuge et fournissant une protection supplémentaire aux toreros du pays.

Templar : mouvoir la cape ou la muleta lentement, avec grâce et calme, prolongeant ainsi le moment de la passe et du danger et donnant un rythme au mouvement d'ensemble de l'homme, du taureau et de la cape ou muleta.

Temple : qualité de lenteur, de douceur et de rythme dans le jeu d'un torero.

Temporada : saison de courses de taureaux ; en Espagne, de Pâques jusqu'au 1er novembre. Au Mexique, du 1er novembre à la fin de février.

Tendido : rangs de sièges à découvert, dans une arène, allant de la barrera à la galerie couverte ou grada. Ces rangs de sièges sont divisés en 10 sections, chacune avec son entrée, numérotées *Tendido* 1, *Tendido* 2, etc.

Tercio : tiers ; la corrida est divisée en trois actes, le *tercio de varas*, celui des picadors, le *tercio de banderillas* et le *tercio de la muerte* ou de la mise à mort. Dans la division du terrain de l'arène pour les besoins du combat, on appelle tercios le deuxième tiers de la piste si son rayon est divisé en trois ; les tercios s'étendant depuis les tablas (le tiers le plus proche de la barrera) jusqu'aux medios (le tiers central).

Terreno : terrain ; dans le sens technique le plus large, le terrain du taureau est la partie du sol située entre l'endroit où il se tient et le centre de l'arène ; celui du torero est la partie comprise entre l'endroit où il se tient et la barrera. On suppose que le taureau, à la fin d'une passe, se dirigera vers le centre de la piste, où il a plus d'espace et de liberté

Ce n'est pas toujours vrai, car un taureau fatigué ou un taureau peureux se dirige en général vers la barrera. En pareil cas, les terrains peuvent être inversés, l'homme prenant le côté du centre et le taureau le côté de la barrera. L'idée de cette distinction est de laisser ouverte au taureau sa voie de sortie naturelle à la fin de toute rencontre entre l'homme et l'animal ou à la fin d'une série de passes. Le « terrain » est aussi celui des trois tiers de la piste que le torero a choisi pour l'exécution d'une manœuvre ou d'une série de passes quelconque. On appelle aussi « terrain » d'un torero l'étendue de sol dont il a besoin pour y exécuter avec succès une passe ou une série de passes. Dans la manière habituelle de mettre à mort, le taureau étant sur son terrain et le torero sur le sien, le taureau a le flanc droit tourné vers la barrera et le flanc gauche vers le centre de l'arène, de sorte qu'après la rencontre, le taureau ira vers le centre et l'homme vers la palissade. Dans le cas de taureaux qui ont montré que leur voie de sortie naturelle était vers la barrière plutôt que vers le centre, le matador renverse cette position naturelle : il prendra le taureau à *terrenos cambiados* ou « terrains changés » · dans cette position, le taureau, après la rencontre, ira vers la barrera (qui sera à sa gauche) et l'homme ira vers le centre. La manière la plus certaine pour un torero d'être attrappé par le taureau est de ne pas comprendre les terrains ou directions naturelles de sortie des taureaux en général ni les directions de sortie particulières observées sur tel ou tel taureau ; c'est ainsi qu'il se trouvera sur le passage du taureau à la fin d'une suerte, au lieu d'envoyer le taureau dans sa direction préférée. Une querencia, ou endroit spécial auquel le taureau s'est attaché, est toujours la direction naturelle vers laquelle le taureau sortira à la fin d'une passe.

Tiempo — estocadas á un tiempo: estocadas données par l'homme au même moment où le taureau charge. Pour être bien placées, elles exigent beaucoup de sang-froid du matador.

Tienta: épreuve du courage des jeunes taureaux à l'élevage.

Tijerillas: ciseaux ; passe faite avec la cape, les bras croisés ; rarement exécutée, bien qu'il y ait une tendance à la remettre en usage.

Tirónes: passes faites avec la muleta, dont l'extrémité infé rieure est agitée juste sous le mufle du taureau puis retiré avec un mouvement de côté, pour entraîner le taureau et le conduire d'un endroit de la piste à un autre.

Tomar : prendre ; on dit d'un taureau qu'il « prend » bien la muleta quand il la charge avidement ; d'un homme, qu'il « prend » le taureau *de corto* quand il provoque sa charge de tout près, et *de largo* quand il la provoque de loin.

Tonterias : sottises, absurdités ; fantaisies stupides faites avec le taureau, comme d'accrocher des chapeaux à ses cornes, etc.

Toreador : déformation française du mot torero. N'est pas employé en Espagne, sinon pour parler dédaigneusement d'un torero français.

Torear : combattre des taureaux dans une enceinte close, à pied ou à cheval.

Toreo : l'art de combattre les taureaux. *Toreo de salón :* exercice de la cape et de la muleta, en vue de la forme et du style, en l'absence de tout taureau ; c'est une part nécessaire de l'entraînement d'un matador.

Torerazo : grand torero. *Torerito :* un petit torero.

Torero : homme qui combat les taureaux professionnellement. Matadors, banderilleros, picadors sont tous des toreros. Adjectivement : relatif à la tauromachie.

Torete : petit taureau.

Toril : enclos d'où les taureaux sortent dans l'arène pour le combat.

Toro : taureau de combat. *Todo es toro :* « C'est toujours du taureau », phrase ironique à propos d'un banderillero qui a placé les baguettes sur quelque endroit ridicule de l'animal. *Los toros dan y los toros quitan* : « Les taureaux donnent et les taureaux prennent » : ils rapportent de l'argent et ils peuvent perdre la vie.

Toro de paja : taureau de paille ; taureau inoffensif, naïf au point d'être sans danger. *Toro de lidia :* taureau de combat. *Toro bravo :* taureau brave. *Toro de bandera :* le grade suprême en bravoure pour un taureau. *Torazo*. taureau énorme. *Torito :* petit taureau. *Toro de fuego :* taureau en papier mâché, de grandeur naturelle, monté sur roues et chargé de pièces d'artifice, qu'on promène par les rues la nuit à l'occasion des fiestas dans le nord de l'Espagne : on l'appelle en basque *Zezenzuzko. Toro de Aguardiente :* taureau aux cornes duquel on a attaché une corde que tiennent un grand nombre de gens, et qu'on laisse courir dans les rues des villages pour l'amusement de la populace.

Traje de luces : costume de torero.

Trampas : trucs, fraudes ; façons de simuler le danger.

Trapio : condition générale d'un taureau de combat. *Buen trapio :* qui réunit toutes les qualités désirables de type, de condition physique et de taille, en parlant d'un taureau ou d'une souche de taureaux de combat.

Trapo : chiffon ; la muleta.

Trasera : estocada placée trop en arrière.

Trastear : travailler avec la muleta.

Trastos : les outils, c'est-à-dire l'épée et la muleta.

Trinchera : tranchée ; *de trinchera :* passe faite avec la muleta où l'homme est en toute sécurité, hors d'atteinte du taureau ; fait de se retrancher près du cou du taureau, derrière sa corne, quand l'animal se retourne.

Trucos : trucs.

Tuerto : borgne ; les taureaux borgnes sont employés pour les novilladas. Les tuertos, ou gens borgnes, passent pour être de mauvais augure. Les taureaux borgnes ne sont pas exceptionnellement difficiles à combattre, mais il est presque impossible de faire avec eux un travail brillant.

Tumbos : chutes ; chutes des picadors.

Turno : à tour de rôle ; par ordre d'ancienneté, par exemple, en parlant des matadors ; tout se fait à tour de rôle, dans les courses de taureaux, afin que la course puisse se dérouler rapidement et sans disputes.

Ultimo : le dernier ; *ultimo tercio :* le dernier tiers de la corrida, où le taureau est tué à l'aide de l'épée et de la muleta.

Uretritis : gonorrhée ; maladie commune dans la Péninsule. C'est à ce propos qu'un proverbe espagnol dit : *Más cornadas dan las mujeres :* les femmes donnent plus de « cornadas » que les taureaux.

Utrero : taureau de trois ans. *Utrera :* génisse du même âge Beaucoup de taureaux vendus actuellement pour des corridas en Espagne ne sont guère plus que des utreros. Les taureaux chez qui le croisement de souches différentes n'a pas bien réussi sont souvent très braves tant qu'ils sont veaux ou utreros, mais ils perdent régulièrement leur bravoure en arrivant à maturité, à quatre ans. Cela est spécialement vrai des taureaux élevés dans la province de Salamanque. Aussi leurs éleveurs essaient-ils de faire passer pour taureaux autant d'utreros qu'ils le peuvent en les engraissant avec du grain pour leur donner le poids exigé. Ce sont ces taureaux-là qui ôtent à la corrida toute émotion et tout sérieux, et cette pratique, en privant la corrida de son élément essentiel, le taureau, fait plus que n'importe quoi pour la discréditer.

Vaca: vache.
Vacuna: relatif au bétail.
Valiente: vaillant, brave.
Valla: mur, ou palissade de bois, barrera.
Valor: bravoure, sang-froid. Première qualité qu'un torero doit posséder.
Vaquero: gardien de taureaux dans un élevage.
Vaquilla: petite vache.
Vara: pique (voir *Pica*).
Varetazo: coup de plat de corne; tout coup de corne qui ne fait pas de plaie. Peut provoquer une sérieuse contusion avec hémorragie interne, ou simplement une ecchymose.
Ver llegar: voir venir. Savoir regarder le taureau qui arrive en chargeant sans autre pensée que d'observer calmement ce qu'il fait et faire les mouvements nécessaires pour la manœuvre projetée; c'est la chose la plus nécessaire, et une des plus difficiles, dans la course de taureaux.
Vergüenza: vergogne, honte ou honneur; *sin vergüenza:* sans vergogne, éhonté; sans honneur, en parlant d'un torero. *Qué vergüenza!* signifie « Quelle honte! »
Veronica: passe faite avec la cape, ainsi appelée parce que la cape était, à l'origine, tenue des deux mains à la façon dont sainte Véronique est représentée dans la peinture religieuse tenant la serviette avec laquelle elle avait essuyé le visage du Christ. Le mot n'indique nullement que l'homme essuierait la face du taureau avec la cape, comme l'a suggéré un auteur qui a écrit sur l'Espagne. En exécutant la veronica, le matador se tient ou de face ou de profil par rapport au taureau, la jambe gauche légèrement avancée; il présente la cape à deux mains, en tenant relevés les coins inférieurs, où sont cousus des morceaux de liège, et en tassant l'étoffe dans chaque main pour avoir une bonne prise, les doigts dirigés vers le bas, le pouce en haut. Quand le taureau charge, il l'attend jusqu'à ce que

ses cornes se baissent pour frapper dans la cape ; à cet instant, avec un mouvement doux des bras, il déplace la cape au-devant du taureau, les bras baissés, et fait passer la tête puis le corps de l'animal à son côté. Il écarte le taureau avec la cape, en pivotant légèrement sur la pointe ou la plante des pieds, et, à la fin de la passe, quand le taureau se retourne, l'homme se trouve en position pour répéter la passe, la jambe droite légèrement avancée, cette fois déplaçant la cape au-devant du taureau pour le faire passer dans l'autre direction. On truque la veronica en faisant un pas de côté quand le taureau charge, afin d'être plus loin de ses cornes, en joignant les pieds une fois que la corne a passé, ou encore en se penchant vers le taureau ou en faisant un pas vers lui une fois la corne passée, pour faire comme si la corne avait passé tout près de soi. Un matador qui n'use pas de ces tricheries fait parfois passer le taureau si près de lui que la corne arrache les rosettes d'or qui ornent sa tunique. Les matadors provoquent quelquefois le taureau en tenant les pieds joints et font une série de veronicas de cette façon, les pieds aussi immobiles que s'ils étaient vissés au sol. On ne peut faire cela qu'avec un taureau qui se retourne et recharge de son propre chef et parfaitement en ligne droite. Les pieds doivent être légèrement écartés lorsqu'on veut faire passer et repasser un taureau, lorsqu'il est nécessaire de lui faire suivre la cape à la fin de la passe pour le faire se retourner. En aucun cas le mérite de la veronica n'est déterminé par le fait que les pieds sont rassemblés ou écartés, mais il dépend de leur immobilité depuis le moment de la charge jusqu'à ce que le taureau soit passé, et de la proximité à laquelle l'homme fait passer la corne près de son corps. Plus lentement, plus doucement et plus bas l'homme fait mouvoir la cape avec ses bras, et meilleure est la veronica.

Viaje: voyage ; trajet du taureau qui charge ou direction de l'homme qui va pour placer les banderillas ou pour tuer.

Viento ou *aire:* le vent, le plus grand ennemi du torero.

Vientre: ventre ; siège fréquent de coups de corne, quand l'homme, au moment de la mise à mort, ne sait pas hausser son ventre par-dessus la corne comme il doit le faire pour que son estocada soit réellement bonne. Les coups de corne au ventre ou à la poitrine sont le plus souvent mortels, non seulement à cause de la blessure, mais à cause du traumatisme produit par la violence du choc de la tête et des cornes. La place la plus fréquente, pour les blessures de corne, est la cuisse, car c'est là que la pointe de la corne, baissée quand le taureau charge, atteint d'abord l'homme au moment où l'animal relève la tête pour frapper.

Vino : vin. *Vino corriente :* vin courant, vin de table. *Vino del pais :* vin du pays, toujours bon à demander. *Vino Rioja :* vin de Rioja, région au nord de l'Espagne ; il y en a du rouge et du blanc. Les meilleurs sont ceux des *Bodegas Bilbainas, Marqués de Murrieta, Marqués de Riscal.* Le *Rioja Clarete* et le *Rioja Alta* sont les plus légers et les plus agréables des vins rouges. Le *Diamante* est un bon vin blanc à boire avec le poisson. Le *Valdepeñas* a plus de corps que le *Rioja*, mais il est excellent, aussi bien le blanc que le rosé. Les fabricants de vins espagnols produisent des *chablis* et *bourgognes* que je ne puis recommander. Le *Clarete Valdepeñas* est un très bon vin. Les vin de table autour de Valence sont très bons ; ceux de Tarragona sont meilleurs, mais supportent mal le voyage. La Galice a aussi du bon vin ordinaire de pays. Dans les Asturies, on boit du cidre. Les vins de pays de la Navarre sont très bons. Pour quiconque vient en Espagne en ne pensant qu'en termes de sherry et de málaga, les splendides vins rouges, légers et secs, seront une révélation. Le vin ordinaire, en Espagne, est régulièrement supérieur à celui qu'on trouve en France, car il n'est jamais falsifié ni frelaté, et coûte environ trois fois moins. Je crois bien que c'est, de loin, le meilleur de l'Europe. L'Espagne n'a pas de grands vins à comparer avec ceux de France.

Vista : claire perception ; *de mucha vista :* qui a une grande compréhension et connaissance de la tauromachie.

Vividores : qui vivent de ; parasites des courses de taureaux, qui en tirent leur subsistance sans y contribuer en rien. Le parasite espagnol se fera une vie là où son collègue américain ou grec pourrait à peine exister, et là où un bon parasite américain mourrait de faim, le parasite espagnol gagnera assez pour se faire une retraite.

Volapié : « vol-à-pied », méthode de mise à mort inventée par Joaquin Rodriguez (Costillares) à l'époque de la Déclaration d'indépendance américaine, pour tuer les taureaux qui, trop épuisés, empêchent qu'on puisse compter sur leur charge pour les tuer recibiendo, c'est-à-dire en attendant la charge et en « recevant » le taureau sur l'épée. Dans le volapié l'homme place le taureau avec ses quatre pieds en carré, se profile à une courte distance, la muleta tenue de la main gauche et abaissée ; il vise le long de l'épée qui prolonge la ligne de son bras en travers de sa poitrine, et s'avance sur le taureau avec l'épaule gauche en avant, enfonçant l'épée de la main droite entre les épaules du taureau ; il donne issue au taureau en le guidant avec la muleta de la main gauche et en rentrant le ventre pour éviter la corne droite, et sort de la rencontre en passant par le flanc du taureau. Excepté que les matadors d'à présent s'avancent rarement tout près au moment d'enfoncer l'épée, et que presque toujours, au lieu de viser en tenant l'épée au niveau de leur poitrine, ils la tiennent à une hauteur quelconque depuis le niveau de leur menton jusque plus haut que le nez, le volapié, tel qu'il est décrit ci-dessus et qu'il a été inventé par Costillares, est encore la méthode employée dans les temps modernes pour mettre à mort les taureaux.

Volcar : culbuter ou tomber. *Volcando sobre el morrillo :* se dit d'un matador qui est allé tuer avec tant de force et de sincérité qu'il est presque littéralement tombé en avant sur les épaules du taureau, en suivant son épée.

Volundad : volonté, désir ou bonne volonté. On dit d'un matador qu'il a montré de la *buena voluntad* quand il a essayé de faire de son mieux et que le résultat a été mauvais à cause des défauts du taureau, ou encore à cause de l'incapacité de l'homme plutôt que par manque de résolution.

Vuelta al ruedo : tour de piste fait par le matador, sur l'insistance des spectateurs, pour recevoir leurs applaudissements. Il fait le tour accompagné de ses banderilleros, qui ramassent et empochent les cigares et qui ramassent et renvoient les chapeaux ou autres articles vestimentaires lancés dans l'arène.

Zapatillas : escarpins sans talons portés par les toreros dans l'arène.

QUELQUES RÉACTIONS INDIVIDUELLES
A LA COURSE DE TAUREAUX
INTÉGRALE ESPAGNOLE

(*Les âges indiqués sont ceux où les personnes en question ont vu pour la première fois des courses de taureaux.*)

P. H. — 4 ans ; Américain ; mâle. Mené par sa nourrice à une course de taureaux espagnole à Bordeaux, à l'insu de ses parents, il s'écria, la première fois qu'il vit le taureau charger les picadors : « Il faut pas faire tomber le horsy! » Un peu après il cria : « Assis! Assis! Je ne peux pas voir le taureau! » Interrogé par ses parents sur ses impressions de la corrida, il dit : « J'aime ça! » Mené à une corrida espagnole à Bayonne trois mois plus tard, il parut très intéressé, mais ne fit aucun commentaire durant la course ; après, il déclara : « Quand j'étais jeune la course de taureaux n'était pas comme ça. »

J. H. — 9 ans ; Américain ; mâle ; éducation : lycée français, un an d'école maternelle aux États-Unis. Fit du cheval deux ans. Autorisé à aller aux courses de taureaux avec son père comme récompense parce qu'il avait bien travaillé à l'école et parce que, son petit frère en ayant vu une, à l'insu de ses parents, sans mauvais résultat, il trouvait injuste que l'autre enfant, plus jeune, ait vu un spectacle auquel, à lui, on ne lui aurait par permis d'assister avant sa douzième année. Suivit l'action avec grand intérêt et sans commentaires. Quand les coussins commencèrent à pleuvoir sur un matador poltron, il chuchota : « Est-ce que je peux lancer le mien, papa? » Croyait que le sang sur la jambe droite de devant, du cheval était de la peinture et demanda si l'on peignait ainsi les chevaux pour que le taureau les chargeât. Fut très impressionné par les taureaux, mais trouva que le travail des matadors avait l'air facile. Admira la bravoure vulgaire de Saturio Torón. Déclara que Torón était son favori : tous les autres avaient peur. Avait la ferme conviction qu'aucun torero, quoi qu'il fît, ne faisait de son mieux. Villalta lui déplut. « Je déteste Villalta! » dit-il. C'était la première fois qu'il employait ce mot à l'égard d'un être humain. Quand on lui demanda pourquoi, il répondit : « Je déteste sa manière de regarder et sa manière d'agir. » Déclara qu'il ne croyait pas qu'il y eût de toreros aussi bons que son ami Sidney, et qu'il ne voulait plus voir de courses de taureaux à moins que Sidney n'y prît part. Dit qu'il n'aimait pas voir les chevaux blessés, mais riait, sur le moment et après, à tous les incidents simplement drôles qui arrivaient aux chevaux. Quand il découvrit que les matadors étaient parfois tués, il décida qu'il préférerait être guide dans le Wyoming ou trappeur ; peut-être guide en été et trappeur en hiver.

X. Y. — 27 ans ; Américain ; mâle ; éducation universitaire ; montait à cheval à la ferme étant enfant. Prit un flacon d'eau-de-vie pour aller à sa première course de taureaux ; y but plusieurs fois dans l'arène ; quand le taureau chargea le picador et frappa le cheval, X. Y. fit une brusque et bruyante inspiration ; but une gorgée d'alcool ; répéta cela à chaque rencontre du taureau et du cheval. Semblait à la recherche de sensations fortes. Doutait de la sincérité de mon enthousiasme pour les courses de taureaux. Déclara que c'était une pose. Il ne se sentait aucun enthousiasme et disait que personne ne pouvait en avoir. Est toujours convaincu que l'amour des courses de taureaux, chez les autres, est toujours une pose. N'aime aucune espèce de sport. N'aime pas les jeux de hasard. Amusements et occupations : boire, vie nocturne, bavardage. Écrit, voyage.

Capt. D. S. — 26 ans ; militaire ; sujet britannique ; d'extraction irlandaise et anglaise ; éducation : secondaire et Sandhurst ; envoyé à Mons en 1914 comme officier d'infanterie ; blessé le 27 août 1914 ; 1914-1918, brillants états de service comme officier d'infanterie. Monte à cheval, dans les chasses et les concours régimentaires. Divertissements : chasse, ski, alpinisme ; écrivain très lu et qui a un jugement intelligent de la littérature et de la peinture modernes. N'aime pas les jeux d'argent ni les paris. Souffrit sincèrement et profondément à la vue de ce qui arrivait aux chevaux, à sa première course de taureaux ; déclara que c'était la chose la plus odieuse qu'il eût jamais vue. Continua à y assister, afin, dit-il, de comprendre la mentalité d'un peuple qui tolérait un pareil spectacle. A la fin de sa sixième corrida, il avait si bien compris qu'il se trouva mêlé à une dispute en prenant la défense de la conduite d'un matador, Juan Anllo, Nacional II, qu'un spectateur avait insulté dans l'arène. Descendit dans l'arène aux courses d'amateurs du matin. Écrivit deux articles sur la tauromachie, dont l'un en était une apologie, dans la gazette du régiment.

Mrs. A. B. — 28 ans ; Américaine ; n'est pas une amazone ; éducation : cours supérieurs pour jeunes filles du monde ; étudia pour chanter dans les opéras ; n'aime pas les jeux ni le jeu ; ne parie pas. Assista aux courses de taureaux : fut modérément horrifiée. Ne les aima pas. N'y retournera pas.

Mrs. E. R — 30 ans ; éducation : collège et université américaine ; montait à cheval et avait un poney étant enfant ; musicienne ; auteur favori : Henry James ; sport favori : tennis ; n'avait jamais vu de match de boxe ni de course de taureaux avant son mariage. Aima les bons matches de boxe. Lui, ne voulait pas qu'elle vît les chevaux dans la corrida, mais pensait qu'elle aimerait le reste ; il lui faisait détourner les yeux quand le taureau chargeait le cheval ; il ne voulait pas qu'elle fût horrifiée ; il s'aperçut qu'elle n'était pas horrifiée à la vue des chevaux et qu'elle goûtait cela comme une partie de la corrida, qu'elle aima beaucoup la première fois et dont elle devint une grande admiratrice et partisan. Se fit un jugement presque infaillible pour dire la classe d'un matador, son degré de sincérité et ses possibilités, dès qu'elle l'avait vu une fois à l'œuvre. Fut très impressionnée, une fois par certain matador. Le matador fut certainement très impressionné par elle. Fut assez heureuse pour être loin des courses de taureaux pendant la débâcle morale de ce matador.

Mrs. S. T. — 30 ans ; Anglaise ; éducation : collège privé et couvent ; fit du cheval ; alcoolique nymphomane. Fit un peu de peinture. Dépensait son argent beaucoup trop vite pour pouvoir jouer avec ; jouait à l'occasion avec de l'argent qu'elle empruntait. Aimait boire plus que tout amusement ; fut plutôt choquée par les chevaux, mais si enthousiasmée par les toreros et tout ce qui était émotion forte qu'elle devint un partisan du spectacle.

W. G. — 27 ans ; Américain ; mâle ; éducation universitaire ; excellent joueur de base-ball ; très bon sportif, fine intelligence et bon jugement esthétique ; sans autre expérience des chevaux qu'à la ferme ; remis récemment d'une grave dépression nerveuse ; fut horrifié par les chevaux. Ne put rien voir d'autre. Regardait tout du point de vue moral. Souffrit sincèrement en voyant infliger de la douleur. Prit en haine les picadors. Avait le sentiment qu'ils étaient à blâmer personnellement. Quand il eut quitté l'Espagne, le sentiment d'horreur s'éteignit et il se rappela des parties de la corrida qu'il avait aimées, mais, en toute vérité et franchise, il n'aimait pas les courses de taureaux.

R. S. — 28 ans ; Américain ; mâle ; écrivain arrivé au succès sans fortune personnelle ; éducation universitaire ; goûta beaucoup les courses de taureaux ; aime la musique des compositeurs à la mode, mais n'est pas musicien ; peu de jugement esthétique en dehors de la musique ; ne monte pas à cheval, ne fut nullement peiné par les chevaux ; alla à des courses d'amateurs le matin et plut beaucoup au public ; vint à Pampelune pour deux ans. Semblait aimer beaucoup les corridas, mais ne les a plus suivies depuis son mariage, bien que, souvent, il dise qu'il aimerait y retourner. Peut très bien y revenir un jour ou l'autre. Semblait sincèrement les aimer, mais n'a plus de temps maintenant pour d'autres occupations que ses obligations mondaines ou ses affaires. Aime sincèrement le golf. Joue très peu, mais parie de temps en temps sur des questions de véracité, d'opinion, de loyauté entre camarades d'études, etc.

P. M. — 28 ans ; Américaine, éducation : couvent et université ; non musicienne ; sans aptitudes ni jugement musical ; jugement intelligent en peinture et lettres ; monta à cheval et possédait un poney étant enfant. Vit à Madrid sa première course de taureaux, où trois hommes furent gravement blessés. Ne l'aima pas, et partit avant la fin. Vit, pour la deuxième fois, une course assez bonne, et l'aima. Complètement inaffectée par les chevaux. Finit par aimer les courses de taureaux et les goûter plus que tout autre spectacle. Les a suivies assidûment. N'aime pas la boxe ni le football ; aime les courses de bicyclettes. Aime la chasse et la pêche. N'a pas de goût pour le jeu.

V. R. — 25 ans ; Américaine ; éducation : couvent et université ; bonne écuyère ; aima énormément les courses de taureaux dès le début ; complètement indifférente aux chevaux ; a assisté à des courses chaque fois qu'elle a pu, depuis la première. Aime beaucoup la boxe et les courses de chevaux ; n'aime pas les courses cyclistes ; aime jouer.

A. U. — 32 ans ; Américain ; éducation universitaire ; poète ; grande sensibilité ; athlète complet ; fin jugement esthétique en musique, peinture, lettres ; a fait du cheval dans l'armée ; n'est pas un cavalier. N'a pas de goût pour le jeu. Profondément affecté en voyant les taureaux charger les chevaux à sa première corrida, mais cela ne l'empêcha pas de goûter la course. Suivit avec la plus grande attention le travail du matador, et était prêt à se ranger avec les spectateurs qui le conspuaient. N'a pas eu l'occasion de voir des courses de taureaux depuis.

S. A. — Romancier internationalement célèbre écrivant en yiddish. Eut la chance de voir, pour la première fois, une excellente course de taureaux à Madrid ; déclara qu'il n'y avait pas d'émotion comparable en intensité excepté le premier rapprochement sexuel.

Mrs. M. W. — 40 ans ; Américaine ; éducation : collèges privés ; n'est pas sportive ; a fait du cheval ; bon jugement esthétique en musique, peinture, littérature, généreuse, intelligente, loyale, sympathique ; très bonne mère. Ne regarda pas les chevaux, détourna les yeux ; aima le reste de la course, mais n'aurait pas eu envie d'en voir beaucoup. Aime beaucoup se donner du bon temps et sait très intelligemment trouver en quoi cela consiste.

W. A. — 29 ans ; Américain ; mâle ; journaliste coté ; éducation universitaire ; n'est pas cavalier ; jugement très raffiné en matière de cuisine et de boisson ; a beaucoup lu et a une vaste expérience ; fut déçu à la première course, mais nullement affecté par les chevaux ; de fait, il goûta la partie des picadors, mais avait tendance à être ennuyé par le reste ; finit par s'intéresser vraiment aux courses de taureaux et emmena sa femme en Espagne, mais elle ne les aima pas, et l'année suivante W. A. ne les suivit plus. Eut presque toujours la malchance de voir de mauvaises courses. Fut très amateur de boxe pendant quelque temps, mais ne va plus aux matches. Joue un peu. Aime manger, boire, et la bonne conversation. Extrêmement intelligent.

En notant ces quelques réactions individuelles, j'ai essayé

d'être tout à fait exact en ce qui concerne les premières et les dernières impressions de chaque personne devant les courses de taureaux. La seule conclusion que j'en tire est que certaines personnes aiment les courses de taureaux et d'autres non. Je n'ai pu, parce que je ne l'avais jamais vue auparavant, rapporter l'histoire d'une Anglaise, qui paraissait environ trente-cinq ans, que je vis une fois à Saint-Sébastien où elle assistait à une corrida avec son mari, et qui fut tellement bouleversée en voyant les chevaux chargés par les taureaux qu'elle se mit à crier comme si ç'avaient été ses propres chevaux ou ses propres enfants qui eussent reçu les coups de corne. Elle quitta l'arène en pleurant, mais en insistant pour que son mari restât. Elle n'avait pas voulu faire une démonstration; mais cela avait été trop horrible à supporter pour elle. Elle semblait être une femme très charmante et très sympathique, et je me sentis chagriné pour elle. Je n'ai pas non plus décrit les réactions d'une jeune Espagnole qui assistait à une corrida à La Corogne avec ou son jeune mari ou son fiancé, qui cria beaucoup et souffrit pendant tout le spectacle, mais resta sur son siège. Ce sont, pour parler en toute vérité, les seules femmes que j'aie vues pleurer dans plus de trois cents courses de taureaux. Il est bien entendu, naturellement, que pendant ces courses je ne pouvais observer que mes voisins immédiats.

BREF EXAMEN DES QUALITÉS DE MATADOR DE L'AMÉRICAIN SIDNEY FRANKLIN

Beaucoup d'Espagnols ne vont pas aux courses de taureaux ; ce n'est qu'une petite partie de la population qui y va, et, parmi celle-ci, les aficionados compétents sont en nombre limité. Et pourtant j'ai souvent entendu des gens dire qu'ils avaient demandé à un Espagnol, à un vrai Espagnol, vous m'entendez bien, quelle sorte de torero était Sidney Franklin, et que l'Espagnol avait répondu qu'il était très brave mais très maladroit et qu'il n'y connaissait rien. Si vous aviez demandé à cet Espagnol s'il avait vu Franklin combattre, il vous aurait dit non ; tout ce qu'il vous a dit, c'est la manière dont, par orgueil national, les Espagnols espéraient qu'il combattît. Il ne combat pas du tout de cette manière-là.

Franklin est brave, d'un courage froid, serein et intelligent ; mais, loin d'être maladroit et ignorant, c'est un des plus adroits, des plus gracieux et des plus lents manipulateurs de cape que l'on puisse voir aujourd'hui. Son répertoire à la cape est immense, mais il n'essaie pas, grâce à ce répertoire varié, d'esquiver la veronica, qui reste la base de son jeu de cape, et ses veronicas sont classiques, très émouvantes et magnifiquement mesurées et exécutées. Vous ne trouverez pas d'Espagnol qui, l'ayant vu combattre, lui dénie son talent artistique et son excellence dans le maniement de la cape.

Il ne place pas les banderillas, ne s'y étant jamais exercé convenablement, et c'est là une sérieuse omission car, avec son physique, son appréciation des distances et son sang-froid, il aurait pu être un très bon banderillero.

Franklin manie la muleta très bien de la main droite, mais se sert trop peu de la gauche. Il tue facilement et bien. Il ne donne pas à la mise à mort l'importance qu'elle mérite, parce qu'elle lui est facile et qu'il ignore le danger. S'il se profilait avec plus de style, ses mises à mort gagneraient beaucoup en émotion.

Il est meilleur, plus scientifique, plus intelligent et plus accompli comme matador que tout autre matador — à part six environ — de l'Espagne d'aujourd'hui ; les toreros le savent et ont le plus grand respect pour lui.

Il est trop tard pour qu'il devienne un bon banderillero, mais il connaît ses autres manques et il les corrige constamment. Avec la cape, il n'a pas de progrès à faire ; là, il est un maître, un docteur en tauromachie, et non seulement un artiste classique, mais en même temps un inventeur et un novateur.

Il fut formé et instruit par Rodolfo Gaona, le Mexicain (le seul matador qui ait jamais pu se mesurer sur un pied d'égalité avec Joselito et Belmonte, et qui lui-même fut formé et instruit par un banderillero du grand Frascuelo), qui l'entraîna à la connaissance pratique la plus complète des lois fondamentales de la tauromachie classique, lois ignorées de la plupart des jeunes matadors, qui ayant beaucoup de courage, un peu de grâce, de la jeunesse et de la prestance, s'en remettent à la chance pour le reste ; et ce fut l'art et la sûreté de métier de Franklin, appris à la meilleure école possible, qui étonnèrent et enthousiasmèrent tellement les Espagnols.

Il eut de grands et légitimes triomphes à Séville, Madrid et Saint-Sébastien, devant l'élite des aficionados, aussi bien qu'à Cadix, Ceuta et d'autres villes de province. Il remplit l'arène de Madrid au point que, trois fois de suite, il n'était plus possible de trouver un billet d'entrée, la première fois parce que cet Américain était une nouveauté que chacun était curieux de voir après ses grands succès à Séville, mais les deux autres fois à cause de ses mérites de torero. C'était en 1929 et, cette année-là, il aurait pu prendre l'alternativa et recevoir le titre de matador de toros dans une quelconque d'une demi-douzaine de villes, mais il voulut sagement faire encore une année comme novillero ; il avait des engagements autant qu'il en voulait et gagnait plus comme novillero que beaucoup de matadors de toros, et une année de plus comme novillero lui donnerait autant de temps en plus pour perfectionner son jeu de muleta et son expérience des taureaux espagnols, qui sont très différents des mexicains. La malchance s'abattit sur lui à sa seconde corrida, au début de mars 1930 ; il reçut un coup de corne d'un taureau auquel il avait tourné le dos après avoir enfoncé l'épée ; il eut une terrible blessure qui perfora le rectum, le muscle sphincter et le gros intestin ; quand il put recommencer à remplir ses contrats, sa blessure était encore ouverte et il fit toute la saison dans une mauvaise condition physique. Pendant l'hiver de 1930-1931, il combattit au Mexique et, dans une course où il alternait avec Marcial Lalanda à Nuevo Laredo, il reçut un coup de corne sans gravité dans le gras de la jambe, qui ne lui aurait causé aucun inconvénient (il combattit le dimanche suivant) excepté que le chirurgien qui le soignait insista pour lui administrer des sérums antitétanique et antigangréneux. Ces injections, venant trop tôt après les injections habituelles des mêmes sérums qu'on lui avait faites à Madrid après sa blessure, provoquèrent une sorte de phlegmon à son bras gauche, qui lui enleva presque l'usage de ce bras et gâta sa saison de 1931 en Espagne. Il est vrai qu'il revenait du Mexique avec beaucoup d'argent gagné dans sa saison d'hiver et plus de désir de jouir de la vie que de se remettre tout de suite à combattre. Il s'était fait payer le plus haut prix par l'arène de Madrid l'année précédente, quand il était tellement demandé, et, dès qu'il décida qu'il était prêt à reprendre le combat, la direction de l'arène prit sa revanche selon une méthode typiquement espagnole, en reculant toujours son engagement sous un prétexte ou un autre, jusqu'à ce que toutes les dates aient été prises par d'autres contrats.

Il a l'aptitude aux langues étrangères, le froid courage et la disposition au commandement du typique « soldat de fortune » ; c'est un charmant compagnon, un des meilleurs conteurs d'histoires que j'aie entendus ; il a une énorme et omnivore curiosité à propos de tout, mais il prend ses informations avec l'œil et l'oreille et ne lit que le *Saturday Evening Post*, qu'il lit de la première ligne à la dernière et qu'il finit ordinairement en trois jours, ayant alors quatre mauvais jours à attendre le numéro suivant. C'est un maître très rude pour ceux qui travaillent à son service, et pourtant il leur inspire une étonnante loyauté. Il parle espagnol non seulement parfaitement, mais avec l'accent de n'importe quel endroit où il se trouve ; il s'occupe lui-même de ses affaires et il est très fier de son jugement en affaires, qui est terrible. Il croit en lui-même avec autant de confiance qu'un chanteur d'opéra, mais il n'est pas vaniteux.

Je n'ai, à dessein, rien écrit de sa vie, car, comme il l'a conduite d'une façon très périlleuse et des plus fantastiques, il semble qu'il doive garder le privilège de tous les profits que son histoire pourrait lui rapporter. Une fois ou deux, j'ai entendu toute l'histoire depuis le commencement, au cours de l'automne de 1931, et j'étais présent quand certains chapitres se passaient ; elle vaut mieux que n'importe quel roman d'aventures. La vie de tout homme, à vrai dire, est un roman, mais la vie d'un torero a un ordre dans la tragédie de sa progression qui tend à l'enfermer dans un chemin déjà tracé. La vie de Sidney a échappé à cela et il a vraiment vécu trois vies — une mexicaine, une espagnole et une américaine — et d'une manière incroyable. L'histoire de ces vies lui appartient, et je ne vous les dirai pas. Mais je puis vous dire en toute vérité, toute question de race et de nationalité mise à part, qu'avec la cape il est un grand et bel artiste et qu'aucune histoire de la tauromachie que l'on pourra écrire ne sera complète si elle ne lui réserve pas la place à laquelle il a droit.

NOTE BIBLIOGRAPHIQUE

Le lecteur qui désire étudier l'histoire de la course de taureaux espagnole est renvoyé à *Libros y Folletos de Toros, Bibliografía Taurina compuesta con vista de la Biblioteca Taurómaca de Don José Luis de Ybarra y Lopez de Calle por Graciano Diaz Arquer*, bibliographie publiée à Madrid à la librairie Pedro Vindel, où il trouvera une liste de 2 077 livres et brochures en espagnol traitant ou parlant de tauromachie, aux auteurs desquels l'auteur de ce livre tient à reconnaître sa profonde obligation et à présenter ses excuses pour son intrusion dans leur domaine.

Le présent volume, *Mort dans l'après-midi*, n'a pas l'intention d'être historique ni complet. Il a été conçu pour être une introduction à la course de taureaux espagnole moderne, et essaie d'expliquer ce spectacle sous ses deux aspects émotionnel et pratique. Il a été écrit parce qu'il n'existait pas de livre, en espagnol ni en anglais, qui répondît à ce besoin. L'auteur demande l'indulgence des aficionados compétents pour ses explications techniques. Quand un volume de controverses peut être écrit sur l'exécution d'une simple suerte, l'explication arbitraire d'un seul homme sera certainement inacceptable pour beaucoup.

E. H.

DU MÊME AUTEUR

Aux Éditions Gallimard

CINQUANTE MILLE DOLLARS, 1928 (Folio n° 280)

L'ADIEU AUX ARMES, 1932 (Folio n° 27)

LE SOLEIL SE LÈVE AUSSI, 1933 (Folio n° 221)

LES VERTES COLLINES D'AFRIQUE, 1937, nouvelle édition en 1978 (Folio n° 352)

MORT DANS L'APRÈS-MIDI, 1938 (Folio n° 251)

EN AVOIR... OU PAS, 1945 (Folio n° 266)

DIX INDIENS, 1946

PARADIS PERDU *suivi de* LA CINQUIÈME COLONNE, 1949 (Folio n° 175)

LE VIEIL HOMME ET LA MER, 1952 (Folio n° 7 et Folioplus classiques n° 63)

POUR QUI SONNE LE GLAS, 1961 (Folio n° 455)

PARIS EST UNE FÊTE, 1964 (Folio n° 465)

AU-DELÀ DU FLEUVE ET SOUS LES ARBRES, 1965 (Folio n° 589)

EN LIGNE. Choix d'articles et de dépêches de quarante années, 1970 (Folio n° 2709)

ÎLES À LA DÉRIVE, 1971 (Folio n° 974 et n° 975)

LES NEIGES DU KILIMANDJARO *suivi de* DIX INDIENS et autres nouvelles, 1972 (Folio n° 151)

E.H. APPRENTI REPORTER. Articles du « Kansas City Star », 1973

HONG KONG ET MACAO, 1975

LES AVENTURES DE NICK ADAMS, 1977

88 POÈMES, 1984

LETTRES CHOISIES (1917-1961), 1986

L'ÉTÉ DANGEREUX. Chroniques, 1988 (Folio n° 2387)

LE JARDIN D'ÉDEN, 1989 (Folio n° 3853)

LE CHAUD ET LE FROID. Un poème et sept nouvelles..., 1995 (Folio n° 2963)

NOUVELLES COMPLÈTES, coll. Quarto, 1999

LA VÉRITÉ À LA LUMIÈRE DE L'AUBE, 1999 (Folio n° 3583)

LES NEIGES DU KILIMANDJARO et autres nouvelles/THE SNOWS OF KILIMANDJARO and other stories, 2001 (Folio Bilingue n° 100)

LE VIEIL HOMME ET LA MER/THE OLD MAN AND THE SEA, 2002 (Folio Bilingue n° 103)

CINQUANTE MILLE DOLLARS et autres nouvelles/FIFTY GRAND and other stories, 2002 (Folio Bilingue n° 110)

L'ÉTRANGE CONTRÉE, texte extrait du recueil *Le chaud et le froid*, 2003 (Folio 2 € n° 3790)

HISTOIRE NATURELLE DES MORTS et autres nouvelles, nouvelles extraites de *Paradis perdu* suivi de *La cinquième colonne*, 2005 (Folio 2 € n° 4194)

LA CAPITALE DU MONDE suivi de L'HEURE TRIOMPHALE DE FRANCIS MACOMBER, 2008 (Folio 2 € n° 4740)

LES FORÊTS DU NORD/THE NORTHERN WOODS, 2008 (Folio Bilingue n° 157)

Dans la collection « Écoutez lire »

LE VIEIL HOMME ET LA MER (3 CD)

Bibliothèque de la Pléiade

ŒUVRES ROMANESQUES

TOME I : *L'Éducation de Nick Adams - Torrents de printemps - L'Adieu aux armes - L'Éducation de Nick Adams (suite) ou Nick Adams et la Grande Guerre - Poèmes de guerre et d'après-guerre - Le Soleil se lève aussi - Paris est une fête - L'Éducation européenne de Nick Adams - Mort dans l'après-midi - Espagne et taureaux. Supplément : L'Éducation de Nick Adams (suite posthume) - Nouvelles de jeunesse (1919-1921) - Après la fête qu'était Paris - Dernière gerbe.* Nouvelle édition augmentée d'un *Supplément* en 1994.

TOME II : *Les Vertes Collines d'Afrique. Chasses en Afrique : L'Heure triomphale de Francis Macomber - Les Neiges du Kilimandjaro. Dépression en Amérique : Les Tueurs - Cinquante mille dollars - La Mère d'une tante - Course poursuite - Une Lectrice écrit - Une Journée d'attente - Le Vin du Wyoming - Le Joueur, la religieuse et la radio. Pêche et tempêtes dans la mer des Caraïbes : Sur l'eau bleue - La voilà qui bondit ! - Après la tempête - Qui a tué les anciens combattants ? - En avoir ou pas - Pour qui sonne le glas - La Cinquième Colonne. La Guerre civile espagnole : Le Vieil Homme près du pont - Le Papillon et le Tank - En contrebas - Veillée d'armes - Personne ne meurt jamais. La Deuxième Guerre mondiale (reportages) : En route pour la victoire - Londres contre les robots - La Bataille de Paris - Comment nous arrivâmes à Paris - Le « G.I. » et le Général - La Guerre sur la ligne Siegfried - Deux poèmes à Mary - Deux histoires de ténèbres - Au-delà du fleuve et sous les arbres - Fables - Le Vieil Homme et la mer - Discours de réception du prix Nobel.*

Au Mercure de France

LA GRANDE RIVIÈRE AU CŒUR DOUBLE *suivi de* GENS D'ÉTÉ, coll. Le Petit Mercure, 1998

*Impression CPI Bussière
à Saint-Amand (Cher), le 14 novembre 2011.
Dépôt légal : novembre 2011.
1er dépôt légal dans la collection : novembre 1972.
Numéro d'imprimeur : 113670/1.*

ISBN 978-2-07-036251-6./Imprimé en France.

238459